パリの家

エリザベス・ボウエン
太田良子 訳

The House in Paris
Elizabeth Bowen

晶文社

Elizabeth Bowen : THE HOUSE IN PARIS
First Published in 1935 by Victor Gollancz Ltd., London
Published in Japan, 2014 by Shobunsha, Tokyo

装　丁
柳川貴代

カバー写真
岩永美紀

目次

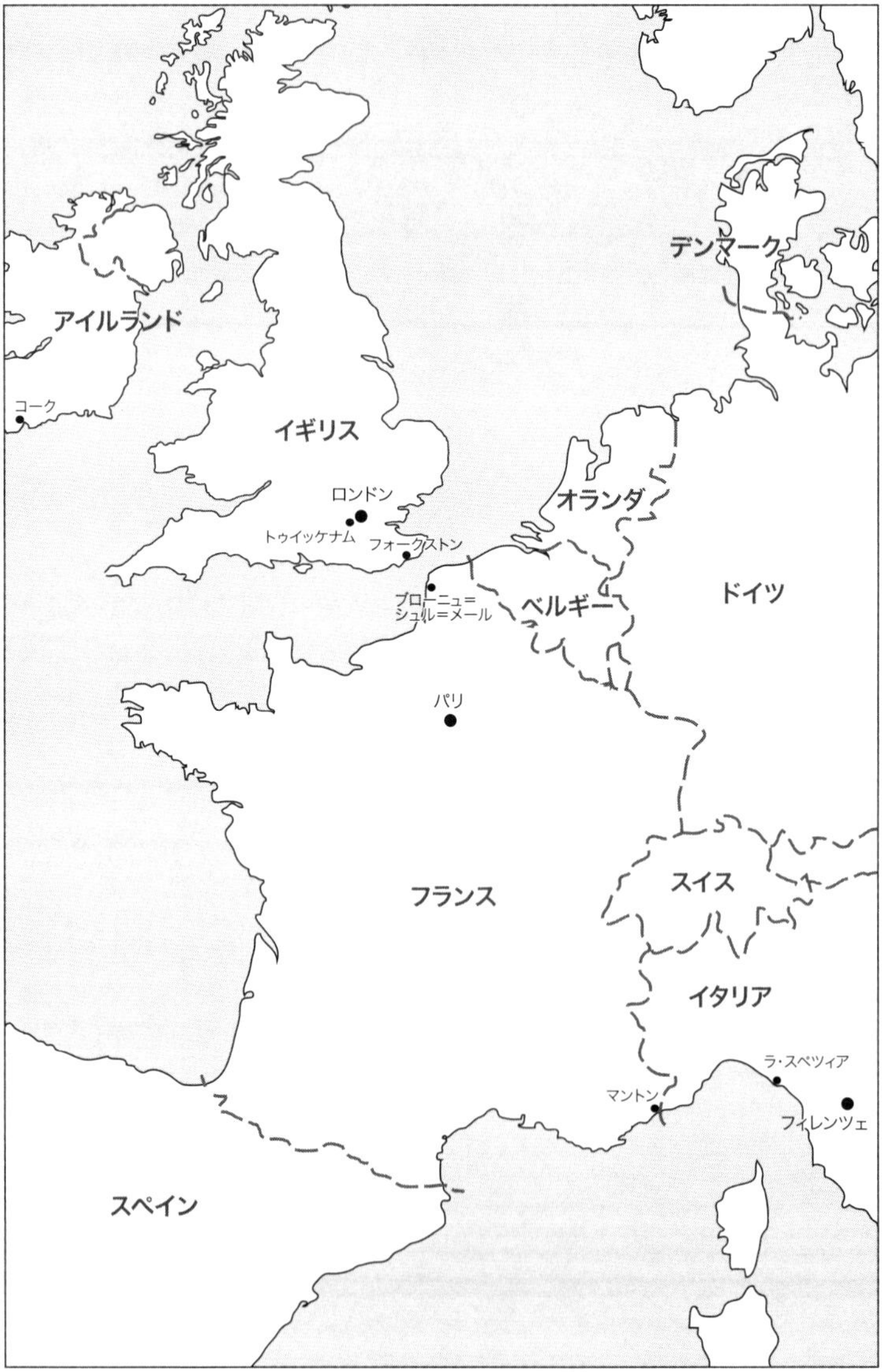
アイルランド
コーク
イギリス
ロンドン
トゥイッケナム
フォークストン
デンマーク
オランダ
ベルギー
ドイツ
ブローニュ=
シュル=メール
パリ
フランス
スイス
イタリア
ラ・スペツィア
マントン
フィレンツェ
スペイン

主な登場人物

ヘンリエッタ・マウントジョイ……………十一歳の少女
ミセス・アーバスノット…………………ヘンリエッタの母方の祖母
レオポルド・グラント・ムーディ………九歳の少年
ミス・フィッシャー（ナオミ）…………パリの家の住人、ミセス・アーバスノットの知人
マダム・フィッシャー……………………パリの家の戸主、ナオミの母、元女家庭教師
マックス・エバート………………………パリに住む銀行員、ナオミの婚約者
カレン・マイクリス………………………ロンドン在住、ナオミの友人
ミセス・マイクリス………………………カレンの母
ヴァイオレット・ベント…………………カレンの伯母、アイルランド在住
イエローハット……………………………カレンが船上で出会ったアイリッシュ娘
レイ・フォレスティエ……………………カレンの夫、ロンドン在住のビジネスマン

第一部
現在

一

北駅をすべり出たタクシーのなか、まだシャッターが下りたままのどんよりと暗い二月の朝、ヘンリエッタはミス・フィッシャーの隣に座っていた。片方の腕に手足がだらりと垂れたフラシ天のぬいぐるみの猿を抱いている。ペーパーレザーの旅行カバンがその足元に置いてあった。ミス・フィッシャーと彼女のコートにはまだサクランボ色の花型徽章《きしょう》がピンで留めてあり、それを目印にして今しがた駅でおたがいを探し当てたところだった。ふたりはこれが初対面だった。だが、ヘンリエッタの世話を引き受けて、ロンドンから旅をしてきた女性にとっては、ミス・フィッシャーの花型徽章だけでは不足だった。彼女は、ミセス・アーバスノットの手紙が見たいと言い張った。ミス・フィッシャーは、手紙は自分のハンドバッグのなかにあると言った。小うるさい女性だった。ひとりの少女を見知らぬ人に手渡すにあたり、そのために決められた場所も時間も非常に不吉であるとの思いから、ありとあらゆる用心をしたのだ。そのせいでミス・フィッシャーは感情を害しているように見えた。ヘンリエッタは、悔しいやらきまりが悪いやらで、この疑り深い女性は、親戚ではなくて、友人のそのまた友人に過ぎない人だと言いたかった。ヘンリエッタのトランクはマントンに書留便で直送されており、その点はいまさら文句のつけようもなかった。

やっと見えるくらいの明るさだった。ヘンリエッタは、夜行列車の旅でぼんやりしていたが、タクシーのなかでは背筋を伸ばして座り、窓の外を見ていた。いままでイギリスを離れたことはなかった。彼女は心のなかでつぶやいた。これがパリか。同じような道路が、無情にも軒並み閉じている店とともに、たがいに奇妙な角度をあけて走り、それが次々とほどけていくように見えた。同じような売店がいくつもあるなと思った。カフェはなかが明るく、椅子がテーブルの上に重ねられていた。床にモップがけをしているのだった。男たちが湯気に煙るカウンターで立ったままコーヒーを飲んでいた。女がひとり、ミモザの花を盛った盆を手にして出てくると、昇ったばかりの太陽の光がその黄色い花粉にまともに落ちた。それがなければ、空などどこにもないようだった。無関心な道路と朝まだきの顔がヘンリエッタの心を重くした、パリはもっと楽しくて親切だとばかり思っていたのに。

「ハンドレッドサウザンド・シャツって書いてある」彼女はとつぜん声に出して広告を読んだ。

ミス・フィッシャーはミセス・アーバスノットの手紙をしまってため息をつき、ハンドバッグの口金をカチッと閉じてから、タクシーのヘンリエッタの隣で身を硬くして深くもたれ、このすべてにすら努力がいるのか、まだ気を緩めることができなかった。はめている黒い手袋の白いステッチが指に巻きつき、黒の毛皮の襟巻きから樟脳《しょうのう》みたいな匂いがしていた。北駅ではランプの下に立っていたので、かぶった帽子が深い影を作り、落ち窪んだ目がその下でもの憂げに心配そうに動いていた。オリーブグリーンのコートはあるかなきかの微光を吸い込んで黒く見えた。フランス人の女に見えたが、活気らしいものはどこにもなかった。物腰は最初から感情に動かされていた。緊張した座り方もどこか感情的だった。ヘンリエッタは落ち着かず、自分の側の窓から外をじっと見ることで、話しかけられるつもりはないことをわからせようとしていた。幼い頃からのしつけによって、考えごとの邪魔をするのは失礼なことだ、というわきまえもあった。

しかしミス・フィッシャーは、これも努力の一環なのか、縫い目のついたフェルトのお猿の手にさわってきた。「お猿さんが好きなのね。いつも遊ぶんでしょ？」

「近頃はそれほどでもありません」ヘンリエッタは上品に答えた。「ただ、いつも連れ歩いているような気がする」

「お仲間なのね」ミス・フィッシャーはそう言って、もの思わしげな空ろな視線をお猿に注いだ。

「彼も楽しんでいると思うのが好きなんです」

「まあ、やっぱり一緒に遊んでいるんだわ！」

ヘンリエッタはまだ言葉でうまく表す力がなかった、「私たち、そういう話をしている場合じゃないでしょう」とは。彼女は足を組み替え、その足でつい軽く蹴ってしまった旅行カバンのなかには、夜行列車の二晩とパリでの一日に、あるといいと自分で考えた物がはいっていた。洗面道具、読むもの、後は食べるものがひとつふたつだった。また道路のほうを向いたら、シャッターを開けているのが見えて嬉しかった。女の人がひとり、フェルトのスリッパのままで開けていた。新聞の売店が店を開けて、荷物を取り込んでいた。喪服の正装をした女性がバスを留めようとしていた。ボール紙でできた町がおどおどしながら、目を覚ましたところだった。猛スピードで駆け抜ける自動車が聞きなれない異国の警笛を鳴らし、ヘンリエッタはもっと明るかったらいいのにと思った。

「これが二重の並木道《ブールヴァード》でしょう?」

「ええ。そうよ、たくさんありますよ」

「父があるからって言ってました」

「もうすぐ川を渡るわ」

「あとどのくらいで夜が明けるんですか?」

ミス・フィッシャーはため息をついた。「朝はまだずいぶん遅いのよ。なんて幸せなんでしょう、あなたはいまから南へ行くんですものね、ヘンリエッタ。もし私がツバメだったら、あなたは私をここで見かけることもなかったのよ!」

ヘンリエッタはなんと答えたらいいかわからなかった。

「でもね」ミス・フィッシャーは笑顔で続けた。「ここでツバメに出会っても、あなたのお役には立たないわね。あなたのお祖母さまを裏切ったりしたら、たいへんがっかりなさるわ。さいわい、母の具合が今朝はよくて。昨晩は、いつもよりよく寝ましたから」

「たいへんですね、お母さまがお病気とは」ヘンリエッタは言ったが、ミス・フィッシャーに母親がいることをつい忘れていた。

「母はいつも病気だけど、驚くほど元気いっぱいなの。ものすごくあなたに会いたがっているし、レオポルドにも会えるといいと望んでいるのよ」

ミス・フィッシャーの母親はフランス人で、ふたりはパリに住んでいた。これがおそらくミス・フィッシャーの奇妙な言葉遣いの理由であり、ヘンリエッタは頭がくらくらした。彼女が話すときは、ときに翻訳しているようなふしがあり、それも赤錆《あかさ》びの出た翻訳だった。彼女が使う語句は、およそ真意を伝えていなかった。どれもが疑わしく、彼女はそれで通じてほしいと願っているようだった。彼女の心のあり方もまた外国風で、説明し切れるものではなく、こちらがどんなに英語ができたって……。病気と聞くと、ミス・フィッシャーの母親は近寄りがたい人という感じがした。ヘンリエッタは病室が怖かったのだ。

レオポルドだって？　ヘンリエッタは考えた。ひょっとすると、ミス・フィッシャーが勝手にお猿に命名したのかもしれない、この子の名前はチャールズなのに、そう思うと、ヘンリエッタは向きを変えて横目で見てみた。そして言った。「レオポルドって誰のこと？」

「あら、可愛い男の子のことよ」ミス・フィッシャーはばかに控えめな様子で言った。

「可愛い男の子がどこに？」

「今日はわが家にいるわ」

「フランス人なんですか？」ヘンリエッタは食い下がった。

「あら、ほとんどフランス人じゃないわ。そうでもないの。自分で見てみるといいわ。あなたはきっと」ミス・フィッシャーはまた心配そうな笑顔になって言った。「わが家には若い人たちがパリを通るときの中継所があると思うでしょうが、そうじゃないの。これはまったくの偶然なのよ。レオポルドもパリを通るわけじゃないの。彼は昨夜遅くに、スペツィア発の列車で来て、また戻るのよ、明日か明後日には。家族的な理由でパリにいるの。会う人がいるので」

「スペツィアって、どこですか？」

「イタリアの海岸にあるけど」

「まあ。だったら彼はイタリア人なの？」

「いいえ、イタリア人じゃないわ……、あなたにはお願いしたいなと思っていたところなの、今朝あなたが会ったら、レオポルドには少し気配りをしてあげてねと。あなたは彼が動揺していて恥ずかしがりやだと思うかもしれない」――これで自分が動揺していることが頭をかすめ、ミス・フィッシャーは手袋をはめた指と指をからめ、白いステッチをさらに強くねじり上げた。

「どうして？　旅をしたから動揺してるの？」

「いいえ、いいえ、そうじゃないの。あなたには説明しておいたほうがいいと思って、ヘンリエッタ――彼の実《じつ》のお母さんなのよ、レオポルドが会う予定になっているのが。でも彼はお母さんにまだ会ったことがないの――つまり、彼が自分で記憶できるようになった後では。事情がとても変わっていて、悲しくて……、お話はこれだけにしておくけど、ヘンリエッタ、もうこれ以上質問しないように。お願いだからもう質問しないで、それからとくにお願いしたいのよ、レオポルドにはなにも質問しないでね。ただ彼と自然に遊んであげてね。あなたなら間違いなく、ふたりでできるゲームを見つけられるでしょ。彼はいま興奮状態にあるので、彼のほうも口を利かないほうがいいと思って。この朝だけだから。彼のお母さんがこの午後早くに到着するはずだから、その前に私が自然にあなたを連れてお出かけしますから。こんなことになるなんて私も知らなかったのよ、あなたのお祖母さまとお約束して、あなたが列車と列車を乗り継ぐ間に空いた一日だけ、ここに滞在することに決めたときは。レオポルドが来るのはその後で出た話で、とても突然だったのだけど、私、あなたのお祖母さまを失望させるのが辛くて、だってたいへんなご苦労をされてやっと万事お取り決めになったのだから。レオポルドのお母さんがほかの日にパリに来るのは、どう見ても無理だったし――さりとて彼女のほうを断るのも同じように辛かったし、だって、この会合を彼女がどれほど重要視していたか、わかるんですもの。難しいことばかりだったわ。明日になれば、あなたのお祖母さまにお手紙を書いて、ことの次第をできる限りご説明するつもりよ。きっと責めたりなさらないと感じているの。でもね、きっとお祖母さまだって、あなたがレオポルドに質問しないほうがいいと感じていらっしゃるわ。すべてが悲しいことで、あなたは知らないほうがいいと。彼に質問などしたら、あなたはがっかりするし、彼は動揺するだけよ。実は色々あるの、レオポルドの知らないことがまだほかに。あなたのお祖母さまがすごく高い所でものごとを考えておられるのはわかっているのだけれど、動揺させるべきでないし、誤解なさるようなこともしたくないのよ」

ヘンリエッタは、話の大半がほとんど耳にはいらなかったが、こう言った。「祖母が気にするとは思わないけど。だけど、レオポルドはいったいどこに住んでるの？」

「あら、そうね、スペツィアの近くの、とっても魅力的な一家のところで、そこに別荘をお持ちなの――彼にあなたのお猿さんを見せてあげてね。彼、きっと気にいると思うわ」

「私、人にしつこくものを訊いたことなどありませんから」ヘンリエッタは冷たく言った。

ミス・フィッシャーは、相変わらず踏ん切りのつかないみじめな顔をしていた。彼女の苦労のひとつは、誰が見ても、子どもに慣れていないことだった。ヘンリエッタのほうが有利だったのは、ほとんどひとりっ子同然に育ったので――結婚した姉がひとりいた――度が過ぎるくらい大人に慣れていたからだった。「おそらく」ミス・フィッシャーが思い切って続けた。「あなたにあまり話すこともなかったのね。なにが一番いいか、それを知るのはたいへんね。私には無理なのよ、母の具合がよくなくて、相談できないものだから」

ヘンリエッタはレオポルドが女の子でないのが残念だった。男の子はあまり好きではなかった。揺れて途切れがちだった昨夜の眠りと、パリにいるのだといういまの緊張感とが一緒になって思考が冴えわたり、そのすべてがこだまになって返ってきた。やや長めの金髪をうしろに投げやって彼女は叫んだ。「それはどうぞご心配なく」

川を渡るときも、ミス・フィッシャーは話していた。ゆっくりと焼きつけられて写真が出てくるように、ヘンリエッタはパリの全風景に初めて対面していた――水っぽい空、にじんだ街燈、明るい川面、黒いインク壺みたいな冷ややかな暗い建物、そして橋と木々がひとしきり続いた。パリを横切る明るく開けた深い裂け目は、それぞれが先端で薄れてかすんでいた。雨が降っているわけではなかった。そこへ市街電車が長くうねりながら通りすぎ、ふたりが乗ったタクシーは坂を駆け上がった。ブールヴァードは広く、夏にはこの一帯がおそらく木陰になるのだろう。右に曲がり、木々の葉が落ちて動かない庭園の鉄柵を迂回した――「ほら、ヘンリエッタ、リュクサンブール公園よ！」――それから複雑にこみいった奥深い通路が裂け目のように続く一帯にはいった。居並ぶ窓には頑丈な格子がついていて、いつでも攻めてこいと言っているようだった（ヘンリエッタは、パリではどれほど多くの血が流されたか、話に聞いていた）。ドアのガラスには厳《いか》めしい鉄製の型模様がはめ込んであった。濃い灰色の鎧戸は、ほとんどが固く閂《かんぬき》をおろしていた……。ミス・フィッシャーは、ヘンリエッタのカバンを取ろうと手を下ろし、到着が近いことをそれで示した。タクシーが止まった。ミス・フィッシャーが降りて代金を払った。ヘンリエッタは外に出て、道路を左右に見た。

フィッシャー一家の家は、タクシーが止まった反対側にあって、ミニチュアの模型か、人形の家みたいだった。バルコニーがついた六階建ての建物の側面に貼りつくように建っていた。もう一方の側は塀があり、夏には茂って楽しげに覗くはずの木の枝が、その塀越しに見えた。狭い上り坂の道路の左右には、あらゆる高さの家々が並んでいた。フィッシャー家のような小さな家は一軒もなかった。道の先端はどちらも折れていて、その先は見えなかった。すごく静かで、見たところ、意味ありげではあっても、どこへも通じていないようだった。ほの暗い街燈が家と家に挟まれて立っており、家並みの釣り合いの悪さがいっそう際立っていた。明るくこぎれいなのもあれば、色褪せたの、おかしいのや、悲しげなのもあった。ヘンリエッタの厳格なスノビズムでは、この通りを「品定めする」ことはできなかった——うらぶれているのか、それとも豪勢なのか?——微笑みを忘れた光のなかでは、ひとまず統一は取れているように見えた。壁の広がり、閉じられた灰色の門扉とその上に茂る樹木、そのまた向こうに林立しているのは、ほかの道路に立ち並ぶ建物群だった。すごく静かだったが、パリの町のざわめきが彼方から聞こえていた。周囲がこれだけ高いと、ここはきっと時間によらず暗いのだろう。女中がひとり、窓から敷物を出して振るっていた。それ以外では、どこもみな鎧戸が頑固に目を閉じていた。事実、人々が出てくるには早すぎる時刻だった——まだ店もないから、働くわけにもいかなかった。しかし、ヘンリエッタは、その通りを歩く人が二度といなくても、動じることはなかっただろう。

フィッシャー一家の家は、間口が狭いので小さく見えた。高さは三階建てで、ヘンリエッタが二、三歩うしろに下がると、もう一組の窓が見え、二重勾配屋根《マンサード》窓が上から下を見下ろしていた。家の正面はクリーム色で、繊細なひび割れが大理石模様になって走っていた。マンサード窓の下には全部で五枚の窓があり、どれも灰色の鎧戸がしっかりと返してある。二枚また二枚と二段続き、残る一枚の窓の横にドアがあった――この二組の窓に面積をとられ、家の枠組みが狭くなっていた。ミス・フィッシャーが鍵を差し込んだドアは、木目のある茶色のドアで中程にノブがついていた。ヘンリエッタは思った、おそらくなかはそう狭くないのではないかしら？　あるいは後方に長く伸びているのかもしれない……。家は清潔で目が細い造りのブラインドが内部の暗がりを閉じ込め、通りのどの家にも劣らず誇らしい顔をしていた。「宝石」のようなところはなかった。厳格そうに見えた。ヘンリエッタは後で聞いたが、ここは土地の価格が高い地域だった。マダム・フィッシャーは、困窮していたが、売れという話に耳を貸したことはなかった。

ミス・フィッシャーの鍵が回り、彼女が押すとドアが開いた。ヘンリエッタは最後にもう一度家の外側を眺めていたが、太陽の光のなかでそれを見ることは二度となかった。チャールズを腕に抱え上げると、ミス・フィッシャーの後についてなかにはいった。

玄関ホールは暗く、清潔な、まつわりつくような匂いがした。ミス・フィッシャーが電気のスイッチを点けたら、綿毛《フロック》仕立ての赤い壁紙が現れ、なかにはいるとミス・フィッシャーの物腰が、その前よりも自信にあふれ、支配的になった。「さあ、あなた」彼女が言った。「きっとお風呂にするでしょ」

「いいえ、いいんです」ヘンリエッタはそう言い、ここで服を脱ぐなど、真っ平だった。ミス・フィッシャーはがっかりした。「まあ、あなた、わざわざお湯を沸かしておいたのに。どうなの、ヘンリエッタ、お祖母さまははいったほうがいいとおっしゃるのでは？」

事実、ヘンリエッタの祖母のミセス・アーバスノットは、指の爪以外はほとんど目を留めず、ただ一度か二度だけ耳のなかを覗き、耳垢がたまっていないか見た。ヘンリエッタが質問にすぐ答えなかったり、助言に応じなかったりすると、心優しい祖母は、この子は耳が聞こえなくなったに違いないと思ったのだ。ヘンリエッタはすでに虚栄心が働くようになっていたが、まだ入浴は嫌いだった。それできっぱりと繰り返した。「いいえ、いいんです。眠くてお風呂なんて無理みたい」

「お気の毒だったわね、ヘンリエッタ――、ではもう寝ることにしましょう！」

「いいえ、いいんです、眠くてお風呂は無理だけど、寝るほど眠くないの」とヘンリエッタは説明した――閉じたドアをいちいち見やり、それから階段を見上げ、レオポルドはどのあたりにいるのかと思った。その子は、少しは興奮して、私が着いたのを聞きつけたかな？　彼女は嫉妬を覚えながら、もしまだ彼が起きているなら、会ったことのない母親が彼の考えのほとんどを占めているだろう、だから自分の到着はそれ以下の意味しかないに違いないと思った。彼が興奮して起きたとしても、その原因はヘンリエッタではあるまい。彼女のことを考えたとしても好奇心も湧かないだろうし、あるいは考えることすらしないかもしれない。もうすでに彼女は人の空想と憶測と思考を独占したい願いに駆られていた。

少し話し合った後で、ミス・フィッシャーが同意したのは、どのくらいお風呂を使うかはヘンリエッタが自分で決めること、その後サロンに降りてきてコーヒーとロールパンにバターをつけて食べること、それからサロンのソファーに横になって、眠るか眠らないかは自分の好きにしていい、ということだった。そこではぜひとも静かにしてね、誰も絶対にあなたの邪魔をしないから。急な階段のふもとを警告するように見やったミス・フィッシャーは、指を一本唇に当てて、病人がひとりどこかにいることをヘンリエッタに思い出させた。そこでふたりはまるで泥棒のようにこそこそと動き回った。窓はなかった。玄関ホールと階段は隙間風もなく、明かりは電灯だった。この家の内部は――薄いドア板、菱形のドアノブ、ぴかぴかの真鍮玉《しんちゅうだま》が階段の手摺りの最後についていて、つや消し加工をした地味な赤い壁紙はストライプ模様で、その凝った陰影のせいで棒が並んでいるように見えた――ヘンリエッタにとって、たんに新奇というよりは、敵対するものがあり、まるで人を締め出すための工夫のようだった。家が演技をしているような感じで、自然に見えるものはひとつもなかった。調度品のたぐいは見てもらうまで待つつもりはなく、彼女に向かっていっせいに群がってきて、しかも攻撃的な雄叫びをそれぞれが発しているようだった。これらの印象が感覚のすべてにぶつかってきて、ヘンリエッタは考えた、もしこれが外国にいるということなら……。

　ふたりはミス・フィッシャーの部屋を通り――まだベッドが整えられてなく、ミス・フィッシャーとオーデコロンの香りがした――彼女の化粧室にはいった。ここには窓があり、その外には急な屋根が連なっていた。町のなまの風がはいってきた。化粧室は思いがけない調度品で整えられていて、ヘンリエッタはうっとりして、ミス・フィッシャーが謙遜するのは、お金とは関係ないのだと判断した。明らかによい暮らしをしているではないか。ヘンリエッタは一度、「困窮した婦人」とロンドンに行ったときに、その人が道中いくら使ったかを小さなポケットブックにいちいち書きとめているのを見逃したりしなかった。ミス・フィッシャーはもっと堂々としていて、この手間を省いていたが……。ヘンリエッタは白檀《サンダル・ウッド》の香りのする石鹸が異国の水のなかに落ちたのを追いかけて、水が手首をなめるのを感じた。そして顔の周囲をフリルのついたタオルで丸くぬぐいながら考えた。パリで顔を洗っているのか……。

上階のドアのひとつの背後に病気のフランス人女性が臥せっている。それでどれがレオポルドのドアだろう？　あるいは彼はもう一階上かな？　陶器の鳴る音がしたので、ヘンリエッタは階下へ降り、コーヒーの香りを追ってサロンにはいった。丸テーブルについたミス・フィッシャーがコーヒーを注ぎ、静かな慣れた手つきでカップを配っていた。帽子は脱いでいたので、窓の白いブラインドからはいる日光が彼女の顔の本当の配置と性格を示していた。髪は黒っぽく、地味な艶があった。髪型は二本の普通のお下げにしてぐるりと頭に巻いてあった。額はむしろ秀でていて、動きすぎるきらいのある顔の残り全体に分別と堅実さを与えていた。動揺する感じは、最初にそう見えたほど強くはないに違いない。骨ばった目の窪みはまだ茶色く影になっていたが、その奥にある瞳は計りがたい深さを秘めていた。出っ歯気味の美しくない口元は周囲をしわが取り巻いており、辛抱強く見えたが、厳格とか皮肉な感じはしなかった。体はどこもかしこも痩せていた。楽しそうにコーヒーを注いでいる。そして静かになると徹底して静かだった。そのために、ヘンリエッタは彼女のことを実物以上に馬鹿だと見なしてしまった。ヘンリエッタには彼女の年齢を推測する手立てはなかったが、それは後で三十九歳だということがわかった。

「母の具合がまだよさそうだわ」ヘンリエッタが席につくと彼女が言った。「また眠ったのね」

「私が起こしたのでなければいいけど?」

「ええ、もう起きる頃だったから。起きたら、あなたは来たかとすぐ訊いたわ」

ヘンリエッタは少しだけ落胆した。ライオンに食べさせるために太らせた餌になったような気がした。それでも彼女は、ロールパンにバターを塗って食べた。ミス・フィッシャーはその間、クロワッサンをふたつに割り、ごくごく自然にそれをコーヒーに浸しながら、心のなかになにかあるのか、ひとりで微笑み、驚くヘンリエッタのほうは見ていなかった。ヘンリエッタはパンでそんなことをするものではないと確信していた。旅に出ることは、テーブルマナーに関する彼女のこだわりをひどく傷つけていた。今日一日はその挙句ヘンリエッタの性格をばらばらにしたが、その性格とは彼女が自分で自分のために、数々の訓戒と格言（「もし私がヘンリエッタであるなら、ヘ、ン、リ、エ、ッ、タとは何者なのか?」が日に日にストレスになっていた）から作り上げたもので、ありとあらゆる偏見をかき集めてできたモザイクだった。彼女はぜひとも何者かになりたかったし、誰かが彼女の聞こえるところで偏見を口に出すと、必ずそれが心に残ったので、偏見を人の主体性《アイデンティティ》と混同するようになっていた。何者かになりたかったら、嫌いなものがなくてはならない……。彼女は座ってロールパンをきっかり半分だけかじり、濡れてしづくの垂れるパンがどうして口にはいるのか不思議でならなかった。

いり組んだ渦巻き模様の真紅のソファーは窓に面した壁を背にして置かれ、その頭部はドアのほうを向いていた。部屋はサテンのような黄色と灰色の縞模様の壁紙が貼られ、渦巻き模様になった灰色の大理石のマントルピースは、鉄製の格子戸がなかに下りていた。ここが多少とも温かいのは、熱湯を通したパイプがあるからだった。マントルピースの反対側の壁にそって置かれた箪笥《たんす》は、金色の玉ぶち飾りと大理石の装飾が施されていた。窓の隣の、ソファーの正面に当たるところに、背に鏡面のないコンソールテーブルがあった。全部で四脚ある肘掛け椅子は緑色のビロード張りで、人形の家の家具を拡大したみたいで、丸いセンターテーブルの上にはお盆があった。壁という壁に添って、背もたれの真っ直ぐな椅子が所狭しと置いてあった。モスリン地の目隠しカーテンをした窓のわきに重く垂れたカーテンは、引かれて閉じたことがないのは明らかだった。寄せ木の床はむき出しで、ワックスが利いていた。部屋はこの匂いがしていた。

朝食がすむと、ミス・フィッシャーは『ル・マタン』の一枚をソファーの端に広げてヘンリエッタの足を置くようにしたので、ヘンリエッタは横になって新聞紙の上に足を乗せた。サテンの小さな筒型クッション《ボールダー》が、固くて日本の箱枕のようだったが、彼女の頭を支えてくれた。そして驚きのあまり言いなりになって、まるで手術台に乗るように、体を思い切り伸ばして横たわった。ミス・フィッシャーがコーヒーのお盆を持っていってしまうと、サロンのなかは時計の振り子のほかに動くものがなくなり、ヘンリエッタはそれを見ていた。

ミス・フィッシャーは振り向いて言った。「明るくても眠れるわね？」

「それほど明るくないから」ヘンリエッタは遠い声で言った。部屋は家の裏手にあり、壁に囲まれて井戸のように見える中庭が見え、一本の木の輪郭がブラインド越しに見えた。

「じゃあ眠ることね、ヘンリエッタ」ミス・フィッシャーが言った。「いいわね、あなたは今晩もう一度旅をするのよ」

「いますぐ出かけたいな」

「パリは逃げないから」ミス・フィッシャーが言った。その声が遠ざかり、彼女はかき消すようにいなくなった。

ひっそりとした、ただむやみに急いだ道路と、セーヌ川が目の前でパノラマのように迫ってきたイメージが、最初の間は恐ろしかった。それから気だるさが幻想のなかで岸辺の葦のように揺らめきながら煙になって、ヘンリエッタの頭脳を満たしはじめた。ソファーの上でさらに力を抜き、両目を閉じた。しかし時計の音を聞くと振り子に目が行き、その先端についたぴかぴかの円盤が催眠効果をもたらし、思考のリズムとなり、ついには思考が思考でなくなった。足音が天井を横切り、どこかで止まった。ミス・フィッシャーが母親の病床のそばに立っているのだろうか？　その人は死ぬはずがないわ、私のことを知りたがっているんだもの。死は断固として進行し、振り返ったりしない。眠る人は少し出て行くだけで、パリのどよめきを耳にしないなんてありえない、潮騒のようなさざめきを、警笛を、屋内に返るこだまを聞き、電鈴が灰色に揺れる静寂のなかで星となり、渦巻き状に走る道路と石畳の無人の広場に完全な静寂が訪れることはない。

ヘンリエッタは、眠りから覚めて、目を開けた。

レオポルドが言った。「知らなかったんだ、君がここにいるなんて」

彼は部屋の中まではいりこんでいて、しばらくそこにいた可能性もあった。しかし彼はまだ、ヘンリエッタがはっきり見たとも言い切れない夢の続きにいた。

「私、長く眠ったのかしら？」

「君がいつ眠ったか知らないもん」

「ここへ来てすぐよ」

「うん、君が来たのは聞こえたよ。三時間くらい前だった」

「その時は私がどこにいると思った？」

「自分で見つけようと思ったんだ」

開いたままだったドアを閉めに戻ってから、レオポルドは言いたした。「本当は、彼女がここにはいるなと言ったんだよ」

ドアを閉じてからレオポルドはマントルピースまで歩いてくると、それを背にして立ち、臆する様子もなくヘンリエッタを見つめ、なにか考えているようだった。物腰には神経質なところがありながら、明らかに自分のことに囚われていて、他人を怖がるひまはなさそうだった。ヘンリエッタの目の前にいるのは、黒い瞳をした、すごく痩《や》せた少年で、フランス人かユダヤ人に見えた。鼻は高く美しい鼻梁《びりょう》をもち、髪の毛はとさかのように立ち上がってから下に垂れていた。何世紀も昔の絵に出てくる王族の子のように青白くて、蠟人形《ろうにんぎょう》のような堂々とした非人間的な様子があった。ごわごわした生地の濃紺のセーラー服に、青いニッカーボッカー、なんとなくみっともない黒いソックス……。ヘンリエッタはソファーの上に起き上がり、髪の毛を押さえる半円形の櫛をしっかりと深く押し込んだ。

二

ヘンリエッタがソファーの上で居ずまいを正し、半円形の櫛を押し込んでいる間、レオポルドは前に銅版画で見たことがある可愛い少女を思い出していた。その少女は公園で輪回しをしていて、髪の毛は旧式な結い方で頭の上にまとめてあった。心のなかにある興奮が大きすぎて、心の外側にあることは、この家のなかのことであれ、変だなと思う余裕がまるでなかった。しかし彼は、目覚めるまでソファーの上で長く体を伸ばしていた少女を見て、眠ってはいても、ヘンリエッタがまだ味わったことのない感情に晒されているのを見てとっていた。横たわり、髪を下に垂らし、新たな元素のなかに漂う何者かのように、手品師の少女が浮遊するように、空中でじっと停止し、まさにその眠りに身をこわばらせている。しかしいま彼女は目を覚まし、その物腰は瞬く間に行き届いた、過剰なまでの良識に支配され、不思議の国のアリスそっくりになった。この少女は、不思議がることはあるとしても、とレオポルドは考えた、なにかが本当にその身に起きることはないだろう。

彼が言った。「ミス・フィッシャーが言ってたけど、君は今日だけここにいるんだってね」

「私はただパリを通るだけなの」ヘンリエッタは国際人ぶって鷹揚《おうよう》に言った。

「それは君の猿だね？」

「そうよ。生まれたときから持ってるの」

「へえ」レオポルドはこう言って、なんとなくチャールズを見た。

「あなた、いくつ？」ヘンリエッタが問いただした。

「九つ」

「あら、私は十一」

「ミス・フィッシャーのお母さんはとても重い病気なんだ」レオポルドが言った。彼は肘掛け椅子に座って足を組むと、前かがみになって、片方の膝の切り傷を調べた。四脚あるビロードの肘掛け椅子は部屋の隅から少し離して丸テーブルに向けて置かれ、そのテーブルの表面に窓が映り、シュニール糸で編んだ房つきのテーブルマットが中央に置いてあった。彼はおでこに皺《しわ》を寄せながら言った。

「と、マリエットが言うんだ、少なくとも」

「マリエットって？」

「ここのメイドだよ。僕の着替えを手伝いたがってさ」

「あなたは彼女がいまに死ぬと思う？」ヘンリエッタが言った。

「それはないと思うな。僕は出かけるしね、そのうち」

「たいへんなことになるわ」ヘンリエッタはショックだった。

「僕もそう思うよ。だけど僕はマダム・フィッシャーを知らないから」

子ども同士が微笑を交わすのは、決して自然なことではない。ヘンリエッタもレオポルドも、いつもの自然な作法を保っていた。彼女が言った。「でもね、私はミス・フィッシャーが連れ出して下さるとばかり」

レオポルドはサロンを見回して言った。「そうだね、これはパリを見物するには、ちょっと変な方法だよね」そっけない口調だった。僕には関係ないもの。

「私、どこかに来たっていう感じがしないな」ヘンリエッタが不平を言った。

レオポルドは立ち上がり、ぶらぶらと窓に近づいた。ヘンリエッタに背を向けたまま、外にある木を眺め、何気ない声で言った。「僕の母が今日来るんだ、だから母と僕で出かけるんだ」

「あなたたち、なにをするの？」

「ええと——ケーキ屋《パティスリー》さんでお茶をするよ」

「私の祖母はいまはマントンで暮らしてるの」

「そう。だから君はそこへ行くんだね？」

「そうよ。ミス・フィッシャーが話したのね？」ヘンリエッタはこう言いながら、満足だった。

「話したと思うよ」窓からこちらに振り向いた彼は、前より元気よくそう言った。「君のお母さんはどこに住んでるの？」

「あら、母は死んだの」ヘンリエッタはなんだかきまりが悪かった。

「へえ、そうなの？」レオポルドは愕然とした。物腰がややこわばり、まるで罠を仕掛けられたみたいだった。彼はヘンリエッタの猿を耳をつかんで拾い上げ、うわの空で猿を調べた。ぐにゃりと曲がる柔らかい手と足と縫い目のある手のひらが、だらりと垂れている。

「やめて!」ヘンリエッタが叫んだ。「お耳がとれるじゃないの!」

「しっかりついているみたいだよ」レオポルドはそう言って、耳を試してみた。「どうして君は、『やめて!』なんて言ったの? 猿が痛がると思ってるの?」

「そうね、私、彼が感じてると思うのが好きなの。どこにでも連れていく意味はそれしかないかな……。前に何度もパリに来たの、レオポルド?」

「それ、きーきー鳴く?」彼は言葉を続け、夢中になってチャールズの腹を突っついた。

「鳴きません。お願いだから彼を下ろして。パリへは何度も?」

「ううん。僕はスペツィアの近くに住んでるんだ。イタリアはフランスよりいいよ」

「どうして?」彼女はいらいらして言った。

「ずっと暖かいもん」彼は言って、眉を上げた。「それに、それほどみすぼらしくないんだ。おまけに、いまでも王さまがいるし。マントンは前はイタリアだったのに、フランスが奪ったんだ。誰もフランスなんか行かないよ、イタリアに行けるなら」

「だったら、どうしてあなたのお母さまはイタリアまで行って、あなたに会わないの?」

「遠すぎるからさ」レオポルドは堂々と答えた。日の当らないモスリンのブラインドにシルエットを映しながら、爪先とかかとを使って体を前後に動かしている。きいきいと、靴が寄せ木の床で音を立てた。懸命にバランスを取りながら、ときに前にのめりすぎ、あわててうしろに引き返す。両手はその間ずっとポケットにいれたままだった。自分で自分の揺れる玩具になり、その均衡が心を弾ませていた。そうすることで、彼はヘンリエッタに自分にはなんの考えもないことを示していた。彼女はしかし、見ることを拒否していた。灰色と黄色の壁紙から突き出している蛇腹を見上げ、こう考えていた。彼の望みは誰でもいいから自分を見てくれる人なのだ。

　レオポルドは何気なく言った。「ミス・フィッシャーは僕の母と僕のことで、なんて言ってた？」

　ヘンリエッタはまだ足をソファーの上に乗せたまま、蛇腹から下ろした目で自分がはいている茶色の靴の爪先を凝視した。それからしきりに前のほうに視線を走らせ、足の下に敷いた『ル・マタン』からひとつふたつフランス語を拾い読みした。ミス・フィッシャーから託されたタブーを忘れるはずもなかった。しかしこれこそ彼のほうから自分で決めて選んだ話題であり、彼がどのように感じているか、それを彼女は知りたくてじりじりしていた。「あら」とヘンリエッタ。「ミス・フィッシャーはただ、あなたのお母さまはどこかよそに離れて住んでいるって」

「よそに離れてって、なにから離れて？」

「あなたからよ」

　レオポルドは体を揺らすのをやめ、靴のかかとをどんとついて戸惑ったように立ちつくし、虹彩を大きく見開いた瞳を中央に寄せ、その目で見据えたので、彼女は一瞬、彼は斜視だと思った。彼が言った。「それで君は、面白いと思ったの？」

「そうよ、思ったわよ」彼女は大胆に言った。「これは面白いと思ったわ」

「君がもしほかの人にそう話したら、その人たちも面白いと思うかな？」

「そうね、笑ったりはしないでしょうね、もしあなたが面白いとはそういうことだと思うなら。もしかしたら、みんなは特別なことだと思うかもしれない。でも私は、言わないと約束したから」

「ほかの人に言わないと？」

「ええ」

「そんなの秘密じゃないよ」レオポルドは言い放った。

「あら、ミス・フィッシャーがそうおっしゃったのよ」

「彼女は君に、僕には色々と訊くなと言ったんだろ？」

「どういうこと？」彼女は追い詰められた。

レオポルドは密かに微笑んだ。「彼女は僕になにも答えるなって言ったよ、君がなにを言っても。僕がなにも言わないようにと彼女は望んでるんだ」

「だったら、そうしたら？」ヘンリエッタは反撃に出た。

「僕はミス・フィッシャーに従う必要なんかないからね。僕のせいじゃないよ、僕が話しているときに君がここにいるのは。ほら――君のお母さんはもう死んでるから、君はお母さんに会うことなんかできっこないのに、それでもまだお母さんを愛するつもりなの、それとももうそれもダメなの？　君がお母さんを愛したかったら、どうするの、思い出すの？　でも思い出せないのに、会えると聞いたら、お母さんをもっと喜んで愛するの、それともどうなの？」

「なにを言いたいのか、さっぱりわからない」ヘンリエッタは気を殺《そ》がれた――その実、新たな痛みに襲われていた。彼の尋問がヘンリエッタを相手にしているものではないことがわかりすぎるくらいわかっていたし、レオポルドが好んで人を傷つけているのではないこともわかっていて、彼はただ彼女の花びらをむしり、翼をもぎ取って、自分を奮い立たせているだけなのだ。感情に左右されない彼は、ヘンリエッタには残酷というよりも不気味だった。普通に安心させてくれる大人がいないと、大人による仲裁がはいらないので、見知らぬ子ども同士がたがいに感じる恐怖は限度を超えてしまい、恐怖は人生がごまかすことはあっても、その正当な根拠は終生変わらない。子どもが子どもに加える暴力に終わりはなく、ふたりだけの話が静かに続く。ヘンリエッタはレオポルドが次になにを言い出すか、それが怖かった。救いのない涙がこぼれ、ヘンリエッタは目蓋《まぶた》がちくちくしてきた。

「あれ、君はお母さんのことがまだ哀しいの?」彼が言った。

ヘンリエッタはきっとなって、壁紙のほうに顔を向けた。

「私、母のことなんて考えていないわ。ただパリが嫌いなだけ。列車にずっと乗ってればよかった」

「うん、すぐに乗れるよ」レオポルドは一転優しい口調になった。微笑が一瞬浮かび、その初めての微笑が晴れやかに理解を示して彼の顔がほころんだ。「君は今夜はもう列車に乗ってるんだよ、でも僕は自分がどこにいるのか知らないなんて!」

「たぶん別の列車よ」彼女は意地悪く言った。

「あのさ、君と僕はまるで反対だね。僕は母を覚えてないけど、いまに会える」彼はヘンリエッタをまじまじと見つめ、自分に確かめるように、言葉の効果を観察した。

効果は奇妙なものだった。ヘンリエッタは視線を下に落とし、膝の上のドレスの皺を伸ばしてから、格別にしとやかに意見を述べた。「さぞかし嬉しいでしょうよ。興奮なさるのも当然だわ。私が興奮しているのは、マントンに行くからなの」彼女はそこで両足をいったん振り上げてから床に下ろし、そうしてソファーから立ち上がると、ラジエーターのところへ行き、両手を広げてその上にかざした。

頭をつんとそらして手の爪が清潔かどうかじっくりと眺め、レオポルドのことは意識から消えたみたいだった。それからそろそろと移動して、チャールズの椅子のうしろにあるコンソールテーブルの上にある花瓶に活《い》けられたクレープデシンの紙で造った薔薇の花を調べた。薔薇のうしろを覗いたら、ツゲの木の小枝に薔薇の花が針金で固定してあるのが見えた。時計をちらりと見て、あくびを上品に噛み殺してから、声に出して自分に言った。「まだ十時が二十五分すぎただけか」女に生まれた少女は、これに一連の仕種をつけ、自分の個性ばかりを主張する人にどれほどうんざりしているか、そのことを見せつけた。レオポルドに対して抱いていた不安は、困惑に変わっていた。彼女はすでに誰かに会うと、その人の考えが自分一点に注がれることを願い、この成り行きを視野に、大人になるのを楽しみにしていた。

　結婚した姉のキャロラインは、苦もなく悠然と泳ぎだすことで、すべてを意のままに操り、さながら流れを下る一羽の白鳥だった。キャロラインを無視できる人は、いまではひとりもいなかった。姉妹の祖母であるミセス・アーバスノットは、その素知らぬ顔で人の注目を集め、ミス・フィッシャーが言うように、世間の上位に君臨しながら、人々は彼女の好むままに動いた。彼女と知り合いになりたい大勢の人たちのなかから選び出した二人か三人の人は、あまりにも目立つ人たちだったので、ヘンリエッタは彼らを見かけるだけで、これは特権だと思った。そうした友人のひとりがヘンリエッタに気を許して、あなたのお祖母さまはユニークね、と言ったことがあった。むろんそのとおりだったが、ユニークでない人がいるかしら？　それにミセス・アーバスノットには、二番手の友人たちと補欠の友人たちがいて、そのひとりであるミス・フィッシャーのことは、役に立ちそうなときだけ思い出した。キャロラインは祖母と同等の影響力があった。キャロラインの石臼に近づいたものは、みな粉に挽かれる穀物だった。一時期彼女は裏をかかれたり陰気だったりしたが、大人になったいまは、手に触れるものがすべて花開いた。ミセス・アーバスノットとキャロラインとその友人たちと同席し、心ならずも黙ったまま何時間となく過ごすうちに、ヘンリエッタは彼女たちの魅力、彼女たちのずるさ、そして他人の感情を意のままにする彼女たちをはっきりと知り、名を上げないと抹殺される世界に自分が生きていることを早くも疑わなくなっていた。ミセス・アーバスノットとキャロラインは、なにかで立ち止まるということがなかった。おそらくヘンリエッタだけが、このふたりがどこまで行くかを知っていた。ふたりは月桂樹のように繁茂し、しかも悪者ではなかった。ミセス・アーバスノットはどことなく曖昧で無頓着に見えたので、この人はいい人に違いないとみな思った。キャロラインの若い夫の見るところ、夫人は完璧だった。ミセス・アーバスノットはこの冬は、ニースの近くのボーリュー村にある庭付きの別荘を貸すという申し出を断って、マントンの地中海を見下ろすフラットのほうの申し出を受けた。

ヘンリエッタは父親のマウントジョイ大佐から金髪と自己不信感を受け継いでいた。野心的なところは、もう一方から来ていた。父親はミセス・アーバスノットとそりが合わず、ふたりきりになるといつも落ち着かなかった。義母の訪問中は、コートの襟を立てていたい気分だった。妻に死なれた後は、なすすべを失ってしまった。ミセス・アーバスノットがヘンリエッタを引き取るのが、きわめて自然に思われた。ヘンリエッタはこの祖母を息もできないほど信頼しており、蛇腹のような道路では、誰しも運転手を信頼するしかないのだ。

「十時二十五分過ぎか」ヘンリエッタは繰り返した。「ああ、お外に出たいなあ！」

「へえ、どうして出ないのさ？」

彼女はきっぱりと言った。「付き添いなしでは出られないの」

レオポルドは、幼い少女たちがパリでどんな運命に晒されようと、なんの関係もなかったので、面白がって彼女を見た。そうとうしゃべったので、興奮はやや鎮まっていた。もやもやとした好意をヘンリエッタに感じていたし、彼女が部屋にいることが嬉しくなりかけていた。彼女のごく当たり前のマナーのおかげで、自分はそれほど異常ではないと感じていた。スペツィアのはずれにあるヴィラ・フィオレッタでは、養子縁組で親子になったサリー小母とマリアン小母とディー小父がいて、この人は同時に彼の家庭教師だったが、彼らのせいで、レオポルドは自分のことで頭がおかしくなりそうだった。彼は理解されすぎていた。彼が言ったこととしたことのすべてが、ヴィラの部屋から部屋の空洞にこだまとなって響きわたり、これらの人々が彼のことを注目すべき少年だと思っていることが厭になるほどわかっていた。選ばれた子どもじみた子どもたちと遊ぶときは、わざとペテン師になり、彼らがたえず感心するので、すぐ感心する彼らを心から軽蔑していた。なにか断定的な暴言を吐いて、世界に亀裂を起こしたかった。海岸にいる男たちと、せかせかと忙しい召使たちだけが、誰よりも物知りな自分を意識しないですむ人たちだった。マリアン小母とサリー小母は、色褪せた唯美主義者で、国籍を離脱したアメリカ女たちだった。ディー小父は、あろうことか、マリアン小母の夫だった。ヴィラ・フィオレッタを購入する前は、一家はローマに住んでいて、レオポルドは楽団と喧騒と温水ポンプがなくなったのがいまでも残念だった。あの町は彼の野心の象徴になり、その誇りが力づくでじかに訴えてきたので、中世以前の時代は無意味になった。丘陵も尖塔も彼のために造られたような気がした。生まれてきたということが、皇帝や法皇たちと同等の尺度に乗って、まぶしいほど真っ白なヴィットリオ・エマニュエーレ記念碑のように、いたるところで目についた。彼は事実、私生児として生まれた誇りのすべてを身につけていた……。だが、ローマはマリアン小母の喘息《ぜんそく》に合わなかったので、一家は引っ越した。スペツィアはレオポルドにほとんどなにも提供できなかった。彼の早熟さが自家中毒を起こし、太陽の下の切り立った海岸も、ロマン主義詩人シェリーを呑み込んだ、小波の立つ青い海岸線も拒否した。ディー小父の教養と哲学談義をシャワーのように浴びたものの、彼の精神は蟹の殻をかぶっており、小父その人も教養はあったが博識ではなかった。

薔薇の花のうしろを覗き、それから時計をちらりと見たときのヘンリエッタの不満そうな冷淡な物腰から、レオポルドは彼女の真価を知った。彼など眼中にないことを彼女は示したのだ。彼が言ったことは、彼女をよそよそしくしただけに終わったにしろ、そのすべてがまだ彼のものだった。これまで彼がいた場所では、親切が空気を濃くし、感傷が彼の誕生にまつわる謎を餌食にして肥大していた。性のことが彼の感情に触れる力を持つまでの長い年月、性は色々と厄介な角度を持つ動機として画面に押しいってきた。率直に質問できる相手がひとりもいなかった、「これはいったい、どのくらい変なのか？」と。することがないときのヘンリエッタは、彼が初めて見た全身が映る姿見だった。彼女は今夜のうちにマントンへ発つのだ、いつも連れているお猿とレオポルドの思い出とともに行ってしまうのだという思いから、レオポルドは哀しみが半分まじった興味を持って彼女のほうをちらりと見た。鋭くてしかも内気なその瞳が、旅立ちを象徴する物の上に落ちた。ペーパーレザーの旅行カバンがドアのそばにあった。

「あれも君の？」

「ええ」彼女はたいそう物々しく言った。「昨日、私のために買ったのよ。旅行には便利よ、ええ」

「ロンドンで買ったの？」

「ええ。あなた、行ったことある？」

「ううん。それ、重たい？」

「なにを重たいと言うかによるわね」

レオポルドは旅行カバンのほうに行ってカバンを持ち上げ、重さを試してから、ぐるぐると大胆に振り回した。「こんなの重くなんかないや」彼は言った。「なにがなかでごろごろ言ってるの？」

「林檎」とヘンリエッタ。「――振り回すものじゃないけど」

振り回すものではなかった。ふたつの留め金が怒ったようにぱちっと弾けた。林檎が二個、石鹸がひとつ、それに黒檀のヘアブラシが飛び出してきてぶつかり合った。スポンジいれのバッグがどさっと音を立て、『ザ・ストランドマガジン』とマダム・セギュールが書いたフランス語の少女小説『ソフィの不幸』が表紙を下にして床に落ちた。トランプのカードは、運よく箱のなかに収まったままだった。「ほら、もう！」ヘンリエッタが言った。この言葉で彼女は男の子はみんな乱暴だという持論を確認していた。

レオポルドは口を開けた旅行カバンを持ったまま、林檎が一個転がって椅子の下にはいるのを見ていた。締め切ったままだった林檎と石鹸の匂いが部屋中に流れた。彼は言葉もなかった。ここに立っている意味もなかった。誰かが二階で動いた。天井で足音がした。

「あなた、マダム・フィッシャーを起こすつもりね」

「ごめんなさい」レオポルドは口をへの字に結んで言った。彼がこれほど身をすくめるとは、まず彼女には信じられなかった。この大失態で万事休すと思ったのか、彼はなにかを拾うことすら忘れてしまい、悔しさに凍りついて立っていた。彼の顔はヘンリエッタには喜劇のお面だった。彼女は道化に見えることがどんな気持ちがするものか、それがわからなかった。彼女の目に映ったレオポルドは、大きな偏平足につまずいたり、帽子の上に尻餅をついたり、途方にくれたコメディアンだった。この朝初めて浮かんだ微笑が頬をくすぐり、それから彼女は声を立てて笑った。笑いながらソファーに座ると、髪の毛をパントマイムの少女のように、ぱっとうしろに跳ね上げた。

「笑うのやめてよ」レオポルドの声は震えていた。

「私が怒っていないのを喜んだら。さっき言ったのは――」

レオポルドは瞳を上げたが、その燃えるような黒いまなざしは、できることなら相手を殺したいというまなざしだった。「僕は平気さ、君がどんなに怒ったって」

「あら、そうやって赤ちゃんぶるものじゃないわ！」ヘンリエッタはそう言い放ち、動じるどころか、得意のアリスに変身していた。そしてやおら膝を曲げて石鹸を拾い上げ、そのままあたりを見回した。「あなた、手伝って下さるでしょ」彼女は言った。

「君は自分で面白がっているんだ」レオポルドはそう言って、動こうともしなかった。

ヘンリエッタは膝をついたまま、怒って彼の膝を見た。片方の膝に切り傷があり、駆け出したときにつまずいて、猛烈な勢いで転んだに違いなかった。そう思うと彼女は嬉しくなった。「あら、それじゃあ、あなたはなんなの？」彼女は言った。これが恐るべき沈黙を招いたので、彼女は少し怖くなって、こそこそと這い出して林檎のあとを追った。「あなたは甘やかされた駄々っ子なんだ」とさらにかまわずに言い足して、彼女は肘掛け椅子の下に手を伸ばした。

『ザ・ストランドマガジン』て、なんなの？」レオポルドは突然そう言って、何事もなかったように雑誌をつまみ上げた。

ヘンリエッタはこのあっけない幕切れが嬉しかった。「あら、ただの雑誌よ」

「イギリスのだ」レオポルドが言った。そしてページをくり、そこに鼻をうずめて言った。「イギリスの匂いもする。ストランドってなんのこと？」

「シーッ！」ヘンリエッタは叫んで、いきなり座り直した。「誰かが来るわ。ミス・フィッシャーが降りてくる」

三

ミス・フィッシャーは心配そうにひとわたりサロンを見回した。そして「あら、まあ！」と言うが早いか飛び出してきて、二個目の林檎を拾った。体をかがめたとき、茶色のペティコートの裾のフリルがスカートの下からちらりとこぼれた。「これは誰の？」彼女は言った。

「私のです」とヘンリエッタ。「カバンから落ちたんです」

「どうやら傷がついたわよ。もったいない！　まあいいわ、ヘンリエッタ、オレンジを上げるから。想像してみたら、あなたは明日になれば、木になっているオレンジを見るのよ。いい春になるわよ――一年のこの時期に太陽なんて、どれほどあなたになりたいことか！」彼女はハンカチを取り出して、哀しげに林檎をぬぐった。

「あなたが私ではなくて、本当にお気の毒さま！」ヘンリエッタは上品に言った。レオポルドはミス・フィッシャーを見て、変になった人かと思ったが、彼女の変人ぶりなどどうでもよかったので、『ストランドマガジン』を持って窓のほうへ行った。彼の存在がミス・フィッシャーの落ち着きを奪い、前よりずっと馬鹿みたいになっていた。彼女は不安げな視線で彼のほうを見て言った。「あなたたちふたりで仲良しになったのね、どうやら」

「ええ、おかげさまで」ヘンリエッタが言った。

ミス・フィッシャーの不安そうな微笑が不安そうに消えた。「それはよかった」彼女は言った。「おたがいに相手になってね。この日が過ごしやすくなるわ」

「僕はここに長くいるわけじゃありませんから」レオポルドが言った。

「当然よ、当然いるわけないわ」ミス・フィッシャーは同意して、ヘンリエッタに意味ありげな視線を投げた。「レオポルドは今日の午後に来るお母さまを待っているのよ」芝居じみた声だった。

「知ってます」ヘンリエッタは嫌味な言い方をした。「あなたがそう言ったから」

ヘンリエッタの裏切りから受けた激しい感情を隠そうとして、ミス・フィッシャーはそそくさと自分のハンドバッグを林檎のそばにあるテーブルの端に置いた。彼女は言った。「この午後だけど、もし母が眠れて私の看護がいらなくなったら、あなたと私で出かけましょうね、ヘンリエッタ、パリを少し見物しましょう」

「まあ、ありがとうございます。私が見たいのはトロカデロなの」

「凱旋門のことじゃないの？」

「いいえ、いいの、トロカデロなの」

「でもあれは歴史的なものではないし、あまりいい趣味のものじゃないのよ。私はリュクセンブルグ公園に行こうと思っていたのよ、この近くだし。それからナポレオンのお墓とか」

「ナポレオンは好きじゃないの」とヘンリエッタ。

「でもあなたのお祖母さまがきっと――」

「祖母は気にしないと思います」

「ノートル・ダムとか――」

「トロカデロを見るほうがいいんです、すみません。うちにある手袋箱《グラブボックス》のなかにその絵があるの」

ミス・フィッシャーはため息をついて、また窓のほうを向いた。「そうなの、ヘンリエッタはあなたに雑誌をくれたのね」彼女は言った。「まだ疲れてるの、レオポルド？　ミルクを飲んでみる？」

「いいえ、ミルクはけっこうです、ありがとう」

「それでトロカデロの後は」ヘンリエッタが続けた。「できれば――」

しかし誰かが頭上で決然としてこつこつと叩いた。

「母がずっと待っているのよ」ミス・フィッシャーが叫んだ。「昨晩はあまり眠れなくて、今朝になって眠ったものだから。目を覚まして、あなたにすごく会いたがっているのよ、ヘンリエッタ、なにがあろうと。あなたのお祖母さまのことばかり話したから、私がシャムブレーから戻った年からずっと。だから、あなたの休憩がすんだようだったら、私たちは二階へ上がりましょう」

ヘンリエッタは真っ青になった。「すごくお悪いのでは？」

「ちょっと会うくらいならいいのよ。あなたは関心の的よ。母はずっと上でひとりぼっちだったから」

「レオポルドには会いたくないんですか？」

ミス・フィッシャーは目を伏せたが、もし肌色がこれほど土気色をしていなければ、頬が紅潮していただろう。「レオポルドはもう少し休憩しないと」彼女は早口に言った。「元気になっていないとね、お母さまが見えたときに」

ヘンリエッタは赤いベルトをぐいと引いてバックルがおなかのまんなかに来るようにしてから、糊の利いたピーターパンカラーの内側に人差し指を走らせた。犠牲にされたと感じた。「フランス語はあまり話せないけど」

しかしミス・フィッシャーはおかまいなしに、ヘンリエッタにはほんものの狂信者にしか見えない笑顔を浮かべ、もうドアを開いて待っていた。ヘンリエッタは一度だけレオポルドを見てから、彼女の先を歩いて部屋を出た。ドアがふたりの背後で勝ち誇ったようにばたんと閉じた。

『ストランドマガジン』はレオポルドにとって宝の山に見えたが、インチキくさい表紙とその艶出し加工の匂いのほうが、中味よりずっと豪華なことがわかった。内容の不可解さをさげすむように眉をひそめ、それでもなんとか読んでいるうちに、女たちがいなくなったので、歩いてソファーのところに行き、雑誌にかぶさるように片方の肘をつき、茶色に日焼けした手でページをくっていると、イギリスがそこにあるような気がしてきた。政治家や軍艦の写真、くだけた感じの女たち、執事たち、スポーツカーや樫の木の羽目板のある屋敷の絵などを夢中になって見た。挿絵入りのコミック・ストーリーのあるところまで来ると、もう行き止まりだった。彼が恐ろしくユーモアを欠いているのは、生まれと指導者の不在から来ていた。イギリスで人を笑わせたいなら、牧師補、下働き、公爵夫人、独身女がいれば十分だということを誰も教えてくれなかった。雑誌はその厳格な象徴主義、つまり軍神《マルス》のイデオロギーでレオポルドを戸惑わせた。異国情緒のベールがあらゆるイメージにかかって、すべてをぼやかしていた。一度など、ひとりの提督が敬礼している姿を見て、彼のなかで花火が上がったような気がした。しかし彼はこの雑誌がなにを言っているのか、わからなかった。具体的ななにかがあればと願いながら、広告を見ていった。そしてため息をつき、肘をついたまま体の位置を変え、目をそらした。

ミス・フィッシャーはハンドバッグを忘れていた。ヘンリエッタを二階へ連れて行くのに気を取られ、擦り切れた黒いモロッコ皮のバッグが、林檎のそばに置き忘れられていた。レオポルドの目がそれに止まってきらりと光り、すぐに思った、あのなかには僕のことを書いた手紙がはいっているかもしれない。ハンドバッグに目の焦点を合わせ、するどく聞き耳を立てた。階上に動きはない。レオポルドはソファーを離れ、スチールの留め金を指でまさぐり、それから平然とバッグを開けた。この物体は深いグレーの裏地を見せ、黴臭《かびくさ》い香りを放った。二枚のハンカチと札入れの間から、レオポルドはリスのような素早さで、三通の封筒をつまみ出した。そのほかの書類には——フランス語で書かれた何枚かのリストと、ヘンリエッタの到着時間を確認した電報だった——関心はなかった。レオポルドはその他のものは全部二度ずつ見たのに、いくぶん神経的な理由から、手紙を二度目に見るのを遅らせていた。立ち聞きは試練である。そこで彼はバッグを閉じ、また林檎のそばに戻した。どこから見てもバッグに手を触れた形跡はないと誓ってもいいくらいだ。

最初の封筒にはマントンの消印があったので、ヘンリエッタだけが興味を持つはずのもの。彼はそれをわきにどけた。二通目は——薄いグレーのヴィラ・フィオレッタの便箋だった——見慣れたマリアン小母の筆跡を見せていた。三通目は、真っ白で四角く、ベルリンの消印があって、力強いが、ためらったような筆跡で宛名が書かれ、彼が先週になって母親のものだと知ったあの筆跡だったが、母親が彼に手紙を寄越したことは一度もなかった。この封筒は薄く、そう、たいそう薄かった。空っぽだった。彼の母親の手紙はなくなっていた。ミス・フィッシャーが彼を打ちのめした。

　レオポルドは戦利品を抱えてソファーの端に上がってあぐらをかき、無意識に頭をそびやかしていた。彼は思っていた、あれはベルリンからだった――だが母はいまパリにいる。僕は彼女に会うのだ。彼女が手紙に書いた中身は知る必要もない。あのドアが、日が暮れる前に、三時になる前に、ヘンリエッタがトロカデロを見に出ていく前に、開くのだから。あのドアが開いた瞬間から、僕の記憶が始まるのだ。いま僕があの扉を開いたところで、玄関ホールの壁紙があるだけだ。その時が来てあれが開けば、母の顔がある。僕はいま想像できないものを見ることになる。いま彼女はパリのどこかにいる、僕のために……。

　それから彼はマリアン小母の分厚い手紙を開いた。彼女はこう書いていた。

　わが親愛なるミス・フィッシャー、あなたの二通目のお手紙を受け取りましたが、たいそう明快でしたので、これほど十分に書いて下さったことにお礼申し上げなくては。いまからレオポルドをジェノアで列車に乗せますが、万事よろしく。次の二日間については、私たちはみな最善を願っています。私たちは、もちろん、あなたと彼の母親の希望に従うべきだと感じています。あなたは私たちの希望を共有して下さるものと思いますが、レオポルドには辛い場面なしですませてやって下さい、私たちが当然そう懸念するのは、彼の年齢もあり、彼の非常に神経質な疑り深い気質もあるからです。レオポルドはリヨン駅に水曜日の夜の二十時三十三分に到着の予定、これをキャンセルしたという電報を受け取らない限りはこれですから。彼は私たちのジェノア在住の友人、シニョーラ・ボニーニのお世話で旅をしますが、この方はパリに親戚がいて、あらゆる意味で同情して下さる方です。あなたはきっと、と心配なのですが、疲れきった若い旅行者を迎えることになりますわ、というのもレオポルドは非常に興奮しやすいものですから。こう言っても過言ではないでしょう、私どもは、こうした心を乱す条件のもとで彼が長旅をする影響を憂えている、と。寝る前に食べさせないで下さい、消化機能が繊細で、精神的な緊張がいつも胃にくるのです。ミルクとペリエのコップ一杯（同量ずつ）で十分なので（あるいは薄いブイヨンを）、彼がなんと言おうとかまわずに。彼には降りたらすぐ列車にそって歩き、改札口であなたを待つように言います。着ている物は、薄茶色のトップコートに青い水兵帽です。シニョーラ・ボニーニは、アザラシの毛皮で行くとのことですが、上唇のところにうっすらと髭が生えていて、彼の横に立って待っているからと約束してくれました。シニョーラ・ボニーニには思慮深くもお送り下さったあなたの写真を渡してあるし、レオポルドには知らない人にはなにも訊かないように、向こうからなにを言われても返事をしないように注意してあります。彼はイタリア語を流暢に話しますが、フランス語はほとんど知りません。フランス語には関心を持ってくれません。

私たちがあなたの温情あふれたとても理解あるお手紙から感じたのは、あなたがレオポルドに思慮深い同情を抱いておられることです。彼はもう、あなたがご存知の黒い目をした赤ちゃんではありません。悲しいことに、あまりにも多くの年月が過ぎたまま、お約束のご訪問がありませんが、お母さまのご健康がきっとこの理由だったのでしょう。お加減が悪くなりませんように、レオポルドの母親の訪問がお母さまに障りませんように。レオポルドに寄せるあなたの優しい感情を知るにつけ、過去における彼の不運な父親とあなたの間にある絆が、つねにそれを新たにするのでしょう。友情って死なないものですね！　私たちが感じているのは、彼の誕生にまつわる状況は別にして、レオポルドの遺伝（父方の不安定性と母方の自制心の欠如）が彼にとって行動を難しくしているのではないかということで、彼をしかるべく保護し指導しようと努めています。彼は極端な感受性を示し、その心はとても興味があります。独創的な子だと信じているので、手仕事をするよう激励したり、できるかぎり、戸外スポーツを楽しむよう勧めています。彼はまだ直接的な性教育がいるほどには成熟していないと考えますが、私の夫が植物学と神話でその工夫をしています。彼自身に関する事実がわかるときが必ずくるので、彼にとってギリシャ神話やほかの英雄たちにまさる原型はないことがわかる、と感じています。彼の宗教的な感覚は、まだ眠っているようです。私たちは、「神は愛なり」を基本に、特定の宗派に片寄らない広い方針で彼を教育しています。

私たちは、レオポルドの母親が事実をどうやって明かすのがふさわしいと考えているのか、見当がつきませんが、あなたから彼女に、分別をわきまえることと、彼の気質のことと、直接的な性教育をまだ受けていないという事実を重視するようお願いして下さると信じています。彼女が口にする事実はどれも私たちにはまだ不適切に思えます。私どもは彼女に格別な用心をするよう強く薦める手紙を書きましたが、返事がないので、私たちの手紙がどんな精神で受け取られたのかわかりません。あなたが最初に彼女と話すのは間違いないので、こちらの言い分を強調していただけたら、とてもありがたいのですが。私たちはときに辛い立場にあります。あなたはきっと私たちが最大限の分別を発揮しているのをわかって下さるでしょう。なによりも恐れているのは、レオポルドを性急に動揺させることです。レオポルドには（奇妙なことに彼は一度も質問しませんが）、お父さんは亡くなって、お母さんはイギリスで結婚した（二度目の結婚を彼が理解してくれるものと存じます）と説明してあります。どうして彼が母親と一緒にいないのか、これも幸いなことに質問しません。彼はなにも疑っていないようで、ふさぎ込むような兆候もありません。私たちは彼の子供時代を明るく美しいままにしようと努め、私たちの働きが無駄にならぬよう願うばかりです。

　レオポルドと一緒に暖かい下着の着替えを二組、小包で送り、あなたかまたはあなたのメイドから彼がすべて着るよう気をつけてやって下されば幸いです。それから彼におなかの調子について訊いて下さいますか？　旅行の影響で便秘したり、消化不良をすぐ起こしますので。昼間はなにを食べてもいいのですが、よく噛むように励ましてやって下さい。それから土曜日にはどの列車に乗って彼が帰ると思っていればいいのか、電報でお知らせ下さいませんか？　それにこの手紙がお手元に届いたこともどうかお知らせを。それにまたレオポルドがパリで過ごした時間内にあなたが支払った費用を記録しておいて下さい。ただしもちろん可能性としては、彼の母親がこうしたことに対処することを好むこともありましょう。私どもがどうしても感じてしまう不安が的中しないようにご配慮下さるものと信じつつ、これにて、私の夫、私の妹、そして私からの、心からのご挨拶といたします。

かしこ

親愛なるミス・フィッシャーへ

マリアン・グラント－ムーディ

この手紙がレオポルドに与えた打撃は大きく、彼はしばし呆然としたように見えた。座ったまま親指と人差し指で上唇をつまんで引っ張り——それはサリー小母がかつて言ったように、神さまがデザインして下さった口元を台無しにする行為だった——、彼はいま外側から見えるものを凝視していた。反感に襲われて恐ろしくなり、急いでミセス・アーバスノットの手紙を取り上げると、心に開いた裂け目をなにかでふさごうとするように、それを読んだ。

わが親愛なるカワセミ《キングフィッシャー》さん、どうして一度も手紙を下さらないの？　クリスマスにカードが届き、あとで手紙がくるものと思ったのに、一言もありませんでした。あなたのことをさほど首尾一貫した方ではないと決めようかしら、湖水の周遊ドライヴをしたときにあなたが自分でそう宣言なさったほどでもないと。あなたのパンジーの押し花が先日、ド・セヴィニエの書簡集から落ちて、ご一緒に印をつけた一節にまた微笑がこぼれましてよ。あなたはというと、例の青いロングコートを着て岩の上に立ち、カワセミみたいに、水中めがけて飛び込もうと下を覗いているところを見ていろというの？　二度とあなたを見ない、ということかしら？　ここでは（便箋のへッドを見れば私がマントンにいることがわかるわね）、私は太陽の中を這い回っているのよ、ほかの大勢のおばあさんたちとご同様に、人のことをすぐ忘れる友人を思い出しながら。老人は、そうですとも、要求が多すぎてはなりません。そしてあなたの生活が近頃は目が回るほどお忙しいことは存じています。

突然思いついたことがあるの――あなたはおしゃまな少女がお好きかしら？　まさかあなたがと思うけど、言ってしまうわね。ヘンリエッタは、私の問題の孫娘ふたりのうちの妹のほうなのですが（キャロラインは去年結婚して、あなたが会ったのはこちら）、私のところに来ることになって、ここで冬を過ごすのよ。比類なき女家庭教師がひまを取ったの、病気でね、だから当の父親は娘のことで思いあぐねましてね。人は、前にも言ったように、だてにお祖母さんをやっているんじゃありませんから。

その子の旅の取り決めは私の担当になったらしいの。キャロラインは異常なくらい頭の回る子で、自分の妹のエスコートとして旅をしてくれる女性をふたり探し出したの、ひとりはパリへ、もうひとりはニースまで行くのよ（不運なことに、直通列車の同行者はひとりも見つかりませんでした）。でも最初の女性はどうしてもロンドンから夜行で行くと言い張るし、二番目の人は次の日の遅くにパリを発ちます。ということはパリに着いたその日が丸一日、私の孫にとって宙に浮いてしまいます（彼女がパリに着くのは次の木曜日で、悪いけど、北駅に朝早く到着するあの列車なのよ）。もちろん彼女はG・F・S（少女友好協会）とかそんな場所で過ごしてもいいけれど、パリで最初に見る風景がそれでは、少しわびしくないかしら！　形だけだけれど、それなりに考えはあるの。でもね、あなたとの《シェ・トワ》一日は、彼女にとって祝日のようなものになるわ。親愛なるキングフィッシャー、いかがかしら、これを実現していただけないかしら？　彼女を楽しませなければならないと思う必要はまったくありません。あの子はどこにいてもなにか読んでいますから。でももちろん、あなたが万が一おひまだったら、パリをさっと一目でも眺めるのは楽しいことでしょう。彼女はどこにも行ったことがないし、誰しも十一歳の時は一回きりですもの。彼女は反応が早く、猜疑心《さいぎしん》がある、おちびちゃんで、きっと、間違いなく、あなたを崇拝するわ。事実、私はここ何日もキングフィッシャーご一家のニュースが聞けると思っているのに、そちらは私のことを忘れて手紙もくれませんね。

　でも、では、結論にジャンプするわね！　あなたがヘンリエッタに会わねばならない理由など、どこにもないのよ。おそらくこれに割く時間などないでしょうし、拝察するに、目が回るような忙しさでいっぱいのご生活ですもの。どなたかが（私の気にいる方かしら？）キングフィッシャーのハートと時間を要求しているのはわかっているのよ。でももしも、ヘンリエッタに会ったほうがいいと思うなら、キャロライン（いまはミセス・ウェイド‐トレフュシス、南西部地区、ペラム・クレセント一九五番地）に手紙を書いて、列車の時間（到着と出発、その他）などの詳細と同行する女性ふたりの名前を伝えてくれませんか？　私は忘れそうで心配なので。私は自分で工夫して、小さな可愛いサクランボ色の花型徽章を作りました。ひとつはヘンリエッタ用に、北駅であなたが彼女だとわかるように、もうひとつはあなたご自身用に、それであの子があなたとわかるように（あくまでもあなたが彼女に会う場合のためよ、いつも念には念を！）、あとのひとつは二番目のご婦人にリヨン駅でつけてもらえば、ヘンリエッタとあなたがそれで彼女だとわかるでしょう。ヘンリエッタには、花型徽章をもう一度ピンで留めてからリヨン駅に行くように、どうぞ気をつけてやって下さい。二番目のご婦人は（いま思い出しました、ワッツとかウィルソンとか呼ばれていたわ）私の孫が誰だか知らないかもしれません。これらの花型徽章はすべてキャロラインに郵便で送ってあります。彼女から手紙がくるから気をつけて、これらをすべて確認して、花型徽章を送ってくるはずですから。彼女は怠け者だから、すぐ電報にしたがるのよ。あなたがもしヘンリエッタに会うのが無理なら（私もあまり楽観はしていません）、キャロラインは花型徽章をG・F・Sに送らなければなりません。だからあなたのご親切に甘えるけど、キャロラインに電報を打って下さるわね、どっちみち？　ごめんなさいね、列車の時間もふたりの女性の名前も伝えられなくて、でも、うちにある別のハンドバッグにはいっているのですが、私はいま椰子《やし》の木の下のベンチでこれを書いていますので。ともあれ、キャロラインが万事心得ていますから。

そうよ、あなたを当てにしてはいけないわね、わが親愛なるキングフィッシャー。私があなたを思い出すほうが、あなたが私を思い出すよりずっと頻繁なのは、なにもこんなことをするのが理由ではないのよ。もしあなたが木曜日だけでもいいからヘンリエッタを引き受けて下さったら、打ち明けた話、心の重荷がどれだけ軽くなることか。電報、タクシー、その他の出費は控えておいていただくとして、ヘンリエッタには、こちらでお金を持たせますので、これらのお代をお返ししてから、さようならを言うように、思い出させてやって下さい。几帳面さを学ぶのに、幼すぎることはありませんから。

いつもあなたがここに合流なさったらいいのにと思っています（おそらく、だけど、あなたはパリを離れたくないのね?.)。私のささやかなフラットは、バルコニーは大きいのに、お部屋はみじめになるくらい狭くて数がなく、ヘンリエッタをどこに配置したらいいのか、まだ見当がつきません。彼女はここで小さな学校に通いますから、一日外に出ているわけ。さもないと彼女と私は、向きを変える余地すらなくなってしまうわ。だけど、まずまずのペンションで、聞くところによると、とても楽しいのがいくつかあるとか、この小さなフラットのすぐそばにもあるようよ。だから、わがキングフィッシャーが自分と同じ色のコートを着て颯爽《さっそう》と身を翻《ひるがえ》すところをまた見せていただけるかもしれないわね？　今月と三月は、あら悲しや、私の都合がつかなくて、友人のパーティーがここのご別荘で二度あるし、それでなにかとご用が増えてしまいました。私は平安を求めてきたのに。だからあなたにはあまりお目にかかれないわ。もし四月に来てもいいとお考えなら、この小さなフラットは継続して借りるように交渉してもいいのよ。それが駄目なら、フィレンツェに移らないと、ええ。でも来られるように、できるだけのことはしてね、それではおたがいに最善を期待しましょう。

もしヘンリエッタに会うことになれば、私のニュースがはいるでしょうが、お耳にいれる値打ちがあるかしら。この手紙はいまからポストにはいりますが、私はこれから海まで降ります。相も変らぬコガネムシ色のパラソルで！　ド・セヴィニエの本をあなたに送らないと、ご一緒に印をつけた一節があるし。でも押し花のパンジーは私がとっておきますわ！

あなたの親愛なる、ペイシェンス・アーバスノット

お手紙いつも待っています。

こいつはすごい手紙だとレオポルドは心打たれた。即座にわかった、ミセス・アーバスノットは邪悪であり、勝利者になると。ミス・フィッシャーは名前から彼が想像していたようなカワセミではなかったが、それは見送ることにした。二通の手紙を元通りにたたみながら、スペツィアに帰ってはならないと思った。そして赤いプラスティシン粘土で作った人形の列が見え、それを窓枠に何日も並べたままにしたのは、粘土は日光に当たると硬くなると言われたから、彼が見よう見まねで作った曖昧な造型がディー小父を困惑させ、夜のうちに消えてなくなった。毒気が彼の行為のすべてに忍びより、はびこっていた。彼は自分が騙されて生きているのがわかった。そうはさせない、と彼は思った。ふたたび肉体が与えられたら、その瞬間に黒い風がヴィラ・フィオレッタを吹き抜け、シャッターをもぎ取り、壁の絵画を剥ぎ取るか、あるいは地震が起きて床を割り、ヴィラの上手にあるオリーブの木の丘が噴火し、熱い灰が降って窒息するか。彼らは勝手に開発ごっこをしていればいい。僕はあそこには戻らない……。レオポルドはもう一度母親の封筒を見つめ、ベルリンのホテルの一室で走り書き

された宛名を見つめた。

立ち上がって椅子を押し戻すと、サロンを行ったり来たりしながら、両目を閉じて母親の空の封筒をおでこにつけ、前に見たことがある透視術師の真似をした。それから声に出してゆっくりと読みはじめたが、言葉の一つひとつが目蓋の裏を流れているようだった。「親愛なるミス・フィッシャー」と彼は言った。

「あなたはご親切にもレオポルドをお宅にお招き下さり、私どもが会えるようにして下さいました。私は木曜日の二時半に参りますので、どうか昼食をすませて、邪魔をしないようにして下さい。レオポルドと私が出ていったら、あなたはお好きなように帰ってきたらいいのです。私たちは色々な取り決めがあって忙しく、私がレオポルドを連れてイギリスに一緒に帰ります。私が彼を引き取るので、彼はスペツィアには帰れないから、向うの人たちは誰かほかの子どもを手にいれなければなりません。私は絶対に彼を戻すつもりはなかったのですが、彼らが大騒ぎをするのが怖くて、そう言いませんでした。彼らもそこはパイプにいれて煙にするのがいいのです。私は着いたら、彼のいる部屋に直行しますから、どうかそこにいないで下さい。私がレオポルドなしではいられないという結論に達したのは、私が望む人は彼ひとりだからです。私たちは話すことがたくさんあるので――」

しかしここでドアが開き、ヘンリエッタが顔を赤くしてはいってきた。

「レオポルド！」彼女は叫んだ。「あなたはいったいなにをしているの？　この家は気が変な人だらけだわ！」

四

マダム・フィッシャーの寝室は、サロンの真上にあり、窓はふたつあって、ひとつではなかった。遠くのほうの窓には板のブラインド《ジャルーシー》が降りていて、日光がベッドの頭部を横切らないようにしてあった。病室に香を焚く円錐形の容器が飾り棚の上にあり、そこから渦巻きが出て日光にそってドアの近くを昇っていた。蜂の巣模様のキルトカバーが折り返してあり、その上に日光が白く冷たく落ちている。カーテンを張りめぐらせたベッドの頭部の周囲は、ポンペイレッドの壁紙がすべての事物を飲み込んで暗い影になっていた。写真立て、列をなすガラス瓶、箱、そして装飾時計が輝きもなく見えていたが、透明な洗浄液の仕上げがすんでいない黒ずんだ絵のようだった。ヘンリエッタはこんなに物がいっぱいの静まり返った部屋にはいったことは一度もなかった。ミス・フィッシャーがうしろで閉めたドアのそばに立ち、心臓が口から飛び出しそうだった。彼女の目がやけくそ気味に張り出し棚を見たら、ぎざぎざの貝殻が乗っていて、その口元にカメオが刻まれていた。空気が通わないせいで、変な乾いたなまの体臭がした。

「ヘンリエッタが来ました」ミス・フィッシャーが言った。

「おはようございます、ヘンリエッタ」マダム・フィッシャーが言った。

「おはようございます、マダム・フィッシャー」ヘンリエッタは答えた。暗がりのなかに見えた手はシーツの上でじっとしており、ヘンリエッタはドアのそばの寄せ木の床に立ちつくしていた。

「ほら、ヘンリエッタ、ベッドのこちら側に回っていらっしゃい」

「いいの、いまいるところにいさせなさい。光が当って私にはよく見えるから」その声は小声というよりは弱くなく、遠くで聞こえる声のようだった。「もっと窓の近くに寄って、お願い。めったにお客は来ないんだから」ヘンリエッタはマダム・フィッシャーが苦しそうな息遣いをするのを聞いて、枕もとに近寄った。ミス・フィッシャーがそばに立ち、心配している。「フランス語は話すの？」マダム・フィッシャーは声に微笑をふくめて言った。

「それほどでも」

「話す必要はないわよ」マダム・フィッシャーが言った。「私は何年もイギリスにいたから。女家庭教師だったのよ」

「『マドモワゼル』だったのよ」ミス・フィッシャーが言い、やはり心配そうに微笑んだ。

「そう」マダム・フィッシャーが続けた。「あの頃は、お仕置きに子どもの指の関節をよくぶったものよ、結婚する前だけど」

ヘンリエッタの指関節が痛くなった。「いかがですか」彼女は言った。「今日は具合がいいようですか？」

「いいえ」マダム・フィッシャーが無表情に言った。

「まあ、今日は具合がいいじゃないの、お母さん！」

「私に決めさせてもらいますよ」

ミス・フィッシャーはベッドの壁側のところに座り、そそくさと編物を取り上げ、自分を消滅させたいようだった。

ドアと窓の中間で釘付けになったヘンリエッタは、枕がすべて目になったような気がした。マダム・フィッシャーの動かない外観は一個の蓄電池《バッテリー》だった。無意識に震えながら、ヘンリエッタは顎を引いた。もし彼女が本当に死にかけているなら、頭が平らになるはずだと思った。髪の毛という髪の毛が、そばかすの一つひとつが、おなかまで並んだ赤い貝ボタンの一つひとつが、恐ろしい意味を持って目立っている感じがした。もし動かない絵が病気になるなら、この女性も病気になったのだ。

「それで」マダム・フィッシャーが言った。「あなたがおしゃまで可愛い少女なのね？」

「お母さん！」ミス・フィッシャーはそう言い、編物のほうにうつむいた。

「いまのはあなたのお祖母さんがお好きな冗談よ」マダム・フィッシャーが言った。ヘンリエッタがやっとベッドカーテンの隙間に目をやると、しみの出た白い顔のなかできらりと光る黒い目に出会った。するとマダム・フィッシャーは力を抜いて枕にもたれ、寝具を顎につくまで引き上げた。「さあ、どうぞベッドのそばに来てちょうだい。ここはおたがいにあきらめて、暗いなかで話しましょう。重病人なので光は駄目なの、わかるわね」

人をからかう調子がありありとしていたので、ヘンリエッタはベッドと閉じた窓の間で身動きもならず、ふと「お気の毒に」と言ったが、声が心もとなかった。

「私の年になると」マダム・フィッシャーが言った。「まもなく死ぬと思っていないとね」

「死ぬつもりなんかないのに」ミス・フィッシャーがはっきりと言った。

「ナオミが死なせてくれないのよ。近頃は私、なにもしなくていいの、死ななくてもいいし、たいへんな管理下にあるんだから」真っ直ぐ平らに寝たまま、マダム・フィッシャーはのろのろと頭を回し、お客に微笑んで見せた。黒い目は病気のせいで茶色いくまに囲まれながら、意思を伝え、からかっていた。ヘンリエッタはその微笑のなかに謎めいたものがあるのがわかり、それは美であると教えられ、自分で一息ついて見分けることを学んだものだった。その微笑は辛辣で、異常で、暗闇のように深く、光のようにまぶしかった。

マダム・フィッシャーその人は、美しい老婦人ではなかった。蠟のような皮膚は、こめかみと、下顎から頰骨にかけて、しみが出ていた。灰色の髪の毛は女らしくない額にまばらに垂れ、口元は墓穴のようで、皮肉な皺が取り巻いていた。忍耐でも不満でもない、諦めを知らぬ情熱が顔立ち全体に刻まれており、さらなる苦痛が来るのを待って身構えていた。現に横たわってはいるものの、病身だからというよりは、嫌々ながらわざと騙されてやっているのよという様子で、いまはひとつの病と化した一連の災難が、その繰り返しによってじわじわと彼女を納得させたようだった。彼女は、その身に起きたこの終末の驚きを一歩乗り越えて、蜘蛛の巣にかかり、板ばさみになり、というよりもむしろ、まだ生きているのに、自分の墓碑のために鋳造された記念像のように横たわっていた。その病は、なにかの間違いが長引いているようだった。その自我は、常軌を逸して微笑みながら、肉体の外を見ていた。ここで起きていることは、あまりにも恐ろしくて承認できなかった。だからやむなく茶化したたり、笑い飛ばしたりするほかなかった。静謐どころか、必死で頭だけ出しているのだった。

ミス・フィッシャーがベッドの向こうから編み針で合図したので、ヘンリエッタは椅子を見つけ、そこに座った。マダム・フィッシャーがこつこつと叩いた杖は、ベッドにもたせかけてあった。椅子は低く、ベッドは高かった。だから顔がマダム・フィッシャーの顔と水平になった。少女は真剣に、警戒も怠らず、井戸みたいな眼窩《がんか》の奥を、殉教を愉しんでいる両眼を覗き込んだ。マダム・フィッシャーの外国風のアクセントは、耳についたが、少しもおかしくなかった。喜劇風な味は、ふたりの会話の刺激にはならなかった。

「で、旅は楽しい？」

「どうにか」ヘンリエッタは言った。「色々なことが起きましてね。色々なことなぞ、ここでは起きませんがね。ここは静かで、つまらないわ」

「あら、レオポルドがいますけど」

「そうね。あなたはいつも、なんでも、お猿と旅をするんだって？」

「ええ、チャールズといいます。下のサロンに置いてきました」

「サロンを引っ掻き回さないかい？」

「あら、いいえ、彼は生きた猿じゃないから」

「ほんの冗談よ」

ヘンリエッタは赤くなった。

「フランスでは、笑いの意味が違うのよ」とマダム・フィッシャー。「あれはイギリスの冗談でね、意外だったでしょ、きっと。あなた、お祖母さまのところを尋ねるのが楽しみ？」

「ええ、祖母にはよく会いますが、いつもいい感じです」

「マントンでは学校に行くの？」

「はい」

「それはいいこと、ほんとに。ミセス・アーバスノットはお忙しいから」マダム・フィッシャーの声はいままでにないほどからっぽだった。「彼女は、お友だちが多くて、素晴らしい手紙をたくさん書いて、毎日グリーンのパラソルをさして海辺を歩いて、マダム・ド・セヴィニエの手紙を読んでね。自動車のドライブに出て、そのときナオミに思い込ませたのよ、ナオミは、カワセミ《キングフィッシャー》にそっくりだって」

「お母さん！」ミス・フィッシャーが言った。「おしゃべりが過ぎますよ。ヘンリエッタをまた下に戻さないと」

「ほらね」とマダム・フィッシャー。「管理下にあるでしょ」

ヘンリエッタはついつい笑顔になった。しかし自分の祖母がこう見られているのにびっくりした。ミス・フィッシャーは明らかに誤解している。マダム・フィッシャーはミセス・アーバスノットのことは、聞いても全然面白くなかったのだ。このふたりの女性が一緒にいるところを想像すると、ヘンリエッタは気分が悪くなった。ミセス・アーバスノットの世間を上から見る表現が天井にぶつかる一方、マダム・フィッシャーは動じない苦痛のなかで微笑み続けている。ミセス・アーバスノットの独善性が、マダム・フィッシャーが放ったイギリスの冗談ひとつで粉砕された。こういうことは二度とあってはいけない。

「私の娘は半分イギリス人なのよ」マダム・フィッシャーが言った。「娘の素晴らしい特技は献身することなの。すごく運がよくてね、あなたのお祖母さまにシャンベリーで出会ったというわけ」

「お母さん……!」

「それでこの私も運がよくてね」マダム・フィッシャーはたたみかけた。「おかげでそのイギリス人の友人のことをたっぷり聞かせてもらいましたよ。私も彼女の知人みたいな気がしてきたところ。ミセス・アーバスノットの友情は、私の娘にはまことにかたじけないものがあり、おかげで色々とお役に立たせてもらいました」

話が途切れた。マダム・フィッシャーは頭をこちらに向けて、娘がじっと編物を続けているのを見た。編み針が一本、寄せ木の床に落ちて音を立てると、ミス・フィッシャーはさっと立ってその後を追った。なにかが限度を超えていた。ヘンリエッタはもう失礼するべきではないかと思った。ミス・フィッシャーの視線を捕らえようと必死になったが、駄目だった。そこで部屋の反対側で光を浴びている貝殻をじっと見ていると、マダム・フィッシャーがまた、あの蓄電池の表情を彼女にまともに向けてきた。

「これが最初のパリ旅行なの?」

「ええ、はい」

「まだこの家を見ただけ?」

ヘンリエッタは、そろそろ外出の話が出てもいい頃だと思った。ああ、まだ見ていないあの道路、トロカデロ、そうナポレオンのお墓でもいい、息を吸うたびに肺が真っ黒になるこの空気と取り替えるんだ、中庭にぽつんと囲ってある立木も、マダム・フィッシャーとレオポルドのとめどない変態ぶりももうたくさんだ。ちゃんとしたフランス人は、そうよ、こんなはずがないわ。ここで彼女は井戸に落ちてしまい、落ちた先は、終わっていないという点で、過去より悪いなにかだった。彼女は言った。「でもこの家はすごく普通じゃありませんね」

「この家？　立派にやってますよ。普通じゃないとしたら、それはおもに一軒家だからでしょう。ずっと私の家族が所有してきたもので、祖父が私に残してくれたの、公証人をしていたのよ。こんな家はいま田舎にでも行かないと見つからないわ。私が死んだら、すぐに売却されるでしょう。一軒家に住むのはもう無理なのね、パリでは。だけど私はここで死ぬほうがいいのよ」

ミス・フィッシャーがここで介入したのはどちらかひとつの目的があったから、母親の呼吸を楽にするか、話題を変えるか、どちらかだった。それで彼女は言った。「母の家族はフランス北西部のトゥールレーヌの出身なの。代々公証人をしてきたのよ。でも私の父はイギリスの砲兵隊の大尉でした。フィッシャー家は代々軍人だったの」

「そう」マダム・フィッシャーは巻き舌で言った。「私の結婚はすごくロ、ロ、ロ、ロマンチックだったのよ」

ふざけながら、自分の結婚を思い出して浮かべた微笑は、カメオであれ、絵入りの扇であれ、たまさか彼女の関心を引いた、かつては置き場所も値打ちもあった、意趣を凝らした品々を見て浮かべる微笑と変わらなかった。なにを思うにせよ、この高いベッドに横たわっている彼女の微笑は、いま現在とヘンリエッタのためのもの、昔を回顧しない微笑だった。ミセス・アーバスノットは思い出に囲まれて生きているという話ばかりしたので、ヘンリエッタはフィッシャー大尉がいなくなったと感じてショックだった。彼の軍人らしい声高な情熱は永遠に沈黙してしまう、だって、もしここじゃなかったら、いったいどこで思い出してもらえるのか？　不可思議な勇気の持ち主として、彼はミス・フィッシャーを身ごもらせ、ついで、死ぬことによって、流れを逆流させて乱されぬ孤独に戻した。ヘンリエッタはまだ未熟で大人の回顧とは無縁だったので、彼が妻をどう扱ったか、この皮肉屋のフランス人の女家庭教師、美人だったこともなければ、初めから若くもなかったこの女性に対する彼の情熱の持続性について、詮索することはなかった。彼はマダム・フィッシャーと結婚した。愛はある種の行動にとって異論を許さぬ動機になる。ミセス・アーバスノットは言った、「あなたもいつかわかるわ」と。そしてヘンリエッタは、まだ喜んで待っていた。だから彼女はただ考えた、フィッシャー大尉はなぜパリに来たのか（あるいは彼らはイギリスで出会ったのか？）、彼はここで一日なにをしていたのか、この家が好きだったのかしら。普通のイギリス人が存在していたと思うと、ほっとした。それから混み合った壁面を見回して、彼の写真を探した。マダム・フィッシャーは勝利をおさめ、彼のハートを射止めたのだ。だけど、結婚がミセス・アーバスノットとキャロラインになにをしたか、見るがいいわ！　しかしマダム・フィッシャーは権利を放棄したように枕の上に横たわり、こう言っているようだった。「私たちは世の中からなにももらいませんよ」

「ええ、ほら、あそこ《ヽヽヽ》に父の写真があるわ」ミス・フィッシャーは体をねじって、頭上を指差した。楕円形の額縁におさまっている写真は色褪せていた。フィッシャー大尉の口髭だけがおもに見えた。

イギリス人らしさとか、表情らしきものは、赤い壁紙の上の年月で薄れてぼやけていた。「連隊を離れる直前の写真よ」彼の娘が言った。「母と結婚する前に、彼は退役を願い出たから」

その未亡人の手が灰色の部屋着の袖口の奥から出てきて、一瞬シーツを這い、寝具をさらに顎まで引き寄せようとした。彼女はお仕置きに子どもの指の関節をぶつのに飽きて結婚したのかしら、それにフランス人の男は持参金がない人とは結婚しないからかしら？

ヘンリエッタは口を開いた。「私の父は軍隊にいたんです。父は――」

「――そうだ、ヘンリエッタ」マダム・フィッシャーがやにわに言った。「あなたは、お猿だけでなく、レオポルドも下に置いてるのね」

「ええ」

「それでどうなの、レオポルドは好き？」

「ああ、好きです。もちろん、今日の彼は興奮していますけど。彼は――彼は年齢の割には背が高くなくて、そうでしょ？」

「私はまだ彼に会ってないから。いまに会えるかしら」

「お母さんたら……。今朝は眠っていたでしょ。それに、必死でレオポルドを静かにさせて、やっと――」

「彼のどこが静かなのよ。彼はいったいなにを壊していたの？　さっきなにか落ちたのが聞こえたけど」

ヘンリエッタが言った。「あら、あれは私の旅行カバンです。彼が、レオポルドが、振り回したから、全部出てきて落ちたんです」

「ははあ、彼は物をいじるのが好きな子なのね？」

「そうだと思います」ヘンリエッタは困り果てていた。

「興奮するし……」マダム・フィッシャーはそう言って、初めて落ち着かない動作をしたのをヘンリエッタは見ていた。

「ふたりで遊んでいたのよ」ミス・フィッシャーが慌てて言った。「おしゃべりしたり、林檎を食べたり。どちらにもいいことだわ」

「ええ、そうよ、おしゃべりしてたんです」ヘンリエッタは言った。マダム・フィッシャーの注目で勇気が出たのか、明るい口調で続けた。「彼は自分のお母さんのことを話してくれました」

「――ねえ、ヘンリエッタ、母はすぐ疲れるの。あなたはそろそろレオポルドのところに戻らないと」

「駄目よ」彼女の母親は素っ気ない大声で言い、寝具の下にもぐり込むと、体をこわばらせて反抗した。どんなに物狂おしく、だが冷ややかに、彼女はこの現在を愛していることか！　ヘンリエッタはいったん立ち上がっていたが、また座った。レオポルドという宿命的な話題が磁石になった。ヘンリエッタはさっきまでの、出たくてたまらない気持ちがなくなっていた。マダム・フィッシャーはむさぼるように彼女を見た。「そう、あなたたちは友だちになったって、下のサロンで？　あなたはお祖母さまに間違いなくそっくりなんでしょ、そう見えますよ。レオポルドはなにも疑わずにずっとそのまま？」

「お母さん、駄目よ。違いますよ！」

「彼は疑っていると思うけど、まだ自信たっぷりみたいね」

ヘンリエッタが言った。「まあ、そうですね、彼はね、どちらかといえば」

「彼は話すのが好き？」

「とっても、い、い、とっても」

「階段を上がり降りするのは聞こえたわ」

「あとで上がって来させますから、お母さん。あとで――」

「ほら、いつも決まって『あとで』なんだから――彼は彼の父親みたいな歩き方をするね」

「まあ」とヘンリエッタ。「彼のお父さんもご存じだったんですか？」

「ええ、とってもよく知ってたわ。彼はナオミのハートを破ったのよ」

我慢ならないその言い方は、なにか面倒な家庭内の災難をなじっているようだった。ヘンリエッタはベッドの向こうを見やり、ミス・フィッシャーが目蓋を辛そうに閉じて伏せるのを目撃した。この成り行きを前から覚悟していたのか、無力な娘は編物を急いで巻き上げると、なにかを断ち切るように、見せかけの安全を断ち切るように、痛ましい冷静さでそこに編み針を突き刺し、椅子のなかで位置をずらして逃げ出そうとしながら、逃げるのか逃げないのか、それを相手に見せていいかどうか、哀れにも決めかねているようだった。顔付きが慎重になり、誰かがいまにもはいってくるみたいだった。彼女の出っ歯気味の口元は、お猿のチャールズに似てなくもなく、意に染まない微笑を作っていた。その目は、なにも意味しない表情に固めたまま、母親の足元に折り返してある白いキルトを凝視していた。いきなり来た悲劇的な意味合いに彼女の顔は疑い深くなり、大きな黒い羽のついた帽子が頭にななめに落ちてきたみたいだった。

マダム・フィッシャーの素知らぬ顔には、ヘンリエッタにもそれとわかるほど、鋼鉄のような側面があった。この私がもう感じていないのだから、なにをいまさら他人が感じなくてはならないのか？と言っている。感情を捨てられてこそ大人なのだ、ヘンリエッタはドレスを脱いだミス・フィッシャーを見たような気がした。半分はどこかよそにいたいと必死に願いながら、残りの半分はその場に釘付けになっていた。たった十一歳のときに人はこんなことを聞いてはならないことはわかっている。それでもなおヘンリエッタはこの重大な意味合いを持つ雰囲気のなかで自分は重要なのだと感じていた。彼女は何事につけ、現場にいるのが好きだった。ミセス・アーバスノットは破れたハートは意に介しなかった。ただ、破れたハートを持っているのは女中たちだけだと言った——だが、フィッシャー家の人たちはフランス人だから。ヘンリエッタはハートが心臓であって内臓であることは知っていた。心のなかでは、それが赤いフラシ天で包まれたもので、張り裂けることはあっても、破れることはないと信じていた。しかし、ミス・フィッシャーのハートはもろいから、破れたのだ。だから北駅であんなに変てこに見えたのだ。

「だからといって、私たちが彼を裁いてはなりませんよ」マダム・フィッシャーはそう言うと、向きを変えて娘を逮捕した目で見つめ、これほどはっきりわかったことはないという顔をした。「あなたは苦しむ覚悟を決めていて、マックスには別の選択肢を与えなかったのよ。マックスはなによりもまず、破滅型の人間だったからね」

「レオポルドのお父さんはもう死んだのよ」ミス・フィッシャーはそう言って、ベッドの向こうにいるヘンリエッタを見た。

「幸せなことにね」彼女の母親が言った。

ヘンリエッタはわけがわからなくなって言った。「レオポルドは言わなかった――」

「当たり前よ」マダム・フィッシャーが言った。彼女は目を閉じた。「彼は父親のことなど、聞いたことないもの」

どこか苛立ちながらここまで言うと、彼女は目を閉じた。ヘンリエッタは用心深く立ち上がると、ドレスのひだをそっと撫でた。円錐容器の香煙が燃えつき、香りも消えていた。赤い壁が窓の正面で明るくなっていた。冬の太陽が忍び込もうとしていた。ヘンリエッタの心はトロカデロの周辺をさまよいはじめた。お店でお茶がたのめるかしら。レオポルドとまた心霊交流会をやるのはもうたくさんだ。足から足へ体重を移しながら、彼女は張り出し棚を見つめた。「もうきっとすごく遅い時間でしょうね」彼女は言った。

「そうね。いいわね、ヘンリエッタ。母はもうほんとに眠らないといけないの」

「いけなかないけど、眠ることにしますか」

ヘンリエッタは手を差し出すべきかどうかわからなかった。「では、さようなら、マダム・フィッシャー、どうもありがとうございました」

「列車に乗る前にもう一度会いに来るのよ」その声は最後に来てまたパロディー調になった。「私がどこにいるかなんて、誰が知っているかしら？　あなたが今度パリを通過するときに」

ヘンリエッタは上品に笑い、ドアまで半分行きかけた。

「そうよ、これも私の冗談――ああ、ヘンリエッタ！」

「はい？」

「あなたのお祖母さまがあなたをここに寄越したのよ。お祖母さまをがっかりさせちゃ駄目よ」

ヘンリエッタと一緒にドアまで来てから、ミス・フィッシャーは彼女を出してドアを静かに閉めた。

そしてドアのそばに間違いなくたたずんでいただろうが、マダム・フィッシャーの部屋からは物音ひとつしなかった。

五

やっとひとりになれたヘンリエッタの嬉しさは、レオポルドのところに戻るという見通しで暗い影が射した。万華鏡を急いででたらめに振り回したみたいな気持ちになり、あとはなにも考えないでいい場所がすごくほしかった。だから階段の段の上に座り込むと、両目を固く閉じ、親指で耳たぶを押し上げて、それで耳をふさいだ。これが思考を押さえ込む一番たしかな方法であることを彼女は知っていた。しかしなにかがしつこく離れなかった。ミス・フィッシャーの破れたハートだった。

どうして修繕できないのだろう、キャロラインのハートみたいに？

キャロラインはヘンリエッタより十一歳年長だった。何年も前の夏、ヘンリエッタは六歳で、姉と一緒に海辺の家で同じ部屋を使っていたが、部屋には白いカーテンが風に揺れ、家具にはどれも陶器のノブがついていた。ここで、ある朝早く、彼女が目を覚ますとキャロラインが涙を流していた。何事かが起きるはずもなく、朝はまだ明け初めた無垢そのものだったのに、ここで、ヘンリエッタのすぐ隣の折りたたみベッドのなかで、姉のキャロラインは体をよじって忍び泣き、顔は泣きつかれて赤くむくんでいた。日光のせいで部屋はどんな絶望とも縁遠く見えた。ヘンリエッタは、もともとキャロラインに一目置いていたから、ちょっと間を置いてから言った。「一緒にベッドにはいってあげましょうか?」姉の体が寂しそうに見えたのだった。「いいの、ありがとう。眠って」

「でももう今日だけど」

「知ってる。今日なんか大嫌い」キャロラインは言った。そして起き直ると、恐怖におののいた目で周囲の家具を見回し、失ったなにかを探し出したい願いを払いのけたいみたいだった。もつれた髪の毛が両肩に垂れ、固まってくすんでいた。いつもの平静さも冷静な自信も跡形もなく消えていた。洗面台の上に見たものか、あるいは、新しい痛みが彼女をふたたびベッドに倒れこませ、握りこぶしをきつく嚙ませた。この発作はやがて止まらないしゃっくりに和らいだ。「ミスタ・ジェフコックスは結婚してたの」彼女はやっと言った。

「どなたと?」

「昨夜彼が私にそう言ったの」

「子どもがいるの?」

キャロラインはこれを聞いてまた激しく身をよじったので、まるで釣り上げられたお魚みたいだった。「私なんか死んでいればよかった」彼女は言った。「あなたの年の頃に」

ヘンリエッタはびっくりして恐ろしくなり、ベッドから抜け出すと、助けを求めるように窓の外を見つめた。海は無情な青さで太陽にきらめき、帆船をふたつ浮かべていた。ギョリュウバイ《タマリスク》の生垣の下を砂利の浜がゆるやかに下り、オレンジ色の階段が海まで涼やかに降りていた。ミスタ・ジェフコックスは早くからこの休暇に一抹の影を投げており、というのも、キャロラインはこの二週間というもの彼のあとを追いかけてばかり、ピクニックであれなんであれ、彼女を連れ出すことができなかった。彼女はピカピカした赤いベルトを買い、靴を真っ白にするために何時間も窓辺で過ごし、彼を見張っていた。明るい海に背を向けて海岸べりの遊歩道ばかりを見つめ、彼がいるホテルのベランダのガラス戸から目を離さなかった。どうして彼女が彼に目をつけたのか、それは誰も知らなかった。姉妹の母親は、当時まだ存命だったが、なんの注意も払わず、一方、ミセス・アーバスノットは、その時はまだキャロラインとの見解が一致していなかったが、休暇は一緒だったので、この出来事が面白くなくて腹が立ち、そのとばっちりがヘンリエッタに重くのしかかり……。ヘンリエッタがベッドを出るのを見て、キャロラインが言った。「駄目、行かないで」

「ヒトデを見に行こうと思って」

ヒトデになにか致命的な連想でもあったのか、キャロラインはまたしくしくと泣き出した。それから立ち上がり、しゃくりあげながら、姿見で自分を見た。「すっかり別人になっちゃった」彼女は言った。「なにか言って」

ヘンリエッタは考えて、それから言った。「今日はディムチャーチにみんなで行くのよ」

「私は寝ているってお母さまに言って。そして誰もここにいれさせないで」

「ディムチャーチは見ないでいいの?」

キャロラインは櫛を取り上げて、髪の毛を乱暴にとかした。

「どうして髪をとかすの?」

「なにかが私のなかで消えちゃったのよ。私のハートだと思う」

だがキャロラインは、もちろん起きなければならなかった。数日の間、彼女は病人になったみたいに振る舞っていた。その間、ミスタ・ジェフコックスはヘンリエッタをボートに乗せて、ふたりの幼い娘の写真を見せてくれた。キャロラインはやがて、彼が自分を裏切ったのか、彼は普通の人だったのか、どっちつかずの態度を取るようになった。夕食の後にこっそり抜け出すこともなくなり、居間に座ってヘンリエッタが貝殻の分類をするのを手伝った。その秋、彼女は遠方の花嫁学校に送られ、翌年そこから戻ったときは、ひびひとつない輝きを身につけていた。若いときって、みんな病気だということがわかったわ、と彼女は言った。急いで成長し、若き日の屈辱的な出来事を楽しむ術を学んだので、そんなことがあったことなど、誰ひとり信じなくなった。生まれつき運がいい、というふうに見えた。二十歳で結婚し、ヘンリエッタだけは、フランスの第二帝政時代のブライドメイドのドレスを着て教会堂の中央通路でもじもじしながら、遠く白く、祭壇にひざまずくキャロラインをよそに、あの日のミスタ・ジェフコックスのよくわからない思い出を押し殺した。あれ以来、キャロラインがハートのことを口にしたことはない。ミスタ・ジェフコックスとの低俗な事件は吹きとんで、ミセス・アーバスノットが例によってそうなると予言したとおりだった。

マダム・フィッシャーが死ぬことを話題にして口にした、冷笑的で大袈裟な言葉の数々は、その話題とその他のあらゆる問題を平均化してしまった。なにひとつ大事なことのないマダムは、あらゆる出来事を、海の波に洗われて個性を失い丸くなった小石を一列に並べるように、明かりを点した心のなかにしまっているようだった。彼女がその目でうがったドアの穴から覗いているようで、ヘンリエッタは落ち着かなかった。これから大人になる幼い少女は、いつの日にか自分がその内容を知るであろうことが目の前で起きているという想いに誘われて、樹木のように伸びることがある。マダム・フィッシャーの目とその素知らぬ顔は、何事も起きていないし――起きなかったし、起きないだろうと感じさせた。知るときがくれば、知ることになる。ヘンリエッタが理解できなかったのは、ミセス・アーバスノットがグリーンのパラソルを持って海辺を歩く図に、なぜ自分が赤面しそうになったのか、という点だった。ただわかったのは、場違いな微笑につられて、やましいと感じたことだった。実は、ミセス・アーバスノットは人生をけなす人間は誰であれ嫌いだった。彼女はいつもなにも後悔していないと言っていたが、選べるなら、後悔することが多々あると感じていたかった。

お料理の匂いが階上に上がって来た。もうすぐお昼の食事だ――それがすんだらレオポルドのお母さんが来る。ヘンリエッタは鉄格子みたいに見えるストライプ模様の壁紙を睨みながら、この家はこんなに多くのことが起きるには小さすぎると感じていた。そのすべてがいまから起きるぞと待ち構えているんだ。どうやらパリはそういうことらしい……。一段上の踊り場で病室のドアが開いた。ミス・フィッシャーがいまに降りてくる。ヘンリエッタは肩をすくめた。

「あら、ヘ、ン、リ、エ、ッ、タ、ここでなにをしているの?」

「座っているんです」

「でもずいぶん淋しいじゃない」

「イギリスでは、私、よく階段に座るんです」

ミス・フィッシャーは階段を三段降りてきて言った。「いいわね、お願いだから、母が言ったことをレオポルドに繰り返さないでね」

「あら、まさか、どういうことですか」ヘンリエッタはいらいらして言った。

「私はほんの短い間だけ彼のお父さんと婚約していたけれど、それがあとでふさわしくないことがわかったのよ」

「そう。私もレオポルドのお母さまに会うの？」

「あら、いいえ。残念だけど、それはできないわ。でもあなたをトロカデロに連れて行きますから、間違いなく」

「お店でお茶ができますか？」

「なんでもできるわよ、ヘンリエッタ」

「ありがとう。もっと色々と考えておこうかな」彼女は低い声で続けた。「彼のお母さまって、どんな方？」

「典型的なイギリス人で、美しい人よ。私の母は病気になるまでここに下宿生を置いていたから、カレンは――彼女はそのひとりだったの。当然だけど、その頃から見たら、彼女だって少しは変わったでしょ」

「いまはミセスなにっていうの？」

「あら、あなたにそれを言っても意味がないわ。ミセス・ブラウンとしておきましょう」

「どうして？」

「そのほうがいいから」

「じゃあ、レオポルドのもうひとつの名前は？」

「グラントームーディというの」

「あら、どういうこと！　彼に合ってない！」

「一緒に暮らしているご家族の名前をもらっているのよ。親切で、いい人たちよ。きっと彼も幸せでしょう」

「でも彼はどうしてお母さまと一緒じゃないの？」

ミス・フィッシャーは身をかがめて小声で答えるのに疲れたのか、ヘンリエッタのいる一段下の階段に腰をおろし、不安そうにため息をついた。「お願いよ、ヘンリエッタ」彼女は言った。「あまりたくさん質問しないでおいてくれないかしら。この一日がややこしくなるから。知らなかったわ、どんなにややこしくなるか、など。疑いもなくあなたのお祖母さまは、色々と人生のことをもっと話すでしょうね、あなたがそのくらい大人になったと彼女が思えば。あの方の理解力には私も敬服しているのよ。さあ、もう下に行ってレオポルドと遊んだらいいわ」

「私たち、それほど遊んでないもの」

「彼はちょっと内気でしょ、きっと」

「私なら、威張っていると言うわ」

ミス・フィッシャーは、進退きわまった沈黙の後、こう言った。「あなたのお猿さんともう遊ばせて上げた？」

「――私、階段にいちゃいけないの？」

「それではちょっと悲しいから」女主人はきっぱりと言った。

ミス・フィッシャーは、病室を出たときは階下へ降りるつもりだったとしても、いまはそれをさらりと捨てて上に戻り、ドアをうしろでしっかり閉めた。ヘンリエッタは、のろのろと下に降りる途中で、ミス・フィッシャーがドアの向こうでフランス語でなにかきびしく言っているのが聞こえた。あの人の頭は、とヘンリエッタは正当な怒りをこめて思った、ハートよりもはるかにいかれている。

というわけでサロンにはいり、目にしたのが放心状態にいたレオポルドだった。封筒を額につけ、目を閉じたレオポルドはヘンリエッタに感じさせた、狂気の煙幕が渦を巻いてここまで降りてきたんだ。あるいは彼はもともと「変人」だったのか？ 彼女は自分のその言い分をはっきり言った。

「僕は透視しているのさ、当たり前じゃないか」レオポルドが言った。しかし彼女は彼が人にはいってきてほしくないのがわかった。

「透視ができるの、レオポルド？」

「当たり前さ、でなくてどうして透視なんかする？ 君がはいってこなければ——」

「ええ、でも私だってどこかにいなければならないのよ。溶けて消えるわけにいかないもの」

苛立ち、まるで彼女の入室のショックでぶたれたように額に皺を寄せながら、レオポルドはテーブルのところに行き、ミス・フィッシャーのバッグに封筒を戻した。

「あら、よその人に来た手紙を透視するなんて、いけないのよ！」

レオポルドは封筒の上にハンカチを注意深く広げながら、知らん顔をしている。

「人の手紙にさわるだけでも、恥ずかしいことなのに」ヘンリエッタは食い下がった。

「君がなにを言っているのか、さっぱりわからないな」彼は馬鹿にして言った。「母から来たものはなんでも全部僕のものじゃないか、決まってるさ。でもこの手紙は中身が持ち出されていたんだ」

「透視するなんて、お母さまはあなたを憎むわよ！」

「母のことなんか君は知らないじゃないか」

「あなただって知らないじゃない」

「母は僕と同じさ。母にはわかってるんだ、どうして僕が色々なことをするか！」

「お母さまの名前はブラウンなの？」

これは、理由はともあれ、彼を激しい感情で突き動かした。両目の下がみるみる赤くなった。ハンドバッグを見つめ、部屋の向こうに投げつけんばかりになった。そこで彼の目がヘンリエッタの目と合った。抑制が働き、子どもらしからぬ激情が一瞬ひるみ、ヘンリエッタは椅子のうしろに後退した。彼がやっと口を開いた。「母の名前はフォレスティエというんだ」

「たしかなの？」

「自分で調べた」

「じゃあ、どうしてあなたはグラント-ムーディーなの？」

「誰も僕が生まれることを知らないからさ」彼はこの異例の事態をいかにも嬉しそうに告げたので、ヘンリエッタは思わず叫んだ。「私、そんなの大嫌い！」

「そうだろうと思った。君はとうてい僕にはなれないさ」彼はマントルピースのところに戻ると、ポケットに手をいれたまま寄りかかり、今朝ヘンリエッタが目を覚まして初めて目にした姿になった。

「ほかの人はみんな、ほかの人と同じなんだ。僕が嫌いなのはそのことさ」

ヘンリエッタは言った。「私の櫛がまだ床に落ちてる」悔し涙が、最初にこぼした涙よりも怒りを増して瞳のなかにこみ上げてきたので、床にひざまずいて櫛を拾いながら、髪の毛がほてった頰に垂れるにまかせた。床の寄せ木細工の仕切り線がぼんやりにじむ。「あなたは、神さまぶってるのね」彼女は言った。

「君の櫛なんか、壊してないからね。いったいどうしたのさ？　君にはお祖母さんがいるじゃないか。それに君は、列車から降りたときは、僕がいることなんか知らなかったんでしょ」

「知らなきゃよかった」

「君がどうして泣いているのか、僕にはわからない」

「だって、あなたが私の持ち物をひっくり返したとき、あなたが拾ってくれると思ったの。ミス・フィッシャーは私たちがすごくうまくいっていると言ってるわよ」

「僕は彼女はおかしいと思うけど、君は？」彼は前よりずっと乗り気になって言った。しだれ柳のように髪の毛を下に垂らした姿勢から、ヘンリエッタはいかにも元気になって身を起こすと、ベルトのバックルをぐるりと回してお臍《へそ》の上に来るようにして、レオポルドを喜ばせた。彼がヘンリエッタをまともに見るときは、彼女はもう敵ではなかった。彼女の灰色の瞳は、涙を押し戻そうとして大きく見開かれ、その瞳が彼の瞳と合ったときに、彼はミス・フィッシャーはおかしいと言ったのだ。彼は彼女の瞳のなかに灰色の楡《にれ》の木のある秋の公園を見つけ、そこでは銅版画の少女が丸いフープを回わしていた。少女はたちまち彼の母の国イギリスの生活の一部になった。

「彼女はもう少しであなたのお父さんと結婚するところだったのよ」

「誰がもう少しで？」

「ミス・フィッシャーよ。彼女が階段でそう言ったの」

「だったら父もきっとおかしくなっていたんだ。僕は信じないよ。マダム・フィッシャーはなんと言ってた？」

「なんだか冗談を言ってたわ」

「もしミス・フィッシャーがおかしくないとすれば、嘘つきだ。昨日の晩、僕らが駅からここに来たとき、彼女は僕の母が好きだと言ったよ。だけど、どうでもいいや。父は死んでしまったんだから」彼は時計を見て、さらに言った。「母は二時半に来るんだ」

「それ、私が出て行く時間だわ」ヘンリエッタはそう言って、ため息をついた。

「おそらくいつか、君も僕の母に会えるよ。僕ら、イギリスに住むから」

「ミス・フィッシャーはそうは言わなかったけど」

「彼女は知らないのさ」

「だけどあなたはイタリアに住んでるんでしょ」

「ううん、いまは住んでないよ」

レオポルドの冷静さにヘンリエッタは呆気にとられた。彼は、見るたびに時計の針が早く進むかのように、校長先生のような自信を見せてもう一度時計を見た。無数の「だけど」がヘンリエッタの心に浮かんだが、最初の「だけど」は、だけど私たちはまだ子どもで、大人の所有物なのよ、だった。私たちにはできっこない――。この深い疑いが彼女の顔を真っ赤にした。「あなたは彼女と一緒に帰るつもりなの？　いつ？」

「うん、今日か明日に」

「だけどイタリアにいる人たちは――」

「彼らはなにもできないさ」

「だけどあなたはどこに行くのよ、あなたが生まれたことを誰も知らないのに？」

「いまに知るのさ。母がもうすぐ彼らに僕のことを話してくれるから」彼は言った。「母はなによりも僕が欲しいんだ。母がディー小父とサリー小母に黙っていたのは、僕のこととなると彼らが大騒ぎをするからさ。どうしても欲しいものがあるときは、誰も本当のことは言わないんだ」

「だけど、あなたは彼らが好きじゃないの？」

「好きにならなくちゃね、あそこにいたときは――」

「だけどあなたは自分がイギリスに行くって、どうしてわかるの？」

「わかるから」

彼の内部で起きていることに魅了され、ヘンリエッタはサロンを横切って彼が立っているところに近づいていった。まだやや疑わしそうに彼を見つめながら、彼のそばに立ってマントルピースに背中をつけ、同じく肩をいからせて大理石にくっつけ、彼が感じていることにできるかぎり接近しようと、あるいはなにかを学びとろうとして、彼の姿を真似てみた。彼女は思った、私のほうが背が高いな……。彼は彼女にではなく彼女が近くに来たことに気づいた。彼女は、彼のセーラー服の袖のごわごわした青いひだを観察し、襟の周囲の皺を注意してみた。なにかの手術のあとが首に残っている。彼女がいるほうの側の顎の下だ。それから彼の耳を眺め、確かめたくなって自分の耳にさわり、彼と自分はけっこう似ているなと思った。彼女はもう自分が注目されなくてもいいと初めて思い、自意識のない強い若木のそばに立っているような気がしてきた。肘を彼のほうに寄せてみても、彼の腕が材木みたいに動じないのがわかった。戸惑いと、子どもらしからぬ哀しみに襲われ、彼女は寄せていた肘を引いた。「だけど、あなたはイギリスでなにをするつもり?」

「僕ら、一緒にいるの」

ヘンリエッタは考えた。それではまともすぎる、つまらない。しかし彼の態度のせいで、それが超自然的な響きを持った。ヘンリエッタは彼が自転車に乗って学校へ行くところ、母親から爪をきれいにしなさいと言われているところを思い描こうとした。しかしどちらの絵も英雄みたいに輝いていた。下等だったり少しでも不幸だったりする彼らは思い描けなかった。彼女は威圧された。彼らは本当にそうして暮らすのかもしれない。ヘンリエッタが抽象的に考えるもうひとりの子どもの母親は、首にきつく巻きついた真珠の首飾りと心配そうな微笑をたたえたレディだった。しかしレオポルドの母親は、人の空想のなかを鮮やかに吹き抜けた。レオポルドは、母を作るために、彼自身の欲望だけでなく、あらゆる欲望を意のままにしていた。彼は、自分自身の情熱で対象物を存在させる人間だった。母親は彼のイメージのなかにあり、まごついたりせず、人がなにを言おうが気にもしないだろう。彼と母親がいっしょにイギリスに行くことに間違いはないらしく、彼らはそこで半神のような人生を送り、あとに残ったヘンリエッタは忘れられ、運もつき、冷たくなるだけなのだ。

(だけど、彼らはまだ顔も見ていないのよ。おたがいにがっかりするかもしれない。彼女はもう皺くちゃかもしれないし、おずおずしたせせこましい物腰で、おまけに顔はネズミみたいで、首にきつく巻きついた真珠の首飾りと、心配そうな微笑をたたえているかもしれない）

「でも、ねえ」ヘンリエッタは言った。「あなたは本当は誰のうちの子なの？　つまり、誰があなたのお洋服を買うの？」

「いや、この洋服なら、彼らがとっておいたっていいけど？」

「だけど、みんな、あなたに親切だったんでしょ？」

「手紙を書いてお礼を言うよ」

「あなたは利己主義だと思う！」ヘンリエッタは叫んだ。

一向に気にしない表情が行列になってレオポルドの顔を次々と横切った。一歩離れ、彼女がずっとそこに立っていることなど知らぬげに、ピンク色と金色の船の模様がついた彼女のトランプの箱を取り上げ、中身が詰まったその箱を振ってカタカタと鳴らし、せせら笑うような、だが彼女は見逃さなかったが、かすかに人をなだめるような微笑を浮かべた。そして出しぬけに言った。「君はトランプで占いができる？」

「私の女家庭教師で、ひとりできる人がいたわ」

だが、彼女がそう言ったとき、玄関ホールの一端にあるキッチンのドアが開き、出来上がった料理の匂いが風になってはいってきた。トレーが軽い音とともにサロンを横切る。メイドの目的をわきまえた足音が戻っていき、さらに重々しい音がして、ランチの到着をヘンリエッタに告げた。

ランチがすむと、ミス・フィッシャーは彼らを残してまたマダム・フィッシャーのところに行った。

特別なトレーを持って上がっていくのが見えた。まだたったの一時半だった。レオポルドはたいして食べなかった。料理をフォークでやたらに突っつき、ナイフは皿の端にななめに置いたままだった――だがヘンリエッタの胃は太鼓のようにふくらんだ感じで、考えることははるかに少なくなった。

サロンはダイニングルームのあとだったので寒く感じた。レオポルドは、ランチなどなかったように、すぐさまトランプに戻った。「トランプ占いができるって、言ったよね?」

「私の女家庭教師ができたと言ったのよ」

「やり方、覚えてる?」

「二十六枚のカードを丸く置いて……。ジャックはいつも恋人だったかな」

「じゃあ、そいつらは抜かそう。僕が知りたいのは未来なんだ」

「でも、どうかな――」

「やってみて。なんでもいいからこしらえてよ。もしそれが本当に未来だったら、なんとかして出てくるから」

「じゃあ、どうして自分でしないの?」

「いやだ。僕は見ていたいんだ」

「いいわ」彼女は急いで言い、髪の毛をうしろに投げた。「カードをまぜて、切って」

これを驚くべき集中力を見せてやってから、レオポルドは丸テーブルを片方に押しやり、敷物の一端を裏返した。それから切ったカードを両方の手のひらではさんで押した。ヘンリエッタは、不安と見栄の板ばさみになってカードの束をつかみ、寄せ木の上に座り込むと、自分の回りにカードを配りはじめ、二十六枚のカードを表を伏せて置いた。レオポルドはその輪の外側にしゃがみこみ、ふたりして固唾《かたず》を飲んだ。彼女が言った。

「考えちゃ駄目よ」

外から反射した淡い太陽が寄せ木の上をうっすらと掃き、彼女の髪の毛の端をとらえていた。ヘンリエッタが考えようとして目を上げると、プラタナスの枝々が濡れて光り、濡れた黄色い光がまたさっとうしろの壁を掃くのが見えた。階上ではミス・フィッシャーがまたひとつシャッターを降ろしていた。彼女の母はいまや真っ暗な闇のなかだ。中庭とくねくね曲がった小道に、パリの音がいっそう澄んで響いた。太陽が出てくるとヘンリエッタはいっそうナーバスになり、天が窓を開けて見張っているような気がした。レオポルドの靴の底がきいと鳴り、彼は彼女のうしろにしゃがみ込んだ。

「どのカードでもいいからひっくり返して」彼女が言った。

彼はそうした。「スペードの十だ」

「まあ、それは不運ね。死だわ」

「どうして？」

「スペードはお墓を掘るのに使うシャベルだもの」

「きっとマダム・フィッシャーのことだよ。あそこに残した二十六枚のカードはどうするの？」

「ああ、あとで使うから。もう一枚ひっくり返して。見せて。あら、女の人があなたの行く手を横切ろうとしてる。あなたのお母さまは金髪、それとも黒髪？」

「知らない。ダイヤはなんなの？」

「お金よ」

「ちょっと見てよ、これで本当にいいの？」

「見なくたって、いいに決まってるでしょ。さあどんどんひっくり返して。あら、まあ、レオポルド。あなたって、本当に運が悪いなぁ。またスペードよ。おまけにエース。最悪だわ」

レオポルドは、カードの輪の外側に腹ばいになっていたが、いまや彼女の前に来て膝をつき、怒ったようにカードを引いて投げた。「君の女家庭教師はなにも知らなかったんだと思うな」彼が言った。

「ハートはなに、愛情？」

「ええ――」ベルが家中に鳴り響いた。ヘンリエッタはびっくりして目を上げた――これは彼女が今日聞いた初めての室内のベルだった。こういうこともパリではあるということを人はすぐ忘れてしまう。マリエットがキッチンから飛び出してきて、玄関ホールのドアまで行き、誰かと小声で話してから、ドアを閉めた。レオポルドは、ぼんやりとして、表を伏せたカードを見つめていたが、ヘンリエッタはまだ耳を澄ませていた。女はどの家にいようが、起きることを無視してはならない。マリエットが少し待ってから、階段を踏み鳴らして上がっていくのが聞こえた。

「ほら、ハートのキングだ」

「まあ、あなたは愛情では運がいいんだわ――あなたは、あれはなにだったと思う？」

「うん、なにかだよ。さあ、やろうよ」

「あなたはなにが起きて欲しいの？」

「海を渡ることとさ」

彼らはミス・フィッシャーが階段の上に出てきた音を聞き、マリエットと話すフランス語の邪魔がはいった。ヘンリエッタはじっとしていられなくなり、かかとに体重をかけて座り直した。「なにかが起きているのは間違いないわ」彼女は言った。「誰かが手紙を持って来たのよ」

「うん、だけどそれは仕方ないよ」

「トランプなんかするんじゃなかった。だからことが起きたのよ――肩をすくめたっていいわよ、でもあれはきっとあなたのことよ」

「きっと君のお祖母さんが死んだんだ」レオポルドはきっぱりとやり返した。

「だったら電報が来るわ」

「へえ、あれは電報かもしれないよ。ああ、チキショー、こんなカードなんか！　君はやり方も知らないし、なにも起こせないじゃないか！」レオポルドは腹を立てて、カードの丸い輪を壊し、両手でカードをぐちゃぐちゃに混ぜた。金色の船がたがいに滑って重なり合い、あちこちで折れ曲がり、端が寄せ木にはさまったのもあった。「混ぜろ――混ぜろ――混ぜろ」彼は魔女みたいにぶつぶつとつぶやきながら、カードを乱暴にかき回した。「君はできるって言ったじゃないか。じゃあ、なにができるのさ？」

「もう、黙りなさい、レオポルド。私のカードなんだから！」

「黙らないよ――ほら、彼女が来た！」

なにかが起きたときの女たちの用心深い足音が階下へ降り、その震動が家の背骨を伝わって昇って来た。女たちはせかせかとせめぎあう感じで降りてきたが、溶岩がわれ先に流れ落ちてくるみたいだった。ミス・フィッシャーのペティコートがかさかさと鳴り、小さな家が小さな音を立てた。言葉はなかった。ヘンリエッタには、たがいに交わす目配せが聞こえるようだった。それからマリエットの偏平足の足音が廊下を去っていった。ミス・フィッシャーはあとに残ってサロンのドアの外にたたずみ、あまりの静けさで、彼女がそこにいることがわかった。ヘンリエッタもレオポルドも怖かったし、明らかに当の本人がはいるのを怖がっていた。子どもふたりの目が合った。たがいにじっと見つめ合った。彼の瞳の虹彩がきれいな紫色の構造になっているのを目にしながら、彼女は同時に自分の瞳を見ていたのだろう。ミス・フィッシャーの入室は前触れのこだまを返し、身震いがふたりを通り抜けた。

「どうせ私たちのことでしょ」

ミス・フィッシャーの入室は、とても怖いものにはありがちなことだが、一瞬のうちには起きなかった。彼女はドアの回りからじわじわと出てきた。そしていまでは、ふたりの間にずっと立ちつくしていたかのように、片方の手に電報を持ってひらひらと振っていた。その目蓋は赤らみ、おののいて慎ましく伏し目がちになり、なにか恐ろしいことをしでかしたみたいだった。凍りついたような物腰だった。

「ヘンリエッタ」彼女が言った。「一分間だけいますぐ出ていってくれるわね、いい子だから」ヘンリエッタを追い出すのだ。「どうして？」レオポルドがきっぱりと言った。

「走っていってダイニングルームで遊んでなさい」

「僕はヘンリエッタにここにいてほしい」と言うレオポルドは真っ青だった。

ヘンリエッタはテーブルの回りから少しずつ離れていた。ここにいるのは苦痛だったが、なにものも彼女を追い出すことはできなかった。なんでもないふりをしてテーブルにかがみ込むと、クルミ材の表面の艶に顔を映し、磨かれたテーブルに両方の手のひらを押しつけたら、湯気のような手形ができて消えていった。激しい嫌な不安に襲われ、レオポルドが目の前で処刑されるような気がした。彼の切り離されたような気配と、真っ青な顔と、防御本能と怒りから来る震えがその思いを強め、一方、ミス・フィッシャーは、この危機以外のことはしなくもかき消されてしまい、彼のほうに両腕を伸ばすと、その場に膝をつき、腕を伸ばしたまま膝で歩いた。目から涙がこぼれ、彼女は船の先についた船首像のようにレオポルドのほうににじり寄った。レオポルドは後ずさりし、両腕はわき腹につけて下げていた。「なんなの？」彼は言った。「なにがあったの？」

「いい子にしていてくださいね。あなたのお母さまが――」

「――ああ。死んだの？」彼は急いで言った。

「いいえ、そんな、そうじゃないの。ただ、ただ変更があって」

レオポルドは下がれるところまで後ずさりして、いきなりミス・フィッシャーを無視した。そしていかにもふてぶてしく、自分のセーラー服のネクタイに手をやった。その黒い小さな姿は、片方の腕でその動作を続けながらも、うしろのマントルピースにぴたりとくっついていて、まるで標本みたいだった。ミス・フィッシャーは、また無言になって、弱い太陽の日だまりのなかで呆然としてひざまずいていた――彼女の唯一の目的とは、彼に涙をそそぐことだったのか？　ヘンリエッタは身構えながら、テーブルに息を吹きかけ、そこにできた曇りのなかにHの文字を無我夢中で書いた。

「どんな変更？」レオポルドが言った。

「お母さまは来ないことになったの。来られなくなったのよ」

第二部　過去

一

出会いは、実現しないと、本来の性格を保ち続ける。そして思い描かれたままの形で残る。だから、その午後レオポルドに会いに来なかった母親は、彼の創造物であり続け、真実を語り得るものであり続ける。

彼女は来なかった。サロンの時計が二時半を指したとき、ドアは開かなかったし、彼女の顔も現われなかったから、そのとき以来彼は、思い出すことはなにひとつなかった。だが、彼女が来なかったことによって、あらゆる不可能なことが石板からきれいに拭い去られた。彼は母が真実の用語である彼の用語で話せない（少なくともその日は）ことを知らないでもよかった。また、厳密に識別する知能を働かせて、聞き取らないでよかった、つまり、かつてあったことについて大人たちがでっち上げてきた光景と、母が実際に現われて、彼に打ち明けたかもしれないことを理解しないでよかった。彼女は、肉体となって現れたら、彼が長年尋ねようと待ち続けてきた質問に答えられるだけだったかもしれない。「僕はどうして存在するの？　なにが僕を存在させたの？」という問いに対して。

彼が母親に期待していたのは、現在と同じくらい明白な過去、つまり、どこかほかの場所にある現在だった。母は彼と同じ時代の人間だった。彼が「僕たちはおたがいに理解する」と言ったとき、彼は思い上がっていたわけではない。彼と彼女は、かつては経験を共有していたのだから。まだ思春期前にある彼の心情にとって、彼が彼女から生まれたということは、ふたりの間に門戸を閉ざすものではなかった。そして彼の父親がいた。本当にいまあるものについて彼女が説明するのを彼は期待していた。林檎とか列車とか、怒り、知りたいという願望。そのほかになにがある？

実際のところ、彼が思い描いていた出会いは、天国でのみ実行されるものだった――いま天国と呼んだのは、たんにありそうなというのではない、あり得る振る舞いの地平でということである。あるいは芸術と呼ぼうか、真実と想像力があらゆる言葉を伝えるという意味で。そこであれば――天国でも芸術でもいいが、あのどこにもない、あの地平であれば――カレンはレオポルドに本当にあったことを話せただろうか？　彼女が愛していたら、あるいはそう話すこともできただろうが、彼女は愛さないいまま九年以上になる。実際にはレオポルドと一緒では――マダム・フィッシャーのサロンでこの午後に、彼女の毛皮は長椅子の渦巻き模様をしたアームに掛けられ、手袋はヘンリエッタの林檎のそばのテーブルに置かれていたのでは――、話すことなどとうてい無理だったろう。話し出すその瞬間に、たちまち明白な現実が明らかになり、我われを萎縮させ狼狽させる。しかし彼女は来なかったので、彼がこれを知らないですんだ。彼らは後で出会うかもしれない、が、なかったことを損なうことは、なにをもってしてもなしえないのだ。

だから、あらゆることが可能なままに残った。すべてが可能となれば、彼女がここに来てサロンにいるだけでなく、彼の予測どおりに彼女がごまかさないで話すこともあり得るわけだ。彼女が大人であることをごまかすいとまはない。ふたりとも自分の知る世界を見てきたのだから、ふたりは知っていた、丘や家や木々から風景を組み立てるように、二つか三つの同じような情熱的な動機が、起きることすべてにともなうことを。経験は、年齢がいくつであろうと、同じ成分を持っている。虹の多彩な色どりはごまかしで、最初は色などほとんどない。レオポルドはほとんど旅行の経験がないので、そのぶん想像力はつのる一方である。彼女はこの先思い出が少なくなるだけに、思い出はいっそう多様になる。想像と思い出の間を往復しながら、彼女は情景をふたたび生き、彼は生きている情景を見る。性にまつわる謎は、混乱と恐怖に由来する。まだこのふたつが根付いていない心には、話せないことはなにもない。大人になった人間は秘密結社を作り、そうして固守するものを確保する。彼らは子どもにあえて言わない、「君の知らないことはなにもない」と。

まだ幼い聡明な人間に話すとき、難しい言葉にこだわることはない。一方、わざわざ秘密にすることもない。実現しなかったあの出会い、レオポルドのなかで情景となって残った出会いの途上で、彼女は自分が動機を探さないでしたことを話しただろう。彼はそれらの動機を補充できる、なぜなら彼は、理解するだろうから。記憶（存在の全容が、それと知らずに、露光される瞬間から）が陰画フィルムのリールで、それが嘘の理由でカットされることなく現像された、としてみよう。手紙のすべて、いったん言葉になった対話のすべては、暗闇から巻き戻されて、一語一語、永遠に話されたままに残る。

これが事実上、彼女が言わなければならなかったはずのことである。

朝は遅れて海に訪れるのが、丸窓の下の寝台に横になって、海鳴りの音を聞いているとわかる。カレン・マイクリスは、日光が反対側の壁を丸く白く照らしているのを、横になったまま見ていた。船の振動がそのまま体に強く伝わってくる。彼女の頭は、まだ覚めやらぬ、くぐもった思いでいっぱいだった。一晩中おだやかだったのに。体を起こすと、走り去る緑の丘が見えた。目を向けるたびに丘が接近するので、身支度をして、甲板に上がった。十年前の四月の朝のことで、船は海峡を渡り、アイルランドのコークに向かっていた。

　彼女は、荒れた海でも船の揺れを止められるくらい冷静だと感じていた。一ヶ月前に、レイ・フォレスティエと結婚する約束をした。ふたりは長年の友だちで、四年間、カレンが十九歳のときからずっと、おたがいを見てきた。どうして彼が自分と結婚したがらないのか不思議に思いはじめたときに、彼が求婚した。彼女をいっそう驚かせ、彼女をいっそう深く喜ばせたその場面は、彼女の想像をはるかに越えていた。カレンの母はレイについて質問したことはなかったが、カレンが婚約を打ち明けたときの母の言葉は、夜空に上がる花火のように、その心中につねに変わらずあったものを照らし出した。カレンはそこでミセス・マイクリスが、女性の本当の人生は結婚で始まること、少女期とは特権的に許された観察期間以外のなにものでもない、という見解を持っていることを知った。カレン自身のこの四年間は、ともすれば目的がないことが明らかだった。事実、彼女の油絵も最近は不熱心で、彼女の野心にも先行きが見えないようだった。たんに生きることにこそ深い芸術があるのよ、とミセス・マイクリスは言った。カレンは喜んで母の持つもろもろの見解に立ち戻った。

　彼女はまだ結婚していなかった。と同時に、ほかに当ってみる権利はもうなくなっていた。もう質問してはならなかった、「次はなにが？　次はなんなの？」と。彼女は地面に足をつけていたが、その世界は小さく縮んでしまった。不確かな余白がなくなったことが、おそらくは寂しかったのだ。彼らの婚約が『タイムズ』に出た翌日、レイは船で東洋に赴かねばならず、さる重要人物の秘書官として同行し、絶対に作戦と見破られてはならない、きわめて微妙な作戦がその任務だった。カレンはひとり残されて、興奮して喜びに湧くすべての人の相手をしながら、これに共感できない自分を見出していた。「あなたもさぞ嬉しいでしょう」彼らは口をそろえて言った。みなが期待する微笑が糊で顔にべったりと貼りついたような気がして、この微笑みを浮かべて目を覚ますことすら少なくなかった。レイのことをおおやけに、またいつも話さなければならなかったので、個人的な優しい想念がだんだんと萎縮しはじめた。誰もがなんでも知っているロンドンがうとましくなってきた。どんな代価を払ってもいいから、なにかを救い出さなくてはと、もっとも意識したことのない親戚であるヴァイオレット・ベント伯母に手紙を出し、コーク州のラッシュブルックに二週間ほどお招きいただけないかと書いた。ヴァイオレット伯母は温かい不明瞭な返事を寄越し、楽しみにしているからと書いてきた。というわけでカレンがアイルランドに渡ったのは、その年は早くきた復活祭の後、間もなくだった。昨夜ロンドンを後にして以来、自分はいまや船の揺れを止められるくらい冷静だと感じていた。

誰もがなんでも知っていると感じたのは当然だった。彼女が生まれ、婚約したのは、イギリスでももっとも変化しない階級の、その内部の出来事だったからだ。マイクリス家は戦前の小説に出てくるような家族で、リージェント・パークのチェスター・テラスにあるクリーム色の家に住んでいた。親戚も友人も彼ら自身と同じようにいい人たちで、同じ土壌に根ざしていた。彼女の両親は考えを新しくするべき理由がほとんど見当たらず、その考えはいまも時代に先んじていたし、時代遅れになっていなかった。カレンは優雅で知的な世界のなかで育ち、その内部ではボーア戦争や大戦とか、その他の疲弊や災難といったものは、ひとつひとつが行儀よく振る舞う機会となった。マイクリス家の心ばえのよさは、広い範囲に及んでいた。貧しい人々につくすだけでなく、一般の人々にも親切であり、不寛容な人々にも寛容だった。カレンはこれがわかっていたが、驚いたことに彼女の家族は、アートスクールやその他の場所でできた彼女の友だちにとっては、むしゃくしゃする反感の種だった。マイクリス家がもし偏屈で、俗物的で、すぐ怒り、金がありすぎ、敬虔すぎて、心情としては好戦的か、あるいは血を見るスポーツに夢中だったら――要するに、なんでもいいからどこか馬鹿げていたら――、カレンの新しい友だちも、むかつくほどの家族ではないと見たかもしれない。しかしマイクリス家の人間は彼らの嘲笑の相手をするつもりはなかった。むしろ彼ら自身が、くつろいだ愉快になるやり方で、おたがいに面白がっていた。彼らの生き方と生かし方の背後にある無意識のこの穏やかさは、空腹かあるいは立腹しているカレンの友だちには我慢のならないものだった。このごろでは、そんな人たちは書物にすら出てこない。彼らが実行している生き方は、共有するには快適だが、読み物としては生彩を欠いた。彼らは、貴族がそう思われているようにロココ風ではなかったし、中流階級のように卑しい動機に絡まれるということもなかった。誰にも楯突かないから、楯突くのも難しかった。マイクリス家の人々は、少しも嫌味な意味でなく、魅力的な一家だった。カレンはおよそ喧嘩になるような種も相手も持ったためしがなく、退屈もしないから時間を苛々して過ごしたこともなかった。行きたいところに行き、好きな人に好きな場所で会った。しかし母親のテーブルについた、くつろいだ客たちを見ると、それほどくつろいでいないカレンの友だちは、一面的で粗野に見えた。彼女は代々相続してきたこの世界を外側から眺めてみて、これは続かないかもしれないと思ったが、おそらくはこの理由から、断固としてこの世界の側についていた。レイとの結婚は、同血統支配の気味があり、結婚がうまく行くことは約束されていた。彼は従兄の従兄で、ふたりは彼女の家で初めて出会った。カレンのたったひとりの兄であるロビンは、戦争をくぐり抜けて無事に帰還し、北部イングランドに資産のある、実に素晴らしい女性と結婚した。彼は妻の資産を運用し、週に二回の狩猟をし、ときどき風刺的な詩を書いて出版し、人工肥料の実験研究をしていた。これがカレンの、ときに逃げ出したくなる世界だったが、結婚を通して彼女がまたそこで暮らす世界でもあった。

カレンがサロンで朝食を前に座っていると、木々が次々と舷窓を通り過ぎた。彼女はすぐ甲板に戻った。太陽が白くかすんだ空を明るくしていたが、まだ輝いてはいなかった。空と海がその両岸で溶けあった太陽の光を反射していた。船が速度を落としながら、微妙なバランスをとって狭い河口にはいると、両岸の木々に先導されて大通りを行くように航路を取り、あとに海水の混じる航跡を残した。家々はまだ寝ていたが目だけ開けて、震動音とともに進む船を見ていた。樹木を背にした船体の赤と白の煙突は、夢のように見えたに違いない。鷗《かもめ》が旋回しながら、刈りそろえられた芝生に降り立っていた。鏡のような水面に航跡が暗く尾を引き、小波が立って庭の壁面にぶつかっていた。丘が一つひとつ走るように過ぎ、川が曲がるたびに船が囲い込まれ、大海から切り離されていくようだった。

左岸に教会の尖塔がひとつ、こんもりとした木々のかたまりを貫いて、ゴシック風な別荘群の上にそびえていた。それから孤児院とおぼしい建物が悲しげに凝視していた。聖なる鐘が鳴り、ひとりの少女が曲がり角に自転車に乗って現われ、そして視界から消えた。川は船の舳先から海水をひたひたと洗い落としていた。やがて右手に鬱蒼とした樹木からなるティヴォリの丘がせり出してきて、その険しい斜面に寄り添うように、青白い化粧漆喰の家々が樹木の上に点在していた。パラディオ様式の円柱、見晴台、温室、テラスなどがその背後に見え、春の緑に煙る岸壁の長い岩石や険しい岩棚がひとつになって丘に連なり、船の横を滑るように通り過ぎた。そう、これはうっすらと色褪せたイタリアの丘に似ていた。それは過去を思わせる水平な澄んだ光のなかにあり、身を切るような変化に屈する国には見えなかった。

焚き火の匂いが川辺に並んだ小屋から漂い、海綿のような潮の匂いにかぶさっていた。煙が上空に溶けて昇り、樹木を背にして白く見えた。

川はさらに狭くなっていたが、崖の下に建つ背の高い家々のピンク色のテラスが町めいて近づいていた。明り採りの扇窓のひとつに漆喰の白い馬が立っていた。いばらの繁みに衣類が広げて干してあった。船を見ていた人が、カーテンの開いた隙間をさっとふさいだ。女がひとり、身を乗り出して鏡で合図をしている。旅人のうち、何人かは帰宅が待たれているのだろう。自動車がハンカチをひらひらさせながら、船の横を伴走していた。川の町側の岸辺では、並木の遊歩道がつきて箱のような形をした倉庫が並んでいた。建物が密集した丘がうっすらとかすんで、ティヴォリの向こうに姿を見せた。しかしコークの町は自ら発する音を吸収していた。霞が静かに棚引いている。

カレンは、デッキの手すりに肘を乗せて、ひとりになれた喜びを誰かと分かち合いたかった。これがなべて幸福な孤独というもののパラドックスだ。彼女はいままでコークに上陸したことがなく、この丘もあの丘も予期せぬ絵のようで、「ほら、見てよ!」と言いたかった。この瞬間を分かち合う人はそばにいなかったが、もしそばに誰かがいたら、その瞬間はきっと損なわれていただろう。

乗客たちがカバンを持って甲板に集まりはじめていた。波止場が見えてきて、ビル・ベント伯父が忘れずに船着場に迎えに来ているはずだった。カレンの心は人と会うのかと思うと、沈んでしまった。自分でも驚いたことに、到着するのが嬉しくなくなった。この旅のことを、出かけるくらいに思っていたのだ。しかし完全に出かけることなどあり得ない。ラッシュブルックは、なにも知らない彼女の耳には、風のような響きがしたが、いまにそれも台無しになるだろう。話すことと説明することが山のようにある。彼女はまた彼らが朝食をすすめると思うと心配になった。ビル伯父が時間厳守を重要視しない人ならいいのに。彼は彼女の伯母のヴァイオレットと結婚してまだ日が浅かった。彼について一番に聞かされていたのが、彼は決して遅刻しないということだった。これとその他の点で、彼はアイルランド人の地主の典型とは言えなかった。やつれてぼんやりしているように見え、活力にも乏しかった。カレンは家族の集まりで一度だけ彼に会っていたが、彼はティーカップから楽しくなさそうな目を上げて、疑わしげに柱時計をちらりと見ていた。私のことがいま、わかるだろうか？　あるいは私が彼を通り過ぎてしまったらどうする、夜のうちに記憶をなくしたみたいに？

見知らぬ人、または半分しか知らない人に会いに行くとき、彼らは何者に会いに行くのかと自問したくならないだろうか？　太陽は白い皮膜のなかに溶けて水面を打ち、その反射がゆらゆらと顔に当り、明るい液体が曲線を描くのを感じ、カレンはわれ知らず微笑した。彼女本来の微笑が複合体だったことはない。しかし欄干にもたれて、日の当る水面の戯れに顔をあずけていると、この謎めいた微笑が頬をかすめるのを感じた。彼女を喜ばせるのは謎めいたものではなく、彼女は喜んだときだけ微笑した。彼女の性格はそのまなざしに表れていた（十二歳になる前にそれを学びとっていた）。人のことを曖昧さと大胆さの両方で同時に見た。長い年月の間に、彼女は人々のまなざしから、自分のまなざしがすることを学びとってきた。これではどんな恋人も友人も、ナルキッソスの水溜《プール》りになる。ひとたび自分が何者なのかを学びとってしまえば、人は他人を必要としなくなる。学びとることがなくなるからだ。

しかし彼女は、ビル伯父が目にするはずのものを外側から見る知識を多く持っていた。モデルがほかにないとき、彼女は姿身の横に画板を立てて、一心不乱に淡々と自画像を描いた。モデルの顔としては、悪い顔ではなかった。眉毛はやや明るく目立ったが、造りは万全だった。見据えた目蓋が、作業中、画板から姿見に移るとき、不安そうに上に上がった。鼻は母親の鼻だった。口元は輪郭がくっきりした口で、十二歳のときに描かせた肖像画のままだった。勝気そうな冷静さは同じだが、唇はもっとふっくらしていた。しかし彼女の鉛筆はいつもなにかが欠けていて——という具合だった。顔全体の効果、横幅と繊細な平面の連なり。しかし彼女の鉛筆はいつもなにかが欠けており、敏捷さとか力強さというよりは、要するにパワーが欠けていたのだろう。そのための苛立ちがきまって肖像画に刻まれ、自画像にはよくあるように、挑むような見据えた目つきを残した。色白だったが、ブロンドではなかった。

船は今朝は遅れていた。カレンはビル伯父の癖がわかるようになってみて、彼がいかに気もそぞろに波止場を行き来していたかが想像できた。だから理解しただろう、伯父が一時間も前に到着しており、それにはまずラッシュブルックを発ち、河口沿いに首も折れんばかりに車を飛ばし、気が触れたような視線で振り返って川面を見ては、船に追い抜かれるのではと恐れていたことだって。彼が遅刻したことは一度もなかった。だが時間を守れない夢から汗びっしょりになって目を覚ますことがしばしばあり、ヴァイオレット伯母は言うのだった、「可哀そうなビル伯父でしょ」と。息せき切ってやってきた波止場が無人と知ったとき、船はこっそりと入港して出港していったのだ、誰にも見られずに、と彼は考えるしかないのだろうか？　彼にとって常識はものの役に立たなかった。彼の心には、ありとあらゆる非理性的な恐れがあり、その根底には妻に対する不安な愛情があった。波止場にある生の証拠が船の証拠を連れてこないと、彼はタイタニックをはじめ説明不能な海の悲劇に次々と思いを馳せた。みんな海底に沈んでしまった。さらに悪くすれば、カレンが船から落ちてしまい、船長は彼女のいない船を入港させるに忍びなかったのだ。ヴァイオレットの姪を狙うとは、いかにも運命のやりそうなことだ。何事であれ、起きるかもしれないばかりでなく、ほとんど必ず起きるのだ。『タイムズ』は惨事のカタログそのものではないか？　どうしてこれをヴァイオレットに告げたらいいか？　……ラッシュブルック滞在が終るころになって、カレンはビル伯父がくぐり抜けてきたことの全容にようやく気づくのだった。

船が到着し、カレンが桟橋を歩いて降りたとき、ベント大佐の鷲鼻がチェック柄の平らな帽子の下で、改札口に群がった群衆にまじって、ひくひくと不安そうに動いた。彼は背が高いほうではなかった。彼女を見逃してしまった。彼女が仕方なく手を振ると、やっと彼女に目をとめた彼はやや驚いていた。彼女のスーツケースをポーターの手から疑うように引ったくると、まるで彼女の神経が多くを受け止められないとでも思ったのか、押し殺した声で話し、彼女が聞き取れないのがわかると、悲しげに顔を赤らめた。彼の世代の女性たちは、快適な旅をすることはあり得ないとされ、押しつぶされた菊の花のようになり、生き返るまでに何日もかかった。だからビル伯父は話しかけたものかどうか決められず、さりとて黙っていると、いっそう恥ずかしかった。彼はガラス製品を扱うようにカレンを車に乗せたが、ガクンといって急発進させた車は、すべてを粉々に砕きかねなかった。ビル伯父はひたすらラッシュブルック目指してティヴォリの土手をつたい、なにかが行く手に現われたと見るや、懇願するような音で警笛を鳴らした。カレンは疲れている自分のほうが親しみが増すのだと見た。目を上げて庭園を眺めると、ねばねばした甘い香りがした。伯父は私が性格を出すことを望んでいない。もし私が、物語に出てくる子どものように、自分の頭を焼け焦げにして、代わりに真っ黒な壺をそこに乗せていようと、どうでもいいのだ、と彼女は思った。家族の者は、ビル伯父のことでは、面白がったが、悪意はなかった。よくわからなかったのは、ヴァイオレット伯母が、せっかくフィレンツェの郊外で幸せな未亡人として暮らし、来る年ごとに年齢とは無縁の文藝復興期以前の天使のようになっていたのに、このヒステリックな小柄な男と、しかも住む場所すらない男と、なにゆえに結婚しなければならなかったのか、であった。彼の屋敷「モンテベロ」は、紛争《ザ・トラブルズ》で焼き討ちになった。

しかしベント家は風の便りでは幸せそうだった。彼らにできたのはこれが関の山で、家族一同でこのカップルに会ったのは一度きりだった。「モンテベロ」の補償金で彼らはラッシュブルックにある小さな屋敷を買い、そこからはクイーンズタウンの、いまはコーブと呼ばれる港が見渡せた。車寄せの並木道が斜面を走り、庭園も斜面で険しすぎたが、ヴァイオレット伯母は海が、全部でなくとも、いくらかでも見えるのが好きで、彼のほうは、テニスコートの端に据えつけた望遠鏡で船舶を見るのが好きだった。真っ黒な幽霊のような廃墟になってこちらを睨んでいる「モンテベロ」の写真が、ここ「アイリス山荘」の浴室のドアの外にかかっていた。階下には屋敷の在りし日の写真があって、ときは冬、日光が反射した正面に灰色の窓が並び、その両側は骸骨になった木々の繁みに囲まれていた。どう見ても愉快とか、落ち着くという屋敷ではなかった。しかしラッシュブルックは、新教徒のジェントリーたちの根城で、彼らはみなかつて味わった数々の不運を時とともに忘れて暮らしてきた。実際の話、それほどヘタをした者もなく、さもなければここを立ち去っていただろうが、ここにある大きな邸宅《ヴィラ》のほとんどは、維持には多少の手が必要な「所領」のミニチュア版だった。十九世紀の静けさがこの植民地に垂れ込めていて、残るアイルランドをさまよう夢か、孤独な夢にしていた。港は荒波から守られ、庭園はほかでは植えない異国風の植物であふれていた。静かな道路が丘を登り、街燈が庭園の壁の角に取り付けられている。港から見ると、ラッシュブルックは人形の家を陳列しているひな壇のように見える。ゴシック風のもの、ガラス窓のついたベランダのあるもの、弓なりの広い張り出し窓を持つものもあり、どれもみな穏やかだった。とはいえ、未知ならぬこの場所は、カレンにとって、心を悩ます未知の顔と、心を乱す安らぎの顔を失うことはなかった。水をたたえた沼地が点在し、水面を縫い、パンパスの青白い穂と灰色の橋、倒れた塔が、コークまで何マイルも続く平面に散在していた。

ヴァイオレット伯母の一族にとって問題は、なぜベント家が――たとえば――デヴォンシャーに定住しないのか、その理由を知ることだった。おそらくビル伯父が自国の土地の一隅に固執したのだ。そしてそこはいかにもヴァイオレット伯母らしく、海の向こうに住むことによって、さては無意識にしろ、仲間たちに対してプレミアムをつけたのだ。フィレンツェのほうが遠くなく思えたし、マイクリス一族の関係者はみなフィレンツェに詳しかった。「海外」とは、彼らの行動半径の内側にあった。

しかしヴァイオレット伯母がアイルランドにいると思うと、彼らは安穏としていられなかった。それは安全でもないし、目的もないと思われ、彼女が自らすき好んで筏《いかだ》の上で暮らしているみたいだった。みなこう感じていると知ったら、彼女はさぞかし落胆しただろう。だが彼女はつねに自分のしたいようにした、それもおっとりと。彼女はもの静かな女で、鈍感で愛らしかった。

二

ビル伯父がカレンを乗せて車寄せの並木道を上がったとき、ヴァイオレット伯母の寝室のカーテンはまだ引かれたままだった。しかし彼女は車の音を聞いて下へ降り、青い化粧着に、髪を二本の色褪せたお下げにして両肩に垂らした姿で出迎えた。そして階段の途中でカレンにキスした。朝食には遅すぎるわねと正しくことわり（十時半になっていた）、そのことにはもう触れなかった。カレンの婚約の話もせず——それにはまだ早すぎると感じたのか——、それでも姪にキスしたときは、幸せそうに姪を見つめた。カレンのほうは、このふたりの老いた恋人同士が愛という主題について少しも好奇心を見せないのが、なににもましてありがたかった。

アメリカの船舶が一艘、その日の朝に河口にはいる予定だった。艀《はしけ》がそれを迎えるために出港するからと、ビル伯父は望遠鏡を調整するために出て行った。ヴァイオレット伯母は着替えのために自室に戻った。屋敷は、女主人が遅く降りてくる屋敷の例に漏れず、階下は静かで、まだ活気がなかった。ときどきモーター音がコーブ街道から聞こえてくるなか、カレンは部屋から部屋を歩いた。どこであれ自分がなぜいるのかではなく、なぜ自分がここにいるのか、それを自問していた。それも女が結婚する理由のひとつだろうと考えていた——このまま虚構《フィクション》を続けて物事の中軸でいようか。

いまからよく知らなくてはならないと知っている見知らぬ家を歩き回るのは、慎重さを要する仕事だ。犬や猫だけが、より表現に富む肉体を使って、その際彼らと人間に共通する緊張感を示す。あなたのなかにいるあなたは、用心して身構える。なにかが刻一刻と忍びよってくる。あなたは二度と同じあなたにはなれない。こうした新たなる無愛想な光と反射と物体は、やがてあなたの記憶となり、友人や恋人よりもしっかりと釘付けされ、あなたとともに墓のなかにさえはいる。悪くすると、それらは大切になって切り離せなくなり、無数のヒルがあなたの心臓にたかるようなことになる。来てしまったことで、すでに去るときの苦痛がたまっていく。目が見るものから逃げ出す道はない。人跡未踏の岩場の峡谷、あるいは処女林でさえ、家の内部以上の罠になることはできず、つまり家は人生のなんたるかを示しているのだ。はいることは生まれることと同じく警戒すべきことで、意識的には、これから感じることになると知っている。見回すことは、やはり意識的に、死んでいることに似ている。あなたは自分のいない世界を見ている……。ループで吊った白いモスリンのカーテンを通して、太陽が射してもいない海の陽光がフレンチブルーあるいはセージグリーンの壁紙に落ち、壁紙の淡色の渦巻き模様と、存在しない場所の水彩画を浮かび上がらせていた。部屋はインド製の敷物の匂い、アルコールランプ、そしてヒヤシンスの匂いがした。応接間にはヴァイオレット伯母の楽譜が、紫檀のピアノに立てかけてあった。インドの花々を刺繍した房つきのショールが、寝椅子の足元にたたんで置かれている。書き物机の上は真鍮製の小物でいっぱいだった。ソファーのそばにある平鉢型のバスケットには白い毛糸の玉がいくつかはいっていた。ヴァイオレット伯母はいつもここですごしてきたようだった。火の用意だけがしてあり、まだ火は焚かれていなかった。どの部屋にも金属的な振動音がしていたのは、ビル伯父が小さな時計をたくさん置いて、どれもねじを巻いてあったからだ。ここにある高い窓からは空だけが見えた。どの部屋も無人というよりは、神聖な静止状態にあるようだった。カレンの耳にビル伯父の言葉が聞こえるような気がした。「愛する妻が死んでからこっち、僕はなにひとつさわっていない」

その晩、ヴァイオレット伯母は忘れずにレイのことを訊いてきた。なぜか彼が陸軍にいると思ったらしく、これは彼が出征したからだと思っていた。彼らは早めに寝室に引き取り、いつも晩はそうしていた。その後、日々は、経つほどに、どんどん早く過ぎるようになり、どんなに過ぎても、なにごとにも触れなかった。午後に何回か、カレンはラッシュブルックの先の内陸部を歩いたが、なにもない田園が山まで続いていた――暗い岩肌の山で、丘以上の高さはなかった。しかし、風に鳴る高地の乾いた草、尾根に沿って立ち並ぶ風にかしいだブナの木、青白い彼方と大気にときおり覗く隙間などは、ヴァイオレット伯母の取るに足りない私物と同じく、カレンになにも語らなかった。彼女自身もまたなにも感じなかったが、ときには、どこにいても、なにか同じ物が近づいてくるような感じがして、遠くに聞こえた足音に、はっと立ち止まるような感じだった。この受身的な姿勢のせいで、目の前の丘が、「アイリス山荘」の室内や、港の景色のように、ガラス戸の向こうにある丘のように見えた。これは人間らしい恐怖がない、という以上の状態だった。一日中空腹で、夜は深く眠った。

やがて特徴のある一日が来た。レイの最初の手紙がラッシュブルックに届き、船の公用箋を使って、カレンに問いただしていわく、君は本当に僕と結婚したいと望んでいるのか、あるいはどさくさにまぎれて結婚すると言っただけなのか。なぜか僕はある印象を受け、それが気になるのだが、君はこの問題に君の全霊をかけていないのではありませんか。おそらく僕が間違っているのだろうし、おそらく海上にいて退屈なので考えすぎてしまうのだろうし、おそらく君から離れているのが嬉しくないのだろう。あるいはこれは潮風が招いた肝臓の不調なのかもしれません。でも君を愛しているから、君にもいい息抜きをしてもらいたい。ただ我われがいまどういう位置にいるのか、それは明確にしたいのです。

カレンはいままで、完全に明確なことだと思っていたのがこれだった。彼の手紙は衝撃をもたらし、当然、彼女は動揺した。もしも彼女がレイのなかに好きになれないことを見出していなかったら、衝撃はもっと大きかったかもしれない。それは物事を用心深く二度確かめる癖だった。彼はなんでも足していくのが好きで、彼女にとっては、そうして感情を扱われるのはかなわなかった。彼女は彼に腹を立て、大いに苛立ちをにじませて返事を書いた、私はあなたと結婚することをとても望んでいるという以外に、なにも言うことはできません。あなたはそれ以上のなにを望んでいらっしゃるのかしら？　君の全霊をかけてとは、どういうことなの？　いいのよ、お答えになることはないわ。ただひとつのことが、こうしてお待ちしている数ヶ月以上に、空しく見えたわ。あなたの質問のことよ、あなたが訊いてきた事柄のどれもが空しく見えました。あなたは、出帆する前の夜のことをお忘れになったの？　私はあのとき半分しか心がこもっていませんでしたか？　いかが……？　彼女はすべてをそそくさと書き、不安で怒っていた。そこで、はたと思った。彼は船で誰かに心惹かれたのか？　これは彼自身の心の揺らぎなのではないか？　彼が乗船した船の意地悪そうな白い高さが目に浮かび、それが悠然と前進し、目の前を離れていくのが目に浮かんだ。彼女を求めるレイの願いが距離によって細く痩せていくのが目に浮かんだが、それはちょうど、ヴェネツィアのムラノ島で見たガラス細工のように、はじめは熱いガラスの紐が、次第に伸びて、細くなり、そこで冷やされて、もろくなって、ぷつんと切れる。すると彼がとても恋しくなり、いままで彼がいないことをもっと寂しいと思わなかったことに愕然とした。彼女は庭に出て歩き回り、熱が出ていることがわかった。ラッシュブルックの静けさは、必死になって撥《は》ねのけたい毛布になった。彼女はなかに戻って手紙に切手を貼り、それから郵便ポストに急いだ。手紙をポストに落としながら思った、私にこのうえなにができる？　……ここにいてはいけない。これをこのままにすると間違った方向に行ってしまう。彼女はビル伯父とヴァイオレット伯母に対する苛立ちでいっぱいになり、苦笑している赤いポストのなかを覗きこんだ。やつれた、人を見下げる人、人生を自分の思い通りに捻じ曲げる人と一緒にいたい……。

一時間後に彼女はまたポストまで行き、今度はマダム・フィッシャーへの手紙を携えていた。丸いポストから帰る途中で庭を通ったら、ビル伯父に出会った。彼はテニスコートの端に植えたデイジーを小さな鋤を使って掘り返していた。目の前に球が飛んでこないようにネットが張られ、コートはいったん線が引かれていたが、プレーをしたことはなかった。彼女は伯父がいつになく驚いた顔をしたように思ったが、自分の気分のせいだろうとすぐ思い直した。しかし伯父はいきなり目を上げ、うつむいていたせいで真っ赤になった皺が走る顔で、言った。「君は伯母さまが元気そうだと思う？」

「あら、ええ」カレンは驚いて言った。「――小さな鋤がどこかにまだありますか？　私もデイジーのお手伝いをぜひ」

「ほかにはないんだ」ビル伯父は取り乱していた。顔がゆがんだ。そしてカレンから急いで目をそらした。「彼女はこれから手術を受けるんだ、ああ」

「ヴァ、イ、オ、レ、ット伯母さまが?」

「ああ、君が知っているはずはないね。家族に話していないから。動揺させるからと言って、耳を貸さないんだ」

「まあ——そんな——それほどお悪いの?」

応接間ではヴァイオレット伯母がシューベルトを弾きはじめた。音の調べが軽やかに時を刻み、それを聞いたカレンは、伯母はもう死ぬのだと知った。曲の楽節が形になって庭の中空にとどまり、その庭はいまや若い枝々が、春の夕闇のなか、激しく緑に燃えていた。傷ついた土の香りが哀れ引き抜かれたデイジーの根元から立ち昇り、芝生が掘られてできた小さな傷口を、ビル伯父はなにも言わずに爪先で踏みならしていた。ベランダのその下にある港は、低く垂れた空の下に伸びている、ガラスのような緑色をした岬に閉じ込められていた。カレンの人生で親しい人が死んだことは一度もなかった。周りの風景は、たちまち物々しく無気味になり、嵐の前のような光を浴びていた。

「でも、伯母さまはいつものとおりでいらしたけど」

彼はこまかい皺の網目のなかにある小さな青い目を必死に凝らしてカレンの目に合わせ、それから悪いことをしたみたいにその目をそらせた。「話すべきじゃなかった」

「いいえ、話して下さってよかったわ」

「心にかかっているものだから」彼は力なく言った。

「だったら誰かに話してよかったのよ」

「そうかもしれないね」

「でも手術は、よくなるからするんですね」

ビル伯父の逃げ場のないみじめな沈黙に、思わずカレンは膝をつき、根こそぎになったデイジーを積み重ねた。刈られた芝生が両手のわきに当るのを感じ、カレンはその手を震わせながら、デイジーを自分の周囲に積み上げていった。考えていたことを声に出した。「だけど、ここではなにもかもが絶対に停止しないみたいに進んでいるじゃありませんか」

「彼女がそう望むから。彼女は物事が進むのが好きでね」

物事はたしかに進んでいた。晴れた朝には、ヴァイオレット伯母がビル伯父を従えて、庭の上のほうにあるテラスを逍遥し、十二時が鳴ると、彼を町へ送り出した。町でする小用がいつもあった。彼女がそれにいまは同行しなかったのは、すべてが坂を下った所にあったので、そのぶん帰りは急な並木道を登ることになるからだった。彼女は彼女で、庭でしなくてはならない些細なことがいつもあるから、と言ったが、なにをしたのかはいつもあまりよくわからなかった。寒い朝とか雨が降った朝は、張り出し窓に置かれたテーブルで、真鍮の小物、蠟燭、定規、文鎮、物容れ、またはお盆に囲まれて、ゆっくりと手紙を書いた。ときおり手を休めて外のスカイラインを見やり、正しい言葉を探したり、次になんと書こうかと考えたりした。一時になるとみなランチに集まり、ラッパ水仙を飾ったテーブルについて、ビル伯父は町で出会った人についてヴァイオレット伯母に話した。彼はいつも誰かしらに会った。ランチの後は彼女は休息のために上へ行き、ビル伯父は決まって出たり入ったりして、彼女がまだ休んでいるかどうかを確かめた。カレンは散歩に出た。五時十五分前にはお茶が応接間に運ばれ、真鍮のやかんが細い青い炎の上をまたぐ三脚台の上に乗っていた。これには銅鑼《どら》は鳴らなかった。ヴァイオレット伯母は本能で姿を現わし、頭のうしろの髪の毛が、休んでいたせいで、ややもつれて固まっていた。その髪は絹のように細くて柔らかく、エドワード朝の見事な髪型に結い上げられ、一日に一度だけ、晩餐の前に結い直された。ほとんど間を置かずに、たがいに待っていたように、ヴァイオレット伯母がフリルをつかんでポットカバーをはずすと、ビル伯父がマフィン容れの蓋を開けて、今日焼いたケーキでなにが出てくるかを見るのだった。ホットケーキはいつもバターが流れていた。伯母は彼が喜んでいるかどうかを目で見て確かめ、彼がいつものように喜んでいると、ふたりでたがいに微笑を交わした。近所の人がお茶に来ることがときにあっても、ビル伯父とヴァイオレット伯母が交わし合う微笑を差し止めるものはなかった。彼らは昔のことを話すことが多く、いまはせいぜい努力しなければいけませんね、と話し合った。お茶の後は彼女がピアノを弾き、ピアノを弾かないときは、ビル伯父は彼女のすることが聞こえるところにいた。ヴァイオレット伯母は、晩餐に降りてくるときは古いレースをまとい、ダイアモンドのブローチがそのレースの下できらきらと輝いていた。ビル伯父はビロードのスモーキングジャケットを着た。その後、彼女はソファーに座って足を上げ、白い毛糸の編物をし、その間伯父は一昨日の『タイムズ』を不吉な予感とともに、カサカサいわせながら一読し、一方、カレンは、その場にあったなにかの本から目を上げて、自分の思いが部屋の調度と明かりの周囲を回遊しているのがわかり、目的もなく舞い戻ってくる蛾のようだった……。時計はどれも時を刻んでいたが、時の経過はここにはないも同然だった。ここでは内海に張り出した丘の上にたたずんでいれば、軒下の若いツバメのように安全に見えた。だが運命は鷲のようにではなく、ネズミのように這い寄ってくる。

「来るべきじゃありませんでした」カレンは言った。

「まさか、とんでもない。ことに彼女は喜んでいるよ」

「でも伯父さまにはお邪魔でしょう、これから……」

「君の伯母さんは、君は僕のお相手だという気でいるんだ」彼が言った。

「このことが……伯母には気がかりでしょうに？」

彼らがその話を決してしないのはよくわかった。室内の音楽が止まり、ビル伯父は不安そうに屋敷のほうを見た。ヴァイオレット伯母がフレンチドアに姿を見せ、髪のうしろに何気なく手を触れた。薄い灰色の夕暮れのなか、驚くほど明るい青い目で、彼らのほうを見やったが、カレンは伯母がいままで住んできた場所にはもう住んでおらず、さっき止まった音楽のように、別の場所にいることがわかった。それに、「アイリス山荘」の平和がなぜこうも宿命的だったのかがわかった、まさにこのふたりは、ふたりの最初の子どもを待っているカップルのようだった。ヴァイオレット伯母は上のテラスの階段を降りてきて、デイジーの山を見た。「可哀相に」彼女が言った。「もう捨てるだけね」

「晩餐の前にすませないと」彼女の夫はそう叫ぶと、小さな鋤を手にテニスコートの向こうへ去っていった。

「テニス・コートにすぐまたラインを引かないといけないわね」とヴァイオレット伯母。「ビル伯父さんはあなたとプレーがしたいのよ」彼女はもしやと意識した、なにかが空気中にあるのか、ごく細かい灰の雨のようななにかが？　彼女は空をちらりと見た。そして、「ここから離れましょう」とでも言うようにカレンの腕を取り、ふたりはともに芝生の端の手すり壁まで歩いた。そしてそこに立って、修理したネット越しに風景を見た。「あなたは教育があるから」突然彼女が言った。

「どうして？」カレンは言って、腕に置かれた伯母の手に苦しいほどの愛しさを感じた。

「あなたはいつも自分が次になにをしたいのか、それがわかっているようね。というのは、ひとりで散歩に出たり、どこへ行くのかがわかっているようだから。私は大したことをしないうちに、みんながなにかと提案してくれて」

「ええ、私は、そのときはなにがしたいかわかっているのに、その後はそうでもなくて」

伯母はこれを汲み取ることなく、カレンの腕に置いた自分の手を一心に見つめていた――その手が多くを語ったことに驚いたのか、彼女は多くを語らなかったし、あるいはその手が彼女自身にとって神秘そのものだったのか。淡々としていて、個人的な話にいちいち驚かなかった。彼女は続けた。

「まだ子どもだったのに、あなたはとても性格があったわ。あなたは面白い人生を送ると感じたのをいまでも忘れないわ。そうよね、そうなんでしょう？」

「と思います」カレンは言った。

「私はたいした性格もなくて。でもみんなが私にはよくしてくれました。おそらくそれが理由だったのね」

「なにがなにの理由なんですか、ねえ、ヴァイオレット伯母さま？」

伯母はちょっと間を置いてから、諦めたように言った。「残念だけど、私にはわからないわ」カレンは、ここから見える港の向こうを見つめ、ヴァイオレット伯母が自分の横顔を観察しているのを感じたが、何ヤードも離れて立っているみたいに、少しもはいりこんでこないと感じていた。武装を放棄した、肉体を離れた親密さだった。だがそのとき、この中年の女性は少し後ずさりして自分の胸を見おろし、カレンのすっきりした美しい輪郭を見て、急に恥じらうかのようだった。「もっとしておけばよかったと、思うときもあるわね」彼女は言った。

「でも自分が自分でいれば、誰でもそれで十分ですわ」

ヴァイオレット伯母は、少しも動じない静けさと悲しさでこれを受け止めたので、カレンは同じ言葉が何度も繰り返されたに違いないと気づき、パンの代わりに石を与えた相槌《あいづち》だったと思った。伯母には幸せな夫がふたりいたのだ――その他の人は別にしても。伯母はカレンの腕を解いて、手すり壁の上に景色を背にして座り、蔦の茎をむやみにむしり始めた。「つまり、利己的なのよ」彼女は言った。「私は自分のことばかり考えていたの」

これは、いつも大好きで眺めてきた絵画がふいに口をきいたみたいだった、「偉大な」というよりも大切な絵が、額縁のなかでため息をついたみたいだった。ヴァイオレット伯母は、見た目よりは、本人でいることのほうが、ずっと心もとなかったのだと思うと、哀れで胸が痛んだ。いわば額縁のなかから外を見ている誇り高い、たゆまぬなにか――これが精神なのだろうが――にとっては、いわばその精神が安らぐと思えばこそ、死を慎ましく受け容れることができるのだ。本来死は、もっと厳しく勝ち取られなければならない。だがこれは、彼女のために礼儀正しく開かれたもう一枚のドアを通り抜けることだった。芝生から引き抜かれるデイジーのように、根こそぎ引き抜かれ、傷つき、血を流しながらも生きているほうが、芝生の上をあっさりと吹き飛ばされる麦藁《むぎわら》よりもずっといい。この年月、彼女は批判しないで微笑んでたたずんできたが、本当は、ほかの女たちのように、物事の核心であり、起きていることそのものでありたかったのではないか？　思えば彼女は、日常のあらゆる小さなことにきめ細かく配慮してきたではないか、もう一度生きたいと願う人々と同様に、なにひとつおろそかにしないで生きてきた。海が見える書き物机は、彼女が真鍮の小物に囲まれて肘をついた場所、日光をさえぎって引かれた寝室のカーテンは、死についてではなく生について受けた、名残りつきせぬ驚異の念にとっては、さぞ重かったことだろう。いつもの午後、みんながお茶を終えた後、彼女はやかんの下で青く揺らめく炎を吹き消し、それから応接間を見回していたが、そこは彼女がまだいる部屋だったのだ。ピアノを閉じたとき、彼女はその静寂を聞いた。どこで暮らそうとも、彼女の人生は、別の場所から現われて一瞬だけ立ち寄る人たち、あるいは、彼女の居場所を自分たちの別天地とする人たちで、あふれていた。誰も彼女が理解することを求めなかったし、彼らの身に起きたことが彼女の身に起きることを望まなかった。彼女がもし動乱に巻き込まれて踏みにじられたいと願っていたら、怒りの標的になることを願っていたら、なすすべもなく見捨てられた船とともに沈没したいと願っていたら？　彼女のここでの生活は厳しく範囲が限られていたが、それはなにがあろうと彼女は坂を登ってはならなかったから。一度でも彼女は考えたか、さて、私が登ってみたかったとしたら？

「ああ、カレン」やがて彼女が言ったが、明日の計画をはっきりさせたいような口ぶりだった。「あなたはレイと結婚するのね？」

「今朝彼が問い合わせてきたのもそのことでした」カレンは驚いて言った。

「じゃあ、まだちゃんと決まってないの？」

「決まったと思ってました。私たち、婚約はしかるべききちんとしたんです。どうして彼がそれをまた持ち出したのか、私にはわからなくて」

「人は確認したいのよ」ヴァイオレット伯母が言った。

「そういうことではないらしいの。彼はこの私に満足できないのよ。彼は私の感情のすべてを知りたがってばかり、それがなんであれ知りたがるの。私がすることでは足りなくて、いつも彼はそれがなぜだか知りたがるんです。私たちがたしかに幸福なら、彼にはそれで十分でしょう？　彼は、表面とは、大違いなの。想像もつかないくらい。もし私を望んでいるなら、四六時中尋ねるのはやめてくれないと。考えはじめたら、どうしてずっとなにか考えなくてはいけないのかしら？　とりわけ結婚するのは。ええ、私は彼と結婚したいんです。でも、なにか理由を見つけてからするのは、それがなんであれ、私はしたくないの。私は私がしなければならないことをしたい。ずっと油絵がそれだったんだけど」

ヴァイオレット伯母は控え目に言った。「愛情は理由になれないのね？」

「よく見れば、愛情に理由があるかもしれませんね」

「まあ！　私はそう思ったことは一度もないけど」

「私はほかの人となんか結婚したくないの。彼は本当に明快な人だから。ただ、質問をし続けるのは彼らしくないんです。どうして私たちが結婚するのか、どうしてもその理由が欲しいなら、もう、ありすぎるくらいあるでしょうに。私たち、同じ種類の人間だし、同じことで笑うし、おたがいに気まずい思いもさせないし、お金はちゃんとあるし、ディナーに出た先で会う人たちも、なんてチャーミングなカップルでしょうと言うし――、ヴァイオレット伯母さま、あなたがわかっているのがわかるんです、私はこのままでは駄目ですよね、もしなにか本当にもっとないなら。私たちがふたりのときに、三番目のものがあるといいのがわかっているの。そのくせ私は彼があらゆる意味で欲しいの。そう、彼がほかの人と結婚するのは耐えられないのもわかってます」

「そういうことはしない人だと思うわ」ヴァイオレット伯母は穏やかに言った。

「さあ、どうかしら。変なことが起きるかもしれない」

伯母は手すり壁の上で姿勢を変えて景色を眺め、それで結婚問題全体が焦点からそれた。カレンは、すぐそばにあった蔦の葉の重なりを踏んで立ち、同じように港のほうを眺めた。そうして立っていると、彼女は伯母よりずっと上に立ちはだかり、性格の点でもずっと上にいるような気がしてきた。そうよ、なにかを成し遂げなければ。私たちより年配の人たちは、若さを英雄視することで自らを欺いているのだ。ヴァイオレット伯母がカレンの結婚を話題にしたのは、たんに明日のための楽しい計画としてのこと。生まれてこの方、伯母はあまりにも女であり続けてきたので、せめて自分の姪にはなにかもっと多くのことを望んでいるのではないか？　伯母の率直な質問はカレンのなかにある泉に、若い人たちが恐れている泉に触れた。若さゆえに、あなたはあなたの偉大さを当然認めて欲しいと思う。そしてそれが当然のように認められたら、あなたは不安に駆られる。

「油絵は続けるんでしょう？」伯母が言った。「あれを諦めるのは残念だと思うの」

「いいえ、やめるかもしれません。描けないことがわかるのが怖くて――寒いんですね、ヴァイオレット伯母さま、震えていらっしゃるわ。もうなかにはいりましょうか？」

「いいえ、寒くなんかないわ。ただあの船を見ていたいの」

ふたりが一緒に見守るなか、トロール船は、赤い煙突を立ててリー川の河口を出ると、煙を吐いてコーブ港を下り、外海に出て行った。雲の縁を取り巻いて、隠れて見えない日没の残光が降りそそぎ、テラスの下の蔦の葉が鋭く静止して、まるで写真のようだった。

「港はいいお仲間だわ」伯母が言った。

カレンは船に目を留めたまま、言った。「でも私は、ある意味では、あっさり失敗したいくらいなの。人ができることには、価値がないんだもの。私は自分が小さいと感じるのはかまわないのだけれど、世界が小さいと知るのが怖くて。レイと一緒にいると、それはもう安全でしょうね。大革命がすぐ起きたらいいのに。若いうちにもう一度最初からスタートしたいな、いままで仕方なく依存してきたものは全部なくなって。ときどき思うのだけれど、ヴァイオレット伯母さま、私たちのような人間は、有力者なんて人は、運が悪い人間なのではないかしら。先になにもないんですもの。私、そろそろなにかが起きる頃だと感じるの」

「たしかに色々なことが起きているわ」ヴァイオレット伯母が言った。「だけど、革命はちょっとずるいんじゃない？」

「私は革命には反対するほうよ」カレンは居丈高に言った。「でも、私に関係なく、起きたらいいのにと思うの」

「だけど、ビル伯父さんはどうなるの？　いつもずっといい人なのに、誰も彼のことを考えようとしないのね」

　これは逃れられない真実だった。カレンは手すり壁から降りると、しかめ面をして白い靴の先についた緑色のしみを睨んだ。ヴァイオレット伯母はまだトロール船を見つめながら、言った。「ほかに好きな人がいるの？」

「ええ、いました。だけど惨めな思いをさせられただけ」

三

ビル伯父の罪悪感のこもった瞳がカレンを追いまわし、口に出してしまったことを忘れてくれるよう懇願していた。しかし忘れられるものではない。カレンはこの屋敷を覆う影が見えた、急ぎ足で近づく雲のように。これから起きることがドアロに立っている。ヴァイオレット伯母だけがいつもの伯母で通していた。そして彼女はカレンがもっとカントリーサイドを見るべきだと思うと言い、そこでビル伯父は姪を内陸部のドライブに連れ出し、ヴァイオレット伯母はこれがふたりにとってさぞ快適だろうと思った。おそらくこれは屋敷から離れるという意味で彼にとっていいことだった。とはいうものの、もう残された時間が少ししかないときに不公平にも見えた。

コーク州は、丘陵を上下に走る白い間道が網の目に走っている。カレンは羊歯《しだ》植物の群生が緑の峡谷にあたかも溶岩のように生い茂り、丘の側面を下っているのを見た。自動車はこの金色の凝視を浴びて、無人の田園を低く唸りながら走った。このあたりの人々は陰気ななにも見ていない青い目で彼らを見つめ、山羊たちは慌てふためいて葉先が曲がらない羊歯類を騒がせていた。白い寂しい畑地、岩場、そして谷のポプラの木々が光の波に乗った彼女の心を洗い流した。見る楽しみは彼女から去ったようだった。彼女はまたもや感情の意地悪いぎざぎざした切り口が欲しかった。ビル伯父は「モンテベロ」のことをよく話していた。どうやって建てられたか、どんな改良を自分で施したか、厩舎《きゅうしゃ》ですら切り出した石材で造り、それぞれの部屋にはなにがあったかも話した。

「アイリス山荘」では、引き抜かれたデイジーが芝生に掘ってできた穴の手当てが済んでいた。テニスコートはまたラインが引かれ、友人がテニスをしに来ていた。ヴァイオレット伯母はカレンと夫がさかんに跳び回るのを眺めた。ボールが海側のネットに当って音を立てた。温かな天候が続き、ラッシュブルックの隣人たちが、穴から出てきた亀のように顔を見せるようになった。生活らしい生活が始まるにつれて、カレンは、あらゆることが続いているうちに、ラッシュブルックから離れなければと思った。しかしどうしたらこの訪問を終えられるか考えがまとまらず、自分で告げた日程より前に辞去したら、そうして自分が出て行くことが不幸の始まりを呼ぶのではと思った。横になっても夜が眠れなくなり、置時計が時を刻んで暗闇のなかを行進していた。昼食のときにも思った、これではいけない。応接間のランプから漏れる光が弱まり、晩餐の後、伯父と伯母の間に座っていると、手元の本から目を上げるのも厭になった。ヴァイオレット伯母が死ぬだろうということは、ヴァイオレット伯母がおそらく死ぬだろうというにとどまらず、氷が次第に南へ移動するようなものだった。「アイリス山荘」に来るのではなかったと思ってもいまは空しく、寒冷地帯はいたるところに忍び寄っていた。

脱出は思いのほか簡単に実現した。ある日の昼食時に、カレンは今週の土曜日までにロンドンに戻らなければならなくなったと告げた。ヴァイオレット伯母は残念だと言ったが、失望してはいなかった。ここは退屈だから心配していたとも言わず、カレンの計画についても訊かなかった。「ビル伯父さんが寂しがるわ」彼女は言った。「あなたの訪問が彼にはとても楽しかったから。これからは人が減ったなと感じるでしょうね」

コーク発フィッシュガード行きの船は、六時ごろに出港する。最後の金曜日には、数人の人がお茶に来た。まもなく旅に出る人はどこか聖なる感じがするものだが、カレンは話の外にいることが許されていた。あの最初の日にしたように部屋を見回し、意外にも部屋は新しい感じがしたが、それはもう二度と見ることはあるまいと思われたからだった。スミレの花が描かれた乳白色のガラスのヴィクトリア様式のランプ、ソファーのうしろにある弦が一本切れたままのハープ、あるいはヴァイオレット伯母の膝掛けだった手織のインディアンショールなどは、それらがみんな離ればなれになって別の屋敷に持ち出されたら最後、もはやその物ではなくなるのだ。物は反抗できないが苦しんでいるように見えて、人は詮方《せんかた》ない哀れみの気持ちでいっぱいになる。窓の外の灌木《かんぼく》は、カレンがいた間に葉が茂り、にじんだ形を壁に投げていた。ビル伯父のかたわらには訪問客の犬がいて、礼儀正しく座っておねだりしていた。彼は用心深く顔をしかめてから、ティーケーキを犬の口のなかに落としてやった。

彼はカレンが船に乗り遅れてはならないと固く心に決めており、彼らはお茶が終わる前に出発した。カレンはひたすら車に乗り込み、後に残ったヴァイオレット伯母はポーチに立って、まだなにか言うことがあるような顔をしていた。「アイリス山荘」の門からコーク鉄道の発着駅のティヴォリまでのあいだ、ビル伯父は無言で車を運転した。ティヴォリから波止場までのあいだで彼が言った。「さて、君のお母さんにはなにも言うんじゃないよ。彼女がそれを望んでいないからね。彼女が自分で手紙を書くかもしれない。どうかな、僕にはよくわからないが……。心配しないで」彼は「心配しないで」と三度言った。彼は一緒に乗船し、カレンの荷物をキャビンまで降ろしてくれた。カレンは伯父にさようならのキスをした。彼の目に涙が浮かび、彼は足早に立ち去った。

レイの手紙はラッシュブルック滞在中のカレンには届かなかった。カレンは出発する二、三日前に彼に手紙を出していた。

レイ、ここを金曜日に発ちますので、ここに来るあなたの手紙は私に会えないかもしれません。転送してくれると思いますが。もっと長く滞在すると言ったと思いますが、ヴァイオレット伯母が来月手術を受ける予定なので、彼らふたりの時間を取り上げてはならないの。ヴァイオレット伯母にもしものことがあったら、私はビル伯父を相続するつもりです、ほかに誰もいないようだし、だからあなたも彼を好きになって下さいね。彼は羽がまだ生えていない小鳥みたいな人で、風に吹かれて木から落ちてしまったのね。

あなたが遠く離れていなければいいのに。

この前あなたに書いた私の手紙は嫌いだけれど、アイルランドにあるなにかが、人を自分自身のほうに捻じ曲げるのよ。人ははっきりと考えるのではなくて、それが人を動転させるの――サー・Hはいかが？　そろそろ気難しくなってきましたか？　肝臓がどうとかおっしゃっていましたが、長引いていないといいけれど。ヴァイオレット伯母は私の指輪のサファイアがとてもお気に召しましたよ。

あなたはお出かけになる前におっしゃったわね、覚えていますか？　どうしてしばらくパリに行かないのかと。それで、マダム・フィッシャーに手紙を書くだけは書いてみたら、いまは都合が悪いとのこと、目下アメリカ人の娘さんがふたりいて、彼女の家は満員なんですって。ああ、ちょっとしたニュースがあります（少なくとも私にはニュースよ）。ナオミ・フィッシャーがあのマックス・エバートと結婚するのよ、イギリス系ユダヤ人でフランス人のあの男性よ、銀行に勤めていて、彼らはいつも会っているの。彼のことを話したかどうか忘れました。私がフランスにいたときは、ナオミは彼を崇拝していたけれど、彼があまり怖がらせるので彼女は口がきけなくなり、私は腹が立ったので口がきけなかったわ。彼は本当は完全に百パーセント、マダム・フィッシャーの友だちで、それで不思議でならないのだけれど、マダムのほうが縁組すればよかったのに。マックス・Eのほうは、そういう考えは浮かばなかったのだと思います。彼はここ何年もの間、あそこでナオミに会うのが習慣になっていたけれど、彼女を見ていたわけじゃないの（この意味がわかれば）。彼はマダム・フィッシャーと話しに来ていたのよ。ふたりはサロンのような部屋をほとんどふたりで使っていました、彼らふたりだけでよ。フィッシャー家の人はどうかしているのだと思う。彼は信頼できる人ではないのよ。彼とマダム・フィッシャーがナオミを無視するそのやり方ときたら、そのくせナオミに威張り散らすから、私はいつも憤慨してたわ。彼はあなたが好きになるような人では絶対ないわ。彼がなんのためにナオミを必要としたのか、私には考えもつきません。マダム・フィッシャーが口にしたのは、彼らにお金がいくらかはいったとか、フィッシャー大尉のお姉さんがロンドンで亡くなったからですって。マックス・Eが必ずしもお金目当てとは思わないけれど、仮にそうだとしても、フィッシャー・マネーは、彼の興味を引くには足りません。だけどこれでフィッシャー家は女の子たちを預かるのをやめられるわけ。このアメリカ人の娘さんふたりが最後になるの。彼らはきっとそれを喜んでいると思います。

ごめんなさいね、あなたが聞いたことのない人のことばかり話して。でもマダム・フィッシャーの手紙が昨日きたばかりで、それが心にあるものだから。そしてあなたもご存知ね、前から私がどんなにナオミのことが好きか。それでいま彼女のこのニュースが来て、彼女をとても身近に感じます。もし彼が彼女を幸せにしなかったら、私はたまらない気持ちになるでしょう。彼女に会うのよ、マダム・フィッシャーがこれも書いてきたのですが、いいニュース、ナオミはいまロンドンにいるの、二、三日ほど、遺言書のことで。彼女に会うので、帰る理由がもうひとつできました。マックス・Eも来ていて、ご用を手伝うらしく、彼に会うかもしれないけれど、できれば会いたくないわ。

家からはとくにニュースはありません。クリスティナとロビンがスペインから戻り、私たちのことを聞いて喜んでくれました(いまは北部に戻っています)。手紙がくると思います。ここにいる間に十六通の手紙をもらいました。私たちのしたことは間違いなく正しいことだったのね。父もそのように思っているようです。サー・Hに伝えて下さい、母が彼のお従兄さんに、T家のディナーでお目にかかったそうです、でも不運なことに、彼の名前が思い出せません。

我慢の足りない私の愛を許してね。あなたがいなくて寂しいからだと思います。

船は時間どおりに進まなかった。潮に乗って流れを下り、明るい緑色の四月の夕闇のなか、カレンは丘や家や木が次々と過ぎさるのを見つめていた。漆喰の馬がまだ明り採りの扇窓のなかに立っていた。栗の木はもうすぐ花が咲きそうだ。しかし最初の朝のあの神秘的な透明感はなくなっていた。二週間もしないうちに、どのくらいのことが起きたのか？　すべてが、あるいは、なにも？　離れつつある場所を見ながら、考える。私はなにを見つけたかったのか？　レイの問い合わせの手紙が来て、ヴァイオレット伯母が来月には亡くなることを知り、ナオミがマックスと結婚することを知った。帰宅したら、みなが訊くだろう、「それで……？　どうだったの？」と。なんと言えるだろう、「長い午後のようだったわ、電報が三通来たのよ」と？

カレンは空腹を覚え、悲しいというより空しかった。見渡すかぎり水面が広がり、岸辺は暗くなり、明かりが点っていない別荘群が木々に覆われた小山にまぎれて立っていた。カレンは船が河口を出る前に下に降りてディナーをとり、ラッシュブルックをふたたび見るまいとした。大広間はもう半分以上が人でうまっていた。

そこで一分もしないうちに、ピンク色の肌を上気させ、レモンイエローの帽子をかぶった娘がカレンのテーブルにあったもうひとつの椅子を引き出して、その上にどしんと腰をおろした。ほかにまだいくつかのテーブルが無人だったので、カレンはわざとそちらに目をやった。相客はいないほうがよかった。しかしイエローハットは自信たっぷりに顔をぐっと寄せてきた。「ここに来てもよろしいかしら？」彼女が言った。「男が追いかけてくるものだから」彼女は青い石板色の目を丸くして、女同士の合図とばかりにぐるぐると回して見せた。

「どうぞ」カレンは上品な微笑で答えた。

イエローハットは大柄で、ひだのついた胸飾り《ジャボット》を派手な毛皮のコートの襟の間から覗かせている。しごくよい身分に見られる華やかさがあり、ミセス・マイクリスがあらあらと叫ぶかと思わせるものはなかった。カレンは彼女が大勢の友人に見送られているのを目にしていた。その男が誰であれ、そうとう勇敢な男に違いない。イエローハットはコートを脱いで身を乗り出すと、メニューに手を伸ばした。

「たいして選べないのね」彼女は言った。「でもこれがいいのよ。私はいつもお肉の厚切り《チョップ》なの。腰肉《ロイン》のいいチョップを出してくれるのよ。もちろん、海峡がどのくらいこたえるか次第だけど。私の姉なんか、お茶と蒸しただけの魚しか受けつけなくて。でももし注文すれば、それも出してくれるわよ、頼んで上げましょうか、もしよかったら。ここの給仕はみんなお仲間なの。私、ここをよく渡るもんで。あなたはこっちによく渡ってくるの？」

「見ていいかしら？」

「ああ、ごめんなさい！」彼女はメニューをさっと寄越した。「あれはラッシュブルックから来たベント大佐でしょ、さっきあなたとご一緒にいたのは？」

「ええ」カレンは言葉を濁した。「なぜ？」

「彼をヨットクラブでお見かけしたことがあるの。彼ってダンディーよね……、賭けてもいいけど、あなたはアイリッシュじゃないわね？」イエローハットはいたずらっぽく言った。

「おっしゃるとおりよ」

「お遊びでこっちに？」

「伯母がベント大佐と結婚しているの」

「すっかり変わっちゃたわ、軍隊が移動した後は」イエローハットは残念そうにため息をつき、テーブルの半分いっぱいに自分の肘と胸を突き出した。「きっと想像してるんでしょ、私たちはみなおかしくなってるって？」彼女は誘うように言った。

「いいえ、とくにそんな。なぜ？」

イエローハットは少し困ったような顔をした。「だって、私たちはみなおかしいの」彼女が言った。「三月ウサギみたいにおかしいんだ。向こう見ずで、マッドで、悪者《ワル》で――ということになってるでしょ。私たち、悪気はないのよ。止まらなくなるのね、いったん暴走すると、でも……。私たちが地元でどうしてるのか、あなただって見ておかないと」

「私がもしおかしかったら、それがわからないと思うけれど」

イエローハットは身を乗り出した。「ねえ」彼女はかまわず言った。「白ワインを半分ずつにしない？」カレンがうなづくと、彼女は給仕の上着の裾をとらえ、フランスの白ワイン、グラーヴを注文した。「おいしい甘口のワインなの」彼女が言った。どうやら彼女は、品がよくて、赤毛で敬虔な本場の娘のひとりと見え、金切り声を上げ、父親のことを話すときはパピーと呼び、家では厳しく押さえつけられていそうなタイプだった。カレンにすらアイルランド人らしく振舞わないではいられないのだ。いったんイギリスに渡ったら、どんな時間を過ごすのか？　ふたつの人種間の関係は、見せびらかしと猜疑心《さいぎしん》の中間にとどまっていて、異性関係のように厄介なのだ。アイルランド人ぶって見せる相手がいなかったら、アイルランド人はどこに居場所があるのだろう？　「ねえ、教えて」イエローハットが言った。「初めてこっちに来たの？」

「そうでもないわ。ダブリンにいたことがあるから」

イエローハットは質問を中止した。大きな目をむいて、カレンの左手のサファイアを見つめている。彼女は言った。「あなたはラッキーね、へええ」

「ええ」

「まあ、みんな、そうなるんでしょうが」イエローハットは敬虔に言った。「ねえ、あなたはアイルランド人の男に会ったことあるの？」

「ないと思う。ないわ」

「これがみんなテロ集団なのよ」イエローハットは言って、これ見よがしに目をつぶった。

「そうなの？」

「そうよ。あの男、見たでしょ、赤い襟巻きを巻いて、さっき甲板で私にさよならと言っていたやつだけど？　だけど彼が、あなたにさようならと言っているベント大佐を見つけたのよ。だけど、大佐じゃありませんよ、彼が最初に目をつけたのは、言っておくけど！　あなたにもテロがついたわ。

ジミー・フィーランが彼の名前。あいつのことは、私だったら信用しないわ！　あなたが注文したのはタンなの？　タンなんてメニューで見なかったな」彼女はグラーヴワインをヒヨコがつつくみたいに舐めた。顔中に赤味が広がる。「さあ」彼女はカレンのグラスにうなづいて見せて言った。「健康を祈って」

カレンは言った。「テロって言うけど、私が会ったのはむしろつまらなかったけど」

「ああ、でもね」彼女の相手は機先を制して言った。「あなたの毒は、私の毒じゃないんだわ！」

カレンは周囲を顧みるように見回して、この意見を反芻《はんすう》した。明かりが点った大広間はいまや、食事をする乗客で騒がしかった。テーブルの上には黒ビール《ポーター》のグラスがたくさんあって、縁には黄色い跡がべったりついていた。ソース容れの栓は真っ赤なボタンだった。薬味の瓶が何度も往復した。ビジネスマンたちは、カフスにグレービーがつかないように、いかにもビジネスライクに手を伸ばしていた。ジャガイモにフォークを突き刺し合いながら、船の揺れに負けずに大声を出し合っている。こうした賑やかなざわめきの下で、力強く抵抗する暗い水流を激しくかき分ける音がしていた。乳白色のアイルランドの女性たちは、ぼんやりとした聖母のようにあたりを見回し、もの言わぬ瞳がゆっくりと顔から顔へと渡っていた。こうした女たちは、男はみな同じだ、事実はたったひとつ、男は男である。顔の寸が短く、わめき散らして、牙《きば》をむくアイルランド男は大勢いたが、ところどころに面長で青白いケルト民族の顔があり、慣れない仮面をかぶったような顔が煙でかすんだ空気に晒されていた。真鍮枠の舷窓は暗くなっていた。ラッシュブルックはもうとっくに過ぎた……。明るく居心地のいいこの情景は、そのなかにいるすべての者を封印し、行き先のない集団にしているようだった。

大広間が一度大きく震動した。エンジンが制止し、新たに発進した。船は海洋に出て行った。

「私の毒って、なんのことだかわからないけど」カレンはそう言って微笑んだ。

「じゃあ、ご用心、だわね、ジプシーがそう言うでしょう！」イエローハットは叫んだ。その大きなおどけた顔は、思う以上のことを言う人の顔に浮かぶ、あの不滅の表情をたたえていた。それが消えた。彼女は真珠のネックレスをねじり、その目はカレンの目に食いいってきて、ごろつきのように不気味だった。「女の子はなにが起きるかなんて、絶対にわからないのよ」彼女は言った。「この船に乗るたびに、男の子たちが見送りに来るわ。それで、誰にわかる？　一ヶ月って長いのよ！」

「海が怖いの？」カレンは見当はずれなことを言った。

「あら、あなた、ねえ、まさか。あなたは？　私はこれで十一回目の渡航よ」

「じゃあ、あなたの言う意味は、わからないものだ、ということね？」

「全部星に出ているって、言うわ――けど、もちろん、あなたはもう決まってるから」イエローハットはこう言って、関心が消えたことを、無礼にならぬよう、明確に示した。彼女が注文したお茶のポットが運ばれてきた。彼女が熱い濃いお茶を注ぎ、ティーカップ越しに心中深く考え込む様子を見せたので、カレンは「決まってるって？」と繰り返したが、やや不安だった。

「いいことになるに決まってるじゃない」イエローハットはカレンの指輪にむっつりしてうなづきながら言った。「その先のことまで覗くつもりじゃないでしょう？　なにが来るか、あなたはちゃんとわかってるでしょ」

カレンはコーヒーをついだ。「なにがわかっているにしろ、フィッシュガードに着かないかもしれない、でも――」

「――ああ、そうか、ねえ、あなた、私はもう十一回も海を渡ってるのよ――。ワインを飲んでしまわないと。ワインは好きじゃないの?」

「忘れていたわ」憂鬱な気分が満ちるのを感じながら、カレンはイエローハットなら好んだはずの黄色いグラーヴワイン越しに見える自分の指を見た。自分の姿が向こうの鏡の端に映っているのが目にはいり、冷たいしかめ面でその映像を見た。私は向こうから来ただけの楽しみに、なんとたやすく乗っていたんだろう! 彼女は真珠のイヤリングが厭になり、血が通っていないもののように見えた。それから視線を移し、イエローハットの派手なフリルと上気した正直な顔を、慎ましく、内心苦笑するのもやめて、じっと見つめた。「つまり、遭難とか外側で起きる事件は別にして」彼女は言った。「人の身に起きることはきっと、人が自分で起こしているのね?」

一瞬大胆になって煙草に火を点け、イエローハットはこれを聞き流した。「結婚した姉がリヴァプールにいるのよ」彼女は言った。「あなた、行ったことある?」

「一度だけね。いまからそこに行くの?」

「行かないわよ、いいえ。カーディフに行くの。そこに従妹がいるの。いい町よね」

「私はロンドンに住んでいるの」カレンは自分からそう言い、イエローハットをなおも尊敬の目で見ていた。

「そうなの! あなたはずっと静かに見えるわ、そう言っちゃ失礼だけど、たいていのロンドンの女の子よりはずっと。あの人たちのスタイルは好きになれない」彼女はカレンをざっと見やり、それほどでもないが、感じはいい人だと思ったことを態度に出した。カレンのことであれこれ憶測することはなく、ふたりはそれほど異なっていた。カレンには自分がイエローハットの目には、動物園の柵のなかにいるなにかに見えるに違いない、自由がないとも知らずに運動場を走り回り、自分では歓迎しかねる格好でいるのを見てとっているのがわかった。カレンは思った。彼女と私は同じ性に属しているが、それは性がふたつしかないからだ。もっとたくさんあるべきだ。自分と違う人に出会うことは、人の視野を広げたりしない。ただ自分はユニークだという持論を確認するだけだ。それでもなお、そういったさまざまな遭遇の混乱のなかで、意味のあるものは鳴り響き、やがて思い出のなかで大きくなり、なぜか話に出てくる――しかし誰がそれを話に出すのか……。「あなた、ダンスはそうとするの？」イエローハットが言った。

「ええ、よく踊るわ。あなたは？」

「私はもう夢中よ」大柄で大振りな娘は言った。「エンプレスルームズ、知ってる？　豪華じゃない？」

「豪華ね」

「じゃあ、そこで私たち、ばったり出会うかもね！　私はエメラルドグリーンを着て、背中にアザがあるから。私がいるのを見かけたら、背中をバシッと叩いてね」

給仕が勘定書きを二枚持ってきた。イエローハットを追いかけていたはずの男は、二度ほど彼女たちのテーブルのあたりをうろついていたが、諦めて行ってしまった。イエローハットは彼が出て行くのを黄色い帽子の縁から見とどけてから、ハンドバッグを探し出し、毛皮のコートを拾い上げた。

「ちょっと腰を落ち着けちゃったわね」彼女が言った。それからやや迷って付け足した。「上に行って、ラウンジでも見てみない？」

「どうしようかな、すぐベッドにはいろうかなと思って」

「そうね、それがいいわ。私の母もいつもそうよ」イエローハットは見るからにホッとして言った。

ふたりはたがいに温かい微笑を交わして立ち上がり、左右に道を縫って外に出た。船はやや落ち着いていた。ふたりは階段の下で立ち止まった。ゴム引きの床がカレンの船室に通じていた。イエローハットは感じているようだった。人をただ行かせてしまうものじゃない……。彼女はどうにも困り果てた。「じゃあ……」彼女は言った。

「じゃあ……」

「フィッシュガードに着いたら、あなたを見張っていて上げるわね」イエローハットが口早に言った。「耳のなかに綿を詰めてみたら。じゃあ、バイバイ、また後で」

微笑も忘れてふたりはたがいを横目で見つめ、うなずき合って、別れた——永遠に。船は波をかき分け、闇のなかを突き進んだ。

四

誰といって、イエローハットとこれほど対照的な人間は、翌朝カレンが帰宅したときに、チェスター・テラスの階下にいたナオミ・フィッシャーをおいては、まず考えられなかった。彼らがナオミを通しておいた朝の間は、荒涼とした、落ち着かない部屋で、そこでくつろいだ人はひとりとしていない。ダイニングルームのうしろにあり、ドアがふたつあった。一隅には唸り声を立てながら階上に上がる給仕用のリフトがあり、それがなんだか知らないと、人はみなぎょっとした。電話の本体がここにあり、配線用の配電盤、書き物机とその上に乗っている乾いたインク壺と電報頼信紙のはいったラック、それに無愛想な住所録に古い『著名人名録』が並んでいた。ここに追放されてきた書物をいれた本箱の上には、ウェリントン公の胸像が厳しい顔でひたすら睥睨《へいげい》していた。四面の壁には、ミセス・マイクリスがどうにも苦手な力天使たちの銅版画が掛かっていた。ガスの栓は固く閉まり、めったに開くことはなかった。召使によってここで待たされるのは召使自身が判断し、通されることと、待つように言われることとの区別は召使いがした。ナオミの不安そうな茶色の瞳と控え目なマナーを見てブレイスウェイトは考えた、きっとこの人はなにかが欲しいのだ。ということは、彼女はレディではない。この女性が強く望んだのは、どうしてもと望んだのは、カレンに会うことだった。優雅さを捨てて振舞うほどことは差し迫っていたのだ。そこでいま、カレンが急いではいってきたとき、ナオミは冷たい皮の肘掛け椅子の端に座っていた。すっかり「擦り切れた」毛皮にフランス人の処女らしい端正さで座っていた彼女は、緊張した黒い瞳を、いま開かんとするドアにひたと据えていた。外でタクシーの音がして、ついでカレンの声が聞こえた。感情が、こんな早い時間を持て余し、言葉を奪い、キスをすませるまで口がきけなかった。

「冷たい顔だこと」カレンが言った。「ここは恐ろしく寒いわ。ブレイスウェイトは、そのうち殺してやる!」

「私の来るのが早すぎたのよ」

「いいえ、どうしてそんな?」カレンは手袋を脱いだ。

「疲れたでしょうに」ナオミは気遣っていた。

カレンは疲れて――あるいは呆然としているのだろうか?「でも、列車のなかで眠ったから。どのくらいあなたに会っていないのかしら? ロンドンに来て、どのくらいたつの?」

「ちょうど四日になるわ、カレン。次の火曜日には戻らないと」

ナオミの口ぶりには非難を許さぬ哀しみがあり、カレンは思わず叫んでいた。「どうして教えてくれなかったの? 私は出かける必要などなかったのに。しかも偶然耳にはいったなんて」

「考えるべきだったわ。ここにはすぐ来たのだけれど、あなたは出かけたと言われて」ナオミは言い、運命的な愛情でカレンをじっと見た。

「アイルランドにいたのよ。どうしてだか自分でもわからないけど」

「あら、それはちょっと悲しいじゃない、そこまで行っていながら！　つまりね、私がどうにかしてここに来なければならなくなって、それも突然だったから。アメリカ人の娘さんふたりと、もうふたりのアメリカ人の娘さんが来るまでに」

「厄介な人たちねえ！」カレンが言った。「そのふたりで本当に最後なのね？」

「ええ、これで最後よ。その人たちでさえ預かるつもりはなかったのに、古いお友だちのお友だちで、どうしても断れなくて。二ヶ月だけなの」

ナオミに代わって苛立ったカレンが怒り出すのは、まだ少女だった頃にカレン自身がフィッシャー家にいたとき以来のことだった。いまこの瞬間、膝をついて火を点けながら、カレンは苛立って、ガスの栓で親指にあざを作った。彼女は、やはり、ナオミを階上へ誘わないことに決め、ミセス・マイクリスと鉢合わせをしないようにした。ナオミ・フィッシャーには特別に親切にしたい気持ちは重々あったが、ナオミにここに来て欲しくなかったのは、ミセス・マイクリスにしてみれば、ラッシュブルックに関するすべてを娘から聞きたいのも当然だったからだ。だから、ガスの火がポッといって点いた後、カレンとナオミは窓のところに立ったまま話し、それぞれ肩でカーテンにもたれ、小さな庭の向こうにある煉瓦造りの厩舎を見ていた。ナオミは頭の先から足の先まで黒一色に身を包み、亡くなって金を残してくれた伯母の喪に服していた。彼女はカレンに、トウィッケナムにあるいまは亡きミス・フィッシャーの家に泊まっていると説明し、ヘレン・ボンドという従妹で、共同相続人であり遺言執行者である女性と一緒に、衣類、書類、書籍のほか、「動産物件」と称される無意味な小物の整理をして、家を競売にかける準備をしているところだった（ヘレン・ボンドと彼女は家を売りに出すことで同意していた）。ナオミはこの伯母をほとんど知らず（ミス・フィッシャーは弟がフランス人と結婚するのを認めていなかった）、このすべてが悲しい作業だと言った。伯母の人生から舞い上がった埃がナオミに降り積もったのか、ナオミの声はかすれ、肌は死んだようだった。しかし、そうは見えないが、ナオミは生まれつき色々な事件に縁がある資質があった。カレンはナオミが万事うまく切り抜けることを信じて疑わなかった。ナオミにお金ができたことは、思えば素晴らしいことだった。

「マックスが助けてくれたのよ」ナオミが言った。

それから彼女は、なにかいわれのないものに注意を引かれたように、窓枠を心細そうに見つめ、また少し小さく縮んだように見えた。カレンは内心これにカチンときた。カレンに言わせれば、ナオミはマックスのことを最初に話すべきだったし、それを彼女が勝手に省いたことが、いかにも気が利かないことだった。カレンは、部屋にはいる前には、こう叫ぶはずだった、「とても嬉しい！」と。しかし嬉しくない気持ちが自分を引き止め、内気にした。それにナオミは、伯母を亡くした人には見えたが、恋人を得た人には見えなかった。マックスは少なくとも彼女の頰に微笑をもたらすものは与えたはずだし、そうでなくとも、少なくとも、黒い毛皮に挿すスミレの花の飾りピンくらいは与えたはずではなかったか。カレンの想いは、まるで待っていたように、その場で飛んでマックスその人に襲いかかった。ナオミは目を伏せたまま、カレンに懇願しているようだった、私から話すべきだと、どうか感じないでと。ナオミはとっくの昔にいかにも少女めいた自然らしさを卒業しており、それ以外の自然らしさは、真似るひますらなかったのだ。その内部にある巨大な生の実態、その孤独な恐怖と炎のほどは、ナオミが自身について抱いている慎ましい見方とは相容れなかった。自分が感じたことを隠す、あるいは言わずにすますことが、なににもまして最優先する彼女の願いだった。

「ああ、大好きなナオミ……」

「どうしたの、カレン?」

「あなたの幸せを私がどんなに喜んでいるか知ってるでしょ!」

「でもあなただって幸せでしょ」ナオミは目を上げたが、この友が外側からものを言いすぎるのを咎めているようだった。そしてカレンをじっと見据え、なんとかして落ち着かせようとしているようだった。ナオミの臆病は外皮が落ちたか、あるいは、そのなかで火が点ったか。顔と視線を外に晒して立ちはだかり、カレンに燃えるように立ち向かい、こう言っているようだった。「ねえ……あなただって間違いなく同じでしょう?」

カレンは言った。「ええ。だけど、私たち、まったく同じじゃないわ」ナオミはまたもや自分に戻り、同意していた。「ええ、人生は、あなたと私ではとても違っているわ、当然よ」

カレンは自分が疲れている理由があると感じた。旅をしていなくとも、朝の十一時に心を打ち明けて議論するのは辛かった。コートのポケットに手をいれて煙草の箱を探し、曖昧な微笑を浮かべて、肘掛け椅子に腰をおろした。太陽が顔を出し、続いてすぐ雲が影を作って厩舎の煉瓦に映り、そのたびに部屋が明るくなったり暗くなったりした。アイルランドで過ごした時間が、待ちわびて暮らした長い一日のように、彼女の心に引っかかっていた。停滞した気分に襲われ、生き続けても意味のない瞬間がさらに増し、思い出がそれだけ重くなるような感じがした。帽子をもぎ取り、頭をうしろにそらせ、なにかを払いのけたいのか、皮製の椅子の背にもたれたまま、苛々と首を回した——マダム・フィッシャーがかつて言ったように、それはイギリス人の少年のような動作だった。

彼女はナオミが自分を愛していること、その献身はひたすら一方的なものであることを知っていた。それは、こちらから返すことのできないものだった。カレンが感じたすべてはこうだった、これがふたりの間の絆、あるいは、ふたりを縛った縄目であり、パリにいたあの一年間にゆっくりと精錬されたもの（そう、あれは精錬された金属でできたもので、弾力性がなく、ときどきこすれたりして痛かった）。カレンはとても若く、マックスがとても怖くて、だから彼を無視することができず、このナオミがその場にいることがどうしても必要だった。しかしそれ以来、いたのはほかの人ばかりで、カレンの良心はナオミのことで清算しはじめていた。マックスにこれらのすべてを無事にすませてくれたお礼を言いたいと思うべきだ……。彼女は、煙草を持った手を腕の長さに伸ばしたまま、煙が昇って消えてくのを見つめていた。「それでマックスもあなたと一緒にこちらに？」彼女は言った。

「アデルフィのホテルに」

「あら。休暇を取って？」

「彼もここで仕事があって、でも私のほうの仕事も手伝ってくれているの」

「申し訳ないけど、お目にかかれないかもしれないわ。時間がほとんどなくなってしまったし」

「あら、でもまだ三日あるのよ！　ああ、どうかぜひお願い！」ナオミは叫んだ。窓から振り向いてカレンをまともに見つめ、黒の手袋をはめた手を強く握りしめ、それから、痛みに耐えるかのように、その手をゆっくりとほどいた。「それをしないでパリに帰るなんて、がっかりだわ、カレン」

「でも、まるで彼と私が会ったことがないみたいじゃないの、ナオミ。昔はよく会っていたんだから」

「あなたは彼が好きじゃなかったわね、あの頃は」

「あの頃は、私、馬鹿だったから」

「だけど、もう一度お願い、ぜひ彼と会って」

カレンはあっさり言った。「私たちが結婚するまで待てないかしら？　みんな結婚してからという意味だけど？　あなたもレイに会わないと。時間がもうないから、私はあなたと話したいの。だって、私はマックスとは会ったことがあるけど、あなたはレイがどんな人か、知らないんだから」

「きっと知っていると思うの」ナオミは人が戸惑うようなことを言った。

ミセス・マイクリスはフィッシャー家の人たちに会うたびに言っていた、ナオミがもう少し感情を篭《こ》めないで話してくれたらと。「彼女はあれで誤解されるのよ、目が飛び出しているんですもの。ときどきそれが少しばかり辛くない、カレン？」「お母さまの言う意味はわかるわ、でも実際の彼女はいたって冷静な人よ。あの様子が懐かしいくらい」カレンはよくこう答えていた。そして結論はいつも、母の「ナオミが騒ぐのがあなたは得意なのね」だった。今朝、カレンはナオミを見ても辛くなかった。自分の口元が母親そっくりの微笑にゆるむのを感じていた――あくまでも親切で抑制の利いた微笑だった。

「ナオミ」彼女は言った。「あなたも知ってるわね、私はマックスを好きになりたいのよ。好きにならなくちゃ、いまはもう。でもまだ私にそれができないけど、あなたは彼を責めないで、私を責めるのよ。どうしてそんな、こういうことなのに？」そしてウェリントン公の胸像を見上げながら言いそえた。「彼があなたに頼んだの？」

「あなたに会うようにと？　いいえ」ナオミの言葉はさらに戸惑うものだった。「いままでのところは、少なくとも」

「それ、うまく受け取れないけど」

「あなたは少しも彼と友だちらしくなかったから」

「もう、そんな馬鹿な！　あなたも知ってるじゃない、私が彼をどんなに怖がっていたか！　私なんか、彼はそれを知っているとずっと思ってたわ。彼をおだてたら駄目よ、過敏になるだけよ、ナオミ。あなたの話を聞いていると、彼は姿身の前を黙って通り越せない人みたいよ。人は無関心でいるべきよ、たとえそうでなくても、違う？」

「ああ、カレン、巨人なんていないわ」

「いるはずよ」

カレンの無関心に対する情熱がナオミを唖然とさせたとしても、ナオミはその素振りも見せず、カレンがいきなり変身して見せたミセス・マイクリスに対抗して、自分はマダム・フィッシャーになりすまし、母親を真似てよどみなく言った。「おそらくあなたの世界には巨人がいるのよ、カレン。あなたが住んでいるのは、そう、もっと運のいい世界だから」

「私が？」カレンはむっつりと言い、母親の態度を捨てた。

ナオミの手袋をはめた手が水平に動き、こう言っているようだった。「あら、もちろんよ」彼女はまったく羨望のない黒い目で友人の向こうを見ていた。

「手袋を脱いだらいいのに」カレンは思わず言った。「ここはほとんどいつも陰鬱なのよ、だからあなたがなにもかも身につけたままでいると、ナオミ、なんだか待合室にいるみたいよ――私は口で言ってるほど不公平じゃないつもりよ、だっていいかしら、私はマックスに憧れているのよ。なにが言いたいかというと、彼は皮肉屋だったのよ、私が十八歳のときは。でももし会う時間があるなら、会っていけない理由があるかなぁ？」

「よかった、嬉しいわ」ナオミが言った。

明らかにナオミは心でこれにこだわっていたのだ。カレンが十八歳だったとき、ナオミが細ごまとした事柄で作った巨大な倉庫――総じて不出来だったが――は、カレンにはしごく当然に見えた。しかしあのパリの日々以来、ふたりは会うたびに、カレンはふたりのうちのどちらがおかしいのかと、いぶからないではいられなかった。結婚に関するナオミの感情の強さは予想できた。また、彼女は報いを求めないで長い間愛してきた。しかし彼女はいつでも、直線を捻じ曲げ、物の形に波風を立て、激しい波にさらわれたみたいにするすべを備えていた。彼女にかかると、事実など、もうどこにもないみたいだった。でしゃばらない態度の下に、ナオミは意志を持っていて、それが突如、強力なエンジンのように回り出すと、すべてが震動した。

パリではナオミはマダム・フィッシャーに従属しており、話し下手の沈黙に甘んじていた。カレンとマックスはふたりの人間で、ナオミの対象物だった。このふたりにさえ、彼女はなにも追求しなかった。心は純粋だった。道理で人は彼女が怖かったわけだ……。玄関ホールの時計が鳴った。十一時半だった。カレンはお風呂にはいりたいとすごく思った。ブレイスウェイトは私の帰宅を母に告げたかしら？

「あなたの毒は私の毒じゃないから」彼女は引用した。

ナオミはおとなしく手袋を脱いで言った。「なんですって？」

「船にいた女性が昨夜そう言ったのよ」出てきたナオミの両手はなんだか裸みたいだった。カレンはやにわに言った。「で、マックスはあなたをとても愛しているのね？」

「ええ」ナオミは言った。「もちろん、何度も自問したわ、彼を盗んでいるのではないかと？　私はどう見ても彼のタイプではないし。彼が付き合っていた誰とも全然違うし。私はいわゆる『世慣れた女』じゃないから。私がどんなふうだったか、いかに誰も私を見てくれなかったか、あなたは知っているでしょ。母は機転のすべてがあるのに、私はなにひとつ母からもらってないわ。私は何度言ったことか、『私はあなたになにができるかしら、い、い、ら？』と。私にできることなど、なにもないみたいと。でも彼は、いや、あるよ、と言ってくれて、彼を信じてほしいと。私は必然的に彼を信じているから」彼女は手袋をいったん伸ばしてからそっとたたみ、マックスの言葉は手袋のほうがよく承知しているのよと言いたげだった。

カレンはすぐなにか言わなければと感じた。「マダム・フィッシャーはさぞ喜んでいらっしゃるでしょうね？」

「いいえ。それが全然。母はこの縁組みには反対なの」

「でも彼女と彼はあれほど友だちなのに」

ナオミの顔が引きつってお猿のようになり、口の周りに皺が寄った。ガスの炎を見ていた。「だからといってなにも変わらないわ」彼女が言った。「母は私たちのことが気にいらないの」

彼女は驚いて言った。「口を挟むの？」

「いまはもう挟まないけど。ただ微笑んで、黙っているだけ。もう私から手を引いたのよ」

これがマダム・フィッシャーの生きた姿を彷彿とさせた。カレン自身が一度ならず、あのもの言わぬ微笑の犠牲になっていた。マダム・フィッシャーが反対意見を引っ込めるときは、そのやり方で同時に相手の動機を粉砕した。彼女に逆らってなにかすると、彼女はいつも決まって「でも言うまでもなく、あなたが一番ご存じだから」と言い、それでみな冷水を浴びるのだった。あまりにも「一番ご存じ」の場合があると、荷造りをさせて母親のもとへ送り返し、手紙に書いた。「あなたの娘さんは成長されて、私にはお利口になりすぎました」マダム・フィッシャーの家に空きが出る順番を待つリストは長くなる一方だったので、彼女は高飛車に出ることができた。彼女の家に来る娘たち（カレンもそのひとりだった）は彼女のお客さま（そうとう高額の）であって、預かった生徒たちなどではなかった。彼女はいつもこれを明確にしていた。彼女は直接的な権威を振りかざす方針はとらなかった。もし母親たちがそれを望むなら、仕上げ専用の花嫁学校に行けばいいのだ。彼女は公言していた、私はいかなる意味においても「仕上げ」を目的とする方針ではないし、よもや、その資質にいまだ欠けているお嬢さん方を受けいれる方針でもないと。彼女が受けいれるのは良い判断力と良いマナーのある若い女性だけで、マダム本人が制限するはずもない自由を乱用しないというのが前提だった。簡単に言えば、お行儀を知らない娘は預からなかった。彼女たちはそこからソルボンヌに通うなり、音楽とか油絵を習いに行った。私がご提供しますのは、と彼女は言った、屋根ひとつと、つつましい食卓と、国王ゆかりのトゥーレーヌ州の格式あるフランス語と、名ばかりの付き添い役だけなのです。彼女自身はかつての文藝サロンを支配したブルーストッキングの一員であり、世俗的でない女性だった。マダム・フィッシャーがイギリス人と暮らした年月は無駄ではなく、イギリス人の偏見のないことと中庸を好む精神を身につけた。このすべてがイギリス人の母親の何人かと、アメリカ人の母親の多くに染み込んでいた。彼女の非公式の趣意書（いつも同じ手紙で問い合わせに答えていた）は、パリであれどこであれ、娘たちの羽をむしり、中身を詰めて、出来上がった丸焼きを、ただちに市場に出すことには抵抗がある母親たちとか、自分たちの自立した娘たちには、世間体という範囲内で自由にしてほしいと願う母親たちを喜ばせた。学生の野放図さと、「既成社会《エスタブリッシュメント》」が許すぎりぎりの上品さの間には、ピカピカ光る標識が打ち込まれていた。マダム・フィッシャーはその切実な要望に応えたのだ。母親たちは熱狂し、娘たちに不満はなかった。マダム・フィッシャーはトラブルとは無縁で過ごしてきたようだった。いったんそこに来れば来たで、お勉強がうまく行くことを彼女は望んだ。彼女は娘たちの存在に気持ちよく耐えた。質問はしなかったが、知っていた。どこに行ったか、なぜ行ったか、誰と行ったか、同じことが二度あったか。パリは広かったが、彼女の視界の外に出ることはできなかった。娘たちはいつもふたりでこれを話し合い、超自然的なアイデアで行くか、ナオミを抱き込んで煙幕になってもらうか、そのどちらかを選んだ。ナオミの日常は誰も知らなかった——それにしてもナオミがどうしたら一度にふたりの娘の煙幕になれるのか？　マダム・フィッシャーに対抗するにはもっとあるに違いない。マダムの目につくほどの無関心さと口に出さない意見は、娘たちの考えには絶大なる脅威だった。娘たちは望むとおりにしてもよかったが、望むとおりにはしなかった、なぜなら、娘たちのすることは娘たちが本当にしたいことではありえないと、マダムはこれ以上明確にできないくらい明確にしていたからだ。彼女はニスは塗らず、もっともニスのことはなにも知らないと言っていたが、その代わり若木にはあてこすりという金剛砂のやすりを適用し、まずやすりをかければ、ニスも「乗って」くれないと言った。彼女はサロンにいないで、午後はよくそこを娘たちに明け渡してお友だちを連れてこさせていたが、時計の秒針のように、なにもコメントしなかった。彼女はいつもどこかにいた。フィッシャー大尉が死んでかれこれ十年、育ちもよく、栄養もよく、本もよく読んで英語を話す娘たちが、一度にふたりずつ、シルヴェスタ・ボナール通りにある彼女の小さな家を通過していった。これらすべてのうちカレンだけが痕跡をとどめ、ナオミを知り、マックスとひと言以上口をきき、荷造りして家に帰されることなくマダム・フィッシャーとすれ違った。おそらくマックスだけがこれがどのくらいすごいことかを知っていた。そしていま、イギリス人の伯母の死去、そのささやかな遺産、近々に迫ったナオミの結婚——、娘たちをもう預かることはない。

「どこに住むの、ナオミ?」

「ああ、母と一緒なの」

カレンは目をむいた。ナオミが言い足した。「母を置いて出られないのよ、ええ、それにマックスも置いて出ないほうがいいと。それにあの家があるでしょ。無理よ——」

「そうね。なるほど。で、みんなで同じにやっていくわけね?」

ナオミは横目でカレンを見て、友だちの口調に友だちらしからぬなにかを耳にしたようだった。少し固くなって彼女は言った。「もう娘さんたちはいないのよ」

ミセス・マイクリスは――後でわかったのだが、ナオミが訪ねて来て朝の間にいると告げられ、その後カレンが帰宅してその朝の間にいると聞いた――、しっかりと階段を降りてきて、この時点でなかを覗いた。しばらくは、十分な忍耐心とユーモアをもって、ナオミが心を打ち明けた話が終わるのを待ってはみたものの、いまここでなかを覗かなければと感じたのだ。当然自分の娘と話したかった。ナオミには完璧な親しみを見せて挨拶したが、ナオミは女家庭教師みたいになって怖がってしまい、手袋を探し、いまにも出て行きそうにした。

五

ナオミの死んだ伯母は、まさにいまピンク色に花盛りの桜の木が奥のほうに生い茂る庭園を、トゥイッケナムに持っていた。カレンは新聞を広げ、その木陰に裏返したダンボール箱の上に敷いた。濃いピンク色の光と太陽のきらめきが、風で枝が分かれるたびにこぼれ落ちた。四月のこの最終日は、暖かく、気だるく、夏みたいだった。白い窓枠に太陽が当っているベランダから外に出るフレンチドアのなかにはいると、伯母の家は空虚で、完全に死に絶えていた。しかし誰かがすぐにも引越してきて、次の春には、間違いなく、この桜の木を楽しむだろう。

その日は月曜日で、午後にはパリに戻る予定だった。カレンが新聞紙のテーブルクロスを広げ、その四隅に重石《おもし》の小石を置いていた——それでも微風が新聞紙の下に忍び込んできた——マックスとナオミはなかにいて、やかんをかけ、お茶用に残された陶器がないかキッチンを探していた。彼らは、イギリス滞在中は、お茶を重要視していた。一、二時間もすればこの家に鍵をかけ、ロンドンに向かう途中で不動産屋に鍵を預けるつもりだった。カレンは半身になってドアのほうを向き、誰が最初に出てくるか、どちらだろうと考えていた、ナオミかマックスか。

マックスの足音が家の階段に聞こえ、それから裸の床の応接間を横切ってきた。注意深くフレンチドアをまたぎ、黒ずんだ鉄のトレーに物を載せて運んできた。太陽が用心して皺を寄せた彼の額と、白い陶器を照らした。そしてトレーをダンボール箱に正確に置いたので、トレーの周囲に正確に新聞紙がはみ出した。それから姿勢を正し、桜の木越しに上を見上げ、そのあまりの美しさに声もなかった。

とはいえ、「どこに座りましょうか？」と彼は訊いた。「椅子がまだ三脚あったけど、どれも高すぎて」

「芝生の上でいいでしょ？」

マックスは手で芝生に触れた。「そうね、十分に乾いている」彼が言った。「しかし、お茶をつぐ人は膝をつかないといけないな」

「それはナオミのお役目だわ——彼女はなにをしているのかしら？」

「やかんの湯が沸くのをじっと待っているんです」ティーポットがまだトレーに乗っていなかった。もう取り決めることもなくなり、ふたりは静かになった。カレンは立ち上がり、木の幹に背中を押しつけ、片方の手をうしろに回して樹皮にさわった。

彼らの再会は昨日だったが、屈託がなくて、楽しかった。カレンとナオミはアデルフィにあるマックスのホテルで彼とともに昼食をとった。五年経っていたが、マックスは変わっていなかった。たいへんに彼らしく、相変わらず人がなにを感じようと素知らぬ顔をしていた。カレンがパリにいたときの彼について一番よく思い出したことは、彼女が勝手に期待してきただけのことで、それは彼ではなかった。アデルフィにいる日曜日の彼が、いつもの彼に相違なかった。この上カレンがなにを見ていようと、それはカレンが自分で作ったものだった。今年で彼は三十二歳のはずだったが、いまも、パリの頃のように、彼独特の年齢であるように見えた。あの神経質な、どこか人を寄せつけない静けさが、いままたときどき戻ってきて、さわらないでもらいたい、というふうだった。たまに見せる動作は手首だけを使い、驚くほど鋭い形を空中に作った。頭の動きは上品で、注意深く、ゆっくりしていた。思考回路の早い人の緩慢な動作は、なされたことの背後にある思考または感情の複雑さを否応なしに感じさせる。彼の微笑は穏やかで、目がやや細くなった。カレンはあの頃なぜ彼を皮肉屋と思ったかがわかった……。とはいうものの、彼女の記憶は彼を誇張していた。避けようとつとめた再会は、結局ほとんどなんでもないことだった。彼女は昼食の間もずっと、彼女のなかにある的をなにかが射抜いていないことを意識し、それが悔しいのか嬉しいのか、よくわからなかった。

マックスの額は秀でていて、黒い髪が生え際から上に注意深くかき上げられていた。骨格がこめかみと頬骨に出ており、鼻梁と顎の線にも出ていた。黒い瞳は子どもみたいに長い睫毛でソフトな感じになり、やや中央に寄っていた。その長い睫毛が予想外に動くと、彼の顔が内気で感じやすく見えた。ほとんどの場合、その顔は無感覚だった。彼はフランス人にもユダヤ人にも見え、両方に見えるというのがおそらく当っていた。母親がフランス人で、父親がユダヤ系イギリス人だった。知性と感情と力が体ぜんたいに書かれていた。事実彼は切れ者だった。マダム・フィッシャーはかつて彼を評していわく、突き進む女性的な資質が、男性的な一貫した意志で強化されて、彼をひとかどの人物にしている、いや、銀行業界であれ、個人的な世界であれ、そうなるだろうと。どんな分野でも（彼女は言った）芸術家には成功する可能性があるのよ。しかし彼は信用される前に、好かれることに耐えなければならなかった。到着すべき場所に到着するまでに、まだ何年かかることか。まずその前に、不当なくらい何回も正しくなければならないだろうが、認められるまでに、正しくあるべきスペースがきっと足りないだろう。平凡でない人間はくれぐれも口に気をつけるものだ。しかし彼は少しももったいぶらないし、派手でもないから、自分で望めば間違いなく紳士になれるはずだ。

しかし、マダム・フィッシャーはマックスが義理の息子になるのは望まなかった。カレンは彼がこの古い友人の薄情さをどう取ったか、不思議だった。ナオミが言ったことは本当だった、彼はすべてを気にかけた。彼のマナーに硬い断面があるのが感じられ、おそらく気にしすぎることがしこりになっているのだろう。

この日曜日は、パリを離れ、呆気に取られるほど単純だった。三人はいい友だち同士だった。カレンはナオミとやり合ったシーンを思い出して、内心赤くなった——ささやかなシーンではあった——昨日の朝、彼に会いたくないと言ってもめたシーンだ。私がなにを考えたにしても、それが果たしてわが身に起きただろうか？　彼の魅力はそのままだった——あれが魅力だったとすれば。しかしいまは、彼女がここ数年を生きてきた世界では、喜ばせることがほとんどみんなの責務だった。彼女はトロール船を見ながら交わしたヴァイオレット伯母との途切れた会話を思い出した。あのときはまだ恐れるものがあると思っていた。それはアイルランドの空気か、またはヴァイオレット伯母のことを聞いたショックだった。しかしいまはここに戻り、自分が属している場所にいる……。日曜日のロンドンの静寂が、曇った銀器と生命のない鏡張りの壁の、半ば無人のホテルのダイニングルームを満たしていた。カレンはマックスの手を見つめ、その間彼は話し、色々な物——グラスの足やソルトスプーンや煙草——にさわり、彼が摘み上げては下に置く物を彼女は見ていた。彼はナオミの恋人「らしく」なってきて、遠くなっていた。

昼食のあいだ、パリは非現実的なまま通り過ぎた。カレンはそれを振り返り、驚いていた。たとえば彼女が覚えているのは、彼と鉢合わせをすると思っただけで動転してしまい、彼が玄関ホールを横切っただけで、また階上に戻ろうとしたことだった。しかし彼がホールを横切らないで、サロンのドアを開けたところにじっとしていたら、ここそこと階下へ降りていき、彼になにか言おうと頭を絞った。同時に心臓がどきどきした。彼女はいまは見えた、若い娘たちがいる家に彼がしょっちゅう出入りすることは普通じゃないと思われていただろう、もし彼がマダム・フィッシャーの若い娘たちを断固として無視しなかったならば。冷ややかで控え目な一礼だけが多くの娘たちが受けたものだった。あの暗く暮れた午後遅く、彼は頻繁にそこにいて、マダム・フィッシャーがはいってくるのを、彼女が彼と話す自由が持てるのを待っていた。彼本人がいないときでも、カレンは影みたいなものに騙されたり、半分開いたドアに勘違いしたりした。不確実さにあおられて、一日のその特別な時間に、カレンの人生はむやみに大きく無駄にふくらんだ。彼らが同じ部屋にいるときなど、彼がマントルピースにもたれてマダム・フィッシャーと話しつつ、体重を足から足に移したりすると、それだけでカレンは不安でいっぱいになった。彼の動作のすべて、彼が話したうちで聞こえた言葉のすべてが、彼女の神経に刻印を残した。彼は私が注目した最初の男性だったと、彼女はいま思った。

彼女は思った、若い娘は中身がどうであれ、過剰を好む。なぜとも知らず苦しむことを望み、苦しむことを誇張したがる。心の琴線が音高くかき鳴らされるのを好むのだ。人生よりも芸術を愛し、男たちは役者でなくてはならない。役者だけが彼女たちを感動させるから、彼らは、それとわかる微笑を浮かべ、生活臭がなく、ぞっとする日常とは無縁でなければならなかった。愛を楽しむことを愛するのは、愛が疑惑と衝撃のシステムを持つからだ。そのとおりだ。まだ夫など探してもいないのだから、愛を社会的に見る理由はどこにもなかった。良い趣味に反するこの自然で本能的な反抗は、案ずるより早く頓挫《とんざ》する。不良《キャド》に惹かれる自然な愛は、母親によって先回りされる。下劣さは、原罪のように生来備わっているが、自然な女性性とともに、それに先んじて早々に、それより早く見えてきたりすると、若い娘のなかで燃える火のように花開く。賢明な母親はそれを慌てて摘みとったりしない。それをすると問題が後に残るだけだから、母親は鎮火するまで黙って見ている。

ミセス・マイクリスは賢かった。なにを見ても、なにも言わなかった。ただ、カレンがパリから戻ったとき、カレンの母親は、とにかく、レイがあたりにいるように配慮した。「好ましさ《ナイスネス》」のルールがカレンの生活で再始動した。カレンは成長し、秩序に対する配慮が激しい感動を抑制するようになった。彼女は十二歳だった時点から再出発した。違いがわかる少女は、お小遣いをアンティークに使った。しても役に立たないことは、しなかった。そしてマックスは役に立たない人になっていった。しかしその点で彼女が正しくはなかったことが日曜日にわかった。ナオミの夫として彼は役に立つ人だった。マイクリス風の人生観はさっさと彼を取り込んだ。カレンは、テーブルの向こうのマックスを見ながら恥じていた、自分の公正でない空想が、あの時はその空想にもとづく復讐心が、彼を虐待していたのだ。

なぜならマックスは非常に好ましかった。昼食の招待主として、彼女は彼に初めて会ったのだった。初恋は、熱狂的で思い上がった想像力で、その対象を揺らして日常から切り離し、生活のわだちから逸脱させ、相手の表情、沈黙、仕種、態度のすべてを、火のような、なんの脈絡もないフレーズにしてしまう。この孤絶こそ若い恋であり、英雄崇拝であり、後悔のかけらもなく成し遂げられる。それらは優しさをほとんど知らない。「スペインの女王には脚がない」……。しかしアデルフィのダイニングルームでは、マックスは見るからに頼もしく、質実剛健で、やや内気な人として再登場し、どこかレイに通じるところがあった。家庭的な男というか——カレンの毛皮のコートを彼女の椅子の背にかけてやり、自分の手袋をナオミがあまりにもいじるので、手の届かないところへそっとどかし、ソースを断り、ワインリストを困ったように見つめ、ウェイターの視線を一度か二度捕らえそこなっていた。もう少し華やかなところで食事をするのが彼の希望だったことは見て取れたが、ここのほうが静かだからというのがナオミの意見だった。彼はイギリスのいい仕立てのスーツを着たフランス人に見え、顎がかすかに割れていた。イギリスのホテルで礼儀をつくして歓待しようと、そのための細ごまとした気遣いのせいで彼の顔が変わり、楽しそうだが微笑のない冷静な顔になっていた。彼とカレンの談話は軽いもので、先に進まなかった。マイクリス家の正しい会話だった。ナオミは誇らしげに楽しげに彼らに耳を傾け、たいして口を挟まなかった。重石というか、どこかに残っていた先入観が、三人で腰を降ろしたときから、消えうせたように思われた。いままでのナオミより十歳も若く見えた。

しかしカレンは、重苦しく垂れ下がったカーテンを背にしたマックスを見ながら、思っていた。これは小説の最終章みたいだ。まだ読んでもいないのに、終わりがもう来ている。そうなのだ。それが昨日だった。

濃いピンク色の桜の木のほかには、大してなにもない庭だった。芝生があって、いまは刈られることのないままに、桜の木から窓までの距離を覆い、桜の花びらをかぶったまだ蕾もないルピナスが二列あった。伯母はきっと室内で暮らしていたのだろう。しかし芝生の葉の先はつんつんと上に伸びて、輝いていた。風がよその庭にあるポプラの木を騒がせ、四月の若葉からこぼれる光は白かった。心地よいさまざまな感動がその一刻を招き、マックスとカレンの間に流れる沈黙は、蜜蜂の囁きのようだった。黄褐色の煉瓦の家はその暗い窓で、下の芝生にいる彼らを睨んでいた。話もせず、話をしない喜びが、桜の大枝の下に孤島を作っていた。だがどんな沈黙にもクライマックスはあるもので、話を始めなければならなかった。

「ナオミはいったいなにをしているのかしら?」

マックスが言った。「やかんのそばにまだ立っているんでしょう」

「やかんを困らせているのね」

「喉が渇いたの?」彼は妙に裏返った声で言った。

「明日のいまごろは、あなたたちはふたりで——どのへんでしょうね?」

「まだ北列車のなかでしょう。パリに着くのは六時にならないと」

この言葉でイギリス海峡が浮かび上がり、鋼鉄の刃のようにふたりの間を裂いた。明日の海は晴れて青く、微笑むような小波が立っていると思うと、それがいかに運命の海であることか、カレンはもう騙されなかった。デッキを流れる潮風の匂いすら嗅ぐことができた。カレンは美しい女の誇張癖をきもち匂わせて言った。「あなたたちふたりが永遠に去っていくような感じがするわ」

「どうぞ寂しがって」マックスも同じように気軽に言った。「だが、僕らは外国人のカップルだから、結局のところ」

「外国人だって、どこかに居場所があるけれど、あなたとナオミにはないでしょう」

「ええ。僕らは君のように、どこにも根を下ろしていないんだ」

「そうかしら？　いま言ったのは、あなたがここに住んだらいいのにと思ったから」

「いや、それは惨めなことになるでしょう」彼はびっくりするような力をこめて言った。「ロンドンにいたら、僕ら三人はすぐ顔を合わせなくなってしまう。駄目だ、僕らはいい訪問客になりますよ」

彼のへりくだった態度の皮肉さにカレンはかっとしたが、桜の木を通して上を見ながら、口をきかなければよかったと思った。

「僕は戻りたくないんです」彼は軽く言い足した。「あるいは、少なくとも、まだすぐには。しかしほかにもう問題はなくなったし。仕事に戻らないと——そう、これは休暇だったんで——それにナオミもこの家が片付いて、もうここにいる理由がなくなりました」

「あの面倒なアメリカ人の女の子たちがいて、待っているし。きっと彼女たちって、私もあの年頃にはそうだったでしょうが、フィッシャー家の人は自分たちのために存在すると感じているわね」

「君はまだあの家に存在している――とり憑いている、と言ってもいい。彼女たちはとり憑きそうもないが」

「あの一年をなんと無駄にしてしまったんだろう！」

「なんと、って？」

「十八歳だったせいね」

「しかし君はアートの勉強をしていた」

彼女はやや硬い姿勢で立ちつくし、木の幹をこするようにして、足元の芝生を過ぎる影を見ていた。マックスが突然ユーモアをなくしたのが愚かしく思われ、ふたりはキャッチボールをしていただけなのに、彼のほうが飽きてしまい、わざとボールを落としたような感じがした。これもよく起きることだ。彼はよそから来た男だから、人の顔を立てるという発想がなかった。なにも意識せずに、その先をめまぐるしく考えながら、彼は桜の木の根元に腰をおろし、両手を結び合わせ、美しく伸びた指の骨をいく筋も浮き出させながら、両膝を抱え、体をうしろにもたせかけた。彼らが今の今まで立っていたなんて馬鹿だ、こんなに長く。彼女は途方にくれて彼の頭のてっぺんを見おろした。それからずるずると体を滑らせて下に座り、ダンボール箱の反対側に足を伸ばした。ひびがはいった白いカップにピンクの光が当り、太陽がすでに傾いて、桜の木に斜めに射していた。桜の木はその香りのなさで空気を重く満たしていた。

マックスは煙草のケースを取り出し、もの思わしげにそれを開けた。「しかし、十八歳であることが、どうして時間の無駄なのかな？　人の一生のうちの、どの一年でも生き抜かないと。いまから五年たってみると、君はいまの君が好きではないかもしれない」

「かもしれないわ。でもそれほどでもないけど」

「君はあの頃、もっと真剣だった——君も煙草を？」

「お茶の後で、ありがとう——真剣でいるなんて、馬鹿らしいわ。無駄ですもの。なにができるというの？」

「それで君は諦めたんだな、十八歳のとき以来すっかり？」

「あのころはユーモアのセンスがなくて」

「ああ、なんてことだ！」マックスはきっぱりと言った。

「どうして？」

「ぞっとするようなことを言うんですね。あらゆることがお笑いでなくてはいけないの？」

「人の一生はお笑いよ」

「君はうまくやってるわけですね」

カレンは無邪気でないため息をつき、両膝の上にかがみこんで、片方の手の甲を額につけ、そのままでいた。ここで自虐を気取ることが、彼の非難を馬鹿らしいものにする唯一の方法だった。その仕種は静かだったので自然に見えたかもしれない。カールした髪の先が頬にかかり、好き勝手に燃えているような気がした。トレーの向こうでは、マックスが座って煙草をふかしていて、カレンのことは見ていなかった。

「私が十八だったとき」カレンが言った。「あなたは私には公平じゃなかった、なぜって、あなたのせいで私は大げさにものを言わされたから。自分がどこにいるか知らないのに、ものを言わなければならなかったの。あなたは私がマダム・フィッシャーのようになればいいと？　自分が意味するとおりのことを言うには、彼女の年にならないと」

「自分が意味することを知るのは、大したことだ」彼が言った。

「あら、いまの私は知っていますから」カレンは言ったが、自分の声がこわばるのが聞いてわかった。「いまもし私がまた大げさにものを言ったら、それは今日のこの日が一日とは言えないからよ、そうよね？　いま私たちがいる場所は場所とは言えないし、死んだ人の家ですもの。トウィッケナムに来たのも今日が初めてだし、もう二度と来ないと思う。もしまた来ても、この家は二度と見つからないかもしれない。住所も知らないし。住所はあるのでしょうが」

「そう、君はたしかに調子が外れていますよ」

「原則として、あなたは実に正しいのよ。私はうまくやっているわ」

マックスは目を上げて、フレンチドアに向かって微笑んだ。彼が言った。「ナオミが来る」

六

ナオミはドアの枠をまたぎ、片方の手に茶色のティーポット、もう片方の手に持ったやかんからは湯気が出ていた。最後の瞬間まで忙しく、ドレスの上から白いオーバーオールをつけたまま、頭に巻いた白いハンカチは中世の女性がかぶる頭巾《コイフ》みたいだった。

「あなたたち、なんて涼しげなんでしょう」彼女はそう言って、幸せそうに芝生を駆け下りてきた。

「早く来て座りなさい、ナオミ」

「どうやら、やっと終わったわ――ああ、桜がいい匂い」彼女は上を見上げて言った。

「花じゃないさ」マックスが言った。「ただ、葉がねばねばして匂うんだろう」

彼のまともな実直さがしんと静まる効果をもたらしたのか、ナオミは静かにその場に腰を下ろした。

彼がさっと乗り出したことはない――彼女は途中で動作をとめて、それからまた座り直した。事実に正確を期するのは彼の情熱だった。もし彼が冷淡だったら、彼女は何年も彼を愛し続けることはなかっただろう。二度目に桜を見た彼女の視線は、柔和でしつけられていて、ねばねばが太陽でにじみ出るのを見たがっているようだった。彼女の手は、冷たい水に洗われて赤らみ、白のオーバーオールの上におとなしく置かれていた。マリアではない家政婦役のマルタがいまの彼女にふさわしかった。いつもよく働き、いつも指が動いていたが、パリにいるときは灰色の抽象的な仕事ばかりで走り回り、自分のしたことの半分から締め出されていた。トゥイッケナムでは彼女の手は彼女のものだった。伯母の家をわきにやり、自分の家を建てつつあった。なにに手を触れても、かならず同情が湧いた。マックスの手ざわりがその他すべてに性格を与えた。彼女は彼のために、この日の仕事に没頭していた。

カレンにとって、ナオミは日没後の人だった。カレンの繕い物までやるという約束はもちろんなかったのに。相手が眠っているものと思い、彼女はこっそりとベッドを通り越す。引出しを開けるとき、彼女が息を止めるのが聞こえる。階段の踊り場から来る光がその顔を捕らえる——なにも気づかない、一心な、静かな顔。だがひと言かけるとベッドの端に腰をかけ、話しはじめる——囁くように、もうひとりほかの娘がいるからだ。そのとき彼女はナオミであって、ミス・フィッシャーではなかった。

この午後、桜の木の影が彼女に射し、それが暗闇のように心地よかった。茶色の瞳は、眼窩のくぼみがいつもより浅く見え、満ち足りた様子でカレンからマックスに移動していた。ダンボール箱にさわって大丈夫かどうか確かめてから、彼女は言った。「長くお待たせしたかしら?」

「もっと家のなかで手伝うつもりだったのに」カレンが言った。「はいって見たら、もうみんな荷造りがすんだみたいで」

「ナオミのことは知ってのとおりだから」マックスが言った。「彼女がなにか人にしてもらうときは、ひとつだけ我慢できるやり方があるんだが。人が別のやり方でそれをしている間、彼女は傷ついた鳥のように見守るんですよ」彼が見つめるナオミは、地厚のオーバーオール姿で、あたかも白い木像のように、トレーのそばに膝をついていた。そして額に巻いたハンカチにさわってから、背筋を伸ばしてお茶をつぎはじめ、ここを家庭と見ているようだった。おそらくこれが彼らの最初の家庭なのだろう。恋人同士でありながら、マックスと彼女は亡命者のカップルで、どこであれ居場所があるのを喜んでいた。僕らは根を下ろしていないと言った彼は正しかった。いま彼らはしっかりと抱き合って、流れに浮かんだ二本の小枝のように、いったん離れても、戸惑ったようにまた絡み合って流れていくのだろう。このふたりには混血に特有の防ぎようのない内気さがあったが、それを測定できる人はいない。彼女は何年も待ち続け、彼が彼女もまた亡命者であることを発見するのを待っていた。彼女がフレンチドアを出てきたときに見せた彼の微笑が、その報酬だった。

カレンにとって、桜の木の下でマックスといた最初の一分間の沈黙がすっかり台無しになっていた。彼らはふたりで話し、話すつもりのあることは話さなかった。それでもカレンはロンドンにもどこにも戻りたいとは思わず、ここにいたかった。「それでも、私はお手伝いに来たのよ」彼女は言った。「後は鍵をかけるだけ――あなたたち、なにを話してたの?」ナオミは熱意を込めて言った。

マックスは額に皺を寄せた。「ユーモアのセンスについてよ」カレンが言った。

「彼女はとてもおかしい考え方をするんだ」とマックス。「当然だけど、ユーモアは大部分イギリスのもので、彼らは節度を保つ余裕がある。しかし近頃は、世界が悪化しているからね。もはや『歴史はいま作られる』でもないし、規則を守るとか、好ましいアイデアが浮かぶとかでもない。物事はいまに、きまりが悪いではすまなくなるよ。人の顔を立てるなんて、もうできなくなるのではないかな。

ユーモアか……もう無理でしょう。カレンも自分でなにか別のものを探さないと」

カレンはカップを芝生の上に置いてから言った。「アイロニーは子どもじみたところは少ない、ということかしら」

マックスはトレーごしに目をやって、彼女が腹を立てているのかどうか見た。彼女は座ったまま、レイの指輪があるほうの手を芝生に押しつけて、抑えきれない色が顔に昇るのを感じていた。彼はいま、人の若さをからかう例の残酷な若い叔父のような振る舞いに出ている。

「そうかもしれないな、子どもっぽさは少ないでしょう」彼は言った。「ユーモアが通じたら君は正しいが、アイロニーのほうは、これが通じると、君が間違っていると思われる。ユーモアのある人たちは、自分たちが恐れるものは何もないと承知しているんですよ。いい意味のイギリスのジョークは、僕には恐ろしいものに思える。彼らは苦悩に関するジョークをいっぱい持っているんだ――歯医者とか、社会的な野心とか、愛とかについて」

ナオミは、あるかなきかの不安を浮かべて、言った。「まあ、あなたたち、まだなにも食べていないじゃないの。菓子パンの袋を開けもしないで！」彼女はここへ来る途中のパン屋で買った菓子パンを詰めたカバンを引っくり返して皿の上に出した。「私は、ユーモアはイギリス人の勇気だと思うの」彼女は言った。

「すぐ砂をかぶる、ことなかれ主義のダチョウの勇気さ」とマックス。

「お願い」ナオミが言った。「アンチ・イギリスにならないで――カレン、おひとつどうぞ」

マックスはぱくぱくと二口で食べてから言った。「ユーモアは、純潔の愚かな誓約みたいなものさ」

「マックスが話していたのは」カレンが言った。「私がこの頃とてもうまくやっていると」

「喜んでくださいよ」マックスが言った。「僕もうまくやりたいものだ」

カレンは彼が芝生の上にあった彼女の手の指輪に目を向けたのを見たが、その黒い瞳にはなんの判断もなかった——まるでそれが博物館のガラス箱のなかに陳列されている手か、あるいは指輪そのものも墓のなかから発掘された物のように見ただけだった。かつては大切だった物を見るように。「でも、冷やかしはイギリスのものよ、マックス。あなたはわざとふざけているのね」カレンは言った。

「マックスは野心のことばかり考えすぎなの」ナオミは言ったが、恋する若き女家庭教師になっていた。

「カレンもそうだ。彼女には生きることに野心があるからね」

「私たち、本当に旧友どうしね」ナオミが言った。「真実をぶつけ合って」彼女は幸せそうにティーポットにまたお湯を注いだ。

カレンは向かいにいるナオミにかすかに微笑み、それからうつむいて、マックスを見ないようにした。膝を交差させて座り、片方の靴のかかとで芝生を掘った。三人かそれ以上の人がいると、空気が大胆になる。直接的なことが言葉に出て、残るふたりをおののかせ、一人ひとりが一インチずつ近づいたような意識になる。三人いるということは公の場にいることになり、安全でいられる。目の前にあった顔が、トレーの向こうにある顔になる。あなたはいつものあなた以下なのね？　さてそれはどうか。

「でも、気をつけてね、マックス、さもないとカレンはもう来てくれませんよ」

「ごめんなさい」マックスが言った。「僕は休暇に慣れていないから。悪魔が僕をからかうんですよ、きっと。もう少しお茶をいかが、カレン？」彼は腕を回して彼女のカップを取った。

ナオミは彼のカップにもお茶をつぎ、彼のそばに置いた。片方の肘で体を支える姿勢のまま、彼は好き勝手に芝生を一握りむしりとると、微笑みながら、むしった芝を手の上にまき散らし、いかにも休暇が楽しいというふりをした。それから手をじっとさせ、芝をつくづくと眺めた。もろもろの思いはすでによそにあった。いや、もろもろの思いではなく、思いはひとつであって、彼の眉が一本の金属線のようになった。男がひとりに女がふたり、ひとりからは献身的に見つめられ、もうひとりからはしぶしぶ見られている、これはどう見ても愚か者だ。することがすべて重くなりすぎる。彼の思いが後退すると、硬い沈黙が張りつめる――それでもなお、みんなで彼を子ども扱いしている。「ほら見て、彼はあんなに真剣に考えている」ナオミの慕情が自分をいま以上の愚か者にしないでくれたことを、マックスは評価していた。しかし彼の沈黙は、このもの憂い温かな午後を真横に切り裂くようにまさしく響いた。人を寄せつけない、感情のない響きだった。ナオミがいくら好意的に言おうが、これは本当だった。彼は野心家だった。風がポプラを通して庭に吹きわたり、ピンクの花びらを散らし、この不条理なトレーを撫でたが、むしられた芝生の匂いが楽しくしていたこの午後が、彼とは縁のないものになった。休暇が一日長すぎたか？

ドアのベルが無人の家のなかで鳴った。「きっとヘレンの本を取りに来た運送屋だわ」

「本を全部売るわけじゃないね？」

「ええ、ヘレンが何冊か欲しがっているから。ハイゲートまで届けてもらいます」

マックスが慌てて言った。「僕がドアに出ようか?」

「いいえ、私が出ないと」ナオミが言った。そして立ち上がり、なかにはいった。

マックスはむしった芝生をばらまいていた。そしてカレンに煙草を一本わたし、ふたりの間にあるトレーをわきへどかし、彼女の煙草に火を点けた。マッチを手で覆いながら、彼は言った。「ナオミは君が傷ついたと思っているけど」

「彼女はいつも物事が自分の好きな人を傷つけると思う人だから」

「偉いなあ」マックスが言った。「君は僕みたいにぴりぴりしないんですね」

カレンは言葉がなかった。ナオミはさきの土曜日の会話をどの程度まで繰り返したのか。ナオミのよき信頼は完璧だから、なにも繰り返すまいという発想は浮かばなかっただろう……。木陰の端の外側では、芝生が燃えるような太陽を浴びてフレンチドアまで広がっていた。ナオミの声と運送屋の声がなかでこだまになり、カレンはそれに集中しようとつとめ、ヘレン・ボンドがとっておこうと選んだ本とはどんな本か考えようとした。ナオミは今夕カレンと同行して、ロンドンの最後の夜をチェスター・テラスで過ごすことになっていたが、マックスは今夜、ビジネスディナーの約束があり、ロンドンに戻る難儀な旅が終われば、それで全部だった。庭を見下ろすと、インクで引いたような黒い線があらゆる物を取り囲み、屋根と青い空の間も同様だった。一瞬、気絶する直前に見る庭のように、耐えがたいほどどぎつく鮮やかな庭に見えた。考えてみれば、明日はもういないのだ、カレンは膝を抱えた両腕から力が抜けるのを感じた。これが怖いなら、しっかり抱えていないと? 木漏れ日が一枚のコインのような光になってマックスの足に落ちた。彼女は言った。「それでも私は攻撃されるのは厭なんです、マックス」光のコインを見つめながら、彼はなにも言わなかったが、彼女が恐れたのはそのことだった。

「ミス・ボンドにそう伝えます」ナオミがもう玄関ホールでそう言っていた。

ミセス・マイクリスは、マックスに昨日の午後に一度会って、ナオミと結婚するにはたいへん素晴らしい人物だと思ったが、ナオミがいよいよ結婚すること事態が、まだしっくりこなかった。彼は夫人が非常に親切に応対する人々の順列に属しており、そういう人たちは、いるときはいるで好感が持てたが、召使が外に送り出した後は空中に溶けてしまう人たちだった。これを前提として、素晴らしい友人たちと別れるのだ。そもそも彼女はとても直裁で誠実な女性だったから、ことがどこで終わるべきかを承知していた。人々をあれこれと思い描いて、写しをとるようなことはしなかった。彼女と同席して成功をおさめたことを後悔する理由は誰にもなく、後になって軽んじられたとか、騙されたと感じる人もいなかった。彼女はマックスの個性は心を打つと言ったが——もちろん彼女には実際以上に心を打ったかもしれない——、彼女はその種の人にほとんど会ったことがなかった。しかし彼女は心を打たれた。彼女は彼の知性を好んだ。能力も感じられる。彼女にとって彼は、正確な意味で心を惹かれるというよりは好ましいと見えたが、多くの人々は、やはり間違いなく彼に心惹かれた。彼がナオミと結婚するのはフィッシャー家にとって好ましく思われたが、彼は、と彼女は思った、もし彼がそう望んでいたら、もっとうまくやれたのではないか。しかしこの野心的でない結婚は、善良な心の表れだった。

「ええ、彼は自分がなにをしているかわかっていますよ」ミセス・マイクリスは言った。「彼のマナーはたいへん立派だけど、見かけほど自信のある人じゃないわ。感じやすく見えるし、すぐぴりぴりするかもしれない。長く結婚していても、とにかく自分が正しいのだと感じさせてくれない女が相手では、幸せにはなれない男だと思うの。育った背景の問題よね、知りたい、でしょ？　たとえば、今日のお茶で彼はチャーミングだった。疑い深くもないし、『しつこい』わけでもないし、こちらが疲れるほどくつろいでもいなかったわ。だけど彼が今日はひとりしかいないお客だったから。もしここに彼のほかに、もっと大勢の人がいて、彼ほど好ましくなくて、頭もあんなによくない人たちばかりだったら、彼は今日とは違っていたかもしれないわ、たちまち防御に出ていたでしょうね。そう、知りたいわ。社会的なことなんてほとんど関係ないのに、人は、『交わる』ことが大切なのに、交わらない人と一緒にいることができないのね。でもナオミは変わっているけど――こちらの視点から見ると時々ちょっと辛いけど――あのやり方だけが彼には一番くつろげるんだわ。ええ、間違った結婚は、そうね、彼には致命的よ。彼は即座に自分をアウトローにする人だから。それに例のタッチがあるわね――ユダヤ人だからでしょうが――女性的なところが、これは女なら無視しなければならない反面、つねに対処しなくてはならないものよ。彼は戦略的な女はすぐ見抜くわ。ひたすら単純で善良な女でないと彼の役に立たないのよ――ナオミはすごく善良だから、おそらくそれがナオミの辛いところね。彼女の問題は、すべて瓶詰めにしてきた山のような感情なのよ。彼はそれに出口をつけて、同時に彼女を鎮めてあげるでしょう。今日のお茶で見ていたけど、彼女は前よりずっと静かだったわ。マダム・フィッシャーから離れたほうがいいのよ、あの人は間違いなく疫病神だから」

「でも彼女と一緒に住むのよ」

「それも長くは続かないと思うわ」ミセス・マイクリスは静かに言った。「彼が断固とした態度に出るか、マダム・フィッシャーが亡くなるか――で、カレン、今夜だけど……」

そこでミセス・マイクリスはマックスを退場させた。彼は薄い空気のようになって、いまはバス停に行く途中だった。彼がまた出現するかどうか――それは見込みが薄く、というのも、パリにいるマイクリス家の知人で、彼のことを聞いた人はいなかったからだ――彼女は彼を小指の先に乗せ、理解と機転をもって再度検討するつもりだった。


カレンは芝生の上で彼のそばに座り、握りしめた自分の手を見つめていたが、昨日、お茶の後で母親が言ったことが心のなかを駆けめぐっていた。ぴりぴりするということでマックスの言ったことがそれに拍車をかけた。母は実に正しかった、いつも実に正しいのが母だった。それでもなお、母の明快な人間論は、嘘をつかない頃のカメラが撮った写真のようだった。そうした写真は実物そのままで、あることで、想像力を立ちすくませた。列車内に貼られた謎めいたところのない風景のポスターを見て、どこかに行きたいという気持ちになるだろうか、たとえ夢のなかでも？　エドワード朝の肖像写真にある、洗練された肩をして、髪飾りをつけ、首をくねらせた人物と恋に落ちることはできない。湖は小波が細かく立ち、森は木の葉がすべて見え、真珠を巻いた堂々たる喉もとは、どれもぞっとするほど鮮明だった。色彩がないことなど、ものの数ではない。不明な部分がないと、事物は存在しえない。そんなものを切望する人はいない。

ぼやけたもの、重大な誤った形、にじむ明かり、人の顔を月面図のように非人間的にする暗いくぼみは、当時のカメラも否定したように、ミセス・マイクリスはことごとく否定した。彼女はそこにあると承知しているものだけを見た。彼女はカメラ同様に、顔をあの顔にし、場面をあの場面にし、対象物を生きたまま、人の欲望と無知の空間に浮かべてしまう偶発事件には、盲目だった。いまでは写真は、意味をとらえる努力以上のものではない。だからミセス・マイクリスは、誇張したり、ぼやかしたりしているとしか思えない、現代の写真を好まなかった。彼女の友人のひとりが撮ったカレンの近影のいくつかは、惜しまれつつ引出しにしまい込まれた。彼女は、不公平でなく、謎めいた感覚もつきつめれば、芸術に行きつくことはわかっていた。個性は謎めいていると言われることほど彼女を困らせることはなかった。それでつい『青い鳥』を書いたメーテルリンクのことを思い、緑色のドレスを着た人たちが青い森の小道を歩くのだった。明快でないのは言い訳の許されぬことだと彼女は言った。彼女は人々を性格で考えるのを好んだ。

カレンは母親の反ロマン主義が面白かった。神もお許しあれ、人は曇った考えを持っていたり、自分のうつろいやすい気分を勝手に物体に投げかけたりしているだけなのだ。しかし感覚をなにか行使する段になると、ことに視覚を使うと、情感が動き出す。すべての正体をあばきだすことはできない。カレンの母はここまでは正しかった。反論が謎めいているのではない。謎は見る者の目である。

ミセス・マイクリスが、マックスについて述べたこと、そして彼がナオミと結婚したいと思う彼の理由は、間違いなく真実だろう――もし彼を本に挟んで押し花のようにしたら。しかし彼は認めるほかない厚みがあるので、押し花にしても形は失わない。目を上げてフレンチドアを見ながら、カレンは彼をより近くに感じ、彼のほうが移動したのか——しかし、彼は移動などせず、じっと座っていた。彼女は周囲を見た。彼は親指の爪を使って芝生の葉を裂いていた。なにか言おうと息を呑みながら、なにも言わなかった。なぜ葉を裂いて、なにも言わないのだろう？　彼について知っていることのすべてがある一点で消えてしまい、道路が暗いトンネルにはいったみたいだった。

彼はまたため息をつき、それから空を見た。「きっと天使が上を飛んでいるんだ」彼が言った。

彼の落ち着かないこの軽口に誘われて、カレンは言った。「あなたがイギリスにそんなにいたなんて、知りませんでした」

「長くいたから知ったんですよ、誰も話す人がいなくてシーンとなると、あなたたちイギリス人がなんと言うか。どうもフランス人は、どんどんしゃべるから、沈黙など簡単にやりすごすんです。そう、僕はここに三年間滞在して、伯父のひとりと仕事をしていました。ここに住んだわけじゃないんです、当然ですが」

「なぜ当然と？」

「いや、もしここに住んでいたら、もっと立派に英語を話す人間になっていたはずだから。英語は僕の父親の言葉でしたが、僕の言葉だったことはないんです。父は僕がごく幼い頃に死にました。僕が言うことは、正確でしょうが、自然じゃない、でしょう？　硬すぎるか、くだけすぎるかのどちらかなんだ。言いたいことにぴったり合ったことがなくてね」

「どうして私にその区別が？　あなたが言いたいことによりますけど」

「もしかしたら、これは僕の利点かもしれない」彼が言った。

「もうトレーはなかに運びましょうか?」カレンがだしぬけに言った。

トレーの上にかがみこんで、マックスは不ぞろいのカップと皿を積み上げ、菓子パンをもとの袋に戻した。カレンが見た緊張した面持ちをした彼の顔は、花壇の縁《へり》のルピナスを背にして、最初の矢を覚悟している人の顔のようだった。ふたりで座っていた場所から、世界が次々と離れていくように感じた。彼は断固、話を最後までするつもりだった。「僕が言うことは、ほかのことを言うときは、たまに正しいことがよくあるんです」

「菓子パンは子どもか誰かにあげたほうがいいわね?」

「どこかに子どもがいるかなぁ?」

「あら、帰る途中にいるわよ」

カレンはなかでナオミがドアを閉じる音を聞いた。運送屋は書籍のはいった箱を持ち去ったに違いない。きっと古典の全集で、ヘレン・ボンドが持っている古典全集より装丁がいいのだろう。ナオミは額に巻いたハンカチをほどいて、次になにをするかあたりを見回しているのだろう。もうすることはなく、後は家の鍵を掛けるだけだった。教会の時鐘が庭の背後のどこかで六時を打った。もう戻らないと。ポプラの木、深紅色《クリムソン》の花吹雪、芝生は、そして窓は、もう過去のものだった。室内の冷気、それが何事も起きないどこかの部屋のように、カレンにのしかかってきた。

「トレーはついでに運びましょう、なかにはいるときに」

しかし彼らはともに座りなおし、カレンの手がマックスの手のそばにあった。マックスは手をカレンの手に重ね、そのまま芝生に押しつけた。まさぐることもない、わかり合った接触が続いた。ふたりはたがいの顔も、たがいの手も見なかった。ふたりの手がゆっくり離れたときにふたりはともに見た、押さえつけられて平たくなった芝生の葉が立ち上がるのを、一本一本立ち上がる葉を。

ナオミが、オーバーオールを脱ぎ、白い袖をはためかせながら、フレンチドアからせかせかと出てきた。「悲しいこと」彼女が言った。「明日のいまごろは、私たちもういないのね、カレン！」

七

翌朝彼らはパリに発った。

ナオミが見送りを望んだので、カレンは一緒にタクシーに乗ってヴィクトリア駅まで行くと、黒っぽいコートを着たマックスが改札口で待っていた。彼は帽子を軽く上げただけで表情も変えず、ふたりが人ごみを縫って出てくるのを見ていた。押し合いへし合いする群集にまじって岩のようにふんばり、いい旅行をすると決めたフランス人らしく見えた。磁力のある長い波の先が大陸から伸びてヴィクトリア駅に達すると、それは臨港列車が出発するということだ。マックスはすでに帰国する外国人の一員になっていたが、ナオミはカレンの腕に悲しそうに手を置いたまま、残る数分間はまだ、いま立っている場所に属しているように見えた。

旅立つ前のプラットフォームは、次に会う話をする場所ではなかったろうに。ナオミですらそれを慰めにしようとはしなかった。さようならと言うのは、それを誰に言おうが、言われた人間にとってほろ苦い味がする。ぐさりと来る感じがして、もう二度と起きてほしくない。ほかの出会いにしても、最後はこうなる。たとえ今日のさようならが最後でなくとも、いつかはそうなる。階段口、波止場、プラットフォームとくれば、誰でも千里眼になって……。ナオミはカレンがここまで来てくれたことがありがたかった。ここで列車が出るのを見送って下さるわね？

座席が見つかり、荷物が網棚におさまると、カレンは急いで振り向いて、客室のドア口に立っているナオミを抱きしめた。キスはあらゆる抵抗を押し止めた。女同士が抱き合ったので、オーデコロンと毛皮についた樟脳の香りがし、手袋をはめたナオミの手が手首のボタンごと、カレンの肩と肩の間を訴えるように押すのが感じられた。

マックスは客室の外にいて、暗い通路を眺めながら、女同士がさようならと言っている間に男が浮かべる表情を浮かべていた。それから振り向いて握手をし、カレンは出ていこうとして向きを変えた。しかし行く手がふさがれていた。狭い通路の両側は時間ぎりぎりに来た乗客たちが荷物を抱えたポーターを連れて、ぶつかりそうになりながらはいってきていた。恰幅のいい男たちが客室から客室へと渡り歩き、カレンとマックスを押しのけたので、窓に肩をつけて立っていたふたりは、顔と顔がくっつきそうになった。逃げ場はなかった。彼女は彼の右肩を凝視した。これで昨日芝生の上で続いた接触が解き放たれた。彼らは心ならずも向き合い、はむかい、逃げられなかった。それから目と目が合った。たがいに瞳の奥の瞳孔を見つめ合った。若さゆえに、人は起るはずのないことを恐れる。だがこれは、カレンがかつてパリで恐れた以上のことだった、サロンのドアの外でいつも震えながら待っていたときよりも。

肩に荷物をかついだポーターが通った。マックスは手をかざしてカレンの頭をふせいでやった。人々はしかるべき場所を見つけ、通路にはもう人影はなかった。列車はプラットフォームに併設した建物になったように停車していたが、カレンは客車の通路を進み、列車が全速力で走って揺れているような感じがして、窓枠につかまって体を支えた。プラットフォームはガラス屋根の下で静かだった。パリ行きの人はみな乗車していた。根負けした微笑をたたえた友人たちは、彼らの出発を待っていた。あと五分で十一時。今日は五月一日だった。引き寄せられたトロリーが何台も並んだ重々しいホールは目的を失い、列車が出てしまったような、最終列車のパリ行きはとっくに出てしまったみたいな顔をしていた。停車場のこの部分には出発便の合間の静けさがあり、田舎の臨時の停車場のように、人の気配がなかった。入口を出ると、曇ったガラスのポーチの下、タクシーはすべて出払っていた。カレンは歩いてウィルトン・ストリートにはいり、疑わしげに見ると、激流に浮かぶ大きな物体のように揺れながらバスが次々に通り過ぎた。ロンドンを発ったみたいな感じがした。通りを横切って、店のショーウィンドウのところで立ち止まると、眉を寄せ、ハンドバッグの留め金を親指で強く押し、せっかくの一日になにか失態があった美しいわがまま娘が映っていた。

彼女は昼食時に帰宅した。ミセス・マイクリスが言った。「で、みなさん無事に発ったの？」それからさらに、行ってしまったのは名残り惜しいけれど、あの人たちはここに住んでいるわけではないから。住んだとしても、うまく行かないでしょうが、と言った。ダイニングルームの窓の外にある樹木を見つめ、微笑んでまた言った。「今日から五月、ほんとに好ましいことだわね、カレン、すべてが始まるのよ」彼女が「すべて」と言うのはロンドンの社交シーズンのことで、どんなに細い支流にも小波が立ち、いかに世慣れない人々ですら頬をゆるめるときだった。その日の午後、母と娘は連れ立って、ある青年の内覧会に出かけた。バルコニーに置かれた植木鉢を描いた絵を見て、カレンはまた油絵を続けることにした。翌朝彼女はスタジオに戻った。

　四月の終わりはもう夏だった。暑さはそれほど続かなかった。トウィッケナムの桜の木は、芝生の上に座る日がもう一日来る前に、花びらをあらかた散らしてしまったに違いない。そして今度は寒くなった。季節は軌道を見失っていた。五月が時間どおりに来ることはあまりない。そしてこの年は、灰色の寒い停滞の後に、安心できる五月の明るさが訪れて、ロンドンにずっと居座った。チューリップが公園で燃えあがり、ゼラニウムがバルコニーからこぼれ、華やかな色の日よけがほどかれ、暖かな風に薄いドレスが揺れて歩いた。ドレスメーカーの小さな店が並んだ黴臭い通りにも次第に光があふれ、バレルオルガンから流れる新しいメロディーがこだましていた。春の驟雨《しゅうう》がぱらぱらときて、樹木が鮮やかに浮かび上がった。最後の若葉が脱ぎ捨てた鞘をぱらぱらと落とした。雷ふくみの光が射し、紫色のインクを流したような雲が通りの先にわき上がって、新緑を燃え立たせた。郊外ではライラックとピンクメイ《サンザシ》が重なり合っていた。雷鳴と太陽の合間に、リージェント・パークを取り巻くナッシュが設計したテラスハウス群と、五月の霞がかかった木々は、さながら劇場のごとき風情があった――しかしチェスター・テラスの内部では、マイクリス一家の家庭生活が通常どおりに続いていた。知的で、寛容で、静かだった。ミセス・マイクリスは、肩の凝らない委員会ふたつに加わっていた。ミスタ・マイクリスは毎朝九時半に仕事に出かけ、公園をぜひ歩きたくて地下鉄まで徒歩で行った。十時を過ぎると電話が心地よく鳴った。招待状が郵便箱に落ちる音もした。オペラにも行った。コックの料理は望む以上だった。本当にいい新刊書が出た。会いたい人は、みなこの町にいた。

　ラッシュブルックからニュースは来なかった。おそらくことは先延ばしになったのだろう。おそらくその必要がなかったのかもしれない。パリから来たニュースは、ナオミが無事に帰ったということだった。アメリカ人の娘たちが待っていた。

カレンは思った。大切なことはレイと結婚することだ。毎日毎日、まるで練習のように、やみくもに目を閉じれば、マックスが次の日には消えるのか、また目を閉じるのだった。レイの姿は見えなかった。記憶の上に酸が一滴こぼれたように、レイの顔は消えていた。しかし結婚のことは一貫して希望をもって考えていた。これが決断できない娘時代の最後の五月になる。来年のいまごろはカレン・フォレスティエになって、まだ見ぬ家に住んでいる。それに子どもを持とうとしているのもあり得ないことではない。彼らが住む新しい家の玄関ホールのドアや、階段部分や暖炉が見慣れたものに思われ、未来の新居ですごす一日の時間を思い描くと、明日ばかりがふくらんで、今日がやせ細った。もしレイがサー・Hと過ごす時間が期待通りの成り行きになれば、レイの将来は保証される。ふたりはロンドンに住むのだ。しかしこれはきっとそっくり同じではないのだ、ロンドンだって変わるのだから。私も別人になるだろう。気がついてみれば、彼女はすべてについて変化を求めていた。

ほかの五月とは違うはずという期待で、この五月が、雲を背にした一本の立木のように、はかないものに、あるいはすでに過去のものに見えた。彼女の両親の世界では、どんな変化も破局としてとらえられ、かつ破局とは平然とした顔で向き合うべきものだった。変化とは損失以外の意味を持たなかった。変えるとは衰退することだ。「可哀想な誰それさんは、とても変わってしまって」。今日を生きて未来を支配し、出来事を意のままにねじ曲げる。もし変化が割り込んできたら、一礼して受けいれる。こんな世界にいると、パリにいたあの一年をのぞけば、カレンの心は澄みわたり、なにほどの脅威もなく、一方、これまで安全で来たことに感謝すべきことは十分わかっていた。自分の結婚がこれらのすべてと奏でる調和音に、カレンは母親に劣らぬほど喜んでいた。カレン・マイクリスとして生まれたことは、無駄ではなかった。結婚のサニーサイドで暮らしたい。友だちに見せるのが楽しみですらあった、愛し合っているとそんなに腹の立つこともないのよ、と。しかしヴィクトリア駅を出て歩いたあの日以来、彼女の想いは折れ曲がり、結婚の地図に記載されていない暗い部分に引き寄せられ、それが驚きとも喜びともつかなかった。彼女はいま、レイのなかにマックスを探していた。

家庭を、ふたりの新居を組み立てなくてはならなかった。好ましい物をそろえたいなら、どんなに早く探し始めても早すぎることはない。テーブルと椅子の類はそれぞれの時代様式があり、四脚があり、価格があった。見とれている場合ではない。それからベッドならみなヒールズの店に行く。ミセス・マイクリスとカレンはしばしばアンティークショップのウィンドウの前に立ち止まり、ともに嬉しくなった。しかしいつもそうはいかなかった——ウィグモア・ストリートにあった第一帝政様式のソファーがある朝ひらめいて、カレンの頭に血がのぼった。大袈裟でない海色のグリーン地のシルクが作る曲線に、大声を上げそうになった。「やめた。あれはよそう！　あれをパリに、ナオミの彼氏に持っていくなんて！」その声は、柔らかなキッドの袋からピストルを取り出し、ソファーめがけてガラス窓越しに撃つようなもの……。半分フランス人のあのカップルにどこか居場所があるとしても、ここでないことは確かだ（彼らは訪問客でいいのだ——マックスの言ったことが、曲がったピンのように、きりきりと食い込んできた）。しかし彼らが去って以来、あの桜の木の昼下がり以来、「今日」という日はなくなっていた。甘美な明るい街路、心がうきうきするような会話、オペラを愉しみながら、私はすぐいなくなる、と考えては、心残りに置き換えていた。ここはどうしても結婚にたよって、どこかに運び去ってもらわないと。そうなるまで彼女は過ぎ去った一瞬に縛られていた、あり得ない時刻を黙って指したまま針が止まった時計のように。

レイの結婚した姉のアンジェラはロンドンに住み、チェスター・テラスによくやってきた。「私たち、あまりにもそっくりね」アンジェラが言った。「だけどとどのつまり、好ましいあり方はひとつしかないのね。人とのお付き合いで自分らしくないことがひとつもなくても、悲しむことはないのよ。自分の階級の外に出て結婚するより、なかで血族結婚するほうがいいわ。会話ですらそうだと思うわ。そうできる間は別格でいましょうよ」

カレンは冷ややかに言った。「じゃあ、私はますますあなたのようになるのね?」

「馬鹿なことを。あなたはとても個性的だから」

「それにはお金がかかるけど」とアンジェラ。「でもそれが公平なのよ、きっと」アンジェラは幼い娘がふたりいた。さらに続けた。「私が生きている間に、貧しい子どもたちが帰化したり、実験室で結婚したりするようになるわ。でも私たちに名前があるかぎり、番号じゃなくてよ、自分らしくしていられるのは好ましいことだと思うわ、たとえほかの人がいても、そう思わない?」

反論するのは愚かだった。

「あなた、レイのことでふらふらしてないわね?」アンジェラが言い足した。

「いいえ。どうして私が?」

「あなたが宇宙に浮かんでいるように思ったから——ひどいわよ、あなたたちの婚約がここまで長引くなんて」

その後の水曜日に、ミセス・マイクリス宛にパリから手紙が届き、差出人はマダム・フィッシャーだった。封筒には威勢のいいスミレ色の筆跡があり、午後中ずっと玄関ホールの椅子の上でミセス・マイクリスの帰宅を待ち、カレンは気がつくとその前を通ってばかりいた。ニュースがあるに違いない。マダム・フィッシャーがそのほかの理由で手紙を書くはずがないもの。あのふたりは、予告なしに、結婚したのか？　日取りのことは、出発時の話題にならなかった。ミセス・マイクリスがやっと帰宅して手紙をとり、ほかのも一緒に集めて持って応接間に向かった。しかしここで訪問客にお茶を振舞うのに忙しく、手紙は開封しないまま、受け皿の下にしまい込まれた。人々が去った後、彼女はまた手紙にさっと目だけ通して言った。「あら、ほら、マダム・フィッシャーからの手紙よ！」

「なんですって？」

「まだ開けてないのよ」

「ええ、そうね。つまり――開けるでしょ？」

だが、ロンドンの郵便業務は、遅れた手紙に追いつくひまは与えない。この時点で、ブレイスウェイトが六時便の配達物を盆にのせて持ってきた。

「ダブリンから……」ミセス・マイクリスは言って、新しく来た束を見た。

「ダブリンて、誰かしら？」

「ビル伯父らしいわ」

カレンは心臓が止まった。ミセス・マイクリスはベント大佐の手紙をのろのろと開封した。それから少し休み、手紙を下に置き、受け皿の縁をじっと見た。それからちょっと間を置いてから言った。

「カレン……。ヴァイオレット伯母さまが死んだわ」カレンは、すでに立ち上がっていたが、近寄ってきて母親のかたわらに黙って立った。ふたりともこのような目に遭ったことがなかった。人に死なれたことがなかったのだ。兄のロビンは戦争から無事帰還していた。ヴァイオレット伯母はカレンの母親の四歳上で、ただひとりの姉だったが、本当に仲睦まじくなれなかったのは、ヴァイオレット伯母があまりにも内気だったからだ――彼女は夫たちにはそれほど内気ではなかったかもしれない、男性はそれほど相手を知ろうとしないから……。ミセス・マイクリスはカレンのほうに手を差し延べ――触れたいというよりは、そばに娘がいてくれて嬉しいという意思表示だった。言うべきことなど、なにもなかった。ミセス・マイクリスは何年も泣いたことがなく、まして応接間で泣いたことは一度もなかった。いまさら泣けなかった。夢でも見ているようにビル伯父の手紙を取り上げて、読んでいった。「こう書いてあるわ、先週末にダブリンに行き、月曜日に彼女の手術があったようよ。彼女は最初、彼に手紙を書かせないで、自分で書くと言ったんだって。だけど、きっと、それができなかったのね。私たちがなんと言うか、彼女はそれを案じていたと書いてあるわ。だけどむろん、彼が書かないで誰が書くの。私たちもわきまえておかなくては。気の毒なビル伯父さん……。彼女は向こうであなたになにも言わなかったの、カレン？」

「ええ。なにも」

「どうして――どうして姉はいつもあんなに遠くに住んだのかしら？」

ミセス・マイクリスは震える手をカレンの手の上で握りしめた。「これが最悪の出来事ではありませんからね、カレン」彼女は言った。彼らは人生の硬い表皮に走った亀裂を見ていた。ミセス・マイクリスは窓のほうに行ったが、我を忘れた人が空気が必要になり、そこまで連れ出されたみたいだった。リージェント・パークの樹木の海は、微笑んでいるようには見えなかった。結局のところ、誰もヴァイオレット伯母を知らなかったのだ。死が触れることができるのは、生が触れたものだけである。カレンにはラッシュブルックの芝生の上に掘り返されたデイジーが見え、そしてビル伯父が話していた。死はあの時にすでに来ていたのだ。そして、トウィッケナムの芝生からカレンとマックスの手が離れたとたん、一本ずつ強く立ち上がった芝の葉が見えた。自らを先導している船首像のように窓の外に顔を向けている母を見て、カレンは考えた。ヴァイオレット伯母のほうがもっと野生児だった、私たちと一緒に留まりたくなかったのだ。天国はそうした穏やかな野生児みたいな人影でいっぱいなのかもしれない……。ミセス・マイクリスが振り返って見回した応接間は、夕暮れの太陽が木々を通して斜めに射して金色に染まっていた。「ショックだわ」彼女は自分をとがめるように、なかば微笑を浮かべて言った。「まだなにも感じられなくて」そして、ソファーのうしろに落ちていた手袋を拾った。帽子はかぶったままだった。「上に上がりますから」彼女は言った。「邪魔しないように召使に言っておいてね。お父さまがお帰りになったら、申し上げてね、お伝えして、まだお会いできませんと」彼女はティーテーブルを見た。「それから、そこの手紙は開けてくれるわね、カレン、なにかあるといけないから――」

「ディナーの方々もお断りするのね？」

ドアのところでミセス・マイクリスは振り向いたが、もはや型どおりになっていた。「そう」彼女はぼんやりと言った。「そうね」

　カレンは電話をすませてから――書斎にあった――、応接間に戻ると、ブレイスウェイトが心配そうな顔をしてお茶の片づけをしていた――たとえ知らなくても、知らねばならぬなにかがあるのを知っていた。カレンは手紙をまとめて取り上げ、このパーラーメイドに背を向けつつ、神経が高ぶって無言でいた。彼女は考えた。召使はみな怖い。どうして人の家に同居しているのか？……太陽が当ってカーテンは燃えるようなピンク色をしていた。クリスタルガラスの蠟燭台がプリズムのように光を放射している。光でまぶしい無人の白い部屋は、ステージみたいだった。伯母はこの前で死んだ、とカレンは思った。しかし伯母は私が彼に強く同情するよう望むだろう。彼女は伯父が見えた、ダブリンの街路をうろうろと歩き回り、行くあてもなく、ともに微笑んで顔の皺をゆるめてくれる人もいないビル伯父が。ブレイスウェイトが閉めたドアをカレンは開けて、父が帰ってくれば音でわかるようにした。こうして父の合鍵が鳴るのを待っていると神経が高ぶって、マダム・フィッシャーの手紙にさわることもできなかった。ほかの手紙の封を切り、文鎮の下に置いた。いかに多くの人が母に会いたがっていることか――母はみんなを安心させるのか？……父は遅かった。なにに足止めされているのだろう？　もっと悪いことが起きると言った母は正しかった。板が一枚でもゆるんだら、筏は早晩ばらばらになる。道路で待っているだけで人々は毎日殺されているではないか？　父は不用意な自信家で、曖昧な男だった。カレンは考えた。もし父が死んだら、私は当分は結婚できなくなる、それから泣き出して歩き回り、繰り返した、「マックス、マックス、マックス！」と。これが遭遇すべき瞬間なのだ。人生はこの部屋でピークを迎え、彼がはいってきますようにと彼女は願った。

合鍵の音がして、彼女は階段を半分降りかけたところで父を出迎え、ニュースを伝えた。ショックを感じた空虚な目が彼女の目と合った。カレンは、この人のある衝動から自分の人生が芽生えたかと思うと、ショックだった。「しかし、私が君の母親のところへ行くのが順当だと思わないかね？」

「それはなさらないでとのことでしたわ、お父さま」

「しかし行くべきだと思わないか、それでもやはり？」

「どうしてもとおっしゃるなら」

「ヴァイオレットも可哀相に」ミスタ・マイクリスは言った。「ヴァイオレットも可哀相に。愛らしい女性だった」それから彼はカレンの顔に涙がこぼれた跡があるのを見た。「むごいことだ」彼はそう言って、彼女の頬にそっと触れた。「むごいことだ。君は彼女のところにいたからね。泣くんじゃない……泣くんじゃないよ、お嬢ちゃん」彼は彼女を通り越して重い足取りで上に上がり、一段上の階段をちらりと見たが、自分の書斎にはいり、首をかしげたまま、ドアを閉めた。

カレンがマダム・フィッシャーの手紙を開封すると、封筒の内側に薄い紫色の紙が二重になっていた。彼女は理由があって手紙を書いていた。誤解が発生したのだった。レディ・ベルフレイという人から冬に手紙が来ていたのだが、その後は音沙汰がなく、内容が宙に浮いていたところへ、また手紙を寄越し、マダム・フィッシャーのところには自分の姪のための空きがひとつあるはずだと、どうやら一方的に思い込んでしまったらしい。いくらレディ・ベルフレイの姪でも、空きはなかった。先月以来、ナオミがこの結婚を決めたときに、娘さんたちのための空きがあるという問題はもはや消滅していた。最後のふたりはアメリカ人で（このふたりでさえ、曲げて引き受けたのであった）、このふたりが六月の終わりまで滞在することになっていた。後は一切お断りだった。マダム・フィッシャーとしましては、レディ・ベルフレイの一件がかぎりなく残念であり、レディ・ベルフレイがミセス・マイクリスのお親しいご友人と知れば、なおさら残念でございます。しかし昨年の冬にはもうレディ・ベルフレイがなにも言ってこられなかったので、マダム・フィッシャーとしましては、この問題は落着したという印象を受けておりました。こちらでは喜んで期限を延長し、レディ・ベルフレイの姪御さんを夏遅くにはお引き受けしたいと存じておりましたのに、それもかなわなくなりましたのは、ナオミがマックスと結婚する日程が決まっておりまして（と当人たちから言われました）、それが七月の初めとかいうことです。

「その後」とマダム・フィッシャーは書いていた。「ナオミは夫の幸福のことで心がいっぱいになり、私が必要としている手助けはしてくれないでしょうが、私は老いゆくばかり、若いお嬢さんがたを監督するには、どんなに微力であろうと、手助けが必要なのに。おまけに『新婚さん《ラ・ジュヌ・メナジェ》』は、ただでさえ狭い私の家で場所をふさぎ、可能性として子どもたちのことも考慮しなくては。この年になりますと、優雅に消えることを学ばなくてはなりません」

マダム・フィッシャーは当然、レディ・ベルフレイに手紙を書いており、その説明がどうであれ、この誤解が大して厄介ではなかったと伝える意図はさらさらなかった。彼女はそこでミセス・マイクリスに手紙を書いて遺憾の意を表わし、その立場を十二分に説明してきた。ミセス・マイクリスとご面識いただいた幸せを高く評価しておりますゆえ、ご一家のご友人の意志に反するのは、わが身を切られるように辛いのです（簡単に言えば、マダム・フィッシャーはミセス・マイクリスがレディ・ベルフレイをなだめるべきだと、ほのめかしていた）。レディ・ベルフレイは唖然とするほど愚かな女だった。この行き違いの主が誰か、問うまでもない。だったらなぜ、マダム・フィッシャーはこれほど気にするのか？　それが唯一の生計の道だったときでも、彼女は多くの愚かな女に「お断り」と言ってきた。もう娘たちは不要である。その彼女がなぜいまさら手紙など書いたのか？　私を傷つけたくて書いてきたのか？

彼女は最後のほうで書いていた。

ナオミが感謝して申しますには、ロンドンでは娘とその婚約者をご親切におもてなし下さったそうで。娘は青年があなたのお気に召したと信じています。彼は彼の人種特有の能力がありますが、ある人たちは彼は同情がないと見ています。彼がナオミと結婚すると決意したときは、ほかに前途がいくらでもあると信じておりましたので、驚きました。思うに、完全な確信などなくても、人は自分の娘の幸福をもうひとりの人間の手にゆだねるのですね。あなたさまは、親愛なる《シェール》マダム、カレンの結婚に関しましては、たいへん幸福な立場にいらっしゃいますね。私はおそらく、大きすぎるくらいの疑念を持って、長いあいだ独りでいる女性を見ております。この遺産がくるまで、私どもは全然当てにしていなかったものでしたが、ナオミには持参金《ドット》がなく、私の国では、ご存知のとおり、そうした配慮が高い位置にあるので、結婚は、今の今まで、ナオミには望むべくもなかったのです。私の義理の息子になるはずの人は金持ちではなく、このたび娘の収入が増加することが、いうまでもなく彼にあるべからざる影響を与えてはいないでしょうが、この一件は、彼らが結婚するのであれば、彼にとって実質的でないはずはありません。娘の前途に起きたこのきわめて重大な変化に、娘は舞い上がっております。胸をふくらませておりますので、裏切り行為が彼女を待ち受けていることがないよう希望しています。七月五日、結婚登記所《メリエ》にて、というのが結婚の日取りです。新婚旅行はオーベルニュになるでしょう。

カレンには、いつも私の心にあるとお伝え下さい。私の感じでは、彼女は私が抱いている期待の数々をくじくようなことはないでしょう。私から彼女に、もう少し結婚が近づいたら、真珠をあしらった櫛を贈りますが、きっと彼女の好むタイプだと思います。真珠は目下、嵌《は》めなおさせています（これは私の一族の一方の側に伝わった家宝で、思えば、母方の曾祖母のものです）。ナオミはカレンが健康でお元気でとのこと、マックスはカレンが格段に美しいとのことです。私としましては、どうぞお幸せにと願っております。

ここに、わが親愛《シエール》なるマダム、心からなる……云々

文面のどこかにこの手紙の真意がある、とカレンは思った。「そうした配慮」とは——フランス人はそこまで私たちを侮辱したいのか！　マックスが本当にそう言ったのだろうか？　彼らふたりがサロンで話していたことはいつも謎だった。私が玄関ホールにいるのを知ったとき、彼女はいつも微笑

んでいた！　彼女がわざとマックスをイギリスにやったのでは？　なにが起きることを望んだのだろう？　いかにも彼女のやりそうなことだ、母に手紙を寄越すなんて。いまはいったいなにを企んでいるのか？……七月五日。私の結婚はまだだ。

ブレイスウェイトが音もなくはいってきて、夕刊を置いたが、それは棺に添える百合の花のように巻いてあった。もう聞き及んでいたのだろう。ニュースは家の背骨を通って階下に達する。ミスタ・マイクリスが書斎のドアを開けた。カレンは頭上で父とミセス・マイクリスが行きつ戻りつしているのを聞いた。次の一時間でミスタ・マイクリスは今夜のアイルランド行き郵便列車をつかまえることに決め、ビル伯父が棺とともに歩く葬列の手助けをすることにした。ビル伯父に手助けを求める才覚があったら、電報を打ってくるべきだった。だが彼らはこれを許した。ヴァイオレット伯母はモンテベロに埋葬することになった。ふさわしい衣服が荷造りされ、ミスタ・マイクリスは見送りを受けながらも、家が恋しくて、むっつりしていた。夜食は列車でとることになった。

二日後、ミセス・マイクリスは、白を絶妙に利かせた黒のドレス姿で机に向かい、お悔やみの書状の山に埋もれていたマダム・フィッシャーの手紙を見つけ出した。そして眉をひそめて手紙に目を通した。「イディス・ベルフレイがまた面倒を起こしたのね」彼女は言った。そして続けた。「マダム・フィッシャーはほのめかしているのよ、あの青年がナオミと結婚するのはお金が目当てだと。フランス人て、変な人たちね！」

「おそろしく不公平よね」

「あら、間違いなく彼の目的はそれよ――というか、結局そうなってしまうのよ。でも彼女が私に、そう言うのが変だわね」ミセス・マイクリスは手紙をわきにやり、ペンをインクに浸した。「返事はいらないでしょう」彼女は言った。「イディス・ベルフレイには話してみるけど」彼女はまたもう一通のお悔やみ状に返事を書きはじめた。目に青いくまがあり、便箋は黒い細い線がはいったものだった。ひとしきり書いてから目を上げ、カレンに言った。「現実とは思えないわ！」

八

五月の終わりが来る前にもう夏だった。室内は涼しかったが、街路は燃えるような暑さだった。ミセス・マイクリスは悲しいというより、面食らうばかりだった。言うこともすることも変わらずすべて適切だったが、人と合わす視線に昔の自信がなくなっていた。ヴァイオレット伯母の死をあれほど衝撃的に伝えたことで、みなビル伯父を非難した。カレンは、なぜ伯母がなにも言わなかったのか、自問することすらしなかった。カレンは毎日のようにスタジオに通ってはいたものの、なにも目にはいらず、モデルの周りにできた空気の輪しか見ていなかった。やっつけ仕事をだらだらと続け、絵筆のタッチも死んでいた。バルコニーに置かれた花鉢に見たと思ったものは、油絵に戻る動機になっただけで、いまは消えてしまった。つまらない作業はしても哀れなだけ（自分が哀れだった）、寒い日に舗道に絵を描いている絵描きみたいだった。

ある暑い夜、両親が連れ立って外出し、カレンは書斎に行き、ブレイスウェイトがミスタ・マイクリスのために給仕盆に置いたソーダ水を飲もうと思った。サイフォンに親指が触れたところで、彼女はふと電話機を見た。窓がカーテンのうしろで開いていて、暑い夜気がはいっていた。電話器が彼女の目をとらえ、いまに話し出すのがわかった。ベルが鳴った。カレンはグラスを置いた。パディントン、0500番ですか？　ではお待ちください、パリにおつなぎします。カレンは窓を閉めに行ってロンドンを締め出し、ドアを閉めて家を締め出した。彼女はこうして電話器とともに封印され、一台のランプが緑色のシェイドの下で暗闇を切り離していた。受話器を取ると、彼らがつながった。

「……ミス・マイクリスはおられますか？」

「私です……。ハロー、マックス」

「ハロー、カレン。いまどこに？」

「ここよ」

「どの部屋？」

「書斎よ。ふたりで出かけたので。いまどこなの？」

「シルヴェスタ・ボナール通りにいます。ナオミはアメリカ人たちと劇場に行っていて。彼女の母親はもう寝室に」

「お悪いの？」

彼は言った。「寝室に行きました」同じ口調だった。

彼らは待った。電話が切れたみたいだった。「マックス？」

「僕は疲れ果ててしまって、君の声が聞きたくなった」

「あれからもう四週間――」

「そう。ブローニュに来ませんか？」

「いつ？」

「次の日曜日。それとも僕がフォークストンに行きましょうか？」

「いいえ、フォークストンはだめ。行ったことがあるから。ということは……ブローニュに」

「船と船の間に数時間あるから。では、日曜日に」

「ええ。朝の船を出迎えて下さるのね？」

「ええ」

また電話が切れた。「マックス？」

「ええ？」

「それで全部？」

「ええ」

「おやすみなさい」

「おやすみなさい」

カレンは電話を切った。三分も話さなかった。彼女は父の箱から煙草を探し出し、震えながら火を点けた。時計は十一時半を指している。父と母は、コンサートに行き、歩いて帰ることにしたのだ。父は晴れた夜は歩くのを好み、しからば母はスカートをつまみ上げて父と並んで歩き、男性の歩幅に合わせているのだろう。カレンは窓を開け、路地《ミューズ》に並ぶ明かりを見やった。この書斎はナオミと話し合った朝の間の上にあった。電流を帯びた静寂が庭園と中庭を満たしていた。四週間、と彼女は思った。私は四週間をどうやって耐えてきたのか？

土曜日の夜、カレンは、明日はカントリーサイドで過ごすので、朝早く出て、そうとう遅く帰るからと言った。母は「そうなの？」と言って、これまでカレンの嘘をたえて封じてきた、あの詮索しない微笑を見せた。絶対に嘘をつかないとは、自分のドアに鍵をかけないこと、つまり完全にひとりになったことがない、ということだ。母のこの意を迎えるような微笑は、世界を狭くしてきた。ほかに行き場がなくなるのだ。カレンの一族の強力な自信のほどは、あらゆる谷間を照らし出すサーチライトで、相手を視界からはずすことはなかった。マックスが電話してきた夜からこっち、カレンのなかにあった優しさが停止していた——たぶん、それ以前に停止していたのだろう。ヴァイオレット伯母の墓で寝ているのかもしれない。彼女がその土曜日に感じていたのはただひとつ、母は問うべきだ、この家は不自然な家かと……。日曜日、カレンは薄手のドレスを着てそっと階下に降り、コートは腕にかけ、朝一番の臨港列車に乗るつもりだった。公園の湖に夏の朝もやが降りていた。彼女の行動は、外見上、学校へ行くのと変わらなかった。

列車に乗り、薄手のドレスで座席に座った。ほかの人はみな手荷物があった。列車がレールの上で揺れ、夏の田園風景が揺れて通り過ぎた。小山や木々は、早朝の青色に染まっていた。すすけた仕切り壁、電線に引っかかって死んでいる小鳥、掘割に咲いたフランス菊。見慣れたケントの田園だった。期待が彼女を空虚にしていた。海が見えてきた。乗船すると、船の震動が神経を半ば刺激した。イギリスを振り返り、自問した。ではこれは勇気なのか？　甲板を歩いても、答えは出なかった。晴れているのにはっきりしない朝で、フランスは見えなかった。

ブローニュの丘と砂丘は緑と白のチョークの色で、背後の空はペーパーブルーだった。フランスは長く低く続く丘みたいに見えた。きらきらと輝く海からの照り返しが、家々に反射していた。防波堤、土塁、手持ちぶさたの起重機《クレーン》などが見えてきた。黒と白に塗られた木造の長い桟橋が二本突き出していて船を迎えた。元気な旅人や、遊び疲れた日曜日の旅行者が、タラップが降ろされる場所に群がって待っていた。カレンは目を上げ、聖堂のドームが遠くにかすんで町の上空に見えるのを眺めた。細い煙突が何本も立っていて、内陸部のスカイラインになっていた。船は蒸気を上げ、旗が二本立っているカジノを通り過ぎた。明るい陽光が庭園の立木に降りそそぎ、あまりにも間近に鬱蒼としているので森のように見えた。船着場にずらりと並んだホテルやカフェはにこやかに微笑み、入港してくる船を楽しみにしていた。フランスは彼女に媚びるように近づき、意識して、陽気だった。

ホテル群からの水路の向こうに臨港列車の埠頭があり、一群の人々が待っていて、手を目の上にかざして白い船に反射するまぶしい太陽をふせいでいた。女たちは木綿のドレスを着て、剥《む》き出しの腕を上に上げている。船は速度を落とし、接岸した。カレンがそっと下を見ると、マックスがいた。帽子を取り、日焼けしていない額にまぶしい陽光を受け、目でそっと船を探している彼は、若く見えた。コートに薔薇の花が挿してあり、明るい街角で花屋を見かけ、足を止め、買いもとめたに違いない。その薔薇の反対側には、休暇の町がペンキで塗った書き割りのようにひかえていた。だって、だって、みんな楽しみたくて来ているんでしょう？　彼はまだ私を見ていない、と思ったカレンはそっと目をそらし、彼の頭上にある起重機と、そのうしろのせわしない積荷作業を眺めた。正午だった。深遠で荘厳な日曜日の鐘が二箇所の鐘楼から朗々と鳴り響き、街路にこだましていった。マックスが突然カレンを見た。彼女は微笑み、走りよった彼らは、その足音でタラップが鳴るのを聞いた。ふたりはたがいに見つめ合って立っていた。タラップから人がいなくなり、彼女は最後に船から降りた。

彼らは玉砂利を敷いた波止場を歩き、橋の方に向かった。色々な線路が波止場で交差していて、臨港列車の一部が線路を変えるのを待った。マックスが言った。「晴れてよかった」カレンは足が宙に浮いているようで、玉砂利を感じなかった。マックスはひさしを押さえて帽子を深くかぶり、太陽をよけた。彼らは手をぶらぶらさせ、ときどきそれが軽く触れ合った。近くにいることは、六月のその日のように自然だった。なにも言わずに橋を渡り、波止場の向こうへ歩き、カフェの並びに添い、その一軒にはいると、彼はペルノを注文し、彼女はベルモットトニックをお願いと言った。男がブリキのバケツに埃っぽい氷をいれたのを持ってきたので、マックスはカレンの氷についたおが屑をカレンの皿から取ったスプーンでとりのぞいた。カフェの内部はよく見えたが暗く、大理石のテーブルがカレンの裸の肘に冷たかった。外の日差しのなか、カレンは女たちが歩いているのを見て、玉砂利がどんなにでこぼこしていたかがわかった。海から来る熱風がオレンジ色の日よけを鳴らしていた。

マックスはきれいになった氷のかけらをスプーンですくってカレンの飲み物にいれた。「僕らは、なにか言わないといけないようだ」彼は真面目に言った。

「私たち、なにか言いたいの?」

「いいや」尻上がりの変な言い回しだった。彼らはおたがいの飲み物を見た。ペルノは水を加えた後、どんよりした黄色になり、アニスの匂いがした。カレンが先に目を上げて、マックスの伏せた目蓋と、日焼けしていない肌の下にある頬骨を見た。「あなたは室内で暮らしているのね?」彼女が言った。

「ああ。忙しすぎるものだから。それにおよそスポーツというものをしないんだけど、フランスでは大変なものだから。君はつまり、僕が太ったと？」

「いいえ、あなたは生まれつき痩せた人だと思うわ」

「テニスはしたんだ」

「上手だった？」

「かなり上手でした。しかし都会では、金がかかりすぎて。子どもの頃は、フランスの南でやりましたね」

「誰か知り合いの方でもいたの？」

「僕の母方の親戚が住んでいたことがあって」

「南のプロヴァンスのご出身ね？」

「いや。僕の伯母の夫が北のル・マンから引退してあそこに住んでいたんですよ。マントンの郊外に建った新しい別荘をひとつ持っていて、市場に出すカーネーションの高地栽培を手がけていました。もう亡くなりましたが」

「私も母の姉がちょうど亡くなったばかりで」

「君の伯母さんが？　近頃は伯母さんがたくさん亡くなるな。ほら、ナオミの伯母も」

「先月は伯母のところにいたんです」

「じゃあ、きっと寂しいでしょう」マックスが言った。彼は同情するでもなく彼女を見やり、大きく見開いた黒い瞳は、優しく穏やかだった。彼女はチェスター・テラスの応接間のことを思った、あの死の夕刻に、太陽が燃えていたのに、彼ははいってこなかった応接間だった。「私はむしろ怖かったわ」彼女は言った。「家が割れるかと思って」

「そう?」マックスが言った。「僕は伯父が好きではなかったけれど、彼が死んだときのことはよく覚えています」

カレンが脱いだ白い手袋がテーブルの中間にあった。彼はそのひとつをひっくり返して熱心に見た。彼女は指先の神経が熱くなってきた。手袋から目をそらし、大理石のテーブルの灰色の羽根のような縞目を見た。外では日よけがだるそうにはためいて、沈黙を埋めていた。

「また油絵を始めたところなの」彼女が言った。

「そうしたらいいと思っていたんだ」

「いつ私のことを考えるの?」

「いつかな、知らないな——油絵は上手だったの?」

「いいえ。この頃は物がよく見えなくて」

「だったら、あまり意味がないのかな?」

「ないわね。でもあなたが発った日に——」

「僕らがふたりでなにをするより、このほうがいい」彼はそう言ってグラスを置き、向こうからカレンを見た。

「あなたはいつもそう思っていたわけではないわね」

彼の額に皺が寄った。「そんなの知らないよ」彼が言った。「――ブローニュに来たことは？」

「通ったただけ、船を降りたときに」

「歩いてみる？」

「私、おなかがすいてるの」彼女が言った。「早い朝食をするからと言いおくのを忘れてしまって、発つ前にお茶を飲んだだけなの」

彼は聞いていないみたいだった。彼は言った。「帽子をとってくれないかな？」

彼女が帽子をとると、彼は彼女の髪が生え際から広がるのを見た。そして信じられないというように彼女の額を凝視した、彼女がいまもこのように見えるのを知らなかったように。

やがて彼が言った。「では昼食にしましょう。行く当てはあるんです」彼は飲物の代金を払い、カレンは帽子をかぶった。日よけの下を出たとき、彼が言った。「僕ら、そうだな、ずっと見つめ合っているわけにいかないからなぁ」

ブローニュは、海から見るよりも狭い町である。内陸部は背後の絶壁を登るようにして道路が縦横に城塞の下を走っている。五月の終わりということで、旅行客はまだ多くなかった。町の人たちはひとりでもお客と見れば大切にし、しめたとばかりに油断のない目で見るので、カレンは考えた。この人たちは私たちが滞在客だと思っているのだ。だが町の奥まで踏み込んで、市街電車を横目に、アーチをいくつくぐっても、内陸という感じはなく、また、下り坂の道路には下に水路があり、それが終点まで横に走っているのを忘れることはない。袋小路《クルドサック》の静寂は、海の音がしない静寂である。今日は、潮風と日光によってあらゆる形がいっそう近く見え、遠景が乾いて消えているようだった。家々の戸ロ、玉砂利、アーチ、石段などは知覚でもあるのだろうか、まぶしい日差しに冒されているようだった。建物は、日だまりの猫のようで、それも冷たい霧に囚われ、厳しい痛い夜を過ごし、冬に疲れた後の、いまがあるのだった。ときどき吹いてくる熱風がカジノに並んだ旗をあおり、旗はなびいたかと思うと、すぐまただらりと垂れた。きらりと光ったのは、上のほうでさっと開いた窓だった。見たものをすぐ感じた。マックスの存在、そして彼が言ったことと言わなかったことが旗になり、険しい道路や開いた窓が親しくなった。彼女はあらゆるものに通じる同じ深い理由が見えた。

劇場の正面が通りの突き当たりで、そこにレストランがあった。レストランのモニーズにはいり、茶色の皮のベンチに並んで座り、たたんであったナプキンを開いた。マックスは前にいい場所だと思ったからと言った。カレンはその意味がわかった。僕らが好きな店になるといいね。しかし、なかはいきなり真っ暗で——それにいきなりひんやりしたので、カレンはとっさに両手で剥き出しの肘を抱えた——灰色の縞目があったテーブルとオレンジ色の暑い日よけが懐かしくなり、こう感じていた。前？　前って？　誰と来たの？　彼はもう何年も前から男だったし、ブローニュはいつもあったし。ナオミと一緒だったのだろうか、ナオミといえばいつも暗闇のなかでカレンのベッドの端に座っていたっけ？　カレンはほかにこれという特定の女を思い描くことができなかった。彼の経験のすべてが目の前に立ちはだかっていたが、その間マックスはナポレオンになったようにフランス語でメニューを読み上げ、彼女は濃い紫色のインクがにじむメニューを見ていた。これは恋のうちでも最悪の恋だ、この思わぬ謎かけ——誰かが微笑みながら、どこへ行くとも言わずに出て行き、あるいは、手紙が届き、人の目の前で読まれ、すぐ片付けられ、なんの説明もない、などなど。「駄目だ、ああ、今夜はちょっと」と告げている電話の声――それで、一方は、それと知らずに謎を仕掛けて、他方は、どこから？誰から？なぜ？を知らないでいては、その謎かけは解けないから、どちらもともに身のほどを知る。嫉妬は、微笑む敵を前にして感じる孤独に等しい……。そのときマックスはカレンが指で寒くなった肘を撫でているのを見た。彼はメニューを置いた。「寒いのかい、ダーリン？」彼が言った。

「いいえ」彼女が言った。「もういまは」

そこで彼はメニューを取り上げて、言った。「では、なににしましょう？」彼女がよくわからないと言うと、彼はランチをたのんだ。ウェイターが去ると、彼らはともに時計を見た。もう一時間が減っていた。彼女は自分の船が一方に進み、彼の列車が他方に進むのを見た。そっぽを向いて彼女は言った。「マダム・フィッシャーはまだお加減が悪いの？」

マックスは片方の手の横で髪の毛を撫で上げた。額に針金が貫通したかのように、彼の眉がねじれて寄った。カレンは自分が時間より悪い敵を招きいれたなと思った。「加減は悪くなかった」彼が言った。「――つまり、あの夜のことでしょ？　彼女は疲れて、もう言うこともなかったので、寝室に引き取ったんです」

「彼女は寝室に引き取ったりしなかったわ、言うことがなくても」

「言うことがないときなんて、前はなかった。だが彼女と僕は、あの夜まで、ふたりきりになることがしばらくなかったが、あのときに彼女は僕が厭な相手だとわかったんだ」

「彼女と知り合ってどのくらいになるの？　まったく知らないのよ」

「僕が二十歳のときから。パリに出てくるときに彼女宛ての紹介状をもらったんです。もう十二年になる。今年になるまで、僕は彼女が作った僕を本当の僕から引き離そうなんて、したこともなかった。彼女は最初から、皿の上にこぼした酸のように僕に作用したんでしょう」

「腐食性の酸ね?」

「そう。いや。彼女の機知が食い尽くしたものは、たしかに消えてしまいました。だがそれ以上のことがあった。彼女が見る通りの人間に僕はなってしまった。彼女の性はすべて彼女の頭のなかから出ることはなかったが、彼女は無駄に女に生まれたわけではないんです。僕が若い間は、彼女は、締め切った空気のなかの植物みたいに、僕を伸ばし放題に伸ばした。彼女は徹底的に感じよかった。僕らの年齢が不足を互いに補い合った。僕は親密さが持つ興奮を覚えたことは一度もない。僕らの頭脳が五感のようになって、触れては引いていたんだ」

「あなたも彼女に作用したのね?」

「ある限度までさ。彼女は僕に対して準備万端だったが、僕は準備万端ではなかった。彼女は何年もかけて待ったんだ、なにかを見すごしてはいけない時間を僕が失うのを。僕らは彼女の家で会っていたからね、あらゆる意味で。僕が知った女はみな彼女が僕に見せようとした女だった。たいした数じゃなかったけど。僕が楽しんだ恋愛なんて、全部彼女の想定内だったんだ。彼女は全部知っていたよ。そして、僕の肉欲をからかったり、もてあそんだり。いつだって僕に会えたからね。どんなに腹を立てたときでも、僕には絶対に逆らわなかった」

「彼女、まだ怒っているの?」カレンは出し抜けに言った。

マックスはロールパンをふたつにして、中身を指でほじくり出した。彼の頭のなかのなにかが白熱化したのか、動作が極端に慎重になり、遅くなった。瞳のなかの虹彩が、カレンのほうを見たときに、紫色になり、それは怒った黒い瞳がある光に反応してふと帯びる色だった。「彼女はそうは言ってない」彼が言った。

「きっと彼女はあなたに恋してるのよ」

「僕が彼女をそういう風に考えるはずがないじゃないか」彼は吐き捨てるように言った。

「彼女は、あなたがナオミと結婚するのは、彼女のお金のためだと言わんばかりよ」

マックスは、動じることなく、平然と言った。「僕がナオミと結婚できるわけがないさ、もしあの金がなかったら。妻を養えるほど、自分が持ってないんだから」

「彼女の言ったことで、私、腹が立って」

マックスは微笑んだ。「英雄的な考えですな。僕の名誉のことが頭にあるんだな。僕も気にかけたほうがいいと思う」

「ええ。私はそう思うわ」

「僕はほんの少しでも切ると、ブタみたいに血が出るんだ、どくどくと。これで僕はもっと高貴な人間になれる?」

「あなたは実は気にしているのよ。あなたは神経が高ぶっていたわ、彼女があなたを残して寝室に引き取ったときは」

「いま君にその理由を言ったところじゃないか。十二年にもなると――彼女の沈黙は僕への侮辱になる」

「それだけ？」

「いや。彼女が話したとき、彼女は君のことを話したんだ」

「まあ！　どうして？」

マックスの目はもう感情がなく、カレンの目にすがっていた。「彼女は僕に言ったんだ、君が僕を愛していると」

カレンは中央のテーブルの上にある薔薇の花瓶を見て、それから浮き彫り模様の茶色の壁紙のレストランを見回し、マダム・フィッシャーの言った言葉とともに彼らはそこに閉じこめられた。カレンはウェイターが氷で冷やしたマスクメロンを彼らのテーブルに持ってきて、正確に切りわけてから、冷やして曇ったグラスにヴーヴレの白ワインを注ぐのを見ていた。部屋は日曜日の客でだんだん暗くなり、マダム・フィッシャーもはいって来たみたいだった。

彼女が言った。「だけど、それは、ご存じだったでしょ」

「だけど、僕はそれについて考えたことはなかった。僕が持ったかもしれない考えとは、君を怒らせるようなものばかりで、できれば僕は、考えのなかですら、君を怒らせたくなかった。君については、僕は自分の心が好きではないんだ。彼女が話したとき、僕はあえて考えなかったことを聞いたことになる」

「なぜ？　彼女はほかになんと言ったの？」

「こう言ったんだ、『喜びなさいよ。これからあなた、どうするつもり？』と」

カレンはスプーンを取って、マスクメロンを食べ始めた。しばらくして彼女は言った。「あなたはなんと言ったの？」

「なにも」マックスは言い、なかが空洞になったロールパンを半分ずつ丁寧につき合わせた。

「なるほど。でも私に電話したわね」

「君の声を聞こうと……」

「そう？」

「君がいることを確認しようと。僕の手にある証拠といえば、ロンドンを離れた後、君がナオミに書いた手紙だけだった」

「彼女、あなたに見せたの？」

「ああ。彼女は、どうしても僕らに友だちでいて欲しいんだね」

「彼女はそこがイギリス人ね、たぶん」カレンは言って、切り立った白い岸壁を心のなかで振り返っていた。しばらく黙っていたが、やがて言った。「マダム・フィッシャーにそう言わせたものはなんだと思う？」

「僕が言いたくないことを言うのを聞きたかったから」

「あなたはなにが言いたくなかったの？」

「およそ僕の言うことすべてかな。彼女のもうひとつの動機は――君が聞きたいなら――僕がナオミよりも高級な女の結婚相手になれることを実証したかったんでしょう」

カレンは赤くなった。「忌まわしいことだわ」彼女は言った。

「だから僕は考えないようにしている」

「まあ。では、後はどうなるの?」

「イメージだけ、それと欲望」

彼らは相手を見なかった。カレンはヴーヴレを飲み、グラスの冷たい足に親指を押しつけた。

「僕は君が聞きたがるようなきれいごとは言えないんです、カレン。そもそも僕らの立場がきれいじゃないんだから。きっと君だって、考えたりしなかったでしょう? おそらく君も考えるのが怖くて……。僕は最初から、君は放っておくべき人だとわかっていたんだ。彼女の家の若い娘たちのひとりとして、僕としてはお辞儀のひとつもして、後は顔も見ないでいいと。あの家のルールはまだ有効だから」

「そうよ。でもあなたは呼び出したわ」

「そうだ」

「なぜなの?」

「僕は感じたんだ、なぜいけない? ……なぜいけ、いけないいんだ?」

カレンがたまらなくなって身動きした拍子に、膝とテーブルの間にあったクロスの端に触れてしまい、ナイフなどが曲がってしまった。彼のグラスからはワインが少しこぼれた。彼女は叫んだ。「なぜこんなことばかり聞かされなくちゃいけないの、あなたは私に一度だって君を愛していると言わないのに?」

マックスの目が、彼女の目から彼女の胸に落ちた。

彼と彼女が横に並んで座っている二体の蠟人形のようにしている間に、ウェイターはせっせとテーブルクロスの皺を伸ばし、ナイフなどを真っ直ぐにした。それから一礼して、マスクメロンの皮を片付け、クレソンの上に乗った鱒《ます》のグリルを運んで来て、旦那さまも奥さまもどうぞと言い、彼らのグラスをまた満たし、こぼれたワインの上にナプキンを広げた。これが場面転換になった。ウェイターは登場の瞬間を心得ている、とカレンは思い、レモンの輪切りを取って鱒の上で絞った。

「レモンをかけすぎないで」マックスが批判がましい友だちになって言った。

カレンは自分の指をぬぐった。「そうね」と彼女。「でもあなたはこうと勝手に決めるけど、どうして私まで?」

「問題はだね、いいかい、もう僕らはしゃべりすぎた。どうしたら、意に染まない恋について議論できる?」

「それに私たち、話し合うために会ったんじゃないわ」

「それ、君も本気なんだね?」

「ええ」彼女はそう言ってから、彼の周囲をせわしなく、あてどなく見回した。「もしなにか言うことがあったり、口にできることがなにかあったりしたら、おたがいに手紙に書き合ったでしょうし、電話のときにもっと話し合っていたでしょう。なにもなかったから、私たちはここにいるのよ。言うことなどないわ、一緒にいたいだけ」

「なにもないね。ただふたりっきりでいたいだけだ」

「もしふたりきりだったら、おたがいを見てなんかいないかもしれない」

「僕は君に恐ろしく無礼でしょ、カレン。でもあえて変えようとは思わない。僕らはどうなると思う？」

できるかぎり静かに話し、皿の上にうつむいて、ランチに来ているほかの女たちのひとりのように見せながら、カレンは言った。「でも、もっと悪いことがあるかしら、いつも離れているよりも？」

「考えてみて。君は一度考えなくてはいけない。僕らはたがいに我慢できる相手じゃない、もし愛し合っていなければ。今日だって、ここにいても、僕らは引き離されて半分しか自分じゃない。僕の生活なんて、君の目にはみじめなものさ。君という人の大部分は、僕の手に届くものじゃない。僕は計算して、自分がさまざまな楽しみに向かっているのを見きわめたい。君を愛するなど、暗闇のなかに飛び込むようなものさ。君は暗闇の中に飛び込むような育ちではないし。僕らはトウィッケナムでは笑わなかったね、君はうまくやってると――やり過ぎだと僕が言っても。君はたしかにうまくやってる。僕も僕なりにやってるよ。僕らはたがいをそれで評価している。どうしてたがいに終止符を打たなければならないのか？　それに飛び込むと言っても、飛び込むだけじゃなくて、地面にぶつかることでもあるんだ、どこかにね。君はロマンチックに考えているが――」

「――いいえ、どんな考えもないわ」

「僕とパリに戻ってくれますか？」

カレンは、紙切れが火中に落ちる寸前に、ごうごうと燃えさかる炎の上で、くるりと一回丸まったような感じがした。そしてグラスを注意して置いた。

「それも一案だったんだ」彼は静かに言った。「彼らは君に絶大な力を振るうからなぁ」

「あら！　じゃあ、あなたはその気もないのに……」

「それがなぜ不可能か、わかるでしょう」

「ナオミね」

「人は単純には動けない」

「ええ、私もそう思ったの」

マックスはレストランを見渡し――ランチをとっている堅実な人々、中央にある果物のトレーや、壁に描かれた光沢加工の広告を眺めた――なんとなく興味を持って、ひとりでここにいるみたいだった。ワインの瓶が開けられるのを見ながら、彼が言った。「なぜ君は、そんなに家を出たいのかな?」

彼女は自分の異常さなど、とうてい説明できなくて、説明などするものかと思い、とりわけ彼に説明するつもりはなかった。

苦しい反抗から、なにも言わない彼から目をそらしたが、あらゆる種類の感嘆符が心のなかで飛び交っていた。マックスは悠然と食べ続け、やがて鱒をすませた。「残念だな、カレン」彼が言った。

「鱒が冷めてしまって」

「ええ、そうね」彼女は言った。「ごめんなさい」

次の料理が来る間に彼が言った。「教えてくれないかな、イギリス軍は何回ブローニュを攻略したの?」

知らないみたい、ごめんなさい、と彼女は言った。それから彼らはフランスの王たちについて話し始めた。彼と彼女は、幸運な恋人同士のように、田舎があって、ちょっとした照会先や冗談がたくさんあるふたりではなかった。一緒に行った所もなく、幼少時代も違ったし、ふたりが共通に知っている人物の話は、怖くて口にできなかった。彼らの住む世界はあまりにも異なっていたので、経験もふたりにとって同じ価値を持たなかった。およそ話題にできるようなことは思いつかず、思い出とはソーサーとカップの間柄を愛することだ。しかし共通の過去を持たない恋人同士や友人同士にとって、歴史的な過去は、公園のように、たくさんの建物と人であふれた目の回る風景のように、一般に公開されている。書物の話をするのは、閉じこもった息苦しい恋人同士には、出口にならない。書かれたことは、退屈か、心に迫りすぎるか、どちらかだった。しかし歴史のなかに足を踏みいれるのは、同時に自由になることであり、大まかに見て、人々のなかに混じっていることだった。芸術は歴史のなかですら人々の顔を明快にするのが本分だが、歴史上の人物は死んで免責されており、彼らの企みと情熱が残された遺産なのだ。彼と彼女は初めて仲間同士になった。彼の過去の見方は政治的であり、彼女のはドラマチックで、彼らはいま自ら自由になり、心がひとつになっていた。外では道路が無人になり、真昼の太陽のなかで廻っていた。まぶしい日差しが反対側にある金茶色の壁に反射していた。人がいなくなったレストランに並んで座り、彼らは戦争や、条約や、迫害や、政略結婚や、軍事作戦や、改革や、王位継承や、憤死に取り囲まれた。歴史は苦痛ではないし、思い出がそれを曇らせることもない。昔に死んだ人々の鮮烈な生涯に参加するのだ。我われも将来になにか話題を提供できますように。

三時に彼らは席を立ち、城の胸壁のほうに歩いた。ブローニュ大通りの広い登り坂は、たしかに楽しくない。路面電車がやっと這い上がり、ブールヴァードに向かっていた。興味の沸くような対象もなく、モダンなのかそうでないのか、ただ抽象的だった。険しい登りは肉体的に辛く、見た目には静かだった。店はみなこの午後は閉じていて、厭になるほど殺風景だった。頂上にある木々のかたまりは、夏らしく黒ずんで熱気を帯びていた。マックスとカレンは黙って道を登り、日陰があればそこを歩いた。やがて動かない木々の葉が茂っているだけの遊歩道にはいり、昔の城塞がその先にそびえていた。

強い日差しと閉じた店ばかりの通りしかない城塞の静寂が、彼らに重くのしかかった。ここの人はみな午睡を取っているのだ、ペストで死に絶えたのでなければ。カレンの足は玉砂利で痛くなってきた。午後の非現実味に押しつぶされていた。大聖堂にも同じく手負いの表情があった。その正面は秋の灰色に固まり、霧が残した沈殿物のようだった。恋をしている者たちは、あらゆる感覚が全開しており、場所の感化に打ち勝つことができない。マックスとカレンは、理由もなく、漠然とあたりを見回し、観光に来たのではなかったから――おたがいを見失い、疲れて空しかった。それからいま通ってきたアーチの道を振り返り、そのかたわらの階段を登り、古い城壁にはいって塁壁に出た。

ここには樹林があり、黙って伸びた芝生が濃い緑の歩道になって塁壁を囲んでいた。大枝と大枝の間には青い割れ目があった。この日は海が明るくきらめいて割り込んでいた。最初の角を通過すると、塔の頂きが突如現われ、それから手すり壁に腰を降ろした。見えるところに人影はなかった。暑すぎる午後だった。ここまでくると石も焼けて熱く、木陰でも同じだった。表側の、手すり壁の下は、絶壁がそのまま遊歩道まで落ちていた。小道の反対側にはベンチがあったが、この安全でない手すり壁のほうがよかった。緑の歩道の眺望を左右に見てから、彼らはたがいに目を見交わしたが、午後の空しさがそのまなざしに残っていた。

「疲れたでしょう」彼が言った。

「一日でいまが疲れる時間なのよ。それに道路のこの石。煙草を一本くださる？」

木々の葉が背後と下方で、旗をだらりと垂らしている不安定な空気のなかで、ふるいの仕事を続けていた。距離感が上潮のようにマックスとカレンの間に忍びこみ、しつこい夢から逃げられない人のような動作で、彼は彼女の指の間から煙草を取り上げて、遊歩道のほうに投げ捨てた。そして手すり壁の上でにじり寄ると彼女にキスし、指は彼女の手をまさぐっていた。彼らの動きは、すぐ下が崖なので用心深く、長いふたりの静止状態で強調された。たがいに催眠術にかかり、高さと、木々の葉と……。やがて階段の音が耳にはいってきた。太陽が少し傾き、人々がやって来て手すり壁の上を歩いた。こうした中断がはいり、ふたりは離れたが、悲しく追い詰められたようなふたりの静けさは変わらなかった。カレンはただ、下に見える屋根の上を移動する影で、時間が過ぎたことを知るだけだった。彼らはいったん立ち上がって、歩いてすぐに城塞を回り、もといたところにまた出てきた。大聖堂の後陣、家々の悲しげな窓が、木の間隠れに彼らを見た。

立ち去りかけたとき、ちょうど彼らが立っていた小道のところを横切るように、まぶしい光がさっと射し、ふたりの姿を燃え立たせた。ふたりはその場に立ちつくし、おたがいを見た。下方にある町が、夕暮れ前の生活音でかすかにざわめき始めていた。カレンは彼の顔を見つめ、その顔は光を浴びて、疲労と苦悩が浮き出していた。

六時になり、彼らはふたたび波止場を歩き、最初に会って座ったカフェを通り過ぎた。町はいま影が高く伸びて、色が鮮やかになり、太陽は琥珀色になり、激しさも弱まっていた。彼らはカジノの庭園を覗きこみ、海岸を眺めたが、いまは孤独を恐れていた。潮が引いて、グラスグリーンの色をした港湾は水位が下がり、堤防の壁に黒い泥の跡がついていた。カレンの船が横付けになり、臨港列車の埠頭を背に待機していた。彼と彼女はまたもうひとつのカフェに座ったが、モダンな安普請のこのカフェは、ステンレスと赤いペンキばかりだった。彼はペルノの小びん、彼女はベルモットトニックを注文した。今度の氷におが屑はなかったが、灰色に見えた。マックスはスプーンで氷のかけらをすくってカレンの飲み物にいれた。

彼女が言った。「私、レイと結婚できない」

マックスはなにも言わなかった。ふたりはたがいの飲み物を見た。

彼女は続けた。「みんな言うわ、『なぜできない？』と」

「それは間違いなく君の問題だ」

「でも、私の結婚はみんなの問題だったのよ。みんな変化を好まないから。そしてこう言うの、『じゃあ、次はなんなの？』って。なんなのかしら？」

「さあ、次はなんだろう？」

「わからない。いままで私、違反したことがないから。人は次になにをするの？」

「僕と結婚しませんか？」

「でも、あなたは私と結婚したくない」

マックスが言った。「それはちょっとできないんだ」

「ナオミね。彼女はどうなるの？」

「さあ、彼女はどうなるかな？　それも考えないと」

「彼女は次になにをするかしら、たとえば？」

「彼女の毎日は知っているじゃないか」

「ねえ、レイは男なのよ。彼は……」

「わかるね、僕らは悲惨な結婚をするんだ」

「ナオミと結婚したほうがいいのね？」

彼はいったん黙ってから、言った。「ああ」

「なぜ？」

「彼女と一緒にいると落ち着くし、休ませてくれるし、僕は彼女が必要なんだ。彼女となら恥ずかしくない。説明すべきことはなにもないし。それに、僕は彼女を愛している。彼女の人生を傷つけるわけにいかないよ」

カレンは腕をテーブルに乗せていた。彼がそれにもの思わしげに触れた。

「いや、さわらないで」彼女が言った。

「すまない。気がつかなかった」

「私は気がついたわ」

「彼女は僕の妻になる」彼は言った。「君と僕は、いつも多くを期待してしまう。僕は恋愛しながらでは生きることはできない、忙しいし、息が苦しい。イギリス人でもない。君も知ってのとおり、僕はいつも神経を使う。いつも誰かを意識するなんて、耐えられないんだ。ナオミは家具か暗闇みたいだから。彼女と結婚しなかったら、僕はさぞかし悔やむだろうね」

「母もそう言っていたわ」

「君は君のほうの人たちといるべきだ。家に帰りなさい、カレン。お願いだから帰るんだ。僕は冒険は望まないし、君にはできない——泣かないで、死にたくなる——君は自分がなにを望んでいるのか、わかっていないんだ」

ほかのテーブルすべてを避けて横を向き、カレンは手で涙をぬぐった。「ええ、帰ります」彼女は言った。「ほかにここにいる理由がある？」

「今夜、ここにいたい？」

「ええ、いたいわ。あなたは？」

「君が泣くなら、やめとく。君は僕が怖いんだ。しかし僕もいたい。今夜は無理だ。明日は八時半に仕事があって」

「ということは、もうだめね」

「どうして？」

彼女は返事もせず、彼を見ることもなかった。

「次の土曜日に」彼は言った。「僕のほうがフォークストンに渡るから。午後早くの船で。そこで君、待っていてくれる？」

「ええ」彼女は言った。「でもフォークストンは厭なの。行ったことがあって」

「どこか別のところに泊まれるよ」

「ハイスが海岸沿いにあるわ。五マイルくらいかしら」

「――もっとなにか飲む？」

彼女は頭を振った。彼が代金を払い、彼らはカフェを出た。それから埠頭に来て、途方にくれて立ち止まった。彼女が言った。「もう船に乗るわ」

橋を渡りながら彼が言った。「ねえ、君――」

「ああ、お願い、マックス――私、もう疲れました」

彼らは線路から船のところまで、玉砂利の上をのろのろと歩いた。水面の向こうに、今朝見たままのブローニュが見えた――楽しみと束の間の平和の入口だった。ペンキの書き割りがかかっているようだった。鬱陶しいブールヴァードと静かな城塞はもう見えなかった。カジノの樹林が黄色い光のなかに立っていた。旗は下に垂れさがり、命を失って旗棹にしがみついていた。

「じゃあ、土曜日」彼が言った。

「ええ。その前に手紙など寄越さないで」

「ああ。言うこともないし」

「ないわ」彼女が言った。

九

雨がイギリス海峡に、そして西のロムニー沼沢地に降りしきっていた。地平線もなく、切れ目のない雲が低く垂れこめていた。何世紀も前に、イギリス南海岸のいわゆる五港《サンクポート》から海が後退しはじめて乾いた高地を残し、そこに海が引いてできた陸地が町と海岸の間をつないでいた。灰色の兵舎のような家屋が海辺に沿って並び、そこだけが孤立していた。もし海が攻め込んだら、切り離されてしまうだろう。草原に乾いた潮風が吹き、真っ直ぐ伸びた暗い「レディズ・ウォーク」に沿った並木の大枝にはランプが下げられ、町から海まで続いていた。暑い日にはこの涼しい道を通って海水浴に行く。内陸では夏の間、運河のそばのパビリオンで楽団演奏があるが、運河の水を濁らせている海藻が遊覧ボートのオールに絡みつき、パビリオン自体も木々に埋もれて実は見えない。ときどきマスケトリー銃隊の射撃訓練の音が、沼地の境界をなす区域から聞こえてくる。町の西は運河が曲がって橋をくぐり、そのままリムプンに着くまで丘と沼地の間を真っ直ぐに走っている。沼地の一帯にある円形砲塔のマーテロタワーは、廃墟の程度のさまざまな段階を見せながら海岸線の曲線に従って点在し、その先にあるダンジネスには、夜間、遠くまで明かりを放つ灯台がある。内陸部に目を転じると、町が険しい丘を這い登り、そのせいで家々がたがいに他の家の頭上にそびえて立っている。華麗な教会が町のシンボルになるはずのところ、新しい家屋がその上に扇子状に広がって建ち並び、鬱蒼としたハシバミの森を後退させている。背後にあるハイスの丘の上から田園地帯が広がり――ほぼ麦畑で、広大で、緑の木々の茂る窪地が間をぬい、いかにもケント州らしく神秘的だ――、白亜質の高地に続いている。ときおりチェリトンから鐘の音が聞こえ、ショーンクリフ駐屯地から軍隊ラッパが遠く風に乗ってくる。この週末はこれらの音がすべて低い雲によってかき消されていた。

前に来たことがなく、いまマックスと来たことで、ハイスの町は孤島になっていた。どこにもない場所か、どこにもない場所のそばのようで、ほかのどの場所からも切り離されていた。カレンは、道路と雨足と溝を流れる濁流の区別がつけられなかった。覚えているのは、町に風がなかったこと、運河の橋の上に立っていると、木々が雨に打たれてため息をつき、海が遠く離れた海岸で唸っていることだけである。土曜日は夜どおし降る雨が窓から見える道路の向こうにある栗の木を鳴らしていた。日曜日の朝は、化粧テーブルの上に置かれたレースの敷物が濡れていた。その前の夜にカレンが置いたハンカチも濡れていた。真珠をぬぐってから掛け金をあらためて留めたが、首の回りが冷たかった。窓はハイ・ストリートに面していたが、その向かい側は古い庭園に栗の木があるだけで、あとはなにもなかった。

夏の雨は一種の災難かもしれない。災難かもしれないという思いが、実際はそうではないと知りつつも、マックスとカレンがフォークストンの桟橋で落ち合った土曜日の午後を重く支配した。この崩れた天候についてはなにも言わず、港湾駅の外でタクシーを待っていたときも、彼女はただ彼のコートの袖から手で雨を払った。それから一、二分、タラップを渡った後も、イギリス製の生地にいくつも水滴がついていた。カレンが言った。「レインコートを持たずにいらしたの？」「思いつかなかったんだ。北駅を出たら降り出したが、取りに帰る時間もなかったから。フォークストンのどこかで買ってもいいし」

「でももう持ってるんでしょ？」

「二着持っていても、害はあるまい」マックスが言った。

そこで彼らはギルドホール・ストリートで一度足を止め、薄い栗毛色の、襟をボタンで留める式のレインコートを買った。カレンはバスでハイスに行きたかったが、マックスはこのままタクシーでと言った。レインコートは新しくてゴムのような匂いがし、走るタクシーのなかですべり、チェックの裏地と襟の内側についた衣文掛け用の鎖が見えた。マックスはもたれて座り、次から次へと煙草をふかしては灰を窓から落とし、カレンのほうをときどき見るだけだった。その慎重さがかつてないほど彼女を打ちのめした。誰かとふたりだけでいるときは、いくつかの段階がある。サンドゲイトの丘を下り――サンドゲイトを通り越して、海岸の上を走るなだらかな道路に出て、タマリスクの庭のあるクリーム色の家々を過ぎる頃になって初めて――、彼女はなにが彼らをかくもふたりきりにしたのかがやっとわかった。太陽がなかったのだ。いままでは、トウィッケナムなりブローニュでは、偶然ながらも太陽が照っていて、存在が感じられ、いつもそばにいてくれた。そしてピンクの花盛りの木や、塩辛い埠頭の石畳につきまとっていた。今日まで彼らは、ふたりきりになって、ふたりだけになったことがなかった。いつも三人かひとりかのどちらかだった。いま、ふたりがすることはほかのものから切り離され、彼らの沈黙は彼らに関係するだけだった。タマリスクの木々が雨の窓を通り過ぎたのもどこかしら夢のようで――しかも自分の夢ではなく、人が話すのを聞いた夢のようで――彼らがふたりで見たものではなく――海、裸の丘、鉄道のアーチ、木々、別荘群など――、見ていないという感覚が走るタクシーのなかのカレンに刻印された。

彼女はその朝、サファイアの指輪をはずし、店で買った結婚指輪をその指にはめ、そのために左手は手袋をしたままにしていた。「**ハイス**」と書かれた黄色い標識が見えると、マックスは身をかがめて散らかった手荷物などをまとめ、レインコートのひだにまぎれていた彼女のもう片方の手袋を探し出し、彼らは毎日こうしてどこかに到着しているみたいだった。タクシーはハイ・ストリートを進んで停まった。カレンは外に出て、雄羊の頭《ラムズヘッド》インの前で待っていると、雨がまたこの新しい空から落ちて来て顔に当るのを感じた。通りの向こうの濡れた緑の木を眺め、それからこの宿のポーチの内側にある真鍮製の柵のドアを見た。雲に閉ざされた空の下、丘の上のほうで時計が打った。打った時間が終りを告げた。そのとき以降、その日は自らを支配した。マックスは彼女の肘の下に手を添え、彼らはなかにはいった。

本物のラムの、つまり雄羊の頭が入口のホールの壁から睨んでいた。女支配人はハッチの向こうから、同じガラス玉の目で見た。「九号室です」彼女が言った。女中頭の左右に揺れる後ろ姿が、エプロンの歪んだ結び目をウサギの尻尾のようにつけて、上がっていった。階段は上で左右に別れていた。

「お気をつけて、マダム」メイドが先の暗いアーチのなかで言った。この明かりのないフロアは、すべてが階段で、くもった板ガラスのはいった四角い窓枠が二枚、ドアのひとつについていた。「お気をつけて、マダム。暗くてわかりませんから」「そのようね」暗いのも道理、この建物は丘と狭い道路にはさまれていた。メイドは先のほうで「九号室です」と言って、ドアを開けた。カレンは白いブラインドの向こうに栗の木があるのを見た。そしてあたりを見回して、帽子をベッドの上に置いた。手荷物係がバッグ類を持って上がってきた。メイドは立ち去る気配もなく、水差しの上のタオルをまた畳んでいる。九号室は、ふたりの背中を見つめる使用人たちでまぜこぜになった。「こちらの紳士が、ラウンジでお茶をと。メイドも、手荷物の人も、下がってください」ドアが閉まった。カレンは見知らぬ鏡で自分の顔を見た。彼女は思った、「下に降りないと」。しかし立ち止まり、鏡に映った背後の部屋を見た。

雨がその日を終日暗くしたが、遅くなっても光は変わらなかった。土曜日が居座り、濡れた屋根と濡れた真っ直ぐな坂道に映っていた。西のほうが開け、灰色が白くなり、稲妻が光って雨を横切って走ったが、雨は止むことなく、暮れなずむ家屋と木々をベールのように覆っていた。九時に彼らは外に出て、運河の橋の上に立った。楽団席のあるパビリオンは人影もなく、椅子が積み重ねてあった。海が遠い海岸に打ち寄せるのを聞きながら、彼らはそちらに向かって歩き、レディズ・ウォークをたどった。木々のトンネルに吊るされた灯火は消えたまま、大枝のアーチの下に並んでいて、降る雨がきらめき、六月の蛾もいなかった。歩道をはいったところにあるベンチには、もう一組の恋人同士がにじんで消えて、顔もなく、人も通わぬ夜のとばりに隠れていた。海に面した堤防の上に塔のある家が一軒あった。その隣りは下宿屋になっているテラス・ハウスで、誰かがピアノを弾いていたが、やがて止まった。海風の潮が雨で洗い流されていた。タマリスクの木々と濡れた芝生の匂いがするだけだった。海が砂浜に這い上がってきたが、波音は半ばで消えた。遥か前方にダンジネスの灯台が光っては消え、また光った。この一筋の光を見て、カレンが思い出すのは、雨に濡れ、しかもしばし忘れていた自分の手が、マックスの濡れたゴム引きの袖の上で力をこめたことだった。彼が彼女の顔を内陸部に向けさせると、ハイ・ストリートの明かりが雨をついて浮かび上がり、窓が丘に鋲を打ち、そこで今夜みんなが眠りにつくのだろう。

「僕は思っているからね」彼が言った。「君は自分のしていることがわかっていると。君が自問するときは、もう手遅れだ。私はなにをしたのか？と」

彼女は自問した。私はなにをしたのか？　三時頃だった。自分が眠ったことが、一時間が消えてしまった蛍光時計を見てわかった。彼女は思った、蛍光時計はなんと怖いのだろう、時間の目がいつも必ず見張っているなんて……。街燈がまだ栗の木を照らしていて、手のひらの形をした葉が闇に浮かび、逃げ出せない鉄格子のような四角い模様がベッドの上の天井に映っていた。マントルピースと鏡のついた衣裳ダンスがベッドの両側にあり、暗い壁よりもなお暗かった。しなければならないと承知していたことをしたいま、子どもは存在しないだろうと思った。それでもなお、あなたのことが、レオポルド、私自身と一緒に存在し始めたのよ。これでカレンは身を乗り出して、マックスの顔を見ようとした。しかし光が十分でなく、彼の顔は横を向いて、枕の窪みにうずもれていた。その寝姿はどこか見捨てられたようななにかがあり、それがなんであれ、彼とは縁が切れたみたいだった。ふたりは遥か遠くまで来て、しかもたがいに相談もせず、光が鉄格子のような模様を描いている天井の下で寝るなんて。雨の窓を過ぎるタマリスクと、ランプの光に侵入された暗闇の間には、なにも残っていなかった。カレンは彼の船が明日の夜に出るまでに、何時間あるか数えてみた――いや、それはもう今夜だ。一時間の眠りが明日をしのびこませていた。

自分自身であることの重さが、時刻を告げる時計のようにのしかかってきた。身につけて帰宅するべき衣服が、椅子の背に掛けてあった。「事前」である間は、「事後」は無力だが、事後は王国であり、国と力と栄えとは汝のものなればなり。自問などすまい、私はなにをしているのか？などと。わかっているからだ。自分に問うべきは、私はなにをしたのか？であるが、それはとうていわからない。

これは逃避だったのではないか？　彼女はまた波打ち際に押し戻されていた。覚悟した以上に遠くまで行き、出て行ったものの、引き潮の流れに力がなく、戻れなくなったのか？　遠くへ行きもせず、いや、遠いところがあるのか、いや、流れはそこまで行かないのか？　私は引き戻される、安全に、安全すぎるくらいに。それは誰にもとうていわからないこと。ナオミと私の母は、もし知ったら死ぬだろうから、これは知らないままになるだろう。彼らが知らないままになることは、いずれなにもなかったことになる。彼らは知らないままになる。私はヴァイオレット伯母のように、ほかにどんな場所があるか知らないままに死ぬだろう。この先、私にはもう逃げ道はない。マックスが私の横に寝ているが、ナオミは暗闇のなかで私のベッドに座っていた。彼女は最初からいて、決していなくならない。私がしたことは彼女の知らないこと、だから私は、私が恐れることをしていない。マックスがブローニュで言っていた、「人は単純には動けない」と。私は彼が、動いてはいけない、と言ったのだと思ったが、その意味は、動けない、だったのだ。人々は希望が嵩じてしまい、道路の敷石をはがし、バリケードを築いて戦う。しかし誰が勝とうと、道路がまた敷かれ、市街電車がまた走り出す。人は物を破壊する行為に多くを期待しすぎるのだ。革命は失敗しないが、それにあなたは失望する。

このことはあるべきことであったと思われ、あるべきだったことがなにもなかったとすれば、それがすべてだと私は思った。それが一巻の終わりと見えた。それに終わりが来るなど、私にはわからなかった。いままでの時間はただの時間。それらはもう二度とないが、二度ある時間などない。ひとつの部屋に一個のランプと一本の木がその外にあって、明日がそれらに喰いこみはじめている。芝生は、私たちが手を放したときに、ぴんぴんと立ち上がった。メイドはこのベッドを作り直し、羽毛布団の両端をまたたくし込み、私が帽子を置いたときのベッドの状態に戻すだろう。もしも私がまた彼のコートの袖から雨をぬぐい、タクシーでタマリスクの木々のそばを通り過ぎ、背中に短い尻尾をつけたメイドのうしろを歩いて、帽子をベッドの上に置いたら——。

もうこれ以上あるべきことはひとつもない。なにが今朝起きようと、それは事後の一部になるのだ。彼が船で発つまでの時間は、短ければ短いほうがいい。私はロンドンに戻るのが嬉しいのだろう。彼らは私が家にいるのをいつも喜んでくれる。人は年老いた人々には、もうその死が近いので、より優しいのか？　私は今夜が私の死んだ時刻だと思ったが、私はまだ存在していて、ここに残され、母がヴァイオレット伯母のように死んだ後に、ヴァイオレット伯母のように私も死ぬのだ。レイとともにいることは、母とともにいるようなもの。だから私の結婚は母をあんなに喜ばせるのだ。マックスは敵だった。彼が私を傷つけたのは真実だが、もうこれ以上あるべきことはない。私は彼を見ることはできず、ただ触れることができるだけ、だがそれも終り。ブローニュでは、触れることは見ること、見ることは触れることだった。しかし私たちが旅をしてきた時間のすべてが、これだ。たどりついたのがこれだった。鉄格子のような光線が当たる天井、ランプが一個、外に一本の木があるだけだ。

私は、子どもがどんな子どもなのか、マックスが見るのを見ることができない。子どもはいないだろうが、だからこそ私は彼が見たい。もし子どもが生まれることになっていたら、あるべきだったことがなにかまだあることになる。となれば今夜は、時間とランプだけではないものになる。それは私が死んだ時刻だったろう。私は私が恐れていたことをしなければならず、彼らが知るのをこの目で見なければならない。それでもまだ恐れるべきことがある。私の子どものなかにその時刻を見るのだ。私はなんでもないことに慌てて突進してはならなかったのだ。彼は私たちが芝生の上に残さなかったしるしであり、彼は私たちが半分しか見なかったタマリスクの木々。そして彼は私で、私のベッドにはナオミが座り、彼はマックスで、私がマックスの袖から雨を払った、優しく、守るべきもの。また彼はマックスで、彼が話すのを私がサロンの外で立聞きしたマックス、彼は私で、マックスが電話をかけてきた私でもあろう。その他者こそ、私たちふたりがたがいに求めてきたものだった。私はふたりが疲れて見放されて横たわっていることにも耐えられる、もしそれが彼のためで、もし私たちが彼の目的ならば。パリそれからトウィッケナム、ヴィクトリア駅の臨港列車、ブローニュ、海辺の昨夜――もし彼がそれらを縫って電線のように走るなら、それらはばらばらに瓦解したりしない。船が入江にはいり、静かな山々、ヴァイオレット伯母が死ぬと知った日の港――それらは無駄にならなかった。彼はあの時も、あの時も、あの時もそこにいたのだろうから。

――子どもは災いの元だ。家族たちは、その体面上、私を救うためにどんな顔をしたらいいか、わかるまい。彼らは毒に染まった誰かとして私を見るだろう。彼らは思っている、毒だけが作用すると。ある物が作用するとしたら、それはひとえに毒であって、異国のものなのだろうか。「あなたの毒は私のじゃないから」彼女が言った……。なぜナオミはまず先にマックスと私が会うよう言い張ったのか？　なぜヴァイオレット伯母は、あのように私を見たのか？　彼女はレイが私の母であることがわかったのだ。彼女は私のためにこれを望んだのか？　私は、災厄がどんなものになるか、彼女がいぶかっているのがわかった。子どもは災厄になる。しかしその気遣いはない。

　窓近くの椅子の上にある自分の衣類を見て、カレンはまた眠ったに違いなく、それを着て早く帰宅しようとしたらしいが、衣類は雨に濡れて氷のように冷たく、重かった。肌にへばりつく、その感触は恐ろしかった。目を覚まし、暗闇に浮き出た栗の木の葉は恐ろしかった。彼女の人生は警告だらけだった。最初は、「濡れるわよ」。彼らはあなたを愛しているから、あなたは彼らのものだから、警告するのだ。いま、彼女はここに横たわっているが、それは、愛情深い警告者たちにとって、死に等しいもの。いまは隠れたことではなく、隠れないことが、彼女の心臓の動悸を激しくし、息苦しくしていた。ちょうど何年も前に、かくれんぼをしたときのように、鬼が探しに来る足音をカーテンの向こうに聞き、あるいは、足音が彼女の隠れている暗い部屋にはいってくるのを聞いたのだった。カーテンが落ち、光が彼女を見つけてしまい、その前にこっそりと忍び出て、「陣地」に向かって駆け出すことはできず、「陣地」は、かつては階段の下にある銅鑼のそばにあった。いったん「陣地」に着いてしまえば、着いたほうの勝ちで、もう鬼につかまらなくてすむ。だからときどき勝利の銅鑼を鳴らした。

つかまるとは、ときに、子どもを持つを意味する言葉だ。すると、レイは私と結婚しないだろう。母は私が狙っていたソファーは買わないだろう。道路は敷石をはがされたまま、路面電車は二度と発車できない……。なんて静かなの！　もう時計が鳴る時刻のはず？　表に道路があるなどとは考えもしなかった。そう、考えるのよ。静かになるには道路がないと、石のような静けさは行き場がない。それに、私たちは昨夜、道路をまたたどって……。不思議でならない、雨はどれだけ降ってあの木を疲れさせるのか？　いつ彼らは街燈を消すのか？　この時間は夜のうちでも、一番怖いと感じる時間だそうだ。ただ、私は怖いものなどひとつもない。誰も知らないだろう。

誰も知らないだろう。ナオミが出てきたとき、芝生の刻印は消えていた。彼は私の敵になるために生まれてきたりしない。空が少し淡い色になる。木のてっぺんが見える。今日が姿を現わしてきた。私は今夜、うちに帰る。私の衣類もそれほど濡れていない。夢だったのだ。「陣地」はいつも階下にあった。階下はいつも安全だ。階上は夢や愛にうかれている。いったん「陣地」に着けばもう安全だ。絶対に、もうつかまらない。あなたがどこに隠れていたか、誰も知らない。マックスは私から隠れているのか？　彼は自分の意志で眠っているみたい、まるで眠りを選んだみたい。彼は言った、「ナオミは家具か暗闇のようだ」と。ここには家具も暗闇もあるが、彼は眠っている。おそらく彼はこういう意味で言ったのだ。眠ることができるし、家具や暗闇を知る必要はない。彼女にとって、これがもっとも愛しい夜のひとときになるのだ……。それがマダム・フィッシャーの耐えられないこと、彼らが静かに眠っているという、その想いが。彼女はこう言ってすべての願望を殺してきた、「好きになさい」。しかし彼女は彼らの願望は殺せない。もしも今日、彼女があそこの階段の上に立っていて、メイドの後から上がって来た私に微笑んだら、私は向きを変えて立ち去っていたに相違ない、マックスがいまいる場所から。しかし、彼女の微笑みが私を押しとどめるとしたら、彼女は微笑んだりするまい。彼女は少女たちを売る女だ。彼女は魔女だ。彼女はここにいる。彼女はあの鉄格子の光線なのだ。彼女はマックスが静かになることなど、望むはずもない。静かな彼など、彼女のマックスではない。彼は今夜、私たちが灯台を見たときから彼女のもので、私たちがはいってきたときも彼女のものだった。空が明るくなったという夢でも見たのか、それとも空は明るくなったのか？　もしここでまた眠らないと、今日がすごく長くなる――。彼女は枕を返して、ひんやりとしたほうに頬をつけた。雨が一段とやかましく激しくなり、彼女は自分があの木だと想像しようとした。

彼女が目を覚ましたとき、マックスは窓のそばの日光のなかに立っていた。日曜日の足音が通りで始まっていた。彼女は手を額に当てて、目を覆った。

「君のものが濡れていると思ったから。起きて動かしておいた」

「濡れてる？」彼女は何気なく訊いた。

「いいや、雨はそこまではいってこなかった。テーブルの上のものは濡れたがね」

「もう起きないと？」

「いいや」

彼は立ったままカレンを見つめ、それからベッドに戻り、カレンを両腕に抱いた。

鐘が鳴りやみ、十一時をすぎ、すべての人が教会にはいった後、彼らは、階段になったアスファルトの小道のひとつを登っていた。頂上に近づくと、火打石の壁の裏手に、濡れた十字架が何本もある教会の庭があった。道の向こうは、濡れそぼった花の庭だった。上り坂は雨に降り込められて空気が重く、レインコートがまとわりついて、なにかすることがあって前に屈みこんでいるような感じがした。立ち止まって振り返ると、町の屋根が雨に煙り、海はよどんでいた。マックスは教会の壁に寄りかかって、両手はポケットに、外出してから初めて休息し、もの思いにふけった。

「ここで暮らすなんて、想像できる？」

「いや」彼は今日初めて口をきいたみたいな言い方だった。「いや――」

「僕は――海のない港、一マイル回らないと車で登れない丘――あまりにも意味がなさすぎるよ」

「気にすることないわ」彼女はおだやかに言った。

「君の言うとおりだ。別に危害はないし」

「ケーブルカーがいいの？」

「うん――僕は見る場所などない丘のほうが好きだけど、もし見る場所があるなら、ケーブルカーがないとね」

「でも、今朝、私たちはどうするの？」

「それに乗ろうよ」

勇ましい讃美歌曲が運河の向こうの林から聞こえてきた。カレンが言った。「救世軍の軍楽隊だわ」

「もし戸外でやっているとしたら、楽器が濡れるだろうに。しかし、戸外じゃないね？」カレンを冷めたような目で見て、彼が言った。「雨で君の頬がピンク色になっている。いつもの君らしくなくて、イギリス娘みたいだ」

「きちんとしてる？」

「ああ」彼は例の皮肉っぽい抑揚をつけて言ったが、笑いながら肩をすくめたみたいで、彼女にはとうていその説明がつかなかった。異なった人種の人々が交わす対話は真剣になる。恋人同士が使うあの微妙な無駄口は効果がない。言葉はその意味のとおりに用いられ、響きのほうは伝わらない。もし彼女が、芸術や人生を語る対話、とりわけ恋愛を語る対話にともなうその種の危険をどこかですでに学んでいたら、文字通りでは致命的になるから、彼女の苦しみはさらに増していただろう……。彼らが立っている場所の上に、丘に沿った小道に立ち並ぶ白い柱の列の向こうに、平らな道があった。道すがらそこにたどり着き、歩くのが楽になった。マックスは雨が気にならないようだった。さりとてひとりで雨が楽しいわけもなかった——実際は、猫のように雨が大の苦手だったかもしれない。たぶんこの険しい坂道、顔に当るしつこい水滴は、出口のないふたりの逢引の一部であって、ここにふたりでいることと同じく、彼の歩調にふくまれていた。彼らが言ってきたことは、すべて必要に迫られて言ったことであり、なぜと問わずに行動する人間のせわしない対話だった。彼女はこれより前に、ロマンチックな面倒を嫌う彼を知っていたので、その彼がケーブルカーを好んでも驚かなかった。

道路は、山側のほうに、崖になった庭と白い門のある別荘群があった。反対側には煉瓦をかぶせた壁が町の上に張り出していて、丘が内陸部のほうに折れるにつれて、沼地が大きく広がっていた。真昼の煙が家々の屋根や雨に閉ざされた木々をにじませていた。下のほうから、オーブンの戸が開けられる音、日曜日のご馳走の骨付き肉が投げ込まれる音が聞こえたかもしれない。女たちは白い手袋をはめて教会から出てくるだろうし、ランチの後にまた鐘が鳴って子どもたち用の礼拝を告げる。日曜日の安らぎ、平和が、見るものすべてに漂い、ひとつのことしか言っていない絵のようだった。沼地の遥かな広がりと、悲しげな海岸線が心地よい町を孤島にし、行き先のない船がまどろんでいる……。カレンは、マックスの隣を歩きながら、彼とともにいるがために、いっそう孤独だと感じ、ペルーにいるよりも、もっと故国から遠く切り離されたと感じていた。いまいた場所にもう属していないとなると、さらに異国と感じてしまう……。ひとりの女が白い門のひとつを開き、彼らを好奇の目で見てから、上品に目をそらした。一マイルほど先で道路が終わり、続く小道はハシバミの林に消えていた。

十

昼食の後、マックスはラムズヘッド・インのラウンジにあるテーブルに行き、そこに座って手紙を書いた。誰かがピアノを弾いており、数人の人たちが雨後の日の暖炉を囲んで話していたが、彼はどんどん書き続け、身じろぎもせず、一度だけ手を止めて便箋を握りつぶし、また便箋ラックから新たに一枚をいらいらと引き出した。ウィンドウシートにいたカレンはしきりにそちらに目をやった——はじめは、書き物をしている彼を見たことがなかったから、その後は、彼が書いていることが怖くなったからだった。昼食のときに出た話で、書き物机に直結するものがなかったので、予期せぬ彼のこの行動が彼女には寒々と感じられた。下唇を引き締めた、あの見慣れぬ顔、ペン先から繰り出される、あのよどみのないスピード。いままではいつもなにかする前に一拍置くのが彼だった——遮断機のない線路に道路が交差する手前で車が用心深く一瞬速度を落とすように(運転者は、座席にいて、電線が風に鳴るのを聞き、柱に打ち付けられた髑髏《どくろ》マークを見ている)。しかしその書き方は慎重ではなかった。舞台で男が書くように書いているなと、彼女は思った、誰が見ていようとこれほど気にしないとなると、見られるために書いているのか。一度も手をとめない。いま書いていることは、朝からずっとあったことに違いなく、膨れ上がっていたに違いない。やはり私たちはふたりきりではなかった……。彼女はいま自分が近づきすぎた罰金を払っていると見たが、彼のなかに敵なるものを見るとは思いもしなかった。彼の煙草ケースが開いたまま、そばのテーブルの上にあったので、彼女は一度煙草を取りに行った。彼は目を上げなかった。彼女はまたウィンドウシートに戻った。

また数人の人が回転ドアを押してはいってきて、彼と彼女の間に輪になって置かれた椅子に陣取ったが、そこは昨日ふたりがお茶をとった場所だった。

彼らが見たので、カレンはすぐに『スケッチ』の古いのをつまみ上げた。夜のくさぐさの想いが重くのしかかり、いまや心の奈落に座を占めていた。やっとマックスが立ち上がり、彼女が座っている場所がわからず、一心に探している。それからそばに来て、言った。「切手がいるんだが。どこで手にはいるかな?」

彼女は彼の手のなかにある手紙をまともに見た。ナオミ宛てだった。

「マックス……」

「カウンターには切手があるよね?」

「今日出さなきゃいけないの?」

「ああ」

「どうして?」

「そうでなかったら、どうして書いたりする?」

彼女はなんと言ったらいいか、わからなかった。彼らはそこを出て、カウンターで切手を買い、彼がそれを手紙に貼った。それからホールにある郵便受けに行ったが、カレンは彼の手首をつかんだ。女支配人が目を丸くした。顔と顔を見合わせ、列車のなかで人ごみに押されたときのようになった。マックスはカレンが目をそらすまで、不自然なほど暗い目で彼女を見た。「ここで出すことないでしょ」彼女は言った。「この時間に、ここで出さないで。どこかよそに持って出ましょうよ」

「出ましょう?」マックスはそう言って、封筒の角に手荒く触れた。「もう十分歩いたじゃないか」

「風に当たりたいの」

「どうして——また頭が痛むとか?」

「いいえ——ええ。待って、いま荷物を持ってくるから」彼女は階段を上がり始めたが、曲り角で振り向いて言った。「マックス、投函しないわね? 待ってね!」

「早くして」彼が言った。彼女が降りてきたとき、手紙はまだ彼の手にあった。

ラムズヘッドのドアを右に出て、ハイ・ストリートをロムニーの方向に下ると、静かな一帯になり、沼地に出た。シャッターが上がり、ブラインドが降ろされた店々の窓が道路を暗くしていた。道路は目を閉じた窓を映し、生気のない雨空を一枚映していた。今日は、夏の出番から取り消されたように、人々はみな室内の眠りに専念していた。眠りの瘴気《しょうき》が窓の周囲からにじみ出し、戸外にいる人の生気を奪っていた。

カレンは一、二度マックスを見たが、自分の唇は頑として開かず、彼のほうは足早に歩くだけで、なにも見ていなかった。

「どうして書いたの?」彼女がやっと口を開いた。

振り向いた顔は鉄の顔だった。「どうして訊くんだい?」

「彼女になんと書いたの?」

「僕らは結婚できないと」

「手紙をちょうだい」

「なぜ?」

「持つだけだから」

マックスは一瞥もしないで手紙をカレンに渡した。「濡らさないで」彼が言った。「ポケットにいれておきなさい」

「だけど、それじゃ――」

誰かが窓を開け、サッシがきーと鳴った。マックスはびくっとして、言った。「僕らは道路にいるんだよ」

「誰が気にするもんですか」彼女はそう言ったものの、話はやめた。

突き当たりに来るとハイ・ストリートは広場にはいり、そこでフォークストンのバスが折り返すのだった。マックスは高まる緊張のなかでカレンの肘に手を添え、ふたりは無人の広場を横切り、ロムニー道路の運河橋に向かった。橋の上から見ると運河と道路が真っ直ぐ並行に伸びていて、その間に挟まれた芝地とともに、鬱蒼とした木々に覆われていた。マックスとカレンは、運河のそばに踏みならされた小道があるのを見て、そこをたどった。芝生が彼らの足音をかき消した。暗くよどんだ運河の水面に、向こう岸の土手の木々から水滴が落ちていた。木々の背後から、繁みを通して、兵舎の列が運河の向こうに見えた。雨はもう峠は過ぎたのに、空はどんどん暗くなり、木々と水面の間にある大気を黒く染めていた。

カレンは続けた。「だけど、あなたがナオミにそんなことできないでしょ」

「君は彼女のことをいつもそれほど考えていたっけ？」

カレンはたじろいで言った。「それは公平なお言葉ね」

「君はなにも予測しなかった？」

「これはしなかったわ、ええ。なにもなし。変化もなし。これは彼女とは別次元のことよ。彼女を傷つけることはひとつもないわ。これであなたが変わるなんて、私は思いもしませんでした」

「君は僕が軽い気持ちでここまで来たと思った？」

「軽かったわ、そうなったときは」

「君には軽かったの？」

「違います。でも、私はあなたも私と同じように感じていると思ったの、つまり、これは過去を終らせたけど、未来には触わらなかったと。ここにあるのは、今現在ではなくて、パリにいた一年に属していて、当時私はあなたがすごく欲しくて、見るだけでもいいから見て欲しかった。もし私が、このことは以前に起きるべきことであり、しかるべき時に属していることだと感じていなかったら、もし私が、あなたが彼女を愛していて、彼女こそが現在だとあなたが感じていると知っていたら、マックス、私はここまで来たりしませんでした」

「じゃあ君は――異例なんだ」

「それは初めからご存じでしょう」

「僕には名誉心などないと君に言ったので、これには重みなどなくていいと君は思ったんだ」

「名誉心なんて、うんざりなの。でも私はあなたの心はあると思ったの――私にじゃなくて、彼女に対する心があると。あなたが彼女ではない誰かを愛するなど問題外よ。あなたはどうして私が来たか、知らなかった？　あなたが四月にロンドンに来て、それから去った後、私はなにかにとり憑かれたか、そうでなければ、初めて自分自身になったんだわ。自分が囚われの身だと知ったのよ――そうじゃないな、かつては好きな物でいっぱいだったミュージアムにいれられて鍵をかけられていたというか、なにもすることがないので、周囲のものを見たら、どうしてこれが好きだったのかわからなくなって。うちの人たちが、力を持つものすべてから私を遠ざけていることがわかったの。もし私が本当に絵が上手だったら、彼らは芸術の怖さを知ったでしょう。先月落雷があったけど、私はずっと願っていたわ、ああ、稲妻に打たれたいと」

彼は冷たく言った。「来るのにそんなに理由があったとは、僕は知らなかった」

「理由？　こう言うのと同じじゃないかしら、かかってきた電話に出るのにどんな理由がいるのと？」

「君が僕の結婚がいいと思ったのは、それが――政略結婚に見えなかったからだ。では君は同意するんだね、彼女は愛情なしに結婚するような女ではないと？」

彼らは痛いような沈黙のなかをしばらく歩いた。カレンが言った。「愛情のない結婚をしないのは、彼女のためだ、ということ？」

「半分はそうだ。ああ」

「でも彼女はどこも変わっていないのよ。ああ、彼女に変わりはないのよ。あなたが望んだものを、あなたは望んでいるのよ。それはまだあるじゃない」

「わかってる」

「なにが起きたというの?」カレンは言って、運河のそばで立ち止まった。

「大してないさ」マックスは言ったが、落ち着かなかった。「彼女だけなんだ、僕はどうかしてしまい、愛情のために結婚できると思ったんだ、彼女の愛情のために、彼女の愛情だけだった。僕はいまわかった、それは僕が受けいれられるものではないことが」

「どうして結婚できると思ったの、そのときは?」

「僕は、僕自身の屈辱と、愚かしさと、自己欺瞞を振り返って見て、他人が怖くなった。君にはわかるまい、人を疑い、疑う理由を知ることがどんなことか。背中を付けられる壁がないとはどういうことか。何年もかけて彼女の母親は、僕がいかに不安定であるか、それを僕に大いに見せつけてきた。マダム・フィッシャーは僕に、疑い深くあれ、しかもやりすぎないように、もっと理性をもって、と教えてきたんだ、僕の立ち位置を見せつけることで。――僕がナオミに求婚したのは、ある日の午後、サロンにいたときで、三月も終わりに近い頃だった。彼女の母親が一緒にいたが、やがて出て行った。というよりは、マダム・フィッシャーと僕が一緒にいて、ナオミもいたが、窓のそばで縫い物をしていただけで、目も上げなかった。彼女は手仕事を日の当るほうに引きずっていって座り、目に皺を寄せて細かい縫い目をしげしげと見つめ、縫い物のほうがよほど大切みたいだった。僕は彼女を見たが、僕は彼女のことをその場にいると感じただけで、母親が出て行くと、あらゆるエネルギーが部屋から出て行ってしまった。ナオミが鋏を床からいかにも優しく拾い上げるのを見て、彼女が女だったことを思い出した。僕がなにか言ったら、彼女はそわそわして指を刺してしまった。僕は彼女が指から噴き出した血の粒を口で吸う、その哀れむような吸い方を見て、彼女がどれほど僕を哀れんでいるかがわかり、同時に彼女の哀れみだけが、僕が憤慨しない哀れみだということがわかった。僕はその血が僕の指について欲しかった。僕は彼女の椅子のほうに行き、僕と結婚して下さいと頼んだ。見上げた彼女が僕自身のなかにあったあらゆる疑いを停止してくれた。彼女のドレスが見せる石のように動じない輪郭と、少しも驚いていない彼女の顔が僕をいかに感動させたかがわかるし、それがご婦人《マドンナ》の罠《トリック》だったことがいまはわかる——僕の神経は平安という概念で僕の感性を罠にかけ、僕のために誰にも攻撃できない安全地帯を作る誰かを作り出したんだね。そのときの僕は、衝動からというよりは、自分にあるとは知らなかった長い習性から行動したように思えるんだ。この思いが強いだけで思い出すのが難しいが、事実、僕は彼女の上に立ちはだかり、椅子のそばから彼女の顔を見下ろしていて、等身大より大きい像を下から見上げて立っていたわけではないのに、その像は膝のところまで照明が当り、それから立ち上がって闇に消えた。そんな像を通り過ぎたら、心が動かされないわけはない。僕は理性的ではない。石のように動じない哀れみの像にこもる威力は大き過ぎる。その瞬時の威力は尽きないように見えた。その惑わしがずっと続き、僕の五感をねじ曲げ、ついに僕は彼女が痩せているから満ち溢れており、醜いから美しいことがわかった——」

「——そこまで言うの?」

「言いたくなどないさ。彼女を犠牲にしているのをわからない僕だと思うかい？　僕が見たことが全部剥ぎ取られたら、彼女はそこで初めて醜くなる。偽りの静けさがあった最初の数週間は、うっとりしたなあ――僕自身に憎しみはなく、疑いも沈黙していた。僕は僕の全存在を彼女の足もとに置いて、哀れみに無抵抗な自分に高揚していた。僕が認めてこなかった疲労が、彼女を僕の枕にしたんだ。彼女が与えるものを求める欲望が、彼女を求める欲望であるように思えた。結婚願望が僕を支配しはじめ、彼女の伯母の死が少なからず、それまでは夢と思っていたものを、いきなり可能にした。家のないこと、帰る場所すらないことが、僕を無力にしたばかりか、僕につねに苦汁を飲ませてきた。フランスでは、家族がないということは、貧窮よりもずっと大きな屈辱なんだ。なにかほかを狙う野心も、僕にあった有利な結婚話も、彼女の母親が僕にあると見てくれた野心も、ばらばらに崩れてしまった。野心を捨てて彼女とともにいることが、平安になったんだ」

「そういうときに私はあなた方ふたりに会ったのよ。わかりました。あなたたちは夢を見ていたんじゃないのね」

「どんな夢にもある現実性はあったんだ」

「でも私はあなたたちふたりを見たのよ。昨夜、私は思ったの、おやかんを持って芝生の上を歩いてくるナオミのことを、そしてあなたがドアに向かって微笑んだのを私は見たの。あなたと私のほうが夢なのよ。彼女のところに戻って」

「彼女はあそこにはもういない」

「見つかるわよ、あなたが戻れば」

「彼女を見つけたいなんて、もうできない。僕は平安などもう欲しくないし、枕もいらない。今度は君が、等身大より大きい像という考えの罠に掛かっているんだ。彼女は近づいてきた僕らの結婚について、もう何週間も考えている。彼女は石なんかじゃない。欲望されることを欲望している。僕らがロンドンから帰って以来、彼女は一瞬たりとも僕から目を離さない。彼女の視線が僕の顔から離れたと感じたことは、一度もないね。想像してみないか、自分と同じ高さの像があって、不安で面《おも》やつれした顔がどこまで行ってもついてくるのを。彼女の視線は僕をひったくるようだし、彼女は何事も冷静にすることができない。僕は感じたんだ、君と僕が再会するまでは、彼女は完全に幸福になるのを拒んでいると。僕らが会ったときに、彼女は見たんだ、どうやって見たかは神のみぞ知るだが、僕が君を愛しているのを、彼女が僕を愛する愛は、彼女が自分の痛みを愛する愛だということを。彼女の母親は彼女が観察するのを観察していて、なにひとつ見逃さない。僕はあのふたりと一緒には暮らせない」

「ナオミを連れてどこかに行って、そこでふたりで暮らすのよ」

「自分の痛みを抱えて生きている女とは、僕は一緒に暮らせない」

「彼女に対するあなたの優しさが私は好きだったのに」

「それなら、君は彼女の恋人に会いに来たのかい？」

「いいえ。列車のなかのあなたによ。電話のあの声——忘れないで、彼女は本当に幸せになるのを待っていたのよ、あなたと私がちゃんと再会するまで。忘れないでね、彼女はあの年にパリにいた私をどれほどよく知っていたか、なにを聞かされなくても知っていたのよ。それに彼女はあなたの性質も十二分に承知しているに違いないし、これが実行されないうちは満足できなかったのよ」

「これとは?」

「あなたと私のこと」

「わかった。来たのを後悔している?」

「いいえ、後悔することなどなにも。つまり、もうなにも残ってないでしょう、なにもないわ、違う?——ここをまだ歩きたい? 私、運河は苦手なの」

マックスはあたりを見回したが、ほかに行くところもなかった。そこで彼は小道についていた門を開き、新たに続く野原の端を歩いたが、水面に落ちる雨のしずくが鬱陶しいのは同じだった。カレンは突如、張り詰めた静けさのせいで、ナオミに宛てたマックスの手紙をポケットから取り出し、宛名を読んでから、真横に四回引き裂いた。そして手のなかに残った紙切れにぎょっとなり、意味がつながらないフランス語の単語を読んだ。「あなたたちふたりには、もうひとつ別の言葉もあるのね」彼女が言った。そしてもう一度水面を見つめたが、紙切れを濡れた芝生の上にまき散らすと、紙切れは点々とつながって、ウサギと野犬ごっこのペーパーゲームみたいになった。マックスは動こうともせず、皮肉な目で彼女を見ていた。「それでなにかいいことでも?」彼がやっと言った。

「私にとっていいことなの」

「ああ、なるほど。しかし僕は手紙を君に預けたんだから。君が名誉心にうんざり、というのがこれでわかった」

「彼女を傷つけることだけはしたくなくて」

「それでは僕らは、出発点に戻るわけだ。君はなにも理解しないつもりなんだね？」

「そんな――つれないのね」

「君がつれなくさせているんだ。君が招いているんだ」

「ええ、そうよ――たったいま、あなた言ったわね、ナオミはあなたが私を愛しているのを見たと。でもそれは本当じゃないでしょう？」

マックスは無言だった。振り向いたカレンは、彼の目のなかにあるものをとっさに見た。それでカレンは紙切れになった手紙を必死に見たが、もう雨に打たれ、後はこう言うだけだった。「私は知らなかった……」

「君が強いるから僕は自分を隠すんだ」

「あなたが強いるから私が自分を隠すのよ」

「カレン、君のせいで僕はこれが敵同士だけに通じる快楽だと感じるよ」

「私たちは海を飛ぶように渡っておたがいを目指してきたのよ。いまさらそれ以外の者になる時間なんて、なかったわ。押さえきれない衝動以外のことを感じる時間はなかったのよ。もし私が、あなたは私を愛していると知っていたら、ここまで来たりするものですか。列車のなかのお別れだけが起きたことで、あれも人ごみに押されて顔と顔が近づいただけ。あなたが私の手に触れたとき、ある種の出会いを予感したけれど、私はまだあなたがナオミを愛していると思っていたのよ。あなたが昨晩眠っていたとき、あなたは彼女のそばにいるべきだと思った。私は自分が感じたことは、問わなかった。知らないでいたかったから」

「僕と結婚してくれませんか？」

「あなたがそれは可能ではないと言ったじゃない。その後私は、自分で考えないようにしたのに」

「可能かな？」彼はずっと落ち着いて言った。「君はどういうつもりなの？　もしも君のご両親が金を出してくださるならだけど。僕には君をもらうほどの金はない」

「そういうこと、なの——？」

「重大なことだよ」

「ええ、わかっています。だけど——私、すごくそうしたい。たんに幸福になるというだけじゃないわ。私たちは幸福になるべきでしょ？　でもそれは、かなわないみたい」

「君が決めることだ」

「私が？——私にはなにもわからないわ。やはりパリに住むの？」

「君が知っているパリじゃないさ。あまり好きになれないだろうけど」

「つまり、あなたは私にあなたと結婚して欲しいの？」

「ああ。すごくお願いしている」

「私は大したことないのよ。それはあなたが見てきたとおり。あなたは私をほとんど見ていなかったけど。どうして私がわかったの？」

「僕にどうしてそこまでわかる？　君の美しさだね、まず。君そのものだ」

「きまり悪いわ」彼女が言った。「だけど私はなにも理解していなかった。あなた、本当に私たちがここに来るのを望んでいたの？」

「カレン、僕にはわからないよ」

「これで私、台無しになった？」

「カレン――」

彼女は彼を見たが、言葉が続かなかった。昨夜はもう解決済みに見えたので、彼らはもの慣れぬ優しさでキスし、たがいの唇は雨の味がした。ごく若いカップルのように、ふたりはさっと体を離して、たがいを見つめ、いま起きたことをじっと見つめた。彼女の心は平静で、初めてレオポルドのことを考えたときと同じだった。優しさと生命が芽生えることに同じショックを感じていた。彼女が見出した顔は、暗い枕の上では見たくても見られなかった顔だった。愛のこの始まりは、新しい手と唇とまなざしを求め、彼らをたがいに離して立たせ、ふたりに押さえつけられた芝生がふたりの間にあるのを見つめ、濡れたロムニー・ロードを疾走する車の音を聞いた。その後彼らが向きを変えてハイスのほうへ歩き出すと、運河が左手にきて、向こう岸にある木々がまた別の顔を見せた。カレンは足がひどく濡れたと感じ、突然思った、彼は履いて帰る乾いた靴があるのかしら？　彼女は一度振り返り、芝生にばらまいた紙切れを見た。「それでも――私はひとつは正しかったのよ」彼女は言った。「あなたは彼女に愛してないといきなり言ってはいけないわ。あなたは私を愛していると彼女に言うほうがいいいし、私たちは愛し合っていると」

「彼女は知っているよ。しかし――手紙は書かないで、僕が会いに行ったほうがいいかな？」

「まず書いて――ここから出して。彼女がすべてを知ることはないでしょう？　その後で彼女があなたに会いたがったら、会いに行って。ともあれ私たちは彼女の友だちですもの」

空の暗さ、風景の無情さ——芝生、運河、樹木、兵舎——は、彼らにはさほど暗くも無情にも見えなかった。カレンは、鷗が一羽、迷って内陸部に飛んでいくのを見ていた。

橋が近づき、背後にまた見えてきた煙突群が小さな町の風景になり、丘から見た景色のようになった。しかし橋に着くと、彼らの姿が額縁にはいっておさまった。幸福感で体までもが軽くなり、カレンは坂道を駆け上がって、手すり壁のある道路に出た。振り返るとマックスが後からわざとゆっくりやって来て、振り向いて見納めに運河を見ていた。

十一

ハイス発のバスのフォークストンの終点で、彼らはさようならを言った。彼は波止場に向かい、彼女は中央駅に行って帰りの列車を待つ。彼らの行く先は、当面、問題はないように見えた。だから別れは自発的で、せわしかった。彼にとっての一大事は、彼女のスーツケースのバランスを考え、タクシーが発車してもそれが彼女の足元に落ちないようにすることだった。彼女はタクシーで並木道を行き、その両側に立つ荘園風の別荘群は、一年のこの時期にしては早めに明かりが点り、それだけ夕闇が濃かった。大きな窓の下にある植え込みの先端が輝いていた。カレンは風景を、階上からその下へと素早く眺めた。少女がひとり、澄まして髪を分けていた。日曜日の夕食を前に、銀の皿の周りに家族が集まっている。橋のランプの下に四人の人がいた。車が一台、路肩に近づき、夜会の正装をしたカップルが急ぎ足で門をくぐっていった。愛などなくても、することならいくらでもあるのだ。カレンは、閉じた本のような気持ちで座席に座り、隣りが空席なのを心地よく思いながら、日曜日が終わるにまかせた。事実、あの栗の木、教会の庭の壁、真鍮製の横棒がついていたラムズヘッドの入口のドアなどを思うと、後に残された物たちの無言の哀しみが共有できた。タクシーの窓を打つ雨のように、そこはかとない愛着と憂愁が彼女の心ににじんでいた。動かぬものたちが愛する友だちのように見えた。

雨は多くの人々にとってたいへんな災難だった。列車のなかは、人々の座りかたで雨のひどさが自ずとわかり、うんざりして膝頭を大きく開き、注意書きを読んだり、瞬きするのを忘れて客車の明かりを見つめたりしていた。夏場のフォークストンの週末は、大きな期待を抱かせていたのだ。彼らに落ち度はないのに、すっかり馬鹿を見てしまった。「金もかかってるんだ」と誰かが言う間に、列車は速度を上げて教会の庭を見おろす堤防にさしかかった。この先はなにもなく、一週間の仕事があるだけだ。楽しみがあると人は詩人になる――あらゆる強烈な空想が湧き上がり、旅路を急がせないではいない――楽しみを追求すると、みな英雄になる。自らすすんで運命に身をさらす。興を殺がれた楽しみは、悲しくて、見苦しい。後は埋めてしまうだけだ。海が青くなかったので、誰もが損をしたと思っていた。しばらくは海のことなど考えまいとする。落胆が棺にかける布のように客車に垂れこめていた。カレンは、およそ人生には脅威がつきものだが、それが徹底した形を取ることはめったにないのだと思い、マックスの船を迎えたときに波止場全体を覆っていた黒雲が、彼女の心をなぜ暗澹とさせたか、いまようやくそれがわかった。そのとおり。私たちはまさに脅威にさらされているのだ。

暗闇が、いまや完全に暮れて、窓々にべったりと張りついて動かなかった。ときおり光があっても、なにかが飛び去るだけだった。列車は空気のトンネルを抜ける音を立てていた。向かいにいる女が、泥が跳ねたストッキングの足を組み、煙草を吸いはじめた。その連れの男がふたりにかぶさるくらいに新聞紙を広げ、澄ました顔であたりを一瞥し、それから新聞に隠れて女にさわりはじめた。彼があることをしようと決めているのは明らかだった。我を忘れた、うつろな彼らの顔がカレンにはひどくこたえた。両目を閉じて、もう一度レオポルドのことを思った。マックスが結婚と言い出したときは、彼らの子どもは存在していなかった。彼が望むのは、私が彼に優しくすること、彼を知り、去っていかないこと。それは私が望むことだ。しかし彼の人生は彼の人生のままであるだろうし、それは前と同じだ。レオポルドは、私がマックスは去っていくと思った時に属していて、私が私はひとりでいなければならないと思った時に属している。

ロンドンが始まっていた。列車が壁と壁の間を走る音や、空のまぶしさから、間違うはずもなかった。客車の人はみなそう感じ、肩を動かしたりして、またなにか担がされる覚悟でもしているのか。新聞紙がカップルの膝から落ちた。彼らはさっと離れ、顔にはもう月曜日の朝の心配がありありとしていた。女は泥の跳ねたストッキングを悲しげに眺めた。男は「やれやれ」と言って、自分の帽子に手を伸ばした。列車が自分たちをロンドンに突き刺してくれるのを、みな待っていた。カレンは反対側の網棚にあるスーツケースをじっと見た。真夜中過ぎに、もうひとつの列車が北駅に滑りこむ。降り立つマックスは、彼のスーツケースを持ち、フォークストンのレインコートは、フランスの列車が怒ったように立てる蒸気をくぐるのだ。彼女は突然思った。彼の住所を私は知らない。

公園の木々から漂い出た静寂が波になって、チェスター・テラスの階段を洗っていた。ドアの明かり採り扇窓と地下室の窓ひとつのほかは、マイクリス家は無人の家のように暗かった。夜空に青白い欄干が浮き出ていた。雨は上がっていたが、階段は濡れていた。カレンの鍵は、なめらかな錠前を音も立てずに回した。なかに体を滑り込ませると、屋敷全体が疑いの影もない平和な姿で頭上に立ちはだかった。明かり採り扇窓の照明が玄関ホールに置かれた飾り棚に落ち、その上にレイの手紙が待ち受けており、電話用のメモ帳になにかが書かれていた。レイの手紙に近づかないですむように、カレンは飾り棚を避けて階上に行った。最初の踊り場は暗かったが、応接間のドアが半開きになっていて、なかにランプが見え、その支那のランプはカーテンの上部を照らしていた。カレンはその場にじっと立ち、スーツケースをぎゅっとつかんだ。誰かが動いて立ち上がった。母の足音が絨毯を踏むのが聞こえた。ミセス・マイクリスが応接間のドアのところに来た。彼女が着ていたのは、裾まである黒のドレスで、肘のところからレースが見える「絵のように美しい」ドレスで、あらゆる時代を超越していた。その姿はシルエットで、ランプが照らしているカーテン、シルクの陰影、そしてほの暗い部屋の明るみを背景にして立っていた。頭のもたげ方がヴァイオレット伯母そっくりだった。カレンは暖炉の火のなかで丸太が一本落ちるのを聞き、その間母は、片方の手をドアにかけて、カレンが話すのを待って立っていた。顔に当る光を感じ、カレンはなにも言えなかった。

「ずいぶん静かにはいって来たのね」母がやっと言った。

「もう遅いので──でしょう?」

「ええ、もう遅いわね」

「ごめんなさい、ダーリン。起きていらっしゃると思わなかったので」

ミセス・マイクリスは黙ることでカレンを黙らせた。そして言った。「レイの手紙があったでしょ?」

「チェストの上に?　いいえ。真っ直ぐ上って来たので」

「真っ直ぐ上って？　まあ、では見てないのね――」ミセス・マイクリスは、頭を微妙に下げて、急に話すのをやめ、娘から目をそらした。手をドアから下ろし、黒のシルクのスカートのひだにその手を紛れこませた。そして向きを変えて姿が見えなくなり、火のところに戻っていった。彼女の声が、聞きなれない音になって、その内側から聞こえた。「カレン……」カレンはスーツケースを下に置き、母についてなかにはいり、ホッとしたふりをした。見るとミセス・マイクリスは火のほうを向いて立ち、その上にある長い鏡に映る部屋をじっと見ていた。近づきがたいものがあった。

「こちらもずっと雨でした？」カレンが言った。

「そう思うわ。ええ、そうでした」

「お母さま？」

「はい？」

「今夜はお加減がよくないの？」

母はまた黙った。「あなたがいなくて寂しかったのよ」彼女はまたさっきのようなほんものでない声で言った。

「ごめんなさい、ダーリン。私、そこまで――私、つい――」

「ええ？」ミセス・マイクリスが言った。彼女はマントルピースの上にある物をいじる世代の人ではなかったが、カレンは鏡のなかで母の目が、鏡に映った部屋のなかにある物から物へふらふらと移動しているのを見た。マントルピースの上にあった黄色い薔薇が一輪、突如花びらを落としても、夫人は身じろぎもしなかった。

カレンが言った。「イヴリンと一緒だったの、ええ。イヴリン・デリックよ」（そういう名の同じ絵のスタジオの学生である友人は、母の知らない人で、いまロンドンを離れていた）。「彼女の車でケントに行ってきたの。お話したでしょ、ね？」

ミセス・マイクリスの手がドレスのひだをかすかに鳴らした。彼女は言った。「ええ、あなたは話したんでしょう。私は——私は名前のほうが定かではないけれど。あなたのお友だちはたくさん名前があるから」

カレンは自分が知らない微笑が鏡に映っているのを見て、誰か他人が母の微笑を真似ているような気がした。彼女は近づいていき、この障壁をものともせず、小さいときによくしたように、腕を母の腰に回した。ミセス・マイクリスは、移動中の石像のように、腕にかかえられたまま振り向き、娘を凝視したが、距離があった。カレンは母に微笑み、そのままふたりで毛足の長い白い絨毯に足を埋めて立っていたが、ついに母が言った。「さあキスしたら、ベッドへ行きなさい」

ふたりはキスした。カレンはいつものライラックの香りをかぐと、自分の髪の毛が母の練り物のイヤリングにひと束からまったのを、にっこりしながら、ほぐした。ミセス・マイクリスは振り向いてドアのほうに行きかけた。「今夜は疲れました」彼女が言った。「雨がいけないのだと思うの。ランプを消して、火に安全装置をしておいてくれる？　お父さまはもうお休みになったから」彼女は出て行き、思いがけずドアを閉めた。カレンは最初のランプを消しに行く途中で足を止め、箱から煙草を取った。手が震えていた。ランプに瞳を凝らし、一心に耳を澄ませた——母が、階上へではなく、階下へ行くのが聞こえ、いつにない慎重な足取りだった。家に泥棒がいる。一分ほど下にいて、ミセス・

マイクリスはまた上がって来た。応接間のドアの前をまた通りすぎ、そのまま上へ上がっていき、静かなしっかりした足取りで、厚地のシルクの衣ずれの音をさせながら。母の部屋のドアが閉まる音を聞いてから、カレンは応接間のランプを全部消し、踊り場を横切って、玄関ホールを見下ろした。今夜のうちにレイの手紙を取らないと、みんなが怪しむ。彼女は下へ行き、自分の必要で、途中で階段の明かりを点けていった。レイの手紙があり、ぽつんとしていた。なぜぽつんと見えるのか？　電話用のメモ帳がなくなっていた。なぜ母は階下に降りて、メモ帳を持ち去ったのか？

朝の間にはいってみると、カレンはメモ帳が戸棚の上の、いつもの場所に戻っているのを見た。しかし白紙だった。伝言は破られていた——破り方が悪く、ぎざぎざが残っている。白紙のページには曲がった線が走り、書いた跡がえぐられたように残っていた。用紙は薄く、母の筆力が強かったのだ。カレンはじっと見た。それからメモ帳を明かりのところに持ってくると、鉛筆を持って、母が書いた、えぐれた文字をなぞった。そこに読んだ。カレン。土曜日、六時半。イヴリン・デリックからあなたに電話、来週末の計画の件とのこと。あなたが在宅なら月曜日に電話が欲しい、彼女がロンドンを出る前に？とのこと。

話すことはなにもなかった。月曜日は雨も止んでいたが、ややもやした、息苦しい一日だった。ミセス・マイクリスは朝食をベッドでとることがよくあった。月曜の朝はベッドでとった。カレンはその日は外出しなかった。家から目を離す勇気がなかった。ミセス・マイクリスは帽子をつけて降りてきて、さっさと出て行った。電話とドアのベルがひきりなしに鳴った。ミセス・マイクリスが帰宅すると、三人の客が昼食に来た。それから大籠にはいった白い芍薬《しゃくやく》が田舎から届き、カレンがいくつかの花鉢に活けて応接間に置くと、その間ミセス・マイクリスは、短い書簡を次から次へとしたためていた。ビル伯父が三十分も早くお茶に来た。彼は自分のクラブに逗留しており、それが自分の好みだと彼は言ったが、ミセス・マイクリスは彼のことを案じていた。彼はいつもの椅子にかしこまって座り、目は無意識にマントルピースを見据え、彼の義理の妹はフラワーショーのことを話した。彼は一度か二度、彼女の手がティーカップの間で移動するのを見た。彼の目蓋が赤く、彼がよく泣くのがわかった。彼が六時に帰るとき、カレンは彼とともにバス停まで歩いた。カレンが帰宅すると、ミセス・マイクリスが階段の手すりから声をかけ、バザーに寄付するもの——レース、扇子、インド製の宝石——を見繕うから手伝ってと言った。彼らはミセス・マイクリスの寝室で仕分けていった。紅茶のような色になったレースは古いインドの香りを放ち、白や銀の腕輪は、磨きに出すことにした。彩色した扇子はぱらりと開き、愛らしいがもう朽ちていた。カレンと母は、レースと扇子を膝に、ビル伯父のことを話し、なにがして上げられるか話し合った。ミスタ・マイクリスが新聞を持って上がって来て、カレンにクリケットのニュースをそこから拾って読んでくれた。彼は娘が外出しなかったと聞いて喜び、晩餐は三人だけだと聞いて喜んだ。スープが出て、彼がカレンに先の週末は楽しかったかと聞き出そうとしたところ、ミセス・マイクリスがいきなり取り出したのが、息子のロビンから来た長い手紙だった。だからその話は先に進まなかった。カレンはぜんまい仕掛けの玩具が最後まで走りきったような感じがしたが、ついに父が、どうしてそんなに顔色が悪いのかと訊いた。ミセス・マイクリスが言った。「なにをおっしゃるの、ロバート、光線のせいですよ」一種不自然な光が、実際に公園の木々から射しこんでいた。「あなたの顔色も、そうよ、悪く見えるけれど、あなたがお悪くないのは存じていますから」ミスタ・マイクリスは蠟燭を点すようにと言った。夕刻をともに過ごすのは久しぶりだったので、ミスタ・マイクリスは人気がないのも愉快なことだと言った。彼は妻の腕と自分の娘がテーブルに映り、点された蠟燭に輝いているのを見ていた。ブレイスウェイトがデザートを運んできたが、イギリス産の初ものの苺《いちご》だった。まもなく一番長い日が来ると彼らは語り合った。階上や応接間は照り返しでむしむしした。ミスタ・マイクリスとカレンは、トランプでふたりゲームのピケットをした。ミセス・マイクリスはピアノを開いた。彼女のタッチはヴァイオレット伯母より確かだったが、切なさにやや欠けていた。しばらくすると彼女はピアノから離れ、夫のそばに座ってゲームを見守った。一度か二度、彼女はもの言わぬ目をカレンの上で留めた。彼らは階段の途中でお休みのキスをした。話すことはなにもなかった。

話すべきことなどなにもなかった。それはちょうど、静かに荷造りが進んでいる屋敷のなかにいる犬になったようなもの、あるいは、まもなく死ぬことが秘密にされている病人のようなものだった。沈黙が頭をもたげたりしたら、蛇のように叩きのめされるが、それも小さく笑いながら、草葉の先を叩き落とすようにしてなされるのだ。人生はたいへんな速度で進み、幕間のない芝居のようだった。役者たちは、だらけてきて演技過剰になり、それでも過酷な照明は降ろされない。カレンはもはや自分の目で家を動かしてはいなかった。家のほうが動かぬ目で彼女を動かしていた。夢のような、非現実的な失意のまま、彼女は演技していた。ブレイスウェイトの亀のような顔すら、必死の守りにはいったように見えた。カレンは母の内部にある非情さがわかった。無意識な物たち——ドア、カーテン、客、ミスタ・マイクリス――が、平安を勝ち取らんとする御しがたい戦いに手を貸していた。玄関ホールにそそぐ日光、家のなかの階上に行く足音が、知るまいとするその同じ決意で必死だった。スタジオへ行くときも、路上でも、この用心深い恐怖が彼女の後をつけてきた。道路の交通を見れば、支配的な冷酷さで物事がいかに自らを律しているかがわかった。あの最初の月曜日の後、その週は加速して、列車のようにこれ見よがしに通り過ぎた。マックスから一言の便りもなく、ナオミの訴えもなかった。

カレンが偶然イヴリン・デリックに出会ったとき、彼女が言った。「あなたのお母さまは私になにかあるのかしら？　電話したとき、変なお声だったけど」

「ええ？」カレンは言った。「そんなことないわ。あなたのことを誰か別の人だと思ったんじゃないの」ヴァイオレット伯母が、蔦がからんだ手すり壁に座って、いかに自然に自分を見たか、そのことを思い出しながら、カレンは伯母がいまここにいてくれたらと思った。あれ以来、私たちふたりにとても多くのことが起きたのよ。しかし伯母はそれも予見していたのだろう。彼女は多くを知っていたから、驚いたりしなかっただろう。

金曜日の六時にビル伯父から、電話が大嫌いな人なのに、電話があり、咳きこむように、明日の晩餐は失礼すると言ってきた。今夜のアイルランド行きに乗らなければならないだろう。帰国する、ラッシュブルックに帰ると決めた、と彼は言った。カレンは書斎でこの電話を受けた。ミセス・マイクリスもそこにいて、夫の椅子に座り、届いたばかりの『スペクテイター』に目を通していた。

「ビル伯父さまはなんのご用？」

「明日の夜は食事ができないって。ラッシュブルックに帰るとか」

「どうしようもないわね？　色々としてさし上げたかったのに。困った人だと思うのは間違いですからね。彼はここに来たかったのだと思うの。でもやはり――」

「本当は伯母さまのことを話したかったのよ」

「いいえ、それって彼は動揺してしまって。一度彼女のことを話したら、泣き出してね、ひどく苦しそうだった」

「だけど、それを望んでいらしたのよ」

「だったら、カレン、あなたが話して上げたらよかったのに。あなたが彼らとずっと一緒だったんだから」

「私は誰にも話せないの」

「そんな馬鹿な、カレン」

「お母さま、どのくらいヴァイオレット伯母さまのことを気にかけていらっしゃる？」

ミセス・マイクリスは肘掛け椅子に品格を見せて座ったまま、『スペクテイター』の第二頁を凝視し、大戦が始まった一九一四年の八月に振舞ったと同じように振舞っていた。そして、びくともしない無垢そのものの単純さで言った。「それは、彼女がもういないと考えているということね」

母はあえて目を上げて、「領海侵犯よ」とは言わないが、そう感じているのだ。母は私がなぜ訊いたか尋ねない。母の抵抗は恐るべきものだ。母は自分から話すくらいなら、私が母を憎んでいると感じるほうがましなのだ。わが軍は士気の高さであの戦争に勝った。カレンは緑色のランプシェードを見た、これが点っていたときにマックスが電話してきた。母は愛にあふれている、と彼女は思った、母は私を守っている。母はイヴリンの伝言を引き裂いた――だがあれは愛情だったか？　愛情であれば母はこう言ったはずだ、「どこへ行っていたの、本当は？」と。愛は愚鈍で、無謀だ。愛は干渉する。しかし母が話さないのは、哀れみでも親切でもない。それは世間体重視であって、それがいったん深く根をおろすと、ハートそのものに見えてくる。マックスが言った、「どうして君は家から逃げ出したいんだ？」と。それがいまわかった。母はこの一週間、私に嘘をつかせていたのだ。母はその嘘のなかに私を留め置き、私が自分にあると感じている力を失わせようとしている。

「お母さま――」

ミセス・マイクリスは目を上げたが、その上げ方でカレンは知った、その目を見たら、人は泣き出すだろう。混沌の恐怖が部屋を満たし、カレンの心は弱くなった。日曜日以来初めて彼女は思った。私はなにをしたのか？　どうして家庭がこんな貝殻になってしまったのか？　結局のところ、彼らは私を安全圏に置いておきたいのだ。

「日曜日の夜だけど――」

ミセス・マイクリスは片方の手で顔を覆った。「あなたになにもかも話せなんて私が言わないことは、わかってるわね、カレン」

「日曜日の夜に帰ったとき、私はレイの手紙をたしかに見ました。そのままにしたのは、悪いと感じたからなの、私は彼と結婚しないから」

「あなたはしたくなると思うわ、カレン」母が言った。

「私がまずはいってきたとき、電話のメモが手紙のそばにありました。私はそれも見ませんでした。両方ともそのままにしたの」

「誰かがあなたに電話してきたのよ、きっと」

「私はメモも見なかったし、それがイヴリンからなのも見ないで、お二階に上がりました。手紙を取りに下に降りたら、メモはなくなっていたの。どうして？」

「私に真実を話したくないなら、無理に話さなくていいの」

「もちろん、イヴリンと一緒じゃなかったわ、お察しのとおりです。マックス・エバートと会っていました」

「わからないわ。パリで？」

「いいえ、ハイスで。私たちはまた会いたくなって。それで私は彼と結婚します」

ミセス・マイクリスは一分かけて考えた。それから言った。「でもだったら、どうして彼はここに来なかったの？」

カレンも一拍置いた。「遠すぎるから」彼女が言った。

「ではあなたは、半分以上もこちらから出向いて、彼に会ったのね」ミセス・マイクリスは変な声でそう言い、半分眠っているみたいだった。「なにはともあれ――彼はナオミと結婚するのではないの？」

「私は彼女のことは考えなかったの」

「では、レイのことは考えたわね――カレン、あなたはどうなってしまったの？」

「私がどうなってしまったと思ったの、あの伝言を破いたとき？」

「レイには手紙を書きましたか？」

「いいえ」

「よかった。じゃあ書かないでね。彼が帰国するまで待ちなさい」

「つまり、これはいずれ立ち消えになるからと？」

「夢みたいなものなのよ、カレン、ダーリン」

「これは夢じゃありません。でも私は何年も眠っていたんだわ」

「座って。あなたはいつものあなたじゃない。震えているじゃないの」

「ねえ、なにか言って、お母さま」

「これは議論することじゃありません」

「とんでもないことだと思っているのね」

ミセス・マイクリスは椅子のなかでくるりと回り、外を見て、厩舎の低い窓を凝視した。世界は不動だった。彼女が淡々と言った。「とんでもないことよ、もしそれが事実なら。そうよ——あなたは子どものときから、途方もない考えの持ち主だったから、ええ。いつもはずれてた。いくつかの面でとてもものわかりがよかったけど。あなたはまだ若いのよ、自分で気づいているよりも——だけど、色々な点で年令以上なのね。あなたはレイがいなくて寂しくなって、自分で思っている以上に彼と結婚したいのよ。長い婚約がどんなに辛いものか、誰も認めないけど。それに彼がここにいないので、物事がこういう形になったんだわ。一年もすれば、このすべてが嘘みたいになりますよ。結婚すれば、忘れたくなることだわ……。マックス・エバートが、では、手紙を寄越したのね、ロンドンにいた後に？」

「いいえ」

「だったら、どうして――？」

「彼がある晩、電話してきたの。その後ブローニュで会って」

ミセス・マイクリスはこれについても思案した。「あなたは立場上、自分をごまかしているのよ」彼女が言った。「自分で気づいているよりもあなたはイノセントだし、お行儀のいい人しかいない世界で育ち、あなたは自分が彼の目にどう映るか、それが見えないのだと思う。ああいう男性の心のなかなど、絶対に見えないのよ。だけどなにはともあれ、あなただって見ればわかるでしょう、彼は、いまナオミを扱っているようにナオミを扱い、あなたが振舞ったようにあなたを振舞わせた男なのよ、そんな人があなたにとってよい夫になるものかしら？　……帰宅後に彼から連絡があったの？」

「いいえ。まずすることがある――あったから」

「ナオミを捨てる――のね」

「そうです」カレンは目も動かさずに言った。

「こんなこと言いたくないのよ、カレン」ミセス・マイクリスが言った。「でも、あなたは思慮を欠いた女のように、『軽い』女みたいな振舞いをしたし、彼はとても目先が利く男よ。目先の利かないユダヤ人はいないわ。ナオミよりも美しくて、もっと……ナオミよりもっと可能性があるのは別にして、彼は見ればわかるのよ、あなたのほうがはるかにお金があるのが。あなたの身元は承知の上ですから。この家にも来たことがあるし。彼がナオミを求めたのは欲得ぬきだったとしても――そうとも言い切れないわね、マダム・フィッシャーがご自分でおっしゃったとおりよ。彼がナオミの善良さを評価したのは間違いないし――彼がまったくの悪人とは思えないわ。でもなにかもっといいものが現れたら、飛びつくのが自然よね」

「つまり、私が現れたと？」

母は口を開かなかった。

「マックスに会いに行って気がついたの」カレンが言った。「いままで言われてきたことは、すべてお母さまの側のことだったと」

「言ったでしょ、この議論はしませんよ。あと一年もすれば、議論することなど大してなかったことがわかります。だからおたがいを敵に回さないでね、カレン。ここで収めておきませんか――あなたは行動を起さないと約束し、レイにも――この男性にも、一ヶ月はなにも知らせないと？」

しばしの沈黙があった。カレンは電話に目をやった。そして言った。「よくわかりました」

母はつい小さなため息を漏らした。椅子に背を埋め、薄暗い書斎に向かい、窓のほうを向いてヴァイオレット伯母の死を聞いた午後のように目を閉じたが、あまりにも静かに閉じたので、その目蓋の下から涙があふれてきたのは驚きだった。涙は頰をつたってとめどなくこぼれた。その顔には、初めて老いがにじみつつも、動じない威厳が出ていた。

静かな涙は同情を求めない。カレンは言った。「これがお聞きになれる最悪のことなのね、お母さま？　これを恐れて、あの伝言を破ったの？」

ミセス・マイクリスは、涙で濡れた感じが厭だったので、少しも悪びれずにハンカチで涙をぬぐった。「そうだと思うわ」彼女は言った。「私が馬鹿だったのよ。よく眠れなかったものだから。ヴァイオレット伯母さまの死がこたえたのね。そうよ、ことがひとつ起きると――私にもっと勇気があったら、今週はもっと違っていたでしょうに。だけど、真実を語らせないことがひとつあなたにありそうだったし――今週は私たちらしくない一週間だったわね」

「私はここに住んでいる心地がしませんでした」

「カレン――いえ、あの、まさか本気で……優しくない言葉に聞こえたけど。じゃあ、私に話したかったの?」

「そうさせなかったじゃありませんか」

彼女の母は涙がついたハンカチを見た。ライラックの香りがふと部屋を横切った。彼女が言った。「では教えて、あなたはイヴリン・デリックに会ったの? どうして彼女が電話してきたのがわかったの?」

「彼女に会ったの、ええ、そしたら彼女が、お母さまが驚いていたような声だったと言ったから。だけど私はその前に知っていたんです。日曜日の夜、私が帰ったとき、メモ帳に伝言があるのを見つけたの――それは気づいたんだけど、最初にはいったときは読まなかったの――それが消えていたのよ、後でレイの手紙を取りに降りたら。当然なぜと思いました。朝の間でメモ帳を見つけたわ。お母様の筆跡が裏まで通っていて、すごく迷ったけど、鉛筆で筆跡をなぞって、伝言の内容を知りました」

「それもあなたらしくないことね。あなたは——あなたはもう私のことは信用しないと?」

「私たちの沈黙を破っただけだわ、でしょ? そうでもしないと——」

母はまた一拍置いた。「そうね。それで——そういうことがあったのね?」

「ええ」カレンが言った。「ありました」

十二

ナオミの電報が、同じ夜遅くに来た。それが届けられたとき、カレンはマックスからかもしれないと思った。そうではなかった。

電報の末尾にナオミは追加して、明日ロンドンに来るとあった。ナオミはまだ理解不足で、尋問と警察の捜査で足止めされるとは思っていなかった。翌日、ナオミは電報を寄越し、ことの次第をそう伝えてきた。その後、しばらく音信がなかった。カレンがフランスの新聞を買うと、悲劇が小さく報じられていた。マックスは有望視されはじめたばかりとあり、痴情関係はないものと見えるとあった。選挙がいくつか迫っており、発覚した大きなスキャンダルが二件あったので、フランスの新聞が彼に割くスペースはこれだけだった。

七月の終わりになって、ナオミがようやくロンドンに出てきた。ある午後遅く、チェスター・テラスに到着した。マイクリス夫妻はロンドンを離れていた。カレンは後にとどまって、ナオミを迎えた。ミセス・マイクリスはカレンを置いていくのを好まなかったが、この数週間、あの電報が来て以来、彼女は母としての完全な自覚に立って、ときには息苦しくなるような優しさと包容力を身にまとっていた。ミスタ・マイクリスはカレンがとても親しい友人を亡くしたと聞かされていて——おそらくもっと聞いていただろうが、いまは彼らは安泰だった。彼の魅力的な青い目は、娘を見るたびに和らいだ。カレンが幼い少女だった頃よくそうしたように、ふたりで連れ立ってロンドンを散策した。恐ろしいまでの調和が家庭内にもたらされ、それは、ハイスの後にきた一週間の緊張よりもなお恐ろしかった……。ミセス・マイクリスはカレンを残して出るのがどうしても気になり、ナオミとの会合が娘にもたらす試練が心配だった。しかしふたりが会う必要は自覚していた——会うなら、と彼女は思った、カレンの家の静かな環境のほうがいいと。

ナオミはまだ伯母のために着た黒の喪服姿だった。今日は応接間に通され、カレンはそこで立って待ち受け、窓の外の公園を見ていた。ナオミがカレンを両腕に抱いてキスしたときに、カレンはナオミが哀れみから震えているのがわかった。

「わかってくれるわね、私がもっと前に来られなかったことを」

「私のほうから」カレンが言った。「行こうと思ったのよ」

「そうじゃないほうがよかったと思う。ここのほうがいいわ」

「あなたは手紙に、言うことはこれで全部だと書いてきたけど？　別に——伝言はなかったのね？」

「ええ」

「そう」カレンは言った。

ナオミが応接間を見回すと、すでに調度品に埃よけのシーツを掛けるばかりになっていた。小物の類はもう片付けてあった。「お母さまはもうおられないのね？」

「ええ、ふたりとももう発ったの。疲れたでしょう、ナオミ？　もし疲れていたら――話は今晩中できるから」

　ナオミは椅子に座り、一分ほど身じろぎもせずに黒いスカートの膝を見ていたが、黒い羽のついた帽子が、うつむいた顔を隠していた。「いいえ、疲れてないわ」彼女はカレンの質問を思い出して言った。「いま聞きたいのね？　どのくらいご存じなの？」

「新聞で記事をいくつか見たところに、あなたの手紙が来たのよ。私が知っているのはそれだけ」

「それから後――？」

「ええ」

「前の金曜日に、マックスは私の母に、週末はパリを出ると言っていたの。彼はその当日は、わが家にはいなかったわ。彼らは電話で話してました。それから月曜日に彼から私に手紙が来て、蒸気船の上で書いて、真夜中にパリで投函したのね。彼は自分の決心について書いていて、もし私に会う気があれば会いに来るが、と書いていました。私はその気になれず、返事のしようもなかった。だから返事をしませんでした。火曜日の夕方になって、母の目には私が病気だと映ったわけね。母が私の部屋に来ました。私の部屋には鍵がないでしょ。母は私の病気をマックスと結びつけ、彼の筆跡の封筒を見ていたから、彼の様子を知ろうと私に強要したの。私は母に、彼と私は、やはり結婚しないと告げました。母はとても優しくなり、睡眠薬をくれたの。どうやらその夜遅くに母はマックスに手紙を書いたらしく、自分に会いに来るよう命じたんでしょう。彼は拒否しました。しばらく観察していたからわかったのだけれど、このところ彼は母といるのを怖がっていたわ。でも彼はまた私に書いてきて、私にまた会いたいと、一度だけでも会いたいと。母はこの手紙には自分が介入するのが正しいと思ったのね。私はまだ手紙を受け取れる状態じゃないからと言って。私は病気かどうかわからないのに、母は病気だと言い張って。私に部屋から出るなと言い、それで私はよけいに病気みたいになってね。母が言うには、ふたりのアメリカ人の娘たちも私の様子について噂してると。そこで私は母以外の人に会わないことになって、母は私につきっきりになったの。母はマックスの二番目の手紙を持って来て、開いたままよ、私が彼に面会を許すのが、私のなすべき正しいことだと言いました。母は私に主張したのよ、私だけが彼の頼みの綱だと。どう見ても彼は、と母は言ったわ、錯乱状態に近いし、もし私が彼の面会を許さなかったら、彼をさらに傷つける力を私が持つことになると。母は、彼が道義上私を必要としているのは変わりないし、彼に対する私の愛情が私自身を私以上のものにしていると言ったわ。『彼には生きるべき人生があり、あなたは彼を元に戻すことができるでしょ』とまで。私は母に言いました、『彼はひとりじゃないのよ、カレンと結婚するのよ』と。母はそれまでそのことを知らなかったの。母の態度は一変したけど、母はそこで私を見て微笑み、こう言ったの、『彼らふたりのために彼に会いなさい。彼女に対する彼の愛に毒を盛りたいの？』と。母がいるそばで、私はマックスに、わかりました、次の金曜日の午後に会いましょう、と書きました。すると母はもう休みなさいと言い、もう一服睡眠薬をくれて、私は厭だったのに、結局飲んだわ。彼女は私の手紙を持ち去りました。

金曜日の六時前に、私は下へ降りてサロンで待っていました。アメリカ娘たちは外出中で。マリエットも外出したのかどうか知らずにいたら、マックスがベルを鳴らし、母がドアに出るのが聞こえたわ。母はすぐ彼をサロンのドアまで連れてきて、言いました。『長居はしないで下さいね。ナオミは病気なので』そして母は出て行き、ドアを閉めたの。どこへ行くのか聞きそびれてしまって。マックスは病人みたいだった。私は彼にできることをしようと努めました。彼が夜もほとんど寝ていないのは明らかでした。私たちはあなたのことを話し、私たちのあなたへの愛について話したのよ。やや落ち着いてくると、彼は、あなたとあなたのご家族に関して自分は難しい立場にいる、それに苛まれていると言い出して。私は言ったわ、どんなことでもきっと可能になるからと。そしたら彼は、あなたにとって致命的になるのが恐ろしいのだと」

「彼はあなたに、およそ話すべきことは、すべて話したのね？」

ナオミはかすかに動いた。「ええ」彼女は言った。彼女は、カレンが立っているそばの窓を無心に、じっと見たので、カレンはまた思い出した、ああマックスは、ナオミは家具か暗闇のようだと言っていた。

「あなたに対する私の愛がわかっていたので、彼は私に判断してほしかったのね。私はこう言ったの、あなたは、つまりカレンは、自ら望んだとおりのことをしたに相違ないと。私にはそれが意外なことには思えなかったとも言いました。彼に思い出してもらったわ、あなたと彼がまた、少なくとも一度再会するまでは、私は喜んで結婚する気になれなかったということを。彼に思い出させたのよ、あのお庭で私たちがどんなに幸福だったか、私たち三人で、私の伯母の家の庭にいたわねって。そこで彼が私の手を取ったと思うの。もし私が病気だったとしたら、まだ病気だったのね、だって私、ふらふらしながら、いつも縫い物をしているあの窓辺の椅子に座ったから。彼は自分の性質を攻撃しはじめて。『彼女と僕は』彼が言ったの、『人生の外側にいるんだ。僕らはしくじるよ。僕らは、ありのままの僕らでは、生きられない』と。私は言ったわ、愛はどんな人生も可能にすると信じていると。『彼女は僕を知らない、彼女は僕を知らないんだ』と彼は言ったわ。

彼が話している間中、私は彼以外のことは意識になかった。でもそのとき、彼はぎくりとして、耳を澄まし、真っ青になって、ドアに飛んでいき、さっと開けたの。母が外に立っていたわ。母は、こっそり戻ってきたか、あるいは全然立ち去らなかったのか。すべてを立ち聞きしていたのよ。ご存じのとおり、うちのホールは暗いし、母は黒を着ているから。母の顔だけが見え、顔だけがそこにぶら下がっているみたいだった。彼がドアを開けたとき、母はふっと笑い、静かにはいってきて、母の態度が落ち着いていたのは、もう知るべきことがなかったからよ。

そのときわかったの、マックスはもう自分が自分ではなくなっていた。彼は母が予想しなかったことは、なにひとつできなくなっていたの。私の母が彼の根っこにいたのね。あなたと彼について知ったことが明らかに母を喜ばせたばかりか、母はなにか恐ろしいふくみがあって喜んでいるのがわかりました。目を爛々とさせながら、微笑んでいるのよ。彼女は言ったわ、『これでもう十分ね、ナオミ、もう休みなさい。さあ、行きなさい』と。マックスは私を見たけど、死刑囚がはいる独房の鉄格子からこっちを見ている人みたいだった。ここで別れたら、避けられないことに彼を放置することになる。法律に連れ去られる。最初は、彼のまなざしが私を行かせなかった。私はドアのところに立っていたの。すると母がマックスに言ったの、『カレンがついていれば、あなたの地位はもうご安泰ね』と。彼は私を見て『行くんだ！』と言ったの。彼はマントルピースを背にして立っていたわ。その後、私の存在が彼を殉教者にしていることがわかり、私は出ました。私がドアを閉じるまで、彼らは無言だった。私は二階へ上がったわ。あなたの部屋だった部屋のドアが開いていて、いまそこにいるアメリカ人の娘がドレスを脱ぎ散らかしていたので、それを片付けたのは覚えてるの。

どのくらいその部屋にいたかしら。どこを見ても母の正面にいるマックスの顔ばかりちらついて、彼のあなたへの愛が母の手中に落ちた後の彼の顔なの。階段の上に出てみたら、母の声が聞こえたわ。私は具合が悪く、やがて震えが来て汗が噴き出てきたので、あなたの部屋に戻りました。そのときわかったの、私たちの家は悪に支配されていて、預かっているふたりの娘たちがいてはいけない場所だったことが。ベッドのそばに、白い円柱がある屋敷の写真と、青年の写真があり、このベッドで寝ていた娘が結婚する相手だった。私の目が痛かったのか、日が暮れたのか、写真は暗かったわ。そしてサロンのドアが開くのが聞こえ、マックスが玄関を出て行ったようだった。足音が彼らしくなかったけれど。道路に出るドアにつまずいたのかと。道路に出るドアが開いて壁にぶつかったのに、閉まる音がしなかった。その後、家のなかで一切物音がしないのが変だったわ。私はなにを恐れていたのかしら。下に降りてみました。道路に出るわが家のドアが大きく開き、三人か四人の人が外の明るいところに立ち、家の入口の階段を見つめていました。母を攻撃しに来た人たちかと感じたわ。階段に出た私を見ると、彼らの声がやみました。いたたまらなくなり、私はなかにはいりサロンのドアに走ったわ。

母がいました。まるでソファーに倒れこんだようになって、なかば目を閉じ、顔は血の気が引いていましたが、私は哀れみなど感じないで母を見ました。

母にもし意識がなかったとしても、私が立っているので意識が戻り、私を見たわ。そのときわかったのよ、母は自分の力をそれにふさわしく用いたことが生涯なかったのだと、そしてそれを使い果たしたいま、死人のようになり、勝利のうちに殺された人みたいでした。唇がこわばって、最初は言葉が出なかったの。やがて言ったの、『彼を追いかけて』と。私がまだドアのところに立っていると、母は『この馬鹿、彼は死にかけているのよ』と。母は精神のことを言っているのだと思いました。でも母はソファーの上で体を動かし、誰かがワインかインクをこぼしたときのように顔をしかめたので、私は思わずマントルピースの上を見たの。部屋は明るくないし、私はそのときまで母しか見ていなくて。でもよく見ると、彼の血が大理石と彼が立っていた寄せ木の床に飛び散っていて、ドアまで続き、それと知らずに私が踏んでしまったところで汚くなっていました。彼のペンナイフが長い刃を見せて、彼が立っていた場所と母が座っている場所の中間に転がっていました。母は言ったわ、『彼が手首を切って、動脈まで通ったのよ、私にあてつけて』と。母は目を吊り上げ、真っ青だったし、私のほうは道路へ出るドアに走りました。そこで、なぜ人々が階段を見ていたのかがわかったの。そこへひとりの警官が人ごみを掻き分けてせかせかと現われ、私に質問しました。タクシーが来て人だかりの外側に止まり、当時あなたの部屋にいたアメリカ人の娘が駆け寄って来ました。彼女はわが家の階段を見たら、失神してしまったの。私は言いました、『彼はどこかにいるわ。さあ、行かせて』と。あなたが新聞で読んだのは、その後のことよ、カレン。マックスが外に出てきたとき、あの道路に人通りはなかったのよ。ほら、ときどき何分間も続けて人通りがないでしょ。ほとんど人が通らないもの。彼はきっと一分間ほど入口のドアの階段に立っていたんだわ。それから、手首を抱えてそれをくるんだのよ、だって道路には血痕がなかったから、それから彼は道路を横切り、二軒のスタジオの壁と壁の間にある路地の入口に向かったのね。その突き当りで彼は倒れていました。そこまでたどるにも、なんの痕跡もなかったので、彼にやっと行きついたときは、すでに手遅れで、でもそれが彼の望んだことでした。

その夜はアメリカ人の娘をよそにやりました。その段取りを終えてから、私は母のところに戻りました。母は一時もじっとしていられなくてね。でも仮に警察が私を引き止めなかったとしても、次の日に母を置いてあなたのところに行くわけにいかなかった、そうしたかったのに。最初の夜、母はいつも以上の母になり、また鉄の人になっていました。私に寝ろと言いながら、私の部屋を一晩中歩き回っていたわ。そして私のベッドのそばに何度も来ては、言いました、『泣きなさいよ——どうして泣かないの?』と。私はあなたに電報を打ち(いま考えると馬鹿みたいだけど)、翌日のイギリスの新聞が怖かったの。母は電報が送られたのは見ていました。そして言ったのよ、『カレンは泣くわよ』と。私はしばらく横になってから、言いました。『どうして彼を責めたの?』母は『彼には我慢できない賛辞だったのね。私がおめでとうを言っていたら、彼はナイフを取り出したんだから。彼はこの私に、自分自身に、私が彼を知っていることに、切りつけたのよ』母によれば、彼が自分を切りつけたときはあまりにも静かだったので、なにが起きたのかわからなかったとか。彼の手にあるナイフは見たけれど、もてあそんでいるだけだと思ったのね。母の言うことに耳を傾けながら、手に乗せて慎重に重さを計っていたそうよ。彼は力をいれたのに、動きはほとんどなかったとか。母によれば、彼が顔をしかめたと思ったら、血が噴き出してきたらしいの。母はここまで話して、口をつぐみ、微笑して、言いました。『彼はどうしても逃げ出したかったのよ』その後母は静かになりました。明かりを消して、私のベッドの足元にあるソファーに横になったわ。母は、『泣けるなら泣いて、眠れるなら眠って。あなたをひとりにしないわ』と。でも次の日、母が病気になってしまってね。母は私を身近に置き、私が泣けるようになるまでは、ひとりにできないと言いました。その後数日間、私たちは外出もせず、もの見高い人たちを避けたの。それから後は、外出するときは一緒に歩くようにしました。母をひとりにできなかったけど、母はいつも、ひとりにしてはいけないのは私のほうだと言い続けてね。警察の尋問は大したことはなかった。マックスは大きな借金があったことが判明し、ロンドンから戻った後、仕事がプレッシャーになって、熱病みたいになって。仕事の後、私に会いに来たときも、彼の目は明るいところに連れ出された夜鳥みたいだったのを憶えているわ。彼らは今回の事件は借金と緊張が誘因になったと見なしたの。法廷では、彼のふたりの同僚が、彼の頭脳は、目を見張るものがあったが、健全ではなかったと述べて。証言台に呼び出された彼の友人のひとりは、マックスは休息が取ることができず、いつか限界がくると思っていたと。楽しみそのものが彼を疲れさせた、とも言ったわ。一時期彼のガールフレンドだった女性によれば、彼は神経質で、落ち込むのは珍しくなかったそうよ。みんな彼の結婚にずいぶん多くを望んでいたとも証言してました。前もって母に誘導されていたから、私は彼の精神的な健康に不安があったことは認めたけど、私たちふたりの間にはなんのトラブルもなかったと言いました。尋問のあいだ、私は彼の婚約者でした。母は言いました、彼の神経上の危機は、母自身が――この結婚により私の今後はどうなるのかという観点から――彼の金銭的な実情の正確なところを厳しく問いただしたことで悪化したと。さらに付け加えて、母親の取り越し苦労を誰も非難できないだろうが、自分が彼の過労を見過ごしたことは悔やんでいると言いました。彼が残した書類からは、私たちが述べたことに疑いを投げるようなものは出てこなかった。警察は満足して、尋問は終了したのよ」

「それで病気になったの、ナオミ?」

「いいえ。母が病気になり、私が縛られたわけ。いつも、あなたのところへ行かないと、と気が気でなかったけど、でも行けなかった」

「私は大丈夫だったわ」カレンが言った――「もしかして、あなたは私にも?」

「いいえ、会いたかったわ。そうよ」

「私はあなたたちを助けたことなど一度もないのね……。だから伝言もなかったんだわ、彼もどうせなにもあてに……」

「違うわ。あれは彼の意志ではなかったのよ。激情行動だったから」

「ええ、そういうことね」

「ドアの外にいた母を見るまで、彼は先の見通しなどなかったんだから」

「見通しがあろうと、あなたが彼と一緒にいようと――どのみち伝言はなかったのよ」

「あら、あったでしょ――あなたには?」

「あの後はなにも。あなたのお母さまがなにをおっしゃったにしろ、おかげで私は彼にとって塵あくたに変えられたのよ。お母さまはあなたには手を触れられなかったのに、彼はあなたを諦めたんだわ。彼女は彼が残したものすべてを塵あくたに変えたのね。そして、きっと、こう言ったのよ、『あなたは自分の好きなようにしたのよ』と。私への彼の愛を彼女が手中にしたのを見たことが、彼を殺したのかもしれない。でも彼は彼の意志であなたを諦めたのよ。彼女はそこで彼を手にいれたんだわ。私は一度マックスに言ったことがあるの、マダム・フィッシャーはあなたを愛していると。彼女の年齢がそれをいっそう辛いものにし、彼女はますます離れられなくなったのね。彼女は彼があなたを愛しているのがわかり、それから私を愛しているのがわかったのよ。彼女は力があっただけで──。いえ、でもそうじゃない。彼女は自分の力を愛していたのね。あのときはそれが行き過ぎたんだわ。それだけだった……。あなたにはすべてを話してほしかった──でも話してほしくなかった。ある部分だけ、全部ではなく。ともあれ、それは一度は生きていたんだから。それで十分だわ」

「それが全部起きてしまったのね。私はまだなにがなんだか区別がつかないけれど。少し話しすぎた？　どこで止めるべきかわからなくて、この私が、このことにだんだん慣れてしまったのね」

「あなたが耐えたなら、わたしに耐えられない道理がないわ。でも、そうなの、私、子どもが生まれるの」

ナオミはカレンを見つめたが、すでに大きく見開いていた彼女の瞳は少しも変化しなかったので、カレンは最初、ナオミが理解しなかったのだと思った。そうではなかった──が、ナオミの冷静さは、話はじめてからこっち、勢いがつきすぎてしまい、これ以上動揺する余地がなかったのだ。パリの運命の家は、いまも彼女にとり憑いていて、その外側で起きたことには現実味がなかった。カレンが変化したり青ざめたりするのを見ても、ナオミはそれを夢で見ているのだった。カレンは、この数週間で二回失神しており、いままたあの暗闇の恐ろしい刃先が部屋の周囲に迫るのを見て、手を額に当てた。ナオミは、素早い一瞥を投げて、さっと窓を開けに行った。「ではもう静かにしましょう。動揺しちゃだめよ」それから本能的に部屋中を見回して、カレンに渡してやれるものがないか探したが、すべては片付けられており、すべてがこう言っていた。去った、消えたと。

カレンが言った。「いいの、私は大丈夫」

ナオミはしばし立ち止まって確認した。それから言った。「あなた、どうする?」

カレンは、乾いた、当たり前の声で言った(すでに計画があった)。「あなたと明日、パリまで行くわ。それからどこか別の場所に行って、まだどこか決めていないけど。ドイツのどこかにしようかしら。今朝銀行からお金を引き出したし、いったん居場所が決まったらもっと受け取るわ。そこから母に手紙を書いて、一年ほど海外に滞在すると説明するつもり。なぜと訊かないでと母に頼むわ。もし母が訊いてきたら、話します。私、いまよりもっと感じて当然なのに、感じることができないの。もしこれを伝えてはならない人がいるとしたら、それは父だわ。もしなんとか対処できると母が思えば、父は知らなくてもいいの。結局、母は私の母だから。子どもを持てば、世の中にあることがその子に起きても不思議ではないと知るほかないでしょう? なにも人生を安全にしてくれない。――このことが母を表向き傷つけることはないと思うの。母が知っている人たちは、疑い深くもないし、詮索好きでもないわ。当然みんな大丈夫と勝手に決めている人たちだから。『そんなことは起きません』と。婚約が破棄されて私が動転していると彼らが思ってもいいの、それで私は旅に出るとか、海外で働くなどして、気分転換をはかっているのだと。そういう女性はいるものよ。あるいは病気になるとか――ああ、それは駄目よね。わが家では愛情で病気になった人はいなかった……。私がこう言うと、なんだか普通に聞こえるでしょ？　色々な意味で、ナオミ、私はまた普通になりたくて仕方ないの。でもこうなる前の自分自身が思い出せない……ここにいないですむのが嬉しいわ、レイが帰国したときに」

「あなたは彼と結婚するとばかり」

「私もそう思い始めていたの、あなたから電報が来たあと数日は。それが一番の願いになり始めていたのよ。でもこうなることがわかって、それも不可能になったわけ。だからそのことは二度と考えてはならないのよ。なにはともあれ、将来があるんだから、レイは非難の余地のない妻を持たないと。その後なんの便りもないし、帰国して私が消えたのを知れば、彼も納得するしかないでしょう、なにもかも壊したいという私の手紙が、文字通りの意味だったのかと」

「彼は『やめる』に同意してないんでしょ？」

「ええ」カレンは疲れていた。「私がその手紙を出したら、その後はまるで別人の手紙のようになって。彼はなにが自分の望みなのか、それを見ているのよ。以前は私に道理をわからせようとしていたのに。いまはそれもさせないで、耳を貸さなくなりました。彼が初めからそれがレイなのだと私に思い知らせてくれていたら、いま起きたことは起きなかったかもしれない——。どうして彼の話になったの？　私たち、幸福にはなれなかったでしょうね」

「彼に話すべきだわ」

「ああ、私のナオミ……」

「彼に話すべきだわ」

「あなたの話し方って、まるで神秘家か占い師みたい。人々をなんとか理解しようというわけね！　私はどうしても手助けが必要なの。いままで話し合ってきたことは差し迫ったことで、この先二、三か月のことなの。私自身、なんとか切り抜けられると思う。でもその後は？　この子は、だって、七十年くらい生きるかもしれないのよ。彼には生まれてきて欲しい。もしそうでなければ、終わりにできると思う。でも、彼の誕生は私がとても願っていることなの。なぜマックスがなにも残してはいけないの？　彼が生きる道をなんとかして見つけたいの。私が家を出て、どこかで彼と暮らすこともできるわ、きっと。誰も私たちのことを知らないどこか――そんな場所、想像もつかないけど。でももしこの子がマックスと私に似ていたら、彼は誰も知らないことを嫌がるでしょうね――亡命は嫌だ、どこにもいないのも嫌だ、なんの説明もないのも嫌だ、自分の居場所がないのも嫌だと。このすべてが理由になって、私のことも嫌がるわね。私がいないほうが彼には都合がいいかもしれない、どこであれ、自分の場所だと信じられる場所にいたほうが」

「考えたことあるの、あなたとしては、彼にど・の・よ・う・に生きて欲しいか？」

「ええ、あなたと一緒に生きて欲しい」

「そんなの無理よ」

「どうして？」

「母がいるから」

「彼女といつも一緒に生きなければいけないの？」

「マックスがいても母を置き去りにしなかったのよ、ご存じのとおり」

「ああ、ナオミ！　あなたは私を謙虚にすると、いまさら言わせてどうするの、いまの私はなにも感じられないのを知っているくせに？　もし感情が戻ってきたら、あなたがきっと怖くなるわ。私はあらゆることをあなたに期待し、あなたから奪い取るの。誰だってそうよ、いざこうなれば――。それにしても、どうしてあなたは母親が一番に来るの？　彼女はあなたを愛していないじゃない」

「母がもっと私を愛さないとしたら、それは私が必要だからよ。母は誰かをそこまで必要としたくないの。母は独立自尊の人だけど、アルコールストーブを火柱にしないと、蒸留酒は作れないの。同じように、私がいないと、母は勝手に燃えつきて終わりなのよ。母を置き去りにできたらと――マックスのためにすら、私はそれを自問しませんでした――マックスの死で母が受けたショックが、もうそれを不可能にしたわ……。母とあなたの子どもは、同じ家に住んではならないのよ」

「そうね……。じゃあ私たち、どうする？」

「考えましょう。あなた、よく眠ってる？」

「ただ、厭な夢を見るの――ブレイスウェイトが上がってくる。晩餐の支度ができたんだわ。母はあなたに伝えてと、申し訳ないが、料理をするキッチンメイドだけ残していくからと」カレンは部屋中を見回し、半月形にしたなにもないテーブルを眺め、家具がたいそう奇妙な様子で床にうずくまっているのを眺めた。「お部屋って、お花がないと、変てこに見えるものね？」彼女は言った。

「私はよくわからないけど」

「私もわかるとは感じてないけど」

カレンはナオミの埃っぽい黒いコートを椅子から取り上げて、手を洗うべく彼女を階上へ案内した。

ナオミは、カレンの部屋に続く、空き部屋になっている化粧室で休むことになっていた。背の高い戸棚が修道院のような狭いベッドにのしかかるように立っている。ナオミを残してカレンが自室のドアに向かおうとしたとき、これから夜になるという想い——暗闇と、こだまが返る家でナオミと一緒にいるという慰め——が、平安となって初めてカレンの心に満ち溢れた。

階下へ降りる途中、ふたりはミセス・マイクリスの部屋を通り過ぎたら、ドアが開いていて、鏡とベッドにシーツが掛かっているのが見えた。

第三部　現在

一

「あなたのお母さまは来ないのよ。来られなくなりました」

レオポルドは暗い瞳で、床に膝をついて自分を両腕で抱いているミス・フィッシャーを探るようにじっと見つめた。この抱擁のなかで、彼は石になって突っ立っていた。また一瞬ほどが過ぎ、身じろぎもせずに立ちつくす彼にその激しい抵抗が感じられ——彼女は彼を解放した。彼は顎をつんと上げて彼女の腕を逃れ、誰からも離れたところに立った。ミス・フィッシャーはその場にいったんしゃがみこんでから、ゆっくり立ち上がった。しかし彼女は、ヘンリエッタの目にすら、無視された女にありがちな、愚かしい女には見えなかった。彼女は自分が誰だかわからなかった。体が自然に動き——それと同時にサロンに投げた視線は、体から引きちぎられたような視線だった。

ヘンリエッタはというと、気が抜けてしまった。いずれ彼女が大人になれば、レオポルドの母がその午後に来なくても、現実にはなにも起こらないのだという信念に日を追ってさかのぼることだろう。トロカデロを見に連れて行くから、ミセス・フォレスティエが来たときに居合わせないですむ、と言われていたにもかかわらず、彼女はなぜか確信があった、私はきっと、このすべてに立ち会うことになるのだと。レオポルドが私の名を告げると、彼の母は、「あら、ちゃんと教えて、ヘンリエッタってどなた？」と言うだろう。……ミス・フィッシャーがレオポルドを解放したとき、ヘンリエッタはとうてい彼を直視できなかった。そんなことをしたら彼はもう私を好きじゃなくなる、と彼女は思った。そして、悪いニュースばかりばらまくのは、いかにもミス・フィッシャーのやりそうなことだと感じていた。

寄せ木の床を交互に歩く自分の足を見おろしながら、レオポルドはマントルピースまで歩いた。そしてそれに背中を付けると、いきなりミス・フィッシャーを正面から見た。「きっと」彼はよそよそしく言った。「あなたは残念でしょう」

「私は彼女に会いたかったたわ、ええ」

「でもあなたはヘンリエッタを連れて出て行ったはずでしょ」

「また戻って来なければならなかったわ」

「ああ。じゃあ、ヘンリエッタにはなにをして上げたの？」

「レオポルド、レオポルド、ダーリン、もう少し自然になさい！」

「僕がどうして？」

ミス・フィッシャーの叱責に、ヘンリエッタはかっと熱くなった。しかしレオポルドは少しもへこたれていなかった。心のなかで議論の種みたいなものをつかんだのがわかった。レオポルドの面目を案ずる必要はなかった。彼は面目ではなく、自分自身のことを考えていた。彼は考えていた。だからミス・フィッシャーの感情に反感を覚えなかった。自分だけの冷静な形で、その処理をつけたことを楽しんでいた。ヘンリエッタはその瞬間まで気づかなかった、ふたつの人種が感情の面でこの世界を作り、また、その両者がひとつの部屋のなかで出会うと、いかにそれが噛み合わないか、ということを。道理で今日のこの日、レオポルドは手に負えなかった。彼が私の旅行カバンを倒したときに私が泣き出していたら、彼はもっともっと私が好きになっていただろう。ヘンリエッタはチャールズを抱き上げると、ソファーまで行ってそこに座り、そこでチャールズの耳を点検し、縫い目がもっとほどけてないかどうか調べたが、その態度で、「ここはあなたと私が来る場所じゃないわね」と言っていた。

ヘンリエッタがあきれたような態度でソファーに引きさがったので、ミス・フィッシャーは、はっと思い出して、心配そうに彼女を見た。ミス・フィッシャーはテーブルを背にして立っており、降ろした両手は震え、スカートをいじっていた。ヘンリエッタの困ったような顔が人種はひとつではないことまでも思い出させ、彼女は自分を同時に責めていた。ミセス・アーバスノットとともにシャンベリーを馬車でドライブしたことと、湖畔で交わした思いやりのある対話の数々が、静かな部屋の外を行く人々や車の往来のように、彼女の心をよぎったに相違ない。彼女は言った。「ヘンリエッタ、この午後は、あなたと私とレオポルドで、どこかに行きましょうね?」

「僕はどこにも行きたくないので、どうもありがとう」レオポルドは驚いて言った。

「私もどこにも行きたくないので」間髪をいれずヘンリエッタが言った。

「でもあなたのお祖母さまががっかりなさるわ、あなたがパリを見なかったら」

「いつかたぶん見るでしょうから」

「僕はそんなもの見たくないや」レオポルドが言った。

「あら、レオポルド、残念ね！」

「ローマは見ました」

「だけど――」

「僕がパリを見ることなんか誰も望んでないよ。僕は重要な場所なら見たいだけだもん。モスクワは見たいな」

「そのうちにいつか、お母さまに会えますからね！」

「会えない理由なんかないよ」レオポルドが言った。

「なにか予期しなかったことが起きたのよ。いいわね、いくら大人でも、したいことがすぐできるとは限らないのよ」

「へえ！　じゃあ、どうして大人になるのさ？」

ミス・フィッシャーはあっさりと答えた。「私なんか、どんな質問にも答えられないのよ、レオポルド」

これを聞いてレオポルドは、黙ってミス・フィッシャーを見た。ヘンリエッタは彼の瞳のなかに初めて浮かんだ絶望を見た。彼女は思った、もし私たちがいま議論をやめたら、彼は泣き出すわ。彼はなんでもいいから騒ぎが続くほうがいいのだ。なにを次に言ったら、レオポルドが反論するか、ミス・フィッシャーが困って悩むか、とヘンリエッタが迷っていたら、レオポルドは身をかがめて、自分の黒いソックスの片方を引っ張り上げた。表情にある威厳だけが、彼の持てるすべてだった。それから彼が言った。「でも、あなたは僕の父を知らなかったんですか？」

「でも彼は、この家に来たときは、あなたよりずっと年が上だったのよ」

「つまり、彼はなんでも知っていると思っていたんですね？」レオポルドがあざけるように言った。

彼の瞳は、こぎれいな、がらんとした、ざわついたサロンを見回しつつ、死んだ人間に対する侮蔑を無意識に浮かべていた――彼らは現在を知らず、いまは不能だったから――、レオポルドのなかで哀れみに昇華するものがまだなにひとつないことを示していた。ひとえに、「本当に知りたいなら、誰がここまで来たりするだろうか？」と問いかけながら。その小さな姿は暗い色調のまま、マントルピースの前にぽつねんとして、知り得ぬ過去に対する満足感でふくらんでいた。今日は僕の一日だ。完全に僕自身であり続けるために、もう議論なんかいらない。ミス・フィッシャーにプレッシャーをかけるのをやめてもいい。彼の黒い瞳は暗くなり、虹彩が拡張していた。そう、彼の母は来ることを拒否した。彼女は彼に尽くそうとはしなかった。彼は彼女に役割を振ったのに、彼女はその役割を拒否した。ということは、彼女は思索の産物ではないのだ。彼女の意志、彼女の行動、彼女の思索は、電報のなかで語っていた。彼女の拒否は彼女にふさわしいもので、突然現われ、ついでまた自身に戻るという今回の行為によって、母を縛りつけてきた彼の想像力を打ち砕いたのも、彼女にふさわしいことだったのだ。やはり母は彼の外側で生きていた。本当に生きていたのだ。彼女が打ち立てたこの対立こそが愛である。「うん」と彼はいった。「僕はいつか母に会うよね」

「そうよ、あなた――」ミス・フィッシャーが口を開いた。

「母は怖かっただけでさ――」

――天井を叩く三回の強い音で、ミス・フィッシャーとヘンリエッタは、不安そうに天井を見上げた（ヘンリエッタは、香の煙がねじれ、灰色の黄昏がベッドの足元にあるのが見えた）。「母だわ」ミス・フィッシャーが言った。「気が短くてね。あなたのお母さまが来ると思っていたものだから」叩いた後は静かになったが、天井を通過して降りてきたのは、上で臥せっているマダム・フィッシャーの苛立ちだった。私をかくも忘れるとは――そんなことはめったになかった――その瞬間に彼女の五感のなかで一種の警報装置が必ず鳴り出し、苦々しい怒りがこみあげてきて、床を叩かせるのだった。ミス・フィッシャーは内緒よという目でヘンリエッタを見やり、熱心に伝えようとした。「この家には、心の癒されない人がふたりいるの。あなたはね、ヘンリエッタ、階下のここでできるだけのことをして下さいね」次に声に出して、ヘンリエッタとレオポルドに言った。「上にいる母のところに行かなくては」彼女は部屋を出てドアを閉め、そして階段を上がる音がした。ヘンリエッタはレオポルドとふたりであとに残された。

「いまのは病人みたいな音じゃなかったわね」彼女が言った。

「僕は想像だけしてたんだ」

「マダム・フィッシャーを？」

「僕の母のことを」

「ああ……。でも、さぞがっかりしたでしょう。私もお気の毒に思うわ。レオポルド」彼女はきっぱりと言った。

「君が？　どうして？　僕は違うよ、興奮してるんだ」

「わけがわからないけど」

「そうだろうな、君にはわからないと思った」

「じゃあどうしてそう言うのよ?」

「うん……。君はここにいる誰かだから」

「まあ」ヘンリエッタはそう言って、またお猿のチャールズを見た。

「ミス・フィッシャーのほうだけど、自然だと思う?」彼女は言った。

「うん、まあそうだと思うよ……。彼女は両方知っていたんだ」

「レオポルド、そろそろ興奮するのはおしまいにしないと。今朝は興奮してもよかったのよ、なにかが起きる予定だったからよ、だけど、それが起きなかったんだから、落ち着いたほうがいいと思う。勇気を出しているのだと思うけど、少し見せびらかしているみたい。私がここにいるから見せびらかすんだったら、私は出て行って、階段に座るわよ」

彼女はソファーから立ち上がった。レオポルドがなにも言わずに見ていると、彼女はドアまで行き、ドアのノブに手をかけた。そこで彼は強く言った。「駄目。行かないで」

「私、行くもん。あなたを見ていると、ぞっとするんだもん」

「だったら僕も一緒に行って、階段に座るよ」

「あなたって、最低だと思う」ヘンリエッタは言った。

「どうしてパリを見に行かなかったの? 彼女が連れて行くと言ってたよ」

「あなたのことで同情する気持ちになったから」

「君が同情するなんて、僕ならそうは言わないな」彼は冷たく言った。「僕がなにか言うたびに、君は大騒ぎしてるだけさ」

「あなたの言うことがそうだからよ」

「いや、君に言っているわけじゃないさ」

「だったら、いったい、どうして——」

「みんなどうなのか、聞きたいのさ」

「ええと、私は本当にトロカデロが見たかったけど、ミス・フィッシャーも見ていてなんだかぞっとするものだから。彼女はパリ中のどの人とも違うと思うの。どうせパリを見るなら、普通の人と一緒がいい——だけど、そういうことなら、どうしてあなたは出かけなかったの？」

レオポルドは彼女を見た。

ヘンリエッタは食い下がった。「あなただって同じことじゃない」

「母がここにいないからだよ」

レオポルドはこのことを試すような声で言い、途中でやめてそのこだまに耳を澄ませ、そのあいだに無理やりヘンリエッタを見たり透視したりして、「僕の母はここにいない」という文字が彼女の体中に——顔、ドレス、毛髪——書かれているのを、無理やり読んでいるようだった、何度も、何度も、何度も。いまやヘンリエッタは事実になり、それは逃げ出せないが耐えられない事実だった。彼女の瞳、彼女の顎、襟を留めているブローチ、おなかまで並んだ赤いボタン、ベルトのバックル、履いている靴の一つひとつが、上から下まで彼女をくまなく見ているレオポルドの目に、知ることの痛みを増しくわえていた。しかし、ヘンリエッタの手がもう一度ドアのノブにこわごわ触れると、これがヘンリエッタなのだと気づかされ、激しい憎しみが湧いて、彼をいっそう凶暴にした。君はここにいるのに、彼女はいない。強く引き結ばれた唇が白くなった。孤立して自負心が崩れ落ちた彼を支持する者はいなかった。彼は両手を背後に回し、彼女はその両肩が震えているのを見た。バレエ教室でみんなに笑われている少年みたいだった。「さあ、なにか言えよ！」彼が言った。

彼女はただドアのノブをつかんだ。

彼女がなにも言えないでいると、彼はふとマントルピースのほうを向き、突然その大理石におでこを押し当てて、ぐりぐりとねじった。肩が片方持ち上がり、セーラー服の襟がゆがむ。両腕は胸とマントルピースに挟まれていた。しばらくすると、片方の足がもう一方の足に絡みつき、蔦が絡みついて木を殺しているようだった。時計がいかにも冷ややかに彼の頭上で時を刻んでいた。

泣いているだけなら……とヘンリエッタは思った。彼から千切れるように出た最初の音であまりにも驚いたので、彼女は彼の襟についた白い線を数えはじめた。最初の頃のすすり泣きは、一つひとつが恐ろしい事件のようで、やがてだんだんと速くなった。泣きたくないのに独りで泣いている人のように、罰として独り閉じ込められた人のように泣いていた。部屋だけしか聞き手のないときは、こうやって泣くしかない。彼女は思った、だけど、いま私たちは誰もこんな罰を受けたりしないと。こらえきれない彼の涙は、彼の涙というに留まらず、あらゆる涙と見えた、いままでこらえてきた涙、つまり、乾き切った体、年齢、偉大でないこと、あるいは怒りなどが不可能にしてきた涙——墜落した自家用飛行機のそばに立つ男、誰かから来た致命的な手紙を破り、紙切れにして、平然と火格子のなかに落とす女、自分の一族の屋敷が炎上するのを見ている人々、武器たる刀剣を放棄する将軍たちが――雲間に一瞬覗く悲劇の光景を見て、こみ上げてきた涙のようだった。

　ヘンリエッタにはわからなかった、この瞬間についえたもののすべてをレオポルドがどの程度鋭く感知したか、などは――打ち続いた情景、彼自身の刻一刻、彼の疑いを解こうとして近づく人々など。ヘンリエッタはレオポルドが受け継ぐはずの国土をすでに見ていた――その確信がその価値をさらに小さくし、彼の情熱的な無知がその価値を大きくしていた――取りまく木々は自らの影のなかに立ち、尖塔が無数にきらめき、陸地に浮かぶ光の湖、長い距離を走る小さな列車が白い綿毛を吐いている。彼はイギリスに行かないから泣いている。母親が来なかったので、連れて行ってもらえない。養子にされたから泣いている。行く場所がどこにもないから泣いている。これで想像が終わるので泣いている――想像はいまがないと、働かない。失望は人生の薄い保護膜を剝ぎ取る。

　レオポルドの孤独な絶望は、ヘンリエッタを壁かテーブル同然にしてしまった。しかし彼女の存在が軽視されたのではなかった。誰もいなかったのだ。そこにいないということが肉体を離脱させたので、彼女は恐れることなく床の寄せ木を歩いて彼のそばに立った。彼女は彼の頭部を眺め、細いうなじを見つめ、両肩の間で揺れている青い四角い襟を見て、どこに手を置いたらいいか、臆することなく考えた。結論として、彼女は体を彼にあずけ、わき腹を彼の肘に押し当てると、彼のすすり泣きが体に伝わってきた。レオポルドがさらに顔を背けたので、頬とこめかみの一方は大理石にくっついたが、彼は触れている少女から体を引き離そうとはしなかった。このまま一分が過ぎ、彼女に押し付けていた肘が伸び、左の腕が、木の幹でもつかむように、なんの気取りもなくしっかりと彼女を抱きしめた。こうして抱きしめられると、彼が寄りかかっているマントルピースにくっつきそうになり、ヘンリエッタはついでに自分のおでこも大理石の上に乗せた。すると顔が前に出たので、こみ上げてきてこぼれた涙がドレスの前に落ちた。天使が彼女のなかに降り立ち、両手を唇に当てたので、ヘンリエッタはなにか言うのをやめた。

彼女が泣いたので、彼は休むことができた。マントルピースに当てた頬も痛くなくなった。マントルピースと彼女の体というふたりの友だちに挟まれたレオポルドが、窓の外、裸の木が辛抱強く立つ姿が視界にはいってくる中庭を眺めているのが、彼女にはわかった。呼吸は落ち着いていた。吐く息がすんなり出るようになり、痛ましい深さがなくなっていた。その間ヘンリエッタは、いつもの自分からではなく、自分の目から、涙が流れるのを感じ、それがサージのドレスに雨を降らし、レオポルドの手がつかんで少し歪んだボタンの列の両側にこぼれていた。ふたりはしばしこのままでいた。

「レオポルド……」

「うん？」

「なんでもない」

レオポルドはヘンリエッタのベルトにさわり、その周りを少しなぞった。彼の指が初めて持った理性的な感触だった。それから振り向くと、楡の木を映していた彼の目に、涙で赤くなった彼女の顔が映っていた。彼は想いを忘れて彼女を見た。彼の額の上の毛髪から濃い色の髪が一束垂れて、白い肌に落ちていた。溺れたみたいに見え、海がその無抵抗な顔を洗い、もつれた睫毛に囲まれた目は見開かれたまま、見るのをやめたようだった。しかしやがて彼女は、彼の瞳に晴れて意識が行進して戻ってくるのがわかり、レオポルドはそのまなざしでヘンリエッタを見ていた。大人の手がふたりの体に割ってはいったような、さっきの天使か、なにか外から来たものがふたりをそっと引き離した。彼女を抱いていたレオポルドの腕がゆるんで離れた。まだ警戒もせず、彼らは前と同じように立っていたが、レオポルドは両手をポケットに滑り込ませた。ヘンリエッタは時計を睨みつけ、そのうしろにある線入りの便箋を睨んでいた。

ミセス・フィッシャーはマダム・フィッシャーのそばに立ち、起こらなかったことを話したにちがいないが、いままた天井の上でなにかのことで動き回っているのが聞こえた。大人たちは時計仕掛けの忙しさにいるようだった。誰かが病気でなくても、電報が来なくても、彼らは物から物へと直線コースをひた走り、次になすべきことを常時指している内部時計の謎の秒針に支配されている。間違った時間の使い方には唖然とするばかりだ。カーペットのない、音が響くフランスの家屋では、生きている人間が立てるかさこそという音が、そのぶん、いっそう耳につく。ヘンリエッタはいたるところで音がするのを知っていた。レオポルドは、これを外に追い出すすべを学んでいたので彼女より幸せだったし、その知力があるがゆえに、もっと幸せだった。だから彼はそこに立ち、ヘンリエッタが沈んだ心で聞き耳を立てている宿命の階段にそれとなく注意して、ミス・フィッシャーがまたもやヘンリエッタに攻撃を仕掛けるのを待ち構えていた。まもなく階上のドアが開いた。ミス・フィッシャーが階段に出てきた。

ヘンリエッタは用心深く歩いてソファーに戻った。チャールズを拾い上げ、以前どおりの自分に変身した。ミス・フィッシャーがはいってきたが、ひどく取り乱した顔をしていた。

「マダム・フィッシャーはお元気になられましたか？」ヘンリエッタは即座に言った。

「ありがとう——ああ、それは、ええ。素晴らしいのよ。今日はなにも疲れることがなかったから……。レオポルド？」

「はい、ミス・フィッシャー」

「母がどうしてもと言うの——あなたにとても会いたがっているのよ、ほんの二、三分だけ。でもそれは、あなたがよければばと言っているけど……？」

「僕はかまいませんよ」レオポルドが言った。「いますぐ上に行きましょうか？」

二

マダム・フィッシャーは手をベッドカバーの上に出して、レオポルドが来るのを待っていた。彼は、窓側でなく壁よりにベッドの上部《ヘッド》に近づき、ふたりは握手した。彼女は枕に乗せた頭をねじ曲げて彼のほうを向き、赤らんだ薄暗がりのなかで、たがいに真剣に向き合った。片方の鎧戸《シャッター》は下りていた。レオポルドは上ってくる前に額に垂れた髪の毛をうしろにかき上げ、四角い襟を真っ直ぐに整えていた。

「さあ、レオポルド」彼女が言った。「たいへんなことだわね、残念だわ」

「母が遅れていることですか？」

「あなたの長旅が無駄だったことよ」

「僕はこの旅が気にいりました」

「もうそうとう長くイタリアにいるんだって？」

「イタリアでも場所によります」レオポルドが言った。

マダム・フィッシャーは微笑み、片方の手を少し上げて、懐かしむようにじっと見たが、人生が、たとえ束の間であれ、これでまた新たに始まった人生を喜ぶかのように、よんどころなく寝台の上に身を横たえてきただけのこの老友はレオポルドとの出会いを歓迎していた。それから名残り惜しげに手を寝具のなかに戻し、忘れられた老人は寒がりなので、どんなご馳走にもまして温かさが欲しいのだと匂わせた。

そうして彼女はじっと横たわり、シーツを顎まで引き上げ、レオポルドが背にして立っている赤い壁のほうに少しだけ顔を傾けた。「とうとう、会うのね」彼女が言った。

レオポルドは無言だった。

「座ったら、レオポルド?」マダム・フィッシャーが言った。彼はミス・フィッシャーの椅子を見て、そこにあった編物をどかしてから、椅子をベッドの上部《ヘッド》まで引きずってきた。そしてそこに座り、両方の手のひらを椅子のアームに強く押し付け、顎を上げ、剥き出しの膝を交差させ、その姿勢でこう言った。「それで?」

「あなたは、むろん、自分の母親を裁いてはいけませんよ」マダム・フィッシャーが言った。「彼女は勇気のある人だったけど、その勇気をいつも出せるとは限らないの」

「人は気が変わるんですね」レオポルドが言った。

「娘が言ってたけど、あなたは変てこな質問をするとか。そうなの?」

レオポルドはうつむいてこれを考えた。「誰に質問するかによります」

「私には変てこな質問をしてもいいけど、当たり前の質問は駄目よ。私たち――娘と私――は、質問には答えないことになっているの。それが条件で、あなたはここに来たのよ。だから私を困らせないでちょうだい」マダム・フィッシャーはこう言って、微笑んだ。「あなたは間違いなく、おとぎ話なんか嫌いでしょ、レオポルド？　馬鹿な人がいっぱいいる魔法の森なんて、むかつくだけよね。あなたは剣を振りかざして突き進む若者じゃないわ。おとぎ話には、私もうんざり。でも運悪く、人生にはそういうことがあるというのも間違いないことなの。私たちはみな、起きる事件にがんじがらめに縛られてしまうの。だからあなたは、こんな、まるでジンジャーブレッドみたいな私を見て、それで満足して下さいな、あるいはどう取ってもいいけど……。あなたに自然に話すのは難しいな、あなたが知らないことをうっかり話すのも怖いし、彼らにしてみれば、あなたが一生知らないでいて欲しいだろうし」

『彼ら』って誰ですか？」

「イタリアにいるあなたのお友だちと私の娘とあなたのお母さんのこと」

「でも、イタリアにいる人たちは——なにか知ってるんですか？」

「問題はそこよ。彼らは、自分たちが知っている以上のことを、あなたにこの家で知って欲しくないの」

「僕のことを知った人たちは、僕が生まれたことを知ってはいけないし、僕が生まれたことを知った人たちは、僕のことを知ってはいけないんですか？」

「そういうこと」彼女は言ったが、まともな話のためにとってある、乾いて、貪欲な早口になっていた。

「じゃあ、ここにいるあなたと、むろん、僕の母以外の人は誰も、僕が生まれたことを知らないんだ、そうでしょ?」

「あとはあなたのお母さんの夫だわね――私はそう聞いたけど」

「ああ……ミスタ・フォレスティエのこと?」

「このミスタ・フォレスティエがお母さんに、あなたに会うようにせかしたらしいわ。彼は途方もなくロマンチックな心の持ち主ね」

「でも、だったらなぜ――」

「――ナオミの編物を私のベッドのすそからどけてくれない? テーブルにでも置いたらいい。そうなの。ベッドのすそに物があるのは好きじゃないの」

「ごめんなさい」レオポルドはそう言って、編物を移した。そしてまた座ると、言った。「あなたも僕の父を知っていたんですか?」

「かなりよくね」マダム・フィッシャーが言った。「だけど、あなたは彼のことは知らないんだ」

「僕は、人は生まれるには父親がいることは知っています」

「まあ、あなたのアメリカ人のお友だちは、あなたにそこまで話したのね?」

「と思います」彼は淡々と言った。「彼は死んだと僕には言ったけど。それは本当なんでしょ、ねえ?」

「完全に本当よ」彼女はこう言って、枕の上でうなずいた。

「じゃあ、彼は僕が生まれたことを知っていたはずですよね」

マダム・フィッシャーは曰くありげに目蓋を閉じたが、今の今まで燃えるようにレオポルドを凝視していたその目は、骨でいっぱいの洞窟から出てきた老ライオンの目さながらだった。見ないことで温存してきた体力が、声とともに抜け出てしまったのか、彼女は力を振り絞って言った。「とんでもない。彼が死んだときは、彼があなたのことを知らないどころか、あなたが彼を知らないように、みんなで願ってたのよ。ある点では、あなたは彼より有利ね、レオポルド。あなたは父親がいて当然だと知っているけれど、彼は息子がいるのが当然だとは知らなかったんだから」

レオポルドはふたりの間にあるシーツが、昼下がりの暗がりで灰色に染まるのを見ていた。「じゃあ、どうして誰も彼に教えなかったの？」

「彼はもういなかったのよ。彼は死んでしまったの」

「でも――」

「あなたはこれ以上質問してはいけないと思う。あなたの質問は、当たり前でいて、変てこな質問ばかりだもの」

「もうこれで――」

マダム・フィッシャーの顎がシーツの上で、嘲るように動いた。

「あなたに訊くことはありません」彼は礼儀正しくきっぱりと言葉を結んだ。

「よかった」彼女が言った。「ではこれ以上時間を無駄にしないようにしましょう」ということで、彼女はベッドカーテンの天幕のなかに横たわり、人がいるとは思えない薄さと静けさに身をゆだねつつ、レオポルドを凝視していた――彼の繊細な眉と狭い額の青白い肌が、もの思いに張り詰めていて、頬に睫毛がかかり、子どもらしからぬ慎重な指は、触覚のように、詰め物をした椅子のアームを手探りし、詰め物をきしませながら、鋲のボタンがくるたびに手は動くのをやめた。ブラウスのカフスが手首までめくれ、彼女はそこをちらりと見た。この見知らぬ部屋にあるもので、ここにはいったときから彼の目を引かないものはひとつもなかったが、彼はじっと座ったまま、そこにあるすべてのものがわかっていた。すべてのもの、張り出し棚についている貝殻模様の最後の渦巻きにいたるすべてが、彼の意識のなかにある密室に永久に封印されるままになる。彼女の存在がざわめく水のように彼に逆流してきたが、それは動じない彼の顔に出ただけだった。彼女は、かつて知っていた思索と熱情の地図のミニチュア版を再読していた。

彼女が言った。「下では私がもう死ぬと言ってた?」

「ヘンリエッタは、かもしれないと言ってました」

「でもね、私はかれこれ十年、生きてなんかいなかったのよ」

「ずっとベッドに?」レオポルドが言った。

「それはいいの。いまは私がどこにいようが、私は感じないし、人も感じないし」

「なにも感じないの?」

「こんなに病気になって、運がよかった」

彼女の言ったことを考えようとして、レオポルドは、畏怖の念も臆病な思いもなく、沈黙を守った。一度だけ顔を上げて椅子の右のアームをちらりと見やり、いままで自分がさわっていたものを初めて見た。それから彼は、彼女が篭めたのと同じ響きを持つ声で言った。「どういうことですか、人も感じないって?」

「あなただったらどう思う?」

レオポルドの瞳は、睫毛と睫毛の間で細められた。用心してマダム・フィッシャーを見つめ、射し貫くように見た。「人々が僕のいるのを知らないこと」

「それじゃあ、レオポルド、あなたの一番の望みは、下劣な力を行使すること、それだけなんだ」

レオポルドの心はこの切れ切れな文章を調べ、目隠しされて跳ぶのを拒む馬のようだった。自分がとる道の一番遠くを回ったところで冷静に考えて、彼は言った。「だけど、彼らが知るまでは、僕はなにもできません」

「そうよ、まさにそのとおり。でも、生まれたということは、いまいるということよ——死ぬ前にいることをやめるような人もいるけれど。あなたとか私にとっては、レオポルド、とにかく生まれてきたことがチャンスなの。あなたとか私にとっては、考えることは怒ることかもしれないけれど、覚えておくのよ、私たちは自分が感じた怒りを克服できるの。お墓のなかに生えた若木を自分だと思うことは、その墓を突き破ってどこまでも伸びる力を見つけ出すことなの」

「木がそんなことするかなぁ?」

「彼らがあなたについて無知のままでいる必要はないわ。それはあなた次第よ。でもあなたはどんどん大きくなって、ほかの人たちよりも強くならなくては。あなたが心配しなくても、あなたを大切に慈しむ人がいます。あなたがいずれなるだろう男にとって、それはあなたのお父さんじゃない男だけど、父親と母親はたんなる道具だったんだから。彼らの名前も顔もどうでもいいの。彼らはたがいに惑わし合って、知らぬ間にあなたにつくしていたのね」

「僕はイタリアに帰らないといけない？」

「いまさらどこに行こうが、そんなの関係ないでしょうが？」

「関係あるよ」彼はこう言って目を上げた。

毛布の下でマダム・フィッシャーの両手が、くるまれたまま両脇にあった。それから枕をいくつも押し戻して、体を力なく弓なりにすると、いまは彼女の天空である天蓋を見上げた。彼女は早口に、苦しい息をおして叫んだ。

「なんて言ったの？」レオポルドは容赦なく言い放った。

「こう言ったのよ。『ああ、神さま、恐ろしいことに、彼はまだ子どもです』と」

「フランス語で？」

彼女はうなずき、その瞳は暗い眼窩に沈んでいた。

「あなた、それはしゃべれないわね？」彼女は言った。「当然だけど」

「はい。ほとんど駄目なんです。単語だけいくつか」

「彼らはあなたの翼をうまくもぎ取ったんだわ、そうやって」彼女が言った。

「なぜ言ったの、恐ろしいことに、僕は子どもです、なんて？」

マダム・フィッシャーは微笑を残したまま、恐るべきユーモアの冴えをその微笑に託し、ドアの向うを見たことなどない人になりすました。「あんた、立ち聞きしたね」彼女が言った。「私は神さまとお話してたのよ、私の知るかぎりでは、神さまはこの天蓋の上に座っておられるかもよ、ナオミが、羽箒《はねぼうき》で蛇腹の埃を掃き出すついでに、神さまを立ち退かせてさえいなければの話だけど。クリスチャンの友だちが言うには、神さまはなんでも大袈裟にとるお方とか。人は当然、神さまの言葉で神さまに話すでしょ。あなたと私の言葉という意味ではね、レオポルド、あなたが子どもであることが、私には実に残念なの――この私には、それだけが。だから残念なのよ。あなたがもう少し子どもでなかったら、また生きている私のこの短い残り時間を、もっと存分に楽しめたのに。でもこういうことだから――そうね、あなたには率直に言ってもいいわ。ろくでなしの大人より、いまのままのあなたのほうがいい。でも残念だわ、私の死ぬのが早すぎる」

「僕なんか、もっと残念だよ、イタリアには帰らなければならないなんてさ！」

「それしかないなら、帰るのね。いま言ったように、そんなことは重要でもなんでもないの」

レオポルドは頭をうしろに引いた。そして子どもの囚人みたいにマダム・フィッシャーを見つめ、自分の唇に差し出された怪しいものがはいった杯を、誰に向けたらいいかわからないみたいだった。彼はじっと見た。初めて疑いを覚えたのか、彼女は正気ではないのか、それともあざ笑っているのか、どっちだろうと思った。そしてナオミの椅子の腕を両手で強く押し、いきなり言った。「どうして？」

「どうして僕は転んだときに、膝にヨードチンキの痛いのを塗られなくちゃならないのかな、それに僕が海岸にいるときは、かならずひとりが崖の上にいるのが見えるし、土曜日はいつも体重を計られてさ、食べ物みたいにさ、それで彼らの友だちが来ると、僕の意見はと訊かれ、僕がベッドにはいって目をつぶっていると、周りでやつらがひそひそと囁き、それからローマから連れ出されて、水で薄めたワインすら飲ませてくれないし、どうしてしょっちゅうシェリーという人の話を聞かされるのかな？　あいつなんか溺れて、いい気味だ。初めから生まれてこなければよかったんだ。召使たちは小父さんたちのことを笑ってるよ、彼らは子どもが生めなかったからさ、だから僕を絶対に独りにしないし、あらゆるものに蟻がたかっているようなものさ。僕が怒ると、彼らは別の部屋でひそひそやるし、僕が汚い言葉を使うと、たがいに目をそらすんだ。他人に僕を見せびらかして、僕が自分たちのものだと思いこませるのさ。僕をいつまでも物でいさせようと、いつも努力してるんだから。彼らは僕を買ったの、どうなの？　どうして彼らにキスしなくちゃならないのかな、無理やりさせられるときはいつも、こいつらの顔なんか落ちてなくなれと思うんだ、たまねぎの皮みたいに。彼らが夕方散歩するときは、日が沈むからなにも言わないでいるの、だってさ、なにかを見ては詩人になったりして、その格好ときたら馬鹿丸出しさ。言っても無駄なんだ、『あなたたちを愛していない』なんて、羊に言ってるのと同じだもん。彼らといると自分が場所になったような気がして、羊どもがいつもそこで草を食べてるよ。彼らはすごく嬉しいのさ、僕が彼らのこと以外のことは思い出せないから」

「なんでもずいぶんはっきり見ているのね」マダム・フィッシャーが言った。

「母の手紙が来てからこっち、僕は――」

「彼女は手紙など書かなかったほうが、よっぽどよかったのに。羊どもに囲まれて暮らさなくてはならないなら、心を高く揚げるのは危険だからね。私だって羊どもにまじって生きてきたわ、羊どもが人生だったから。それがいまわかった。私のたったひとりの友人のうしろでこの家のドアが何度閉まったことか――そのたびにこれが最後かと思って――それからまた羊どものところに戻ったんだから！　私がそのとき見た顔を全部、どうして殴らないでいられたかわかる？」

レオポルドはぽつんと言った。「でもあなたは彼らの顔じゃなかったんだ」

マダム・フィッシャーは、開放的な理性的な声で言った。「でもねえ、あの人たちはあなたによくしてくれたのよ。あなたが言うことは私にはショックではないけど、でも、ねえ、やっぱりショッキングね」

「僕はどうして戻らなくちゃいけないの?」

「あなたも私も」マダム・フィッシャーが言った。「反抗して時間を無駄にしてはいけないよ」

「シェリーは反抗者だったよ」レオポルドがずばりと言った。

彼女はぴしゃりと言った。「シェリーはそのレベルを超えた人よ。でも本来の自分自身になるためには、まず時間を少しは無駄にしないと。あなたの友人たちが楽しんでいるのは、間違いなく、若くして死んだ青年のその時期なのよ。彼らがシェリーに恋焦がれたいなら、そうさせてあげたらいいわ。別に害はないし」

「シェリーは死んだからでしょう。だけど僕は? 僕はいなくてよかったんだ」

「そうよ、あなたはいなくてよかったの。それは本当よ。赤ちゃんだったあなたが持っていた、どうしようもない無力さが、彼らの心情に訴えたのね、あなたの知らないうちに。生まれて間もない頃から二歳になるまで、あなたは母親の願いによって、ナオミのドイツ人の友人宅にいたの、自分の家族のある女性だったわ。あなたがそこでどういう風に育っていたか、それは誰にもわかりません。そのご婦人は亡くなったの。急死だったので、ナオミは危機に陥ったわけ。あなたはどうなるか? 要するに、あなたはここへ来られないということだったの。あなたのお母さんには相談できなくてね。その年は、彼女が結婚して二年目だったけど、子どもを死産して重態だったものだから。ナオミは、あなたも私も文句なく認めるわけだけれど、この件で行動する権利があって、だから、独りで行動しました。あなたが羊と呼ぶ三人のアメリカ人は、この家にしばらくいたアメリカ人の若い娘さんの親戚だったのよ。その若い娘がここにいた間に、彼らは何回か訪ねて来て、それからまたパリを通るついでにやってきて、それがちょうど、あなたの将来に関するナオミの不安がピークにあったときだったの。ナオミはここにいた彼らの親戚の娘から、彼らは子どもがないし、その望みもないので、養子をしたいという願いをもらしていたと聞いたのを思い出したの。それでナオミの考えは一気に飛んで計画ができたのよ。それはね、彼らの事情が確実であること、彼らが愛すべき性格であることを知って、一回面接するうちに、彼らの心が求めるものがきわめて自然であると納得できたの。楽天主義と好意を、このふたつは私はあいにく持ち合わせがないけど、資質として確かめて、娘のナオミは、グラントームーディー家の人たちがあなたにふさわしい両親になると認定したのね。彼らのほうからは、たいした質問もなく、なにも知らなくていいと知って満足したらしいの。彼らは疑いもなく、子どもはナオミの子と見なしていたでしょうが、ナオミ自身が後で彼らにどう話すのが適切と思ったか、私は知りません。娘は、いつものように、自制できずに行動するけれど、でもそれだっていつものように、最善を考えた上のことだから。私はこの件でなんの役割もしなかったわ。もし彼女が衝動的に見えたとしても、私が口をはさむのは――」

マダム・フィッシャーは突然口をつぐみ、枕の上でぜひもない苛立ちを見せ、片方の手をまたシーツの外に出した。階下では道路側のドアのベルが鳴り、誰かがなかに通されたが、彼女とレオポルドはしっかりと目配せをして、一瞬たりとも過去から目をそらさなかった。彼女は呼吸が苦しそうだった。顔には一瞬、まだ続けるのかという苦悩が浮かんだ。そして、のしかかる疲労を押し戻した。

「ナオミの選択の結果、あなたはドイツから連れてこられ、彼女の希望が通って、すぐにアメリカ人のトランクとともにイタリアに発ったわけよ、飼い主が変わってもらわれていく子犬か子猫みたいに。イタリアだという思いが、あなたに代わってナオミを誘惑したに違いないわ。あなたの父親とナオミは（一時期結婚するはずだったの）、たしか、よくイタリアのことを話していて、旅行する計画もあったようよ。彼女は、あなたと違って、シェリーの友だちなんか怖くないからね。それに、たしか彼らはナオミにあなたに会いに来てもいいと約束したのよ、その約束は――その後、彼女はシャンベリーにちょっと寄っただけで、それからずっとパリを離れられなくなり、そのシャンベリーでナオミは、ほら、あなたの友だちのヘンリエッタの祖母に会ったというわけだから――ナオミにはとてもそんな余裕はなかったのよ。とにかく、こうした段取りに決着がついて、娘のナオミは極度に興奮していました。きっとその興奮からあなたのお母さんに手紙を書いたのよ、あなたのお母さんの健康が回復して情報を受け付けられるようになるとすぐに。みんなが満足したのだから、私がとやかく言うことはなかったの。あなたのお母さんは、ナオミに説得されて、だって彼女をつねに信頼していたわけだから、正式な養子縁組の手続きが進むのを許したわけ、それであなたは彼らの所有物になったのよ。あなたも私もお母さんを裁くのはよしましょうね、あのときも今日も。勇気と同じくらいの熱情が彼女をあなたの母親にしたのだから。過去の恐怖にくわえて肉体的に神経が参ってしまい、彼女は結局、平和らしく見えた状況にすがりつくことになったのよ。おそらく恐怖に身がすくみ、彼女本人のためにも夫のためにも――彼女は夫をこれ以上苦しませたくなかったのよ――あなたを知るのをやめたんだわね。それがそのまま続いているのよ、だって彼女は今日来なかったでしょう。あなたを愛してはならないと彼女の心に書いてあるのよ。あなたの父親を愛してから、彼女はとても変わったという噂よ。それに夫との子が死んだので、ともあれ彼女にあった心があなたに対して閉ざされてしまったのね、パニック状態になって。それに疑いもなく、彼女はほかにも子どもが欲しかったのよ。だけど、この前聞いた話では、これがそうはいかないようよ」

「それじゃあ母にはひとりもいないの?」

「ほかに子どもはいないのよ、ええ」

彼は叫んだ。「だって、どうして母に子どもが持てる? もうひとりの子どもなんて、僕は考えたこともない」

マダム・フィッシャーは答えなかった。この物語の最後の部分は、押し潰されそうな重労働に、途中で休みを何回もいれながら生み出され、いつ終わるとも知れないように見えた。中断は体の衰弱であって、感情に溺れたのではないことが、彼女の態度でレオポルドにもよく理解でき、その態度が、肉体的な格闘を越えてアイロニーのレベルを維持し、物語を冷静に続けさせていた。その肉体的な格闘こそがひとつの感情であって、その背後に彼女の目的が、彼の目的と同様、静かに控えていた。目的があればこそ、病んだ体を鞭打つことができたし、あれほど多くの正確な言葉で不安定な呼吸を重くすることができた。彼女は話していたが、目蓋のほうはどうしようもない衰弱から重く垂れていた。ひと息つくときは、シーツだけが彼女の顎を支えた。物語がすっかり終わる前に、顔は弛緩してたるんだマスクのようになり、唇はなにかほかの代理人が動かしているようだった。彼女の言葉はレオポルドにゆっくりとシャワーになって降り注ぎ、雨後に疲れておとなしく立っている一本の木から、自分の重みで落ちてくる冷たい水滴のようだった。

レオポルドは、彼女が話している間、彼女をずっと見据えていたが、その唇から出てくるあらゆる事実に反発していた。話が止まり、彼女の蒼白な顔が枕に沈むと、彼は思った、彼女はあったことすべてを恥じて見ているのだと。彼はヘンリエッタとは違い、ここにはいったときから、この部屋を病室とは見ていなかった。自然光が排除され、空気が煙っているだけだった。おそらくサロンで味わった涙の危機以来、彼の五感はまだ戻らないか、あるいは閉じていた。暗いカーテンの揺れが寝ている彼女のまなざしだけを縁取り、それが彼にとっては磁石だった。病気であるということは彼女の存在または人格の一部にすぎず、選んで身につけたドレスのようなものだった。もし彼がいま彼女の肉体の惨状に気づいたら、身動きならぬその肉体を絶望のまなざしで、初めて見つめ、もしいま彼が感じることができたら、病気がいかに重症か、彼女がいかに病いに殉じたか――を知るにとどまらず、彼女は、じりじりと蝕む腫瘍のような「過去」の餌食になり、起きたことによって腐敗していったのだと診断しただろう。これを知って、彼女が病気にならないわけはなかろう？　彼は人生を彼自身に対する一斉攻撃と見ていたが、彼女もまた一本の矢で射ぬかれていたことがわかった。さきほどの叫びに彼女が答えないので、彼は口をつぐんだが、鈍く白いベッドと、ぜいぜいという吐息にあえぐ彼女の体の輪郭線をその目はとらえていた。僕がここにいると知っていても、彼女はそれを示せないなんて。しばし彼は嬉しかった……。彼の目は心配そうに時計に向かった。長い間ここにいたんだな、約一時間も。みんな忘れてるんだ。僕を連れ出してくれるのかな？

彼女を置いていくのはしのびなかった。彼は静脈の浮き出た目蓋を見た。彼女は瞳を閉じていた。もし眠っているなら、起きてもらわないと。もし死んだなら、また生き返ってもらわないと！ あなたは僕の想いを沸騰させたんだよ。ねえ！ 僕はもっと言うことがあるんだから——

床を通して音がした、サロンのなかだ。男の人が下にいる。きっとお医者さんだ。ああ、マダム・フィッシャー、もしあれが医者だったら、上に連れてこられ、僕を連れ出すだろうな。お医者さんは、あなたはしゃべりすぎで死んだと言うかもしれませんよ。ああ、早く、早く、早く、彼が来る前に！ どうか僕をまた閉じ込めないで、ねえ、聴いて！ スペツィアでは、僕は怒ると、おなかのなかが煙でいっぱいになるんだ、だけど、あなたが僕を怒らせると、僕はなんでも見えるようになる。もしこれが男が目ざした女に求めるものだったら、じゃあ、愛ってなんなの？ マダム・フィッシャー、聴いてよ——僕は無力でいるしかないんだ。僕を彼らに所属させるものなんて、なにもないんだ。もう一度目を開けて、僕が見たものを見せて。あなたは僕が剣を持った若者ではないと言った、でも——

マダム・フィッシャーは、レオポルドの無言の叫びに鞭打たれたかのように、頭をごろりと回して彼のほうを向き、目蓋をぎょろりと開いた。ベッドカーテンが一枚、長枕のうしろからほどけてきて前をかすり、残っていた日光をふさいだので、枕が闇に沈んだ。彼女は言った。「もう遅すぎる！」

「でも僕はここがいい！」

「なにがあっても、あなたはできることをするのよ——」

みんながやってきた。サロンのドアが開き、ミス・フィッシャーがそわそわしながら上がって来る。彼女ははいって来ると、すぐベッドを見据え、片方の手を唇に当てた。それからレオポルドに合図をしたので、彼は素知らぬ顔で彼女の前を通り越した。「さあ、こちらへ」彼女は慌てて囁いた。「さあ、いらっしゃい、いますぐ。あなたを長くここに置き過ぎてしまったわ」

三

母親の部屋のドアを出て階段の踊り場に立つと、ミス・フィッシャーの態度が変わった。レオポルドをつくづくと眺めている。

「よく聞いて」きっぱりしたささやき声で彼女は続けた。「私は母のところにいないといけないの。母は自分で具合をひどく悪くしてしまって。あなたのせいじゃありませんから。私が下で手間取ってしまったのよ。思いがけず手間取って――」

レオポルドは彼女を通り越して階段の手すりから向こうを見て、言った。「ヘンリエッタがまた階段に座ってる」

「そう、どうしようもないの。ヘンリエッタはいけない子ね、ダイニングルームに行って遊びなさいと言ったのに。よく聞いて――」

「彼女はどうしてサロンにいちゃいけないの？」

「よその方がいらっしゃるから――」

彼はすかさず言った。「僕の母ですか？」

ミス・フィッシャーは、また慌てて、鋭く言った。「話を最後までさせて。違います、あなたのお母さまじゃないの。ある紳士がいらして、あなたはその方としばらく話してくれないかしら――」

「ヘンリエッタは彼と話せないの？　彼の名前は？」

「あなたが知っている名前じゃないわ。ヘンリエッタは彼と話したところよ。さあ、下に行きましょう？　待って――」彼女はレオポルドにさっと目を走らせ、彼の襟をなおし、額の上に髪の毛にそれとなく触れた。

「髪の毛にさわらないで！」レオポルドは叫んで、後ずさりした。「邪魔ばかりするんだから」

ミス・フィッシャーの手がすぐ脇に下りた。そして母親のドアをちらりと見た。説明はもう不要だった。「聞いたことを全部受けいれないでもいいのよ」彼女はしっかりと言い含めた。「さあ、下へ行きなさい。静かに、お願い」レオポルドはふてぶてしい様子で降りかけて、ちょっとうしろを見たら、彼女はまだドアのほうを向き、一呼吸いれてから、また戻ろうとしていた。彼は手を階段の手すりに滑らせながら、どんどん降りていった。頭のなかが歌っていて、独りになりたかった。

ヘンリエッタがいるところに着いたら、彼女は上を見上げて言った。「ハロー？」

「誰がなかにいるの？」サロンのドアは閉まっていた。

「言っちゃいけないと言われてるの」

「サンタクロースだな、きっと」レオポルドが口惜しそうに言った。

「いまは二月よ」ヘンリエッタは動じることなく言った。「レオポルド、マダム・フィッシャーのこと、どう思った？」

「わからないよ」レオポルドはそう言って、彼女を押しのけて先へ行った。
「彼女は冗談を言った？」
「わからないよ。僕はこの男の人と話さないと」
「そうね」彼女は行儀よく同意した。「あなたは下に降りないといけないのね」彼は下に降りた。

レイ・フォレスティエはナオミの許可を得て、煙草を吸っていた。ナオミは白いアラバスター製の壺の蓋をとり、裏返してサロンのテーブルの隅に置き、灰皿にして置いて行った。彼らはもう灰皿を持っていなかった。レイはナオミといえば頼りになるという連想があり、彼らが前に会ったときもナオミは頼りになった。

彼女が二階へ上がった後、レイは部屋のなかほどに立って、この部屋がもうしばらく無人であって欲しいと思った。ソファーの上に立てかけられたフラシ天の猿を見て、このおぞましいものは果たしてレオポルドの玩具だろうかと自問していた。もうひとりいた別の子ども、予想だにしなかったヘンリエッタは、彼がなかに通された後でナオミによって外に出され、ダイニングルームで遊ぶように言われた。彼はこの猿が少女のものであると信じたいと強く思った。だがもしそうなら、彼女が取りに戻ってくるなと思った。

レイは立ったまま煙草をむやみにふかし、吸い口を唇ではさんで煙を吸いこみ、振り向いて大理石の蓋に煙草の灰を落とした。ずっと感情が乾いていて、陸に上がったイカみたいだった。ナオミには十年近く会っていなかったが、彼女が変わらないのに驚きはなかった。彼の記憶にある彼女は冷静でてきぱきしており、いま彼が歩いてはいってきたときも、彼女の受け取り方は予想どおりだった。もしナオミがそのナオミでなかったら、彼は訪問すると知らせる電報を打たないことによって、ナオミを動揺させて、自分のバランス感覚を保ったかもしれない。彼は自由を感じていたかった。このドアの前に来るまで、自分はともかく拘束されていないと感じたかった。歩いてはいってくる瞬間まで、彼は自由でいられた。帽子を取り、カレンのほうを二度と振り返らずに、ヴェルサイユのドアを歩いて出たときも、ずっと自由でいられた。歩いてはいってきたことが万が一ショックだったとしても、ナオミは全神経を召集して見事に対応してみせた。だが、召集するほどのことがあったのか？　彼が現われた、だけだ。世界がひとまず終りを迎えたのだ。

　レオポルドはサロンにいるということだから、歩いてはいることと彼に会うことがひとつの行動に思えたので、レイはその行動に照準を合わせてベルを鳴らした。この期待は、フランス人の太ったメイドの後について玄関ホールを歩くこと自体に編みこまれていたので、サロンのドアが開いたら――「パイが割れたら、鳥が出てきて歌いだした」――ヘンリエッタが立ち上がっていて、長い金髪の間から彼を見つめていたので、彼は思った、連中はみな正気じゃない。レオポルドは女の子だったんだ。

　そう、ナオミは彼が歩いてはいってきたのを冷静に受け止め、それが自然だと彼に感じさせ、事実そのとおりだった。彼はドアまで来て警部のように尋ねる権利を持っていたのではなかったか、「ここに少年がいるでしょう、私の妻の息子ですが？」と言って。実際、彼が手短に、「僕はカレンの代理で来たのですが」と言うと、ナオミは期待をこめて見つめ返したが、その落ち着いた目は、もしもレイが、彼女が、または自分が、またはふたりが、非常に冷静だという確信がなかったら、異様だっただろう。

彼女は次にこう言った。「カレンはどこにいますの？」

彼が言った。「ヴェルサイユです。電報でご覧になりませんでしたか？」

そこでナオミが言った。「まあ、ヴェルサイユですか？　まあ、私ったら、見なかったんだわ」彼は、「妻は具合がよくありませんで――」と言っただけで、「心の具合が悪い」とは言わなかったが、それでは舌足らずであり、目を丸くしているヘンリエッタが部屋から出るように言われる前だからでもあった。カレンは心の具合が悪くてヴェルサイユの部屋にいることで、夫にひとついいことをした――彼の水分を自分のことで枯渇させていたので、共鳴したり流出したりするものが彼のなかから消え、神経も血液も残っていなかった、彼が自分で来るしかないと見て、ここに来たときには、彼はすっかり干からびて、干したイカのようになっていた。そうでなければ、彼は踏ん切りがつかず、ホテルの部屋で妻とともに苦しんでいたか、あるいはいまごろはふらふらと外に出て、公園の木々の間でも歩いていただろう。

レイが煙草を白い蓋でもみ消したら、その蓋がテーブルの上を滑って、ワックスが利いた床に落ちて砕け散った。おかしいな、よほど強く押し付けたな、と彼は思った。膝を片方ついて破片を拾い上げようとしながら、彼は考えた。僕は極度に緊張した男のように振舞っている。アラバスターの破片を持った手が震えているじゃないか。彼は考えた。僕はまだ自由だから、いまからだって出て行ける。ひとりで戻り、我われをつねに三人にするあの因縁試合にまた臨むまでだ。

ヘンリエッタはどうやらダイニング・ルームには行かなかったらしい。だが階段で聞こえた子ども同士のひそひそ話は止んでいた。レイは立ち上がり、もうひとつ灰皿がないか見回していた。もう一個あったアラバスターの壺に目が行ったところでドアが開き、レオポルドがはいってきた。

レイは、レオポルドが見上げた目の角度で、自分の背の高さを意識させられた。レオポルドはいま半分開けたばかりのドアのところに留まり、ねじった腕で外側にあるハンドルにしがみついたまま、背骨をドアの角に押し付けて、さも何気なさそうにドアと一緒に軽く揺れていた。目にはなんの表情も浮かべないで、レイを観察している。それでもその何気ない様子に、かすかな礼儀があった。面接に行けと言われた、諦めた子どものような風情があった。

レイはレオポルドが考えていることがわかった。ああ、そうか、イギリス人だな！（誰の目にも明らかだったが、レイはともあれ背の高いイギリス人に該当する風貌で、そういうイギリス人は列車内の通路で邪魔にならぬように一歩下がって立ち、外国人が食事や手洗いに行くのを先に通してあげ、濃いグレーの背広は見えるか見えない程度のストライプがはいり、ワイシャツは薄いブルー、濃いブルーのネクタイは見えるか見えない程度のストライプ入り、シグネットリングは鈍い色合いの貴石入りで、爪はスペード型に摘まれていて、引き締まった、不透明な、ロマンチックな、むらのない一色の顔はその裏に骨格が感じられ、短い口ひげは二段階ほど色が濃く――目を下にやると、よく磨きこまれた茶色の靴を履いている。彼はイギリス人らしい年齢だった。三十六前後というところ。カレンとの結婚を十全に励行するために、彼は見通しを立てていた公職から実業に転じ、それで個人的な生活のプライバシーが守りやすくなった。実業で彼は手腕を発揮していた）

レイはまだアラバスターの破片を手にしていたので、レオポルドは彼の手のなかになにがあるのか見たくなり、と同時にレイが見落とした破片が床の上にひとつあるのと、その周囲にばらまかれた灰を見た。

「なにかの蓋を壊したらしいんだ」レイが言った。

レオポルドのにこりともしない賢そうな目は、蓋のない壺が乗っている小型テーブル《シフォニエ》にたどりついた。「どうして蓋がはずれたんですか？」

「僕がはずして灰皿にしたんだ」

レオポルドはいかにも自然なカレンの微笑を浮かべて言った。「それも大理石なんです」

「君がレオポルドだね？」

「はあ」彼は曖昧に言った。

「これはどこかに置いたほうがいいかな……？」

「そんなに揺らすと、かけらが落ちるけど」

レイは顔をしかめて自分の手を見た。そして破片を急いでテーブルに置き、それからあたりを見回して不自然でなく座れそうな場所を物色した。部屋のたたずまいが、どこを見ても修道院の客間みたいで、まるで面接室だった。そこで彼はソファーに座り、チャールズの頭を鷲づかみにすると、そっとだが断固として移動させた。「君のじゃないね？」彼が訊いた。

「違います、ヘンリエッタが連れてきたんです」

レオポルドは、ドアの外側のハンドルから手を放していたが、そこでさっとドアを閉め、部屋のなかにはいってきた。どこかに座るいわれがないのが彼にもわかったらしく、窓のそばの壁ぎわにあった椅子を引っ張り出してきて、そこに座り、黒のソックスをはいた足を組んだ。彼は、父親ゆずりの黒い、レイには未知の瞳で真っ直ぐ前を見据え、素気なく言った。「お茶に来たんですか?」

「ああ、そうね。そうなんだ」

レオポルドは身を乗り出し、自分の膝をしげしげと見た。動くたびに、レイの場違いな態度が目立ち、レオポルドがそれをはっきりと意識しているのがわかった。いまから僕は神経戦で行動するぞ。彼が相手の瞳を見たその効果と、その前に彼が見せた微笑は、たいへん明快だったので、レオポルドは前に身を乗り出すことで、できるかぎり明確にこう言っていた。「言うまでもないけど、僕が見ないほうがいいなら――」彼は役者のように振舞い、しかもその役者は、理由もなく主役がいなくなってしまい、こわごわ前に出てきたら、別人が自分の役を演じているのを見て、ほんの一瞬悲しげにうつむいているみたいだった。今日はもう出番はないが、観客になったとしても冷静になり切れなかった。彼はさっきと同じ素気ない声で言った。「ミス・フィッシャーはあなたの名前がなんだか、教えてくれませんでした」

レイは、煙草を持って、ちょっと待った。「君は知らないと思うけど」

「僕はパリでは誰も知らないんです」レオポルドが言った――「もうひとつ灰皿が欲しいの?」

レイは、ライターに親指をかけながら、まだ点火の歯車は回さずに、ふたりの間にある空気を一心に見つめ、話すべきかどうか決めようとしていた。灰皿に関しては、返事をしなかった。レオポルドは返事を待って立ち上がり、シフォニエのほうに行き、ふたつめの壺の蓋をとった。それからおもむろに部屋を横切り、王子のような品のよさで蓋をレイのそばソファーの上に置いたが、レイはライターを点火させるのに手間取っていた。「ありがとう」と言う代わりに、レイは困り果てたような視線を、カレンによく似た顎に割れ目のある小さい顔に真っ直ぐに向け、そして言った。「待って——いま君のいるところにいてくれないかな」ワックスが利いた床の距離が初めて消えた。「僕が間違っていた」彼は言った。「たぶん君は僕の名前を知っているんだ。フォレスティエという……」彼の目がレオポルドのセーラー服の前で結んだタイに落ちた。

「あなたは僕の母を知っているんですか、じゃあ？」

「僕が……」

「あなたがミスタ・フォレスティエ？」

レイがうなずいた。レオポルドは、彼の目がセーラー服のタイに釘付けになっているのを見て、片方の手を上げて、守るようにタイを隠した。ソファーのすぐそばに留まったまま、体重をもう一方の足に移したら、寄せ木の床がぎいと鳴った。「だから来たんですか？」彼が言った。

「そう。これがチャンスだと思って——」

「僕は母に会うためにパリに来たんです、知ってるでしょう」

「そうだね」レイはさらにうしろにもたれ、片方の腕をソファーの背にかけ、レオポルドを直視したが、ふたりはいまや対等な立場にいた。煙草を持ったほうの手は忘れられて下に垂れていた。煙草はやがて消えてしまった。

「マダム・フィッシャーは、母はあなたが喜ぶから来るんだと言ってました」

「じゃあ、マダム・フィッシャーは誤解しているな」

「ではあなたが母を来させたくなかったんだ」レオポルドがすかさず言った。

「僕は彼女に決めて欲しかったんだ」

「そうか、彼女はたしかに決めたんだ。それで、ほら、彼女は来なかった」

「今日は具合がよくなくてね」

レオポルドは表情も変えずに言った。「母は過去が怖いんだ」

これが引用句であることは明らかだった。「誰がそう言ったの――？」レイは切り出したが、そこでやめ、修道院の納骨堂が周囲に迫って来たような感じがした。この幼い壊れそうなユダヤ人の少年は、細い首をして、人が見た場所をいち早く見抜く、敵対者だった。カレンの言うとおりだった。道理で彼女はヴェルサイユのベッドの上で身を震わせ、パリに行くためにはめた手袋を脱いで、床に落とし、レオポルドのためにピン留めしたスミレの花は彼女の胸とベッドに押されて潰れてしまった。とっさに行かないと決めたら、レオポルドが見えたのだ。「いまさら行かないわけにはいくまいよ」レイはそうは言ったものの、絶望的になって妻のそばに立ちつくした。だが彼女は、死んだようになにも言わず、握りこぶしで枕を叩くばかりだった。「あなたは知らないのよ」彼女はそう言っていた。「彼はただの男の子じゃないの。彼はレオポルドなの。彼が何者か、あなたは知らないのよ」

彼は知らなかった。妻が言ったとおりだった。レオポルドに対する張り詰めた感情が、レイの心中のエネルギーを枯渇させ、この長い歳月の間、映像ひとつ描くことができなかった。知っていることと知らないことを使って、その子どもを合成しようと努めたこともなかった。「私たちの子どもは生きていたでしょう、もしあなたがそれを望んでいたら」彼女は一度そう言ったことがあった。「でもあなたは自分の考えのほうを優先したのよ。あなたが望んだのはレオポルドだった」
彼と彼女のふたりの人生は、語られたことのない対話だった。

彼女　私たちの出発点に戻りたい。
彼　でもそれは不可能だ。
彼女　でも私はあのままのあなたを愛したのよ。
彼　だが僕はそういう僕だったことはない。
彼女　いいえ、そういうあなたでした、あなたは変わったのよ。私の身に起きたことが、どうしてあなたを変えるの？　変わったのは私でなければ、なのに私は同じまま。あなたが変わったのよ。
彼　もし僕が変わったなら、前よりもっと君を愛するという点だけだ。
彼女　マックスが私を愛したから？
彼　そうかもしれない。
彼女　私がマックスを愛したからね。
彼　それもあるかもしれない。
彼女　ナオミは、かなり知っていたから、私に会いにあなたを呼んだときに、「彼に話すのよ」と言ったのよ。でも私は神秘家とも殉教者とも結婚するつもりはなかったわ。あなたは、私の身に起きたことで、ご自分の複雑な感情を増殖させたのよ。どうかお願い、普通の人

彼　はいないの？
彼女　マックスは普通の人だった？
彼　いいえ、それが問題なのよ。
彼女　もしかして君は彼を知らなかったのでは？
彼　ええ。いいえ。覚えてない。どうしても思い出せない。もういいでしょう、やめて。
彼女　僕が覚えているのは、君が戻ってきたことだけだ。
彼　いいえ、あなたが覚えているのは、私をとり戻したことなのよ。あそこで生まれなかった子どもといた私にキスしたこと。あなたにあったあの感情なのよ。
彼女　君は僕にあの子を憎んで欲しかったのかい？
彼　いいえ、でも——ご存じの通り、あなたが示した愛情に私は呆然としたわ。神秘主義、慈善行為だった。あのとき私が求めていたのは、戻ってきて、あなたとともにいることだったわ。ずっと怖くてたまらなかった、マックスと並んで遊歩道に立って、あの夜に、そこから灯台を見ていたときから。
彼女　君は僕にマックスを憎んで欲しかったの？
彼　いいえ、でも——私はあなたとともにいるために戻ったのよ。あなたとふたりだけでいたいの。思い出すのはやめて。
彼女　君が思い出しているんじゃないか。
彼　私の望みは私たちだけでいること。

彼　僕らは僕らだけじゃないさ。レオポルドがいる。
彼女　私の子どもはそっとしておいて。
彼　それはできないよ、彼は君の子どもだもの。
彼女　あなたが私を愛しているからね？
彼　そうだ。
彼女　だったら、どうしてふたりだけでいられないの？
彼　いつも彼がどこかにいるからだ。どうして君がいなくて彼に淋しい思いをさせなくてはならないんだ？
彼女　彼は知りませんから。
彼　だが僕らは決してふたりだけにはなれないよ、君が彼を怖がっている間は。思い出しているのは君なんだ。もし彼がここに一緒にいれば、彼はただの子どもになる、部屋のなかにいようが、外にいようが。彼が君の恐怖の対象であるかぎり、彼はどこにでもついてくるよ。
彼女　ただの子どもですって！　彼はあなたにとって、それ以上でしょ。
彼　へえ、もしそうだったら？
彼女　私の経験を食い物にしないで。
彼　だが僕は君のすべてを愛している。
彼女　あなたが前に愛したように私を愛して、複雑な感情や、神秘的な考えなしでいてくれたら、

彼　私はまた自然になれる。自然な母親になれるのよ。
彼女　つまりこういうことだね。君は彼を望むんだね、たとえ僕が望まなくても？
彼　ええ、いいえ、ええ。私が望んでいたあなたは、レオポルドを望んだりしなかったあなたなの。
彼女　彼に我慢しただけだと？
彼　でも彼は養子縁組をしたのよ。
彼女　君はそこで僕になんの機会もくれなかった。君はそうするべきじゃなかった。
彼　私たちの赤ちゃんの後で、私は追い詰められていたのよ。失敗の数々しか頭になくて。物事に直面できなかった。
彼女　僕に話すべきだったんだ、そうする前に。
彼　彼をイタリアにやりたかったの。
彼女　僕に話すべきだった。
彼　私だけでは不足なのね？
彼女　そんな話をしているんじゃない。
彼　ではなんの話なの？
彼女　レオポルドをここへ連れてくるべきだった。
彼　私たちの出発点に戻りたいわ。
彼女　だがそれは不可能だよ。

彼女　でも、私はあのままのあなたを愛したのよ。
彼　だが僕はそういう僕だったことはない。
彼女　いいえ、そういうあなたでした。あなたが変わったのよ。私の身に起きたことが、どうしてあなたを変えるのよ？

という対話は円環を描き、終わりがなかった。沈黙の合間に、その円周をたどる心が対話を聞きつけ、対話は深く沈潜しているのに、そこからふと一句が浮上して、予想もしていないときに、鮫のひれのように対話の表面を切り裂くのだ。レオポルドに対するカレンの抵抗感とレイのレオポルド観は、鮫のひれが見えるたびに強固になった。彼女は、女が伝承するとされる結婚生活の平和を熱烈に模索し、自分の母親のような生き方をするのをなによりも望んだ。彼と彼女は、口に出すことで一致しないことはなにもなかった。彼女は彼のために、いくらつくしてもつくし足りないほどだった。彼らのロンドン生活、カントリーハウス、旅行などは、そのすべてが精緻で無駄のない細部を持った絵画だった。彼らの平安は芸術品だった。彼女の美貌はさらに冴え、さらに心優しくなり、彼が最初に求婚した頃の若い娘よりも独断的でなくなっていた。もし憂鬱そうなレイが見受けられたら、それは成功した男特有の憂鬱と見なしてよかった。やや気難しいものがイギリス人の高貴で正直なまなざしには、えてしてあるものだ。

フォレスティエ夫妻の結婚の幸福は、何年も前のロンドンのあの春に、婚約を大歓迎した人々の希望をはるかに凌駕していた。カップルとして、彼らは会うのが楽しい夫婦だった。やや妬まれつつも、ときには気の早い若者たちにとって、あわてて結婚に駆け込むことはないというお手本になった。もしも彼らが諸々の事柄を一年間凍結しなかったら？　だからこそ、うまくいったのだ。彼らは自信があったのだ。彼らに子どもがいないのは、つきせぬ哀しみではあっても、彼らの相互関係を邪魔のはいらない緊密なものにしていると見なされた。仕事でレイが海外に出るときは、カレンも同行した。カレンの批判者たちは、彼女がやや受身的だと見たが、レイがいまなお妻と恋愛関係にあるのはそのせいだと考えた。彼女の幼なじみは、レイが散文的になったと見て、彼にそれを許す彼女にやきもきした。彼らはなぜカレンが油絵をやめたのか不思議に思い、よい仕事をしたかもしれない――それがなにかは誰にもわからなかった。イギリスにいる人間で、レオポルドのことを知る人はなく、以下のような中間的な見解なるものを採用する人もいなかった。「彼はちょっと立派すぎて、人間離れしている。彼女が犠牲を払うのは正しいし、子どもなど元来いてはならず、その名前をほんの少しでも出したりして、彼らの結婚を乱してはならない。ともかくも、彼女は辛いだろうが、彼はもっと辛かったのだ。最高の男でも、世間の期待のすべてをかなえるわけではない。ともかくも、子どもは、いるところにいたほうが、丸く収まる」

誰もレオポルドのことは知らなかった。彼を取り巻く沈黙の鞘は、完璧だった。イギリスの外でさえ、鉄壁とはいえない分別の持ち主でさえ、彼の誕生をめぐる諸々の事実を知らなかった。というのもミセス・マイクリスは――ドイツでのあの恐ろしい何週間かがすぎた後、娘のほうが母親と一緒にいることが難しくなった――、カレンがレイと結婚した後、まもなく多少とも平穏のうちに死んだからだ。姉が他界した衝撃が、本人が自覚する以上に大きかったものと理解された。医者たちは夫人の健康の衰えは、これに始まっていたと位置づけた。妻の死後、ミスタ・マイクリスは、なにも知らないままーーすべてを受け流す妻の偉大な才覚が最大限に発揮されたことすら知らずーー、フォレスティエ家所有のカントリーハウスで暮らすようになり、娘夫婦が不在のときは、ガーデニングに精を出した。彼らがときおり迎える訪問客のなかにベント大佐もいたが、彼は総じてアイルランドのことしか話さなかった。彼らがカントリーで過ごすときは、ミスタ・マイクリスの存在ゆえに、カレンとレイの間にある生死をめぐる沈黙を深みに追いやりーーそれは同時に、彼が同席しているがために、語りえぬふたりの対話が騒がしく堂々巡りを演じることになり、カレンとレイのまなざしは、孫がいないのを単純に嘆いている穏やかな老人を通り越して、たがいに出会うのだった。カレンのまなざしは言っていた、「ほら、父が母をどんなに愛していたことか。それが私の望んだ愛なの。父こそ普通の男性だわ」と。

旅に出ると、ふたりはほとんどいつも一緒だったせいか、具体的な物事が、海外に出たことで解放された五感に意味ありげにからんできた。三つ目の椅子が引きいれられて、テーブルが二人用にセットされている。日没後に、噴水が七色の光に戯れているが、それを大人は見もしない。大陸横断の機関車は堂々たるもので、横腹から蒸気を吐き出すと、終着駅で降りてきた男や少年は立ち止まって見とれるが、女は、やっと着いたとばかりにさっさと先を急ぐ。補修工事のクレーンや要塞。誰かが逮捕されたり、道路ではさかんに喧嘩したりしている。素朴な宿屋では、部屋に三台目のベッドがある。フランスは夜がいかにもフランスらしくて、明るい照明が木々の下に置かれたテーブルにこぼれ、楽団があり、野外映画がある（ともあれ、彼にはイタリアがあるのだが）。ガイドブックには流血の話。快速蒸気船が湖水をかき回す。女が身じろぎもせずに座っていて、ふと微笑み、子どもの頭をその肩に乗せている。なにがどう動くか男が説明している。ヴェネツィア、ニューヨーク、何度も見て、少しも驚かなくなった場所が、初めての目で見て欲しいと泣いている。子どもたちの目は、遅くまで起きているので興奮して黒ずんでいる。

彼らの対話は、語られないものばかりではなかった。語られた言葉から喧嘩になり、余震が残った。カレンは眠っているレイの横で目を覚ましたとき、考えた。彼はいまどこにいるのか？　誰といるのか？　ふたりとも目を覚ましているとき、彼女は考えた。これは彼がそれほど望んでいることなのか？　ふたりが愛し合うとき、彼女は考えた。私たちはふたりきりじゃないから、これは愛ではない。あるいは、ほかのなにかだ。彼は私を哀れんでいる。考えるとき、彼女は考えた。許しとは行動のひとつであるはずだが、それは彼にあっては状態である、と。だからまだ彼は許していない。彼は、私がマックスを求めるがゆえに私を許さない。レオポルドを求めないあいだは、私がマックスを求めるのを許す。もし私が折れてレオポルドを求めるなら、レイはマックスを連れ戻すことになる。レイは私たちをふたりだけにすることはしない。彼は許さない。

しかし、ある午後、ベルリンにいたとき、彼女は街角で立ち止まり、毛皮のコートを巻きつけながら、一台の乳母車を見つめていた。彼女は言った。「レイ、私はどうしてもレオポルドに会いたいの。午後に一度でいいから。なんとか段取りがつくかしら？　私ひとりで彼に会いたいの、もしあなたがそれでもいいなら。彼が住んでいる所ではなく、そうだ、ナオミの家がいいわ。それで段取りがつけられないかしら？」

――レオポルドは、レイを見つめながら、憤然として反抗し、顎をつんと上げ、こう言った。「母は過去が怖いんだ」彼が拾って、さっそく使った言葉は、レオポルドには意味をなさず、レイにも意味をなさなかった。なにが致命的か、子どもは知っている。拳銃暴発事故は子どもにつきもの――だが果たして子どもはそれほど無知だろうか？　僕はこれだけはわかるよ、拳銃が発射しただけだよ。それで全員が退散する。レオポルドは、たんに小憎らしいだけの子どもではない。子ども特有の邪悪さの裏に大人の復讐心があり、それがいま武器を選んでいるのをレイは見ていた……カレンゆずりの無警戒な微笑が、いまの台詞を言ったレオポルドの唇に浮かんだが、その慎重な目つきのほうは別人の目からきていた。レイは瞬時、自分がなにに直面しているのか、それがわかった。異国の冷酷な個性の力だった。

「それはどういう意味？」レイはぶっきらぼうに言った。

「僕に意味がないなら、どうしてあなたが気にするんですか？」レオポルドが言った。

「理解していないことを言うのは、時間の無駄だよ」

「だって、イタリアに帰るまで、僕だってなにかしなくてはならないでしょ」

「君は僕の時間を無駄にしているんだ。君がなぜ戻らなくてはならないのか、僕にはわからないが」

「僕は彼らのものなんです。僕を養子にしたんです。彼女は彼らが待ってるかも、と言ってました」レオポルドは執念深く言った。

「誰がそんなことを？」

「マダム・フィッシャーが」

「で、君はそれを丸呑みにしたんだね？」

「彼女が嘘をついたということ？」

「人は孤独で病気になると、物事をねじ曲げて考えるんだ、そう。彼女は十年間も病気で、寝たり起きたり、それにたいへんなお年だからね。彼女は、君が思うほど、たいした人じゃない」

レオポルドは静かに言った。「あなたはマダム・フィッシャーに会ったことが――」

レイは、ないと言った。するとレオポルドは、肩を揺すり、かかとでくるりと一回転してから、さっきもたれて泣いたマントルピースを見た。彼が見ていたのはマントルピースならぬひとりの女で、長い髪のその女は、ベッドに起き直り、レオポルドを売りわたす署名をしていた、やがて、レオポルドの頭が仕方なく左右に揺れて、イタリア行きの旅になり、子猫か子犬の頭みたいになった。これを取り消した言葉はなかった。彼は理解していた、このミスタ・フォレスティエは、最初こそ彼に求愛したが、いまはあまり僕が好きではなくなったのだ。これがレオポルドを凍りつかせた。彼はたったひとりの味方ではなく、万人の服従が欲しかった。四角いセーラー・カラーの下で片方の肩をいからせ、振り向きもせずに言った。「知らなかったんですか、僕の母が僕を捨てたのを？」

「あのときはね。後で知った」

「じゃあ、あなたは彼女に怒ったの？」レオポルドは好奇心を見せて言った。

「うん」レイは躊躇なく言った。

「だけど彼女を愛しているんでしょう、違うの？」

「そうだよ。だから怒ったんだ」

「ああ……。いまさっき、僕はイタリアに帰らなくていいと言ったでしょ?」

「君がなぜ帰るべきかわからないとは言ったよ」

「だけど、僕は彼らのものじゃないの?」

「こっちを向きなさい」レイが叫んだ。「僕は背中には話さないからね」

レオポルドは振り向いた。二月の午後は、早くも夕闇が部屋を満たし、ふたりは緊張した視線を交わしたが、人間同士というよりは、それぞれが一葉の写真のようだった。レオポルドは言葉もなく考えた、母のように。この灰色の男は気違いだ。レイは考えた。まだやれる。たがいに寄り添いながら実体のない近接感と、レオポルドが振り向いた後に来た静寂は、彼らが互いに理解し合うことを求めていることが突然高い塔のようになり、この午後とこの部屋を突き抜けた。天井の上は物音ひとつしなかった。マダム・フィッシャーは階上で押し黙って横たわっていた。

レオポルドが言った。「でも、ほら——」

「なんとかうまく行くと思うよ」

「じゃあ、明日はいったいどこにいるのかな?」

「どこかこの辺にいるだろうね、パリのどこかに」

レオポルドが言った。「でもあなたは僕が言ったことが好きじゃないんですね……。僕の母は、僕は戻らなくてもいいと思ってる?」

「さあ、よく知らないな」

「僕たち、パリでなにをしましょうか？」

「歩き回るとか」

「どのくらい長く？」

「知らないな、ほんとさ」

「で、母も一緒に？」レオポルドはさりげなく言った。

「ほんとだよ――僕は知らないんだ。そうだな。ときどきは一緒かな。もちろんね」

「彼女はいまどこに？」

「ヴェルサイユに」

「王さまが住んでいた所か――でも、それでどうするの？」

「僕にいくら訊いても無駄だよ。僕自身が知らないんだから」

レイは、長身の人にしては、きわめて素早く立ち上がり、マントルピースのほうに歩いた。そこで、消えた煙草を指に挟んでいたことを知り、それを落として別の煙草に火を点けた。焦げた煙草の吸殻をしみひとつない寄せ木の床に落としたので、レオポルドは、いままでなにに驚いたにせよ、これには一番びっくりした。レイはまた移動し――窓のほうに行き、そこでカーテンのうしろに立って、外にある木を見た。この後はレオポルドがレイを見る番になり、最初はレイの足取り、次はこの尋常でない不動の姿勢を見つめた。彼は、レオポルドではないと意識している誰かを、意識させられていた（いままでは、他人はただ敵対しているだけで他人と感じただけだった）。ある決定が下されるのを見たことがなく、心が闇夜の機械のように輪転している現場にいたこともなかった。大人たちのなかに衝動があることは気づいていたが、意志を総動員してそれが適用されたのに気づいたことはなかった。彼自身が築いてきた鉄壁の目論みの外で動揺が起きたので、その結果、大人たちの独裁政治がレオポルドの目には、気まぐれで、目的がないものと映った。彼の意見はこうだった。彼らは指令を出すが、僕に影響を及ぼすことはない。しかし、いま現在の、この決定がどのように下されるか、それに生死がかかっていた。この男の人は僕に影響を及ぼしている。僕は彼に影響を及ぼすことはできない。彼は彼であって、彼のものではなく、彼女のものだ。僕の母、僕の母は、いつも僕の母だ。彼女がなんと言うか彼が考えている間、僕は口をきかないでおこう。見ると、レイの煙草が指の間にあり、煙が昇り、煙は明かりに出会ってくるくると渦巻いていたが、レオポルドは自分のこの体が盗み出され、売りに出され、拒絶され、決定を下されている、と観念していた。レイは、相変わらず窓の外を見ながら、言った。「僕の感じでは、君はイタリアに戻りたくない、ということだね？」

「はい」

「そして、それは誰かが君の頭にいれた意見ではない、ということだね？」

「マダム・フィッシャーは、僕が自分の行く場所のことを気にするのは間違っていると言いました」

「彼女がそう言ったの？……でも君は、向こうではちゃんとしてきたんでしょう？」

「僕は考えたことがなくて――」

「君の母親の手紙が来るまでは、だね？　ねえ、いいかい、物事が決着するまでは――もし決着するとしてだが――これは君を盗むことになるんだが？」

「僕はかまいません」

「間違わないでくれよ、いいね、僕はこのことから離れていないといけないんだ」

「僕の母は知らないんですか、あなたが――？」

「まあ、うすうす憶測はしているでしょう。僕は、出がけに――」

「あなたは不安なんですか？」レオポルドが言った。

「ちょっとどこかで一息いれよう」彼の母の夫は続けた。「ここから川を渡ろう。ホテルでは、僕らはいつも――」

「一息いれるって？　つまり、このまま待って――」

「そう、やはり、待つとしよう」

「母を待つんですね。ああ。はい」

窓から振り向いたレイは、黒っぽいブラウスを着た少年が、椅子の曲げ木の部分をつかんで座っているのを見た。レイは思った、自分はいったいどのくらい長く考えていたのか？　どのくらい長くこの少年は、ソファーの木製の腕をつかんだままでいたのか？　彼に言えるのは、「ああ。はい」がすべてなのだ。レイは壁紙を背景にした子どもの輪郭をじっと見つめた。しかし、木の枝々の背後に射していた光が消えた後は、サロンはあまりにも暗く、レイは自分が見ているものがほとんど見えなかった。

ドアが頭上で閉じられ、ミス・フィッシャーが階段を降りてきた。そしてなかを覗いて、五時ですよと言った。

四

時間が五時ということは、ヘンリエッタの列車がリヨン駅を六時半に出るという意味だったので、ミス・フィッシャーは彼女がどこにいるか知りたかった。階段に姿がなかったので、上か下にこっそり抜け出したに相違なかった。ミス・フィッシャーは彼女がサロンに戻ったのかと心配になり、いきなりなかにはいって進行中の対話を妨害したのだった。

当然のことながら、ヘンリエッタにその心配は不要だった。彼女は、ダイニングルームにいることがわかり、ちゃんとテーブルについて『ストランドマガジン』を読んでおり、それも、ミス・フィッシャーが外で遊べと言って追い出したときに、彼女が自分でサロンから持ち出してきた雑誌だった。ミス・フィッシャーが覗いても、彼女はわざと顔を上げなかった。すでに吊り下げランプが点灯され、艶々したページは明るく照らされ、長く垂らした彼女の金髪も輝いていた。部屋は昼食に出た子牛肉のホワイトソースの匂いが残り、ペンシルウッド製のような赤黒い木目の出た腕木式の家具であふれていたが、彼女はこの部屋が最初から嫌いだった。いまではうんざりしてしまい、目が細くつんだブラインドからやっと見える道路にすら動く気配はなく、これがパリの道路だと通告していた。彼女は椅子の下にある横木に靴のかかとを引っ掛けて座っていた。

「あら、まあ」ミス・フィッシャーが言った。「あなた、お茶がまだだったわね」

「ええ、まだ頂戴していないと思います」ヘンリエッタはよそよそしく言った。

「お茶にしますからね、すぐ――あるいは、チョコレートのほうがいいかしら？」

「そうしろということですか、旅行の前なのに？」

「やっぱり駄目ね、駄目だわね。やはりお茶ね。いいわね、ヘンリエッタ、あなたの列車は六時半に出るんでしたね？　だから私たち、どうしても急いで……」彼女は額に手を当てた。「私は自分を責めているのよ」彼女が言った。「あなたにもっとパリを見せて上げられなくて」

「いつか見ますから、はい」

「それにお茶も出さないなんて。なんのおかまいもしていないわ。ちょうどいま、母の具合がたいそう悪くて」

「レオポルドは、お茶なしですか？」

「ちょっと見てくるわね」ミス・フィッシャーが言った。そして慌ててサロンに戻り、すぐなかにはいってドアを閉めた。これでは誰に出すにしろ、お茶が出る気遣いはなくなった。ヘンリエッタのおなかが上品にグーと鳴った。彼女は手でベルトを押さえ、『ストランドマガジン』に戻った。お利口にしていても無駄だった、ミス・フィッシャーは興奮しすぎていて、まるで気づかなかったではないか。お茶はチョコレートでもいいと、言えばよかった。数分後にサロンのドアが開き、男の人の声が聞こえた――「万全の責任で――」そして、驚いたことに、レオポルドが現れ、ダイニングルームにはいってきた。

両手を背中にしっかりと回し、ぴりぴりするほど静かに突っ立ったまま、彼はヘンリエッタを見たが、彼女は考えていた。これはたいへんだ、今度はなにが起きたのだろう？

声に出して彼女は言った。「あなたもここに追い出されたのね？」

「ううん、ただ来ただけさ」

「私たち、やっとお茶になりそうよ」

「ああ、僕はお茶なんかいらないよ。僕は外でお茶にするから」

「どうして？」ヘンリエッタはそう言ったが、心はがっかりしていた。

「僕はもうすぐ出かけるんだ、ミスタ・フォレスティエと。彼が彼女にいま話しているところさ。僕はもう戻って来ないから」

「私だって戻らないわ」彼女は急いで言った。「私の列車は六時半に出るのよ」

「僕は列車の馬鹿野郎になんか、乗らないもんね」

「私にはわからないわ、どうしてそうやって威張るのかしら、列車に乗らないからって」

「イタリアに戻らなくていいと、彼が言ったんだ」

「あなたはちっとも名残惜しくないの、生まれてからずっと一緒に暮らしてきた人たちなのに？」

レオポルドは戸惑ったような顔になり、それから怒った顔になった。

「それに」ヘンリエッタは追求した。「どうして彼が干渉するの？」

「彼は僕の母と結婚してるんだ」

「じゃあ、彼はあなたの継父なのね?」

レオポルドはもじもじしたが、急いで言った。「そうだよ」

「では、彼が好きになるといいわね」ヘンリエッタが言った。「だけど、継父といえば、ディケンズのあの意地悪なミスタ・マードストンを見てよ――」ところが、悔し涙が目をちくちくと刺したので、ヘンリエッタはうつむいて『ストランドマガジン』を見つめ、あとはなにも言わなかった。これはたんに、お茶がとても欲しいということなのよ。

目を上げると、レオポルドがまだサイドボードの横に立っていた。デザートバスケットからオレンジを一個取り出して、両手に挟んでごろごろとやり、うつむいてオレンジに内緒みたいに微笑んでいた。その瞳はかつてない黒味を帯び、顔は蒼白、鼻の穴は、彼女が持っている揺り木馬《ロッキングホース》の鼻の穴みたいに広がっていた。ヘンリエッタは、オレンジを持っている彼は見たくなかった。彼女は声を落ち着かせてから言った。「あなたはずいぶん浮き沈みがあるわね」

「こうなるだろうと、なんとなく思っていたんだ」

「明日は私、フランスの南を見ているんだ」ヘンリエッタは言ったが、自分に語りかけているようだった。

「お墓の割れ目から生えている木を見たことがある?」

「そんな木はないわ」

「いや、それがあるんだ。マダム・フィッシャーがあるって」

「なによりもまず、誰もお墓に木を植えたりしないわ……。彼女が言ったのは、今夜はマダム・フィッシャーの具合が悪いということ」

「そうなの？」レオポルドはオレンジを見ながら言った。

「可哀相に」ヘンリエッタが言った。そして付け加えた。「私、オレンジが木に実っているのも見るし、もちろん、椰子の木も見るのよ」

レオポルドは腕をいっぱいに伸ばしてオレンジを明かりにすかし、ブラインドの上に覗く夕闇を背景にしていた。彼の悪魔のようなプライド、自分のことしか言わない無情なその自己開示癖《エゴティズム》に、ヘンリエッタは思わずうつむいて、ショックの浮かんだ瞳を隠した。ミス・フィッシャーが急いでサロンを出るのが聞こえ、キッチンのドアを開けて、フランス語で命令を出していた。「だいぶお茶らしい感じがする音だな」彼女は言った。レオポルドが石像のように身じろぎもしないので、目を上げたヘンリエッタはオレンジを見て、お茶の前に浴室に行こうと決め、ひと言のことわりもなく部屋を出た。踊り場に来て彼女は考えた。彼は泣くのを忘れている……。マダム・フィッシャーの部屋のドアのうしろには、死のような静寂があった。

サロンでは、戻って来たミス・フィッシャーが、自分が部屋を出たときのまま、レイが立ちつくしているのを見て、最後にまた繰り返した。「ええ、わかりました。さてと？　でもあなたが彼女にそう仕向けるのね」

これを最後に彼は言った。「それしかないでしょう」

彼らはどちらも言うべきことを言った。ナオミが折れた。彼女は明らかに心痛で疲れていた。彼は、彼女が本当に感じていることを知ることは絶対にありえない、と思った。うつむいた彼女は、壊れたアラバスターがテーブルの上にあるのに初めて目を止め、こう言った。「大好きなカレン……可哀相な大好きなカレン」

彼は彼女が見たものを見た。「ええ、僕が壊しました」彼が言った。「どうもすみません。テーブルを滑って落ちて、壊れたんです。なんとかして、もうひとつ手にいれますので。貴重な物でなければいいのですが?」

「ただ、母が好きだったので――。では私は、スペツィアには手紙を書かないで、電報だけ打つということで?」

「それでけっこうです。僕らが――僕が――僕らで手紙を書きますから」

「難しいかもしれない、ということはご承知ですね?」

「あなたは部外者ということにしますから、当然ですが」

「あの人たちは心が優しいのよ、優しすぎるくらいだわ、きっと。でもこれを予想しろ、というのは無理かもしれないわ」

「当然です。無鉄砲な話ですから」

「私の考えでは、無鉄砲なことをするほうが簡単なときもありますね」彼を横目に見て彼女はそう言った。

黒いくまに囲まれた彼女の目を見て申し訳なく思い、彼は言った。「たいへんな一日でした。僕にできることがまだなにかありますか?」

「いいえ、いいえ」彼女は急いで言った。「いままでのところ、すべてが完璧にできました。子どもたちはふたりとも静かで、いい子だったたし。子どもが家のなかにいたなんて、ほとんど誰も気づかないほどでした。ヘンリエッタが偶然にも今日パリを横断することが、色々なことをさらに難しくしたけれど、それはどうしようもないことでしたから。それに、もし彼女がいてくれなかったら、私はレオポルドのことでもっと心配したでしょう。ふたりはトランプで遊び、彼女の雑誌で遊んでくれたわ。だけどヘンリエッタのことでは——そうだ。ひとつだけお願いがあるわ」彼女はここで言葉を切り、微笑み、また言った。「それが、小さなお願いでもないんですが。ヘンリエッタをリヨン駅までお連れ下さって、マントン行きの列車に乗るさいに彼女に同伴する人に合流させてやっていただきたいの。列車は六時半に出ますから、はやめにそこに到着していないと。今日はずっと私が付き添っていこうと思っていたんです。でも、さっき見た母の様子では、私は苦境に立たされまして。母の具合がひどく悪いんですの。自分で興奮したんです。こんなに具合がよくないことは長い間なかったのに。家のなかで起きたことから母を遠ざけるのは無理ですから、私がいくらそうしたくても。結果として、母は落ち着かなくて、とても衰弱しました。どこかが痛くて、つねに私をそばに置きたがります。私が放置したのがいけないのよ、長い間レオポルドを母と一緒にいさせてしまって。本来なら彼を母の部屋にいれるつもりはなかったのに。彼にもよくなかったわね……そんな時に、母は眠るどころか、横になったまま人をじっと見ていたんですから。今夜の様子で、やむなく医者を呼びましたが、医者にもたいしたことはできないでしょう。これで私は家を離れることができなくなりました。このすべてを予測することなどできませんで、ミセス・アーバスノットとお約束したときは——」

「たしかに僕らがみんなでお加減を悪くしてしまいました」

「いいえ、母はいつも悪いんです。今夜は自分からいっそう悪くしただけですから」

「で、あなたは僕にヘンリエッタを見送れと？」

「それがお願いしたかったことですが」

「もっとできるといいのですが」

「ご親切なことは存じております。でも私たちは、助け合うことだけはできますから」

「それは真実、そのとおりでしょう。あなたがカレンをどれほど助けて下さったことか」

「自分のためにしたことだわ。あのときはふたりともおたがいが必要でした――。もしこれをしていただけたら、とても助かります。ヘンリエッタをあなたの手に預ければ、私は安心できますし。そうだ、あなたにミセス・アーバスノットのお手紙をお渡ししなければ。これで事情がはっきりすると思います。ミス・ワトソンから来た手紙もありましてね、すべてが確認できるわ。注意深く練り上げられていて――では、あなたが戻られる頃には、レオポルドの衣類を荷造りさせておきますから。ここには大してありませんが、ええ」

「そうですか」レイが言った。彼はナオミを変な目で見た。「僕としては、彼の衣類も一緒に持って行くことを思いついたのですが、そのほかはともかく。彼はいま着ているもので、なんとかなりませんか？」

「三日分の荷造りだけですから。ええ、小さな男の子でもそれくらいないと――パジャマ、チョッキ、それに新しいブラウスでしょ。パリで彼の衣類を買って、時間を無駄になさらないほうが」

「それでなんとか決まりましたかね。それで、荷造りは長くかかりますか？　もしいま荷造りできたら、一度で万事片付くと思いますが――みんなで一緒に出られるわけだ」

「そのほうがよろしいのね？」

「ええ」レイは緊張しつつ断言した。

「おっしゃるとおりかもしれないわ」

「あなたの家をいますぐ静かに出ますから」

「ええ」彼女は言った。「ほんとにそうね」


五時半にヘンリエッタが静かに階段を降りてきて、出発の準備はこれで万端ととのったわけだった。しかし誰もおらず、玄関ホールで待つほかなかった。ドアの下から這い出る煙のように、マダム・フィッシャーの死んだような沈黙が、いたるところにはびこっているようだった。ヘンリエッタはサロンを覗きこんだが、ミスタ・フォレスティエが、なにか書いていて、目も上げない。彼女は帽子を真っ直ぐにかぶり、髪の毛は丁寧に梳《す》かれてコートの上に流れ、手袋は両手首ともにボタンがきっちり留めてあった。ブリオッシュのかけらが頰にひとつ、だが彼女はこれには気づかなかった。お茶が出た後、彼女の士気はいちじるしく改善していた。旅行カバンを抱え、お猿のチャールズを片方の脇の下に抱えていた。コートの右の襟もとにはサクランボ色の花型徽章がピンで留められていた。タクシーが呼ばれていて、いまにも到着するはずだった。

彼女は階上を見上げ、不安だった。みんな忘れちゃったのかな？　いいえ、ミスタ・フォレスティエは本当に信頼できる人だもの。彼女は彼が自分を見送る役になった変更を喜んでいた。彼は出会った最初から安心できた。

階上で忍び足の音がして、レオポルドが降りてきて、その後に来たミス・フィッシャーは、指を一本唇に当てて勧告していた。出発が一段と隠密作戦めいてきた。レオポルドはコートのボタンを上まで窮屈そうにはめられ、その下から出た黒ソックスの足が、ばかに細く見えた。頭のてっぺんはブラシのかかった髪の毛がとさかのように立ち、セーラー帽は手に持っていた。彼が階段を降りてくると、階段が華麗になった。要人のように降りてきたのだ（馬鹿げているわ、なによこの静けさは、とヘンリエッタは思った、マダム・フィッシャーはベッドに横になったまま、聞き耳を立てているなんて、すべてを知りつくしているくせに）。メイドのマリエットがミス・フィッシャーの後から来たが、レオポルドのスーツケースを抱えていた。そして階段の下まで来てスーツケースをどしんと置くと、レオポルドをいとしげに抱きしめ、少しだけいとしげにヘンリエッタを抱きしめ、大きくふーとため息をついたところで、下がるように言われ、フランス語で名残りを惜しんだ。ミス・フィッシャーは紙切れを手に、サロンに飛んで行った。「よろしいかしら」彼女がミスタ・フォレスティエに話しかけているのが聞こえてきた。「これが私の電報ですが」

グラント　ムーディ　ヴィラ　フィオレッタ　スペツィア。レオポルドパリニ2、3ニチノ
コルコトヲキボウ　イサイフミ　フツゴウイッサイナシ　ミナゲンキ　フィッシャー

「これでよろしいかしら？　敵意は招かないと思いますが」

彼はサロンのなかでこう言っていた。「それで大丈夫でしょう」

レオポルドは立ち止まり、電報が読み上げられるのを聞いていた。そしておっとりとヘンリエッタのほうに来ると、花型徽章を見て目を丸くした。「なんのためにそんなものつけるのさ？」

「ミス・ワトソンが私だと知るためよ」

「ミス・ワトソンて、誰？」

「マントンまで一緒に行くのに、私が会わなくてはならないレディよ。彼女もひとつつけているの」ヘンリエッタは辛抱強く言った。

「ふたりとも変に見えるよ！」

「列車に乗ったら、はずすわ」

「乗る前に、はずしたらいい。なんだか僕、それ欲しくなっちゃったな。好きな色だから」

「では、そうね、思い出の品として持っているのもいいわね、レオポルド」

だが、彼女がそう言うと同時に、タクシーがおもてで止まった。「ハーイ！」レオポルドが叫んだ。「タクシーだ！　僕らが乗るタクシーだよ、ミス・フィッシャー！」

「シーッ、シーッ！」彼女はそう言うと、慌てて外に走り出た。それを追うようにレイがドアのところで言った。「静かにしなさい、レオポルド！」

「いいのよ」すぐ彼女が言った。「悪気はなかったんだから」そして嬉しそうに目を輝かせて、ヘンリエッタの花型徽章を見た。「ほら」彼女はレイに言った。「あれが彼女の徽章なの、ええ。そしてミス・ワトソンが同じようにもうひとつつけていますから」

「ははあ。なるほど、実に気が利いてる」

レオポルドは玄関ホールを駆け抜け、鍵のところで格闘した。そして道路側のドアをばたんと言わせて開けた。新鮮な湿った空気がはいってきた。外にタクシーが待っていて、ほの暗い通りにエンジン音を響かせ、まるで戸口で新世界が待ち受けているようだった。ホールの明かりを浴び、その光を通して細かい雨が降るのが見えた。「早く」彼はできるだけ小さな声で言った。「みんな、早く」

「レオポルド」ヘンリエッタが言った。「あなた、ミス・フィッシャーにさようならを言わないつもり？」

ミス・フィッシャーは階段を降りたところに立ち、白い波形模様のベルがついた吊りランプの下にいた。ホールの先のタクシーが止まっている暗がりを見つめ、今日起きたことではないなにかを見ているようだった。レオポルドがその視界にはいってきて、礼儀正しく手を差し出すと、彼女はびくっとして彼を見つめた。握手するとか、身をかがめてキスする代わりに、ナオミは右手を伸ばして少年の顔にそっと触れた。ごく自然な動きだったので、レオポルドは顔を上げて立ち、こうして触れてくる指を降りしきる雨のように受けとめた。指はいとおしむように額をなで、そのまま頰の線を下っていった。これから多くを見るべきその瞳を覗き込み、思慮深く優しくその唇を見つめ、その唇がなにを語ろうと敵対しないと告げているようだった。レオポルドはその間ずっと仰向いていて、その顔は思考もなく純粋だった。彼女の手が離れ、しなければならないことを思い出したかのように、彼女は身をかがめて彼の頰にそっとキスした。「さようなら、レオポルド」

「さようなら、ミス・フィッシャー」

レオポルドは振り向いて歩き出し、タクシーに乗り込んだ。

ヘンリエッタは自分の顔を仰向かせて近づき、そこにキスしてもらった。「さようなら、ミス・フィッシャー」彼女は言った。「なにかとありがとうございました。マダム・フィッシャーにも私からよろしくお伝え下さい。明日はよくなられるよう願っております。私の祖母にもあなたからよろしくと、お伝えしましょうか？」

「ええ、ぜひ。こう伝えてね、明日はお手紙を書きますからと。ぜひ楽しい旅をするのよ。さようなら、大事な私のヘンリエッタ、さようなら」彼女は少女にさらに心をこめてキスし、レオポルドにキスしたときよりも名残り惜しくてならなかった。ヘンリエッタは、ミス・フィッシャーの腕が自分をひしと抱きしめたのを感じてびっくりしていた。私と別れるのが悲しいのかな？ それから彼女は、さっき下に置いた旅行カバンを取り上げ、明かりが点った、赤いストライプ模様の壁紙の小さな玄関ホールを進み、細かい冷たい雨をついてタクシーに乗った。

振り返ると、ミスタ・フォレスティエがミス・フィッシャーの両手を取り、なにか言い、両手を離し、それからさっと振り向いて、レオポルドのスーツケースを拾い上げた。そして、もう片方の手に帽子を持って階段をどんどん降りて、運転士にリヨン駅と告げ、タクシーのなかにスーツケースを放り込むと、自分も乗り、あとは一度も振り返らないで、タクシーのドアをばたんと閉めた。ミス・フィッシャーはなんとなくホールの先まで出てきたが、手を振るつもりでもあったのだろうか。だがタクシーはもう動き出し、すぐ走り去った。後に残った彼女はその場に立ちつくし、いましがたまで彼らがいた暗い空間をじっと見ていた。

あらいやだ、ヘンリエッタは思った、私の『ストランド』を忘れてきた。

レイはレオポルドを向かい側にある小さい座席に移した。車は暗い庭園を過ぎると明るいブールヴァードにはいり、坂を下っていった。濡れた歩道にカフェが映り、雨は降り出してから相当長いようだった。照明が人工的な闇のなかで車輪のように回っていた。ヘンリエッタは思った、お外に出て、うんと楽しみたいな。そして、破れたハートを騒がせながら自分のほうの窓から外を見た。こんな人たちなんか、別れたって寂しくないもん！　フランス人はどうしてあんなに必死で雨に濡れない所を探しながら歩くのだろう、猫じゃあるまいし。一度か二度、彼女は前に身を乗り出して、レイのほうの窓から外を見て、ついでに彼の顔を盗み見しながら、街燈が走り過ぎるのを眺めた。だが彼が話さないので、ここは話さないほうがいいのだと感じた。反対側ではレオポルドが子どもの銅像みたいに座り、タクシーが曲がるたびに、前のめりになっていた。右も左も見ないので、彼は力づくでパリを締め出しているなとヘンリエッタは思った。もしいまパリが彼の身に起きたら、彼はパンクするだろうな。よかった、私はそんなふうに物事を受け取る人間じゃなくて。彼は四方からまばゆい騒音に襲われていた。あらゆる光線がその小さな高揚した動かぬ顔を横切って通りすぎた。

ヘンリエッタがチャールズを腕に抱き上げたら、お猿の頭がレイの方にぶつかった。「ごめんなさい」ヘンリエッタは言った。

口がきけるのを明らかに喜んで、レイが言った。「大きなお猿だね」

「耳がぐらぐらでとれそうなの」

「旅行はだいぶしたの？」

「いいえ、それほどでも。私はそれほど旅行をしないから、ええ」

「なにかたくさん見物した？」

「いいえ。私を連れ出して下さる人がいなかったので」

「それは運が悪かったね」

「もちろん、私、レオポルドが羨ましいわ、イタリアを見たことがあるなんて」

「君もいつか見るさ、きっと」

「そしてパリに滞在するなんて。彼には素晴らしいことでしょうね。私がずっと見たかったのは、トロカデロだったの。レオポルドはなんでも全部見るんでしょうね」

「まさか僕がどうして？」レオポルドは身じろぎもしないで言った。

「あら、レオポルド、花型徽章をあなたにあげること、忘れないで私に言ってね！」

「なんの徽章だっけ？」

ヘンリエッタはチャールズを抱いた腕に力をこめた。「ミスタ・フォレスティエ、クシェットって、なんですか？」

「ああ――二段ベッドとでも言うのかな。どうして？」

「ミス・ワトソンと私でそれを予約したんです。明日の朝、目を覚ますのがすごく楽しみ！」

「ああ、それはさぞかし」

「だって、オレンジの木や真っ青な空を見るのよ……。アペリティフって、なんですか？」

「なにか飲むもののことだ」レイは足を組み替えた。（「ごめん」彼はレオポポルドに言った。「君の足だった？」）

「もう最低なんだから」彼女が言った。「私、列車に乗るとものすごく喉が乾くの」

「なにか飲み物を一瓶買うとしよう」

タクシーは市街地にはいり、ぶつかりそうになり、うまくかわし、ヘッドライトを点けた頭をしっかり据えたバスとバスの間を疾走した。路肩に立っていた人々は、バスが来るのを見て、心配そうにうしろに下がった。フランス人には会わなかったな、とヘンリエッタは思った。こちらを見ていないフランス人の目を見るのは、おかしな感じがした。タクシーはぬれそぼるパリの夕暮れのなか、上下に揺れながら突き進んだ。

「まあ、川に明かりがついている！　ほら、レオポルド、ほら、見てよ！」

「僕は昨日の夜に見たもん」

「レオポルドは私より一晩だけ先にパリにいたのね。——今夜もパリでしょ、私は列車のクシェットのなかだけど。——レオポルドが羨ましいな、ホテルにお泊まりするなんて」

「マントンに着けば、君もホテルでしょ」

「あら、いいえ。祖母がフラットを持っておりますから」

「僕には祖母がいるの？」レオポルドが言った。

「そうだわ、ミスタ・フォレスティエ、いるんですか？」

「彼は祖父がいるんだ」

「あら、私も欲しいなあ！」

「どこにいるの？」とレオポルド。

「イギリスに」レイは言ったが、補足しなかった、「君の祖母は君が原因で死んだのです」とは。

「へえ、イギリスに」レオポルドは言った。「そう、当たり前だよね」

静寂がタクシーのなかにどっかりと居座り、見知らぬ人がはいってきたようだった。レオポルドはいまはちらちらとパリに目をやり、頭を毅然と上げたまま左右を見ていた。タクシーは狭すぎた。レイの膝が、レオポルドのスーツケースのわきに斜めに押し付けられ、下げ棚《フラップ》式の座席を降ろすために移動させたそのスーツケースが、ふたりの子どもの間に陣取っていた。レオポルドが向きを変えた拍子に、レイとレイの大腿部に隠れていたヘンリエッタのお猿がついでに蹴飛ばされたのは、まずは止むを得ないことだった。明るく照らされた物が外を自由に流れるので、四角に閉じ込められているのが耐えがたかった。ヘンリエッタはものすごくじれったくなった。爪先で旅行カバンを探り当て、手袋を脱ぐと、大きく息をつき、片方ずつ両方のポケットに手袋をそれぞれ押し込んだ。レイは落ち着きのない二匹のタコと同じ箱にいれられていた。タクシーは男性二人乗り用だが、燕尾服にオペラハットで二人は無理、これが女性二人なら、ドレスは押しつぶしてもいいし、扇子も持てる。話したり笑ったりもできる。しかし空間とは感情的なものである。このタクシーは、はちきれんばかり、車軸のスプリングの上で唸っているようだった。なにが窮屈といって、せいぜい言うことはこれだけだった。「――レオポルド、回れ右をして、スーツケースの上に足を乗せなさい。ヘンリエッタ、そうだな――」

「チャールズは向こう端に置いたほうがいいでしょうか？」

「いや、そうだな、それがいい。しかし、僕が言いたかったのは、ええと——。君には今日はおかしな一日だっただろうと思ってね、君も期待し、君のお祖母さまが期待したことと食い違ってしまい、フィッシャー一家だって、君を引き受けたときとはずいぶん違ったからね。君にはわずかな時間もないようだ。トロカデロもなにもあったものじゃない。回りまわって見れば、僕がいけなかった。こんなことになるなんて。要するに、君は、まったくの偶然で、君には無関係なことに大いに関わってしまったんだ。君はそう考えるだろうね？　つまり、君には関係ないと？」

「なんのことかしら？」彼女はひどく心配して言った。「どういうことですか？」

「君も僕も、他人のことは絶対に議論しないでしょう？　当然しないよね。時間が無駄になるだけじゃなくて、彼らにも迷惑かもしれない。もちろん君にはそれがわかるね」

ヘンリエッタは神経質にレオポルドをちらりと見た。彼はなんの関心もなそうだった。「ああ、いいえ」彼女は言った。「あの、ああ、はい。もちろんです」

「それでは君は、このことをお祖母さまとも議論しないし、君のお友だちとも、イギリスにいる親戚とも、事実、誰とも議論しないでくれるね？　一番いいのは、すべて忘れることだ。面白くもないし」

やはりしかし、彼女は疑いの目で彼を見た。

「君はそう感じるよねえ、当然だよ。命令されて忘れられるものじゃない。では、こういうことかな、今日レオポルドと僕とフィッシャー家と誰か君の知らない人の身に起きたことは、誰とも絶対に話し合わない、ということにして」

ヘンリエッタは一回深く息を吸い込んだ。「はい、絶対に絶対に話し合いませんから」

「ありがとう」レイが言った。「僕らは目と目を見て話しましたね。列車に乗ったらなにがいい、レモネードかな、それともヴィシー水にする？」

「なんでもいいけど、炭酸なしがいいの、おわかりですよね」

「持ち物は全部持ったね？　もうすぐ到着するから。手袋は？　ハンドバッグは？　なにか座席に落とさなかった？」

彼女は気分が高揚していて、ハンドバッグは私にはまだ早いのとは言わなかった。


レイとヘンリエッタとレオポルドは、イタリア／フランス国境行きのヴァントミルの改札口に向かっていた。このリヨン駅は北駅よりも華麗だった。金色がさらにまぶしく、絢爛としている。ヘンリエッタは六時半というのは、パリでは18・30だと知っていた、きっとそのぶん時計も大きいに違いない。彼女はレイの横に並んでレディのように歩いた。もしも、もしも万が一、ミス・ワトソンがいなかったら！　……彼は彼女の旅行カバンと、ピンクの紙にくるくると包まれたヴィシー水の瓶を持っていた。ヘンリエッタは、チャールズにくわえて、スシャールチョコレートの大箱三つと、葡萄を一箱、それにハムを真んなかに挟んだロールパンを二個持っていたが、ロールパンは彼女が見た目で気にいったというので、レイがここのビュッフェで買ってくれたものだった。改札口まであと半分というところで、レイはキオスクに走って戻り、アメリカの絵入り新聞を抱えきれないほどと、ブロンズ製のエッフェル塔がついた文鎮を買ってくれた。「しくじったかな」彼が言った。「困ったな、君のご希望はトロカデロだったね。それに、こいつはやたらに重いや」

「いいえ、私、これ大好きですから」嬉しさに真っ赤になって彼女は言った。

ヘンリエッタの紅潮した幸せが消えないうちに、まぎれもないミス・ワトソンその人が改札口のそばに立っているのがわかった。彼女はサクランボ色の花型徽章を毛皮の下から引き出しておき、すべての人をじろじろと見つめ、犯人でも探しているようだった。ヘンリエッタがつけた花型徽章が目に止まった瞬間、このヘンリエッタの付き添い役は、罠に飛びつくように彼女を捕らえた。「あなたがヘンリエッタ・マウントジョイね？」ヘンリエッタの手は、いつのまにかレイの腕のなかに滑り込んでいたが、悲しげに力を抜いた。「そうです。あなたがミス・ワトソンですね？」

「だけど、ミス・フィッシャーはどこなの？」ミス・ワトソンは挑みかかるような声で尋ねた。この人も難しいのかな、北駅で出会ったもうひとりの女性のように、とヘンリエッタは心細くなった。レイは、前もって帽子を軽く上げて、言った。「僕がミス・フィッシャーですが、事実上の。母上がお悪くて、代わりをするように頼まれまして」

ミス・ワトソンは彼を一瞥したが、彼の外観には人を落ち着かせるものがあった。彼は彼女の気持ちがわかった、早く列車のなかにはいり、誰にもクシェットを横取りされたくないのだ。喧嘩腰になるし、そうなると実に不愉快だったから。その女性はすぐ、いきなりで失礼したかもしれないが、どなたかのお子さんを預かるのは責任がありますし、いまどき誰がどこにいるやらわかりませんからと言った。そして「ありがとうございました」と言った。「ご親切なことでした。ヘンリエッタ、お礼をこの――あなたのお友だちに言いなさいよ。さて、あれがあなたの旅行カバンね、でしょ？　ああ、そうそう、それにお猿さんね。では、行きますよ。さあ、もう行かないと」

ヘンリエッタは灰色の悲しい目でレイを見上げた。レオポルドがそのそばにいて、黙って彼女を見つめていた。彼女は突然、旅行カバンと、その他もろもろと、すべての包みを下に置くと、花型徽章のピンをはずして、レオポルドに手渡した。「はい」彼女は言った。「これが花型徽章よ」

「あら、あなた、なにをしているんですか？」ミス・ワトソンが言った。「その花型徽章を小さな坊やに上げてしまっていいの？」

「私が次に会う人は、ほかならぬ私の祖母ですし、もし祖母が私を知らなかったら、私は死んだほうがましです」

ミス・ワトソンは、ヘンリエッタが難しい子らしいと不安になった。埃っぽくて、唾で汚れたみたいなプラットフォームから荷物をひったくるように持つと、責めるように荷物の上にふっと息を吹きかけた。「さあ、行きましょう」彼女は言った。

「あなたがこの色が好きだと言ったから」ヘンリエッタは急いでレオポルドに言った。

「うん、僕、好きなんだ。これで君のことを思い出すよ」

ミス・ワトソンが言った。「さあ、さようならを言って」

ヘンリエッタとレオポルドは、初めて握手をした、いまから無情な儀式を執行しようとする人たちのように。彼の手はかぼそくて乾いていた。彼らはどちらも目を伏せて、たがいにうしろに少し下がった。ヘンリエッタは迷子みたいに見えた。レイが手を差し出すと、彼女は感謝するように両手を預けた。必死にこらえた彼の目は彼女の姿を宿すことはなく、彼はただ身をかがめて言った。「ヘンリエッタ、グッドラック」

ミス・ワトソンはヘンリエッタの切符を購入しており、やっとそれを改札口で見せてから、彼女らは長くて背の高い列車にそって歩いていった……。レイとレオポルドはヘンリエッタを見つめて立ちつくし、失意の長い金髪を背中に垂らし、ミス・ワトソンと一緒にプラットフォームを去っていくヘンリエッタを見ていた。チャールズのお尻が彼女の片方の腕の下から覗いていた。彼女はどんどん小さくなっていった。

彼女は振り返り、手を振って、さっきのエッフェル塔を高く高く差し上げて見せた。

レイは、歩いていくヘンリエッタを見つめながら、考えた。さてこれで……。「行こうか」彼は言った。「彼女はもう振り返らないよ」

「うん、わかった」レオポルドが言った。「いまから僕たち、どこに行くの？」

いまからどこへ行くのか？　駅はごうごうと鳴り響き、反響し、機関車の蒸気が照明と丸天井に満ちた暗い空気をとらえていた。どこかへ旅立つ決意をうながす神殿のようだった。音響が石と鋼鉄製の天井屋根に宙吊りとなり、騒音と疾走、苛立ちと目的が、人間を亡命者のように立ちすくませ、あらん限りの手回り品を手放すまいとして、問いかけていた、「私はどこにいるのだ？」と。駅で暮らし、ビュッフェで食べ、ベンチで眠り、煙草を買い、その次はどこへも行かない。レイの衣服の下に隠れた浮浪者は、ここに横たわり、くるくると巻いたコートの枕に頬をつけて、列車はスペインに、スイスに、イタリアに行くにまかせ、立体交差路の下を、海が洗うようにパリに洗わせたらいい。そう、少年は犬のように、どこであれ眠れるはずだ。しかし盗まれた少年は扱いが難しくなる。細い足でつっ立ったまま、目をこちらの顔に注いでいる。僕らはどこに行こうか？　どこに行こうか？

ヘンリエッタがいなくなり、沈黙は残る、それも永遠に。あの率直なおしゃべりと――果たして率直だっただろうか？――あのパブリックスクール風のおしゃべりが、タクシーのなかが混み合ってきつかったときに、ヘンリエッタを落ち着かせた。いまは鋼鉄製の賢明な大梁《おおばり》にガラス屋根が鎮座しているように、賢明な体面という大梁の上に平安が鎮座している。俺は酔漢のように考えている。一杯やるか？　しかしここにレオポルドがいる。ここにはいつもレオポルドがいる――

俺はなにをしたんだ？

彼女はどうするだろう？

レオポルドが繰り返した。「僕たち、どこへ行くの？」

レイは言った。「電話をかけないと」

だが列車が出て行き、駅の空洞が轟いた。レオポルドが怒鳴った。「なんだって？」

「電話だ。電話をかけないといけない」

「ああ、僕の母に？」

「なんだって？」

「僕の母にでしょ？」

「――頼むから、ここを出よう！」

そこで彼らは改札口とビュッフェの階段の中間にある広大な空間を横切り、出口に向かった。レイはうつむき、レオポルドは回りを見渡し、ヘンリエッタの花型徽章を椿の花のようにくるくる回していた。レオポルドは一歩半ずつ歩いてはレイに追いつき、誰かに押されると、本能的に避けてレイににじり寄った。レオポルドは森のなかの赤ん坊をひとりだけ盗んできた泥棒のようだった。たがいに様子がそぐわないので、人目についた。レオポルドがかぶっているキャップはぴかぴかの金色の帯が取り巻いていて、軍艦の勇ましい名前が書かれていた。少年の沈黙がレイの沈黙に輪をかけ、不ぞろいな歩幅と同じだった——レオポルドはブイで浮いて歩いているみたいだった。

回転式の戸口から出た外のホールは、もっと静かだった。レイは歩調を緩めた。「すまなかったね」彼は言った。「あそこは音がうるさくて、たまらなかったんだ」

「僕は好きなほうだったけど」レオポルドが言った。

(好きだと、この悪魔。いいか、この俺が話せるところでふたりは話すのだ。マダム・フィッシャーなど引用してはならないし、タクシーのなかで俺を蹴ってはならないし、病人だらけの家で怒鳴ってはならない。一般市民の帽子をかぶり、少女たちを馬鹿にしてはいけないし、俺の足の下にはいるのもいけない。君が好まないものがいくらでもあるんだ。君のことで俺が好まないことがたくさんあるんだ)

「なにを言おうとしてたか、というと」レイは声に出して続けた。「つまり、電話をかけなくてはならないんだ——そう、ヴェルサイユに、君の母親に、だ。どうして僕が帰らないのか、いぶかり始めているかもしれないからね。それから僕はなにか飲む。それから僕らはなにか食べよう」

「なにを、ホテルで?」

「まあ考えておこう。まずこいつを預けようか、ともかく」

「それから？」

「行こう」レイはそう言って、また歩調を速めた。

「僕の母は今夜来るんですか？」

「行こう」レイが繰り返した。

「どこに？」

「外にタクシーがあるから」

彼らは、こだまが返る静かなホールを出て、おもてのアーチをくぐり、駅の外に出た。細かい雨がまだ降っていて、突き出した屋根に落ちていた。タクシーはすぐ来なかった。ふたりは立ったまま、どぎついアーク燈の下で、暗闇に映えて降る雨を見ていた。空気は夜の味がし、レオポルドは一度身震いをした。「寒いか？」「ううん」いや、彼は寒いのではなかった。彼は最初の呼吸をしている人間だった。レイはいままで、明るい光のなかでカレンの子どもを見たことがなかった。いま眼前に彼は見ていた、レオポルドの開いた虹彩に光が当っている。自分のことばかり話す自己開示癖《エゴティズム》とパニックは、どうせ今後のことがどうなるかなどわかりはしないという認識に変わり、レオポルドのそばでタクシーが来るのを待っているうちに、レイの心のなかで死んで消えた。今夜は子どもが指揮をとり、俺はその指揮下で行動してきたのだから。

ここ、立体交差路の起点に彼らは立って、パリ市街より上に位置する、見はるかす英雄的な高さから、パリを見ていた。レオポルドが言った。「イルミネーションがしてあるんでしょう？」赤銅色の闇夜がガラスのように、無数の商標を冠した市街地を覆いつくし、無数の窓をきらめかせながら、濡れた広場は、まるで湖のようになって、駅の立体交差路の麓に広がっていた。

エリザベス・ボウエンおよびイングランドとアイルランド関連年譜

エリザベス・ボウエンは一八九九年にアイルランドのダブリンに生まれ、一九七三年にイングランドのロンドンの病院で没した。アイルランドとイングランドはボウエンにとって二つの祖国であり、世界と人心を荒廃させた二度の世界大戦をイングランドとアイルランドの両方に踏みとどまって、空襲やサーチライトや灯火管制の日々を生きた。だからこそボウエンは、戦後に失われたもの、その一方で失われなかったものを創作に書き残すことができた。アングロ・アイリッシュと言いながら相容れない二つの国、繰り返された世界大戦は、ボウエンの創作活動の原点であることから、以下の年譜は、作家エリザベス・ボウエンの生涯を紹介する（年号の横に年齢銘記）と同時に、『パリの家』の理解の一助にと、いくつかの関連項目を付記したものである。

三〇〇BC　ケルト人がアイルランドに来島。

四三二AD　イングランド人聖パトリックが来島し、流血なしにキリスト教を広める。

一〇六六年　ウィリアム征服王、イングランド制圧、イングランド国王として即位。

一一六九年　イングランド王ヘンリー二世、アイルランドに来島、支配強化。

一三九四年　イングランド王リチャード二世、アイルランドの植民地支配開始。

一五三七年　イングランド王ヘンリー八世、アイルランド王および英国国教会の首長となる。アイルランドのイングランド化（土地の収用、英語普及、修道院簒奪、脱カトリック、プロテスタント布教）を進める。

一六四八年　オリヴァー・クロムウェルが国王軍を撃退、清教徒革命なる。一六六〇年の王政復古までイングランドは共和国。

一六四九年　国王チャールズ一世、処刑。クロムウェル、ダブリンに侵攻。ウェールズ出身のヘンリー・ボウエン、これに参戦。戦功によりアイルランド西部コーク州に所領を与えられ、ボウエン一族の祖となる。プロテスタント・イングランド地主階級によるカトリック・アイルランド支配体制すなわちアングロ・アイリッシュ・アセンダンシーが以後約三百年続く。

一七七五年　ヘンリー・ボウエン三世によって十年余を要した一族のビッグ・ハウス「ボウエンズ・コート」落成。ただし資金不足により一部未完成。

一七八九年　フランス革命勃発。ルイ十六世処刑後も、処刑に次ぐ処刑。『パリの家』でヘンリエッタが初めて見たパリの街路を見て「流血」を連想するのは、フランス革命のことを聞いていたからだ。マックスとカレンが逢引するブローニュも英仏戦争の戦場だった。

一八〇一年　イングランド、アイルランドを併合、大ブリテン・アイルランド連合王国となる。

一八一五年　アイルランド出身のウェリントン公、ウォータールー（ワーテルロー）の戦いでナポレオン軍撃破、英仏戦争終わる。ボウエンズ・コートにウェリントン公の胸像があり、『パリの家』のカレンの家にもウェリントン公の胸像あり。

一八四五―四九年　アイルランド全土にジャガイモ飢饉、百万人が死亡、百五十万人がアメリカなどに移民。ボウエン一族は近隣住民の救助に尽力。

一八九〇年　ヘンリー・ボウエン（二十九歳）、同じくアングロ・アイリッシュ地主階級のフローレンス・コリー（二十四歳）と結婚。ヘンリーはダブリンのトリニティ・カレッジで法律を学び、同市のハーバート・プレイス十五番地（現存。エリザベス・ボウエン誕生の家としてプラークあり）で法廷弁護士開業。

一八九九年　六月七日エリザベス・ボウエン生まれる。夫妻の一人娘。冬はダブリンで、五月からボウエンズ・コートで過ごす二重のライフ・スタイル。

一九〇〇年（一歳）　同性愛で有罪、投獄されたアングロ・アイリッシュの作家オスカー・ワイルド死去。なお一九六五年、同性愛合法化。ボウエンをこの面から研究する人もいる。

一九〇一年　ヴィクトリア女王崩御。エドワード七世即位、エドワード朝は一九一〇年まで。夏目漱石（当時三十三歳）、一九〇〇〜〇二年まで在英。ヴィクトリア女王の国葬を見る。

一九〇六年（七歳）
父ヘンリーが心気症を発症、治療専念の必要から、妻と娘はケント州在の親戚を頼って渡英。エリザベスに吃音症が出る。その後治療するも奏功せず。ルイス・キャロル、英国王ジョージ六世（在位一九三六―五二）、サマセット・モームにも同症あり。

一九一二年（十三歳）
母、肺癌発病、半年後に死去。当時母娘で住んでいたケント州ハイスの教会墓地に埋葬。エリザベスの吃音が顕著となり、マザーの「M」でとくにどもったという。吃音症は生涯残る。父、退院。
ハートフォードシャーにあるハーペンデール・ホール校に入学。
アイルランドで建造された豪華客船タイタニック号、処女航海で沈没。『パリの家』でヴァイオレット伯母には新世紀の波乱を告げる事件。

一九一四年（十五歳）
ケント州のダウンズ・ハウス女学校に入学。この学校は、『種の起源』を書いたチャールズ・ダーウィンの屋敷だった建物。

一九一六年
七月、第一次世界戦争勃発。八月、イギリス、対ドイツ宣戦布告。アイルランド人はイングランド兵として参戦。
イースター蜂起、アイルランド義勇軍、ダブリン中央郵便局を本部として英軍と市街戦。蜂起軍降伏。指導者十五名銃殺処刑。アイルランド国民の愛国心を刺激。このころから顕在化したイングランドとアイルランド間の「紛争」を歴史的にも The Troubles と呼ぶ。

一九一七年（十八歳）
ダウンズ・ハウス女学校卒業。在学中も級友らとは戦争の話は極力避けた。親や兄弟に戦死者がいたからだ。この学校はいまダーウィン記念館。
この年、アメリカようやく参戦。

一九一八年（十九歳）
十一月、第一次世界大戦終結。戦闘によるイギリス兵士の死者はおよそ八十五万人、オクスフォード大学の学生も五人に一人の割合で戦死。カレンの兄のロビンは生還したとあるが、これは僥倖。ボウエンは塹壕戦で被弾後遺症のシェル・ショックを発症した帰還兵の看護を経験。ボウエンより九歳年長のアガサ・クリスティも同体験。一九一四年には否決された女性参政権が（制限付きで）議会通過。アメリカ兵が流入、「失われた世代」、性の解放が進む。

一九一九年（二十歳）
ボウエン、ロンドンに出てアート・スクールに通うも二学期で退学。短篇を書き始める。アイルランド独立戦争始まる。アイルランド共和軍（ＩＲＡ）結成。

一九二〇年（二十一歳）
ＩＲＡの対イングランド奇襲作戦激化。先述した「紛争」が激化、イギリスは対抗措置として戦後の寄せ集め部隊、ブラック・アンド・タンズを投入。コーク市を中心としたビッグ・ハウス焼打ち多発。ボウエンズ・コートは難を逃れる。『パリの家』では、ヴァイオレット伯母の再婚相手ビル・ベントがコーク州にもつ先祖伝来のビッグ・ハウス「モンテベロ」がこれで焼失、その損害補償金で「アイリス山荘」を購入とある。

一九二一年（二十二歳）
父、再婚。エリザベス、イギリス軍将校のジョン・アンダソン中尉と婚約、すぐ解消。アイルランドは南北に分割、南の二十六州は「アイルランド自由国」として英連邦自治州、北の六州は「北アイルランド」として英領に留まる。

一九二三年（二十四歳）
最初の短篇集 *Encounters* 出版。アングロ・スコティッシュの生まれで、オクスフォード大学出身、ノーサンプトン州の教育局補佐官だったアラン・キャメロン（三十歳）と結婚。アランは第一次世界大戦で塹壕戦を体験、毒ガスの後遺症の眼病に苦しむ。戦功十字賞授与。猫好き。ボウエンの最大・最善の理解者。

一九二五年（二十六歳）
アランがオクスフォード州の教育長になり、同市郊外のオールド・ヘディントンにあるウォールデン・コート荘（現存）に住む。夫の人脈や本人の愛すべきホスピタリティで知的なオクスフォード社会に迎えられる。

一九二六年（二十七歳）
短篇集第二作 *Ann Lee's and Other Stories* 出版。幻想風な作風で現代風俗をユーモラスに描写し、短篇の名手と目される。

一九二七年
長篇小説第一作 *The Hotel* 出版。ジェイン・

（二十八歳）　J・オースティンの後継者として風習喜劇路線をとったボウエンは、結婚に代わる人生を模索する若い女に介入する中年女という構図とテーマを導入。本書『パリの家』でそのテーマがクライマックスに達する。

一九二九年（三十歳）　短篇集第三作 *Joining Charles and Other Stories* 出版。

長編第二作 *The Last September* 出版。先述した「紛争」の軋轢と一九二〇年に多発したビッグ・ハウス焼き打ち事件を背景にした小説。確かな創作手法が認められ、作家ボウエンの知名度上がる。一九九九年、ジョン・バンヴィル脚本、デボラ・ウォーナー監督、マギー・スミス、フィオナ・ショーらの出演で映画化、カンヌ映画祭正式出品作。本邦未公開、DVDあり。

一九三〇年（三十一歳）　父、他界。ボウエンズ・コートを相続、一族初の女性当主となる。ヴァージニア・ウルフらを招いてアイリッシュ・ホスピタリティを発揮。

一九三一年（三十二歳）　長編第三作 *Friends and Relations* 出版、翌三二年、長編第四作 *To the North* 出版。

一九三三年（三十四歳）　ハンフリー・ハウス、モーリス・バウラと恋愛。一九三七年（三十八歳）にはショーン・オフェイロンと恋愛関係。離婚は問題外。

一九三四年（三十五歳）　短篇集第四作 *The Cat Jumps and Other Stories* 出版。ここに収録された短篇 *Disinherited*（邦題「相続ならず」）はボウエンがもっとも愛した短編。

一九三五年（三十六歳）　長編第四作 *The House in Paris* 出版（阿部知二・良雄訳『パリの家』、集英社、一九六七。太田良子訳『パリの家』、晶文社、二〇一四）。ボウエンの代表作。

本書でカレンとマックスが一夜を過ごす町がハイスである。彼らが滞在するラムズヘッド・インは、現地のスワン・ホテルがモデル。

この年、アランがイギリスＢＢＣ関係の要職に就き、ロンドンに移住。リージェント・パークにあるフラット、クラレンス・テラス二番（現存。プラークをという声あり）に一九五二年まで居住。

一九三七年（三十八歳）　アイルランド自由国、国名をエール（Eire）とし、新憲法制定。

長編第五作 *The Death of the Heart* 出版。ボウエン自身が最も愛した小説。最高傑作とする評あり。ヒロインは十六歳、ボウエンの少女は人間と時代の鏡。

一九三九年（四十歳）　イギリス徴兵制度導入。九月、対独宣戦布告し、第二次世界大戦突入。アイルランドは中立を表明。

一九四〇年（四十一歳）　チャーチル首相就任。五月、連合国軍将校・兵士三十万余がダンケルクより対岸のイギリスに逃走。パリ陥落。フランス降伏。イギリス孤立無援。

七月から十月、英本土航空決戦「バトル・オブ・ブリテン」。英国徹底抗戦。

大戦中、アランは国防軍、エリザベスは空襲監視人。エリザベスはまたイギリス情報局調査官として中立国アイルランドの国情を調査して首相チャーチルに報告。その調査報告書は、*Notes on Eire* として二〇〇八年出版。

一九四一年（四十二歳）　日本軍の真珠湾攻撃でアメリカ参戦。

短篇集第五作 *Look at All Those Roses and Other Stories* 出版。

カナダのイギリス駐在外交官チャールズ・リッチー（七歳年少）と知り合う。リッチーは戦後帰国してカナダ国連大使などを歴任。

一九四二年（四十三歳）　クロムウェル軍の中佐だったヘンリー・ボウエン一世に始まるボウエン一族三百年余の年代記、*Bowen's Court* 出版。翌一九四三年、七歳までダブリンで過ごした七回の冬の回顧録 *Seven Winters* 出版。

一九四四年（四十五歳）　再開したロンドン大空襲でクラレンス・テラス損壊。チャーチル家所有のフラットに愛猫とともに仮住まい。

六月六日、連合国軍によるノルマンディー上陸作戦完遂。

一九四五年（四十六歳）　第二次世界大戦終結。膨大な戦時借款返済のため国民の耐乏生活、配給制度続く。

一九四六年（四十七歳）　短篇集第六作 *The Demon Lover and Other Stories* 出版。この表題作「恋人は悪魔」、そして「幻のコー」は戦時小説の傑作。

一九四八年（四十九歳）　大英帝国勲章ＣＢＥ叙勲。王立文藝協会叙勲士。

一九四九年（五十歳）　長篇第六作 *The Heat of the Day* 出版（吉田健一訳『日ざかり』、新潮社、一九五二）。チャールズ・リッチーに献呈。ヒロインは若い未亡人のステラ・ロドニー。世界大戦という「時代の熱気」のなかで出会った男は、ドイツのスパイだった。一九八九年、ハロルド・ピンター脚本、クリストファー・モラハン監督でＢＢＣが映画化。配役はハリソンをマイケル・ガンボン、ステラをパトリシア・ホッジ、ロバートをマイケル・ヨーク、ルウイをイメルダ・ストートンら実力派がぞろり。ＤＶＤあり。ダブリン大学名誉博士。死刑問題検討委員会委員。渡米して大学などで講義・講演。アイルランド独立。国名を「エール」から「アイルランド共和国」とし英連邦脱退。

一九五二年（五十三歳）　アランの病状を考慮してロンドンを離れボウエンズ・コートに移住。アラン死去。

一九五五年（五十六歳）　長編第七作 *A World of Love* 出版（太田良子訳『愛の世界』、国書刊行会、二〇〇九）。『最後の九月』に次ぐボウエン二作目のビッグ・ハウス小説の顔もある。

一九五九年（六十歳）　アランの死去、戦後の物価高騰と人手不足から経済的に維持困難となり、ボウエンズ・コート売却。家具調度品は競売に付される。

一九六〇年（六十一歳）　イタリア旅行記 *A Time in Rome* 出版（篠田綾子訳『ローマ歴史散歩』、晶文社、一九九一）。ボウエンズ・コートを購入した近隣の農場主コーネリアス・オキーフがボウエンズ・コート解体。屋敷の森林の伐採木材と建材の石を売却し、所領は農地に。「廃墟にならずに済んだ」とボウエン。

一九六四年（六十五歳）　長編第九作 *The Little Girls* 出版（太田良子訳『リトル・ガールズ』、国書刊行会、二〇〇八）。セント・アガサ女学校の三人組が二度の戦争のあと五〇年後に再会し、それぞれが少女の面影を残す三人のオールド・ガールズがそれぞれに美しい。この年、ゆかりのケント州ハイスに住居を購入。母方のビッグ・ハウスにちなんで

「カーベリー」と命名。作家ボウエンが住んだ家というプラークあり。このささやかな住まいがボウエンズ・コートの当主だった人の最後の棲家になった。

一九六五年（六十六歳）　短篇集第七作 *A Day in the Dark and Other Stories* 出版。

一九六九年（七十歳）　長編第十作 *Eva Trout, or Changing Scenes* 出版（太田良子訳『エヴァ・トラウト――移りゆく情景』国書刊行会、二〇〇八）。チャールズ・リッチーに献呈。

一九七〇年（七十一歳）　『エヴァ・トラウト』、第二回ブッカー賞の最終候補、受賞は逸す。

一九七一年（七十二歳）　第三回ブッカー賞審査委員。肺炎で入院治療。

この年から一九七五年まで、訳者は家族とともにロンドンに居住。一歳だった娘にナニーを付け、英国大使館のパーティに着物を着て出たり、夫の社用の二泊三日のヴェネツィア出張に同伴するなど、イギリスのアパーミドルを覗き見した五年間だった。

一九七二年（七十三歳）　以前よりチェイン・スモーカー。声が出なくなる。カナダからリッチーが急遽渡英、ロンドンの病院に入院させる。

一九七三年（七十三歳）　二月二十二日早朝、ロンドンのユニヴァーシティ・カレッジ・ホスピタルで永眠。ボウエンズ・コートの礼拝堂だったセント・コールマン教会で葬儀、同墓地に眠る父と夫の横に埋葬。その一切をリッチーが取り仕切った。

二〇〇九年　*Love's Civil War* (Simon & Schuster, London, 2009) 出版。ボウエンとリッチーの書簡と日記を収録し、ふたりの第二次世界大戦下の日々と生涯にわたるラブアフェアーを伝えている。

＊　＊

なおボウエンの短篇は『あの薔薇を見てよ』（ミネルヴァ書房、二〇〇四）に二〇篇、『幸せな秋の野原』（同、二〇〇五）に一三篇収録。『ボウエン幻想短篇集』（国書刊行会、二〇一二）に一七編収録、うち五篇は拙訳を改訳。ここにはボウエンの短篇論、ゴースト・ストーリー論など評論四篇を併せて収録した。

訳者あとがき

『パリの家』は阿部知二・良雄訳で集英社版『世界文学全集15』（一九六七年）に、I・マードックの『鐘』と合本で出版された。ついで『パリの家』（集英社文庫、一九七七年）が出版されたが、全集版と文庫版の訳文は変わらない。阿部良雄氏はこれら二冊の「解説」で、邦訳の参考に読んだマリー・タディエによる仏訳本では、「マックスがユダヤ人であることを示すくだりがことごとく省かれている」こと、パリの家の所在がシルヴェストル・ボナール通りとなっているが、「これはアナトール・フランスの小説の老学者の名で、そんな名を関した通りはなかったはずだ」と書いておられる。

さていま『パリの家』の新訳を出すに当たり、阿部知二・良雄訳が参考になったことは言うまでもない。既訳書は、ボウエンの翻訳の場合はとくに、何物にも代えがたい道連れである。その一方で、新訳が出たらいいのにと思ったのも事実である。阿部訳が出てから四十七年、訳文の日本語がやや古くなっていると思われたからだ。それが少女と少年の台詞が子供らしくなく不自然なことや、母親と娘同士の対話に敬語が多すぎることに出ているように感じられた。また私自身が本務校の大学をはじめ非常勤で出かけた一橋大学や東京女子大学の学生とともに英文講読でボウエンを精読したら、彼・彼女たちが英和辞書を頼りにボウエンの良き読者になってくれた。ゴーストも怖いが人間も怖いのだ、というペーパーを書いた学生もいた。かたわら予習をかねてボウエンを訳し始め、結果ボウエンの翻訳書が長編小説三冊、短篇集三冊になって出た。その経験と感覚が『パリの家』の翻訳に活かせるのではないかと思った。ボウエンにお馴染みの登場人物がわかってきて、女学生や独身の女教師、未亡人や若妻、家督をつぶした無能な息子、器量も持参金もない娘たち、裁縫師や家庭教師、熟女や老女たちの顔が見えるようになり、ジェイン・オースティンのコメディー・オブ・マナーズの続きを読んでいるようで、英国のアパーミドルの人々の生活にますます心が傾いたのだ。『パリの家』で、ヘンリエッタが困惑したレオポルドを見て、バレエ教室で女子に交じっている男の子みたいだ、と思うのは、ボウエンの短篇「バレエの先生」に出てくる困った男子を思わせるし、痛みを心に抱えた女と結婚するのは嫌だとマックスが言うが、同じく短篇「あの薔薇を見てよ」のミセス・メイザーの夫もこれを理由に姿を消したらしい。カレンがレオポルドを予感して妄想する拳銃を暴発させる少年は、『エヴァ・トラウト』でその正体を見せる。

新訳を出す最大の理由は、ボウエンの難解構文が一番の壁とはいえ、単語そのものや比喩や文脈の前後関係に見逃せない解釈の違いが多少あることだ。翻訳にはつきものの誤訳で片づけられない一例を挙げると、第二部「過去」の最初のキー・シーン、満開の桜の樹の下で手と手を重ねるカレンとマックス、原文で〝Their unexploring, consenting touch lasted;〟が、阿部訳では「二人はそうして静かに、同意をこめて、手を重ねていた」、太田訳では「まさぐることもない、わかり合った接触が続いた」である。〝unexploring〟とは、重ねた手をいやらしく動かさなかったこと、〝consenting〟は、そのことを二人がわかり合っていることを指している。加えて、阿部氏は〝touch〟という名詞を「手を重ねていた」という動詞構文にしたことで、原文とは違う一文になった。「接触」という名詞を消したことで、接触・タッチという名詞が持つ存在感が消え、秘められた性的なエネルギーが消えてしまった。「接触」は手が触れているのみに留まらず、熱い血流、脈打つ動悸がそこにある。記憶に残るのはこのタッチの肉体的な感触である。手の接触が解かれた途端、二人の手のひらが押した刻印は、立ち上がってくる芝生の葉が消してしまう。しかし立ち上がってくる葉先のイメージは、ナオミとマックスを見送りに行った列車のなかで、ポーターや乗客に阻まれてカレンとマックスの顔と顔が真正面に向き合い二人が瞳の奥を見交わす段になって、激しく鮮やかに甦る。ここの原文は、"This undid the touch on the lawn yesterday;" だが、阿部訳は「昨日芝生で触れ合ったあの感じは、これで打ち消されてしまったといってよい」、新訳は「これで昨日の芝生の上で続いた接触が解き放たれた」つまりこれ以降、一本一本立ち上がる芝生の葉先は、性的な含みを強めながら、マックスとレオポルドを想うカレンの脳裏に何度も甦るキー・イメージとなる。

＊

『パリの家』で一番私が好きなのは、ヘンリエッタ・マウントジョイだ。マナーを身に着けて自信満々のレディになりかけているところに、彼女のコミカルな役割がある。彼女が出てくるのを誰もが待ち受けている。気の触れた人ばかりのパリの家がマナーと良識に居住まいを正すのは、ヘンリエッタがいるからこそだ。しかし、母のいない彼女の一番の友はお猿のチャールズ。会ったことはないが母がいるレオポルドから、いないお母さんをどうやって愛するの？と訊かれ、ヘンリエッタは切なさに泪をこぼす。この二人は、母に死なれた少女と、不義の関係から生まれて里子に出された少年である。フランスやロシアの名だたる姦通小説にあって、生まれてきた子供は脇道に追いやられていた。『パリの家』は姦通や不義を伏線にして、生まれてきた子供に光を当てた小説として読める。なお、カレンはレイと結婚後に死産を経験、その際、子を犠牲にして母を生かした経緯があり、不妊となったものと読める。カレンとレイの十字架である。

ヘンリエッタはその後、彼の母親が来ないことがわかったとき、レオポルドのそばに近づいて、天使の助けを借りて、黙って彼の泪をじっと見守る。ボウエンの場合、沈黙は雄弁である。最後に二人がリオン駅で別れるとき、レオポルドが思い出に欲しがってくれた花型徽章をいそいそと外してレオポルドに手渡す。駅頭はボウエンがとても好んだ舞台で、お猿のチャールズを小脇に抱え、レイが買ってくれたエッフェル塔の文鎮を振りながら去っていくヘンリエッタ、レオポルドとまた会うことはないのだろう。これは別れのシーン十傑に入る美しいシーンだと思う。

しかしヘンリエッタのお仲間を忘れてはいけない。ボウエンの短篇「割引き品」の家庭教師ミス・ライスは、以前、雇い主殺害の嫌疑をかけられたときは、ヘンリエッタ・ポストと名乗っていた。レオポルドとて、さくらんぼ色の花型徽章をいつまでも大事にしたりするものか。短篇「泪よ、むなしい泪よ」の少年フレデリックは、公園にいながら泣き癖が取れずに母親に見捨てられたとき、ベンチにいたワーキングクラスの少女が相手になって林檎をくれた。おかげでフレデリックの泪は乾いたが、後年彼は、その日池にいた白いアヒルは思い出しても、林檎をくれた少女のことは記憶から消えてしまう。ボウエンが描く少年または少女は、止まらない時間と一緒に走る。九歳のレオポルドを初めて見たレイは、いかにもユダヤ人の少年を前に一瞬立ちすくむ。一九三〇年代、ヒットラーの登場は目前に迫っている。マックスは自殺していなくても、早晩ドイツに下ったフランス政府が行うユダヤ人狩りで、収容所送りになったかもしれない。ナオミは聖書にも名高いユダヤ人女性の名前だ。ボウエンの登場人物は刻々と時代を生き、成熟して大人になり、それぞれに老いていく。ボウエンの作品が古典となって読み継がれるとすれば、このあたり、時間と空間にあって生きるしかない人間の真実がフィクションのなかに、それも不確定な寄る辺ない姿として描かれていて、永遠の相のもとにある普遍的な人生と人間をそこに見るからではないだろうか。

＊

オクスフォード大学のマートン・プロフェッサー・オブ・イングリッシュであるジョン・ケアリ（一九三五—　）は、ブッカー賞審査委員長を二度つとめ、一九七七年から『タイムズ』紙の書評をしている。ジョン・ケアリが、二〇世紀の終わりを前に『サンデータイムズ』紙上に一作家ずつ特集掲載したものを一冊にまとめたのが、*Pure Pleasure A Guide to the 20th Century's Most Enjoyable Books*(Faber and Faber, London, 2000)である。日本語に訳すと、『快楽への道　二〇世紀の読書案内』となるだろうか。便宜上、50番まで番号を付けたが、26番目がエリザベス・ボウエンの『パリの家』で、女性作家は15番、20番、42番の計四名。邦題があったものはその邦題で、邦題がなかったものは原題（ジョン・ケアリによって英訳されたもの）で示した。

1　A・コナン・ドイル『バスカヴィル家の犬』（一九〇二）
2　アンドレ・ジッド『背徳者』（一九〇二）
3　ラドヤード・キプリング　*Traffics and Discoveries*（一九〇四）
4　ジョセフ・コンラッド『密偵』（一九〇七）
5　E・M・フォースター『眺めのいい部屋』（一九〇八）
6　G・K・チェスタトン『木曜日の男』（一九〇八）
7　アーノルド・ベネット『二人の女の物語』（一九〇八）
8　H・G・ウェルズ　*The History of Mr. Polly*（一九一〇）
9　マクシム・ゴーリキー　*My Childhood*（一九一三）
10　トマス・ハーディ　*Satires of Circumstance*（一九一四）

11 ジェイムズ・ジョイス『若い芸術家の肖像』（一九一六）
12 D・H・ロレンス *Twilight in Italy*（一九一六）
13 T・S・エリオット『プルーフロックその他の観察』（一九一七）
14 エドワード・トマス『詩選集』（一九一七没、一九三六）
15 キャサリン・マンスフィールド『園遊会』（一九二二）
16 ヤロスラフ・ハシェク『兵士シュヴェイクの冒険』（一九二三没、一九三〇）
17 オルダス・ハクスリー *Those Barren Leaves*（一九二五）
18 F・スコット・フィッツジェラルド『グレート・ギャツビー』（一九二五）
19 ミハイル・ブルガーコフ *A Country Doctor's Notebook*（一九二五―七）
20 シルヴィア・タウンゼント・ウォーナー *Mr. Fortune's Maggot*（一九二七）
21 イーヴリン・ウォー『大転落』（一九二八）
22 ロバート・グレーヴズ『さらば古きものよ』（一九二九）
23 ウィリアム・エンプソン『曖昧の七つの型』（一九三〇）
24 W・B・イェイツ『詩選集』（一九三三）
25 クリストファー・イシャーウッド『ノリス氏の処世術』（一九三五）
26 エリザベス・ボウエン『パリの家』（一九三五）
27 ジョン・スタインベック『二十日鼠と人間』（一九三七）
28 グレアム・グリーン『ブライトン・ロック』（一九三八）
29 A・E・ハウスマン『詩選集』（一九三九）
30 ジョージ・オーウェル『空気を求めて』（一九三九）
31 キース・ダグラス *Alamein to Zem, Zem*（一九四六）
32 トーマス・マン『詐欺師フェーリクス・クルルの告白』（一九五四）
33 キングズレー・エイミス『ラッキー・ジム』（一九五四）
34 ウィリアム・ゴールディング『後継者たち』（一九五五）

35 V・S・ナイポール『神秘な指圧師』（一九五七）
36 S・J・ペレルマン *The Road to Miltown*（一九五七）
37 W・H・オーデン『短詩選集 一九二七—五七』（一九六六）
38 ギュンター・グラス『ブリキの太鼓』（一九五九）
39 ミュリエル・スパーク『ミス・ブロウディの青春』（一九六一）
40 ジャン＝ポール・サルトル『言葉』（一九六四）
41 シェーマス・ヒーニー『ナチュラリストの死』（一九六六）
42 スティーヴィー・スミス *The Frog Prince and Other Poems*（一九六六）
43 テッド・ヒューズ『クロウ 鳥の生活と歌から』（一九七〇）
44 イアン・マキューアン『セメント・ガーデン』（一九七八）
45 クライヴ・ジェイムズ *Unreliable Memoirs*（一九八〇）
46 ジョン・アップダイク『ウサギ四部作』（一九九一）
47 フィリップ・ラーキン『詩選集』（一九八八）
48 ヴィクラム・セス *A Suitable Boy*（一九九三）
49 カズオ・イシグロ『充たされざる者』（一九九五）
50 グレアム・スウィフト『最後の注文』（一九九六）

ジョン・ケアリは序文でまず「次のミレニアムの終わりに果たして書物があるだろうか？　これは真剣な問いだ」と述べ、ここに挙げた五〇冊は、「文学的な偉大さ」ではなく「純粋に読んで楽しく、繰り返し読みたくなること」のみを判断基準にし、「嫌いな本や読み終えられない本」は全部外したと続けている。

さてそのケアリはここで『パリの家』をボウエンの最高傑作とみなし、『パリの家』を読む楽しさについて、およそ以下のように述べている。

この小説は、「熱情、裏切り、時ならぬ死」を主題としながら、全編にみなぎっているのは「インテリジェンス」である。ボウエンは男性と女性が思索と感情の面でいかに違うか、その相違に魅惑されている。第一部の「現在」にまず出てくる十一歳の少女ヘンリエッタと九歳の少年レオポルドが交わす対話は、父母やセックスや出生にまつわる「隠された意味」に満ちていて、一見イノセントなヘンリエッタが果たす役割は大きい。少女の言動が作品を横切り複雑な人間関係に反響している。

第二部の「過去」は、カレンとマックスが宿命的な恋に落ちる桜の樹の下、ブローニュのレストラン、そして雨降りやまぬハイスの一夜、これが読者をいざなうボウエン・マジックともいうべき「内在化された情景」である。ここでは恋人たちがなにから出来上がるか、恋の熱情がいかなるテンポと緊張をともなって成就するか、が解き明かされる。だから「あるのはイメージと欲望だけだ」というマックスに説得されるほかはない。

第三部はまた「現在」にもどり、死にかけているマダム・フィッシャーが、少女と少年、三角関係の恋人たちが織りなしてきた三部作の最後を仕切る。暗い小さなパリの家で起きた過去が哀切なのは、これがマダム・フィッシャーの「悲劇」でもあるからだ。

だが悲劇をメランコリーにしないのがボウエンのインテリジェンスである。ボウエンの対話は頭脳ゲームであって、彼女が綴る一節一句は、読めば「暗記したくなるし、人生をよりよく理解する一助になる」。ボウエンはヘンリー・ジェイムズに学んだが、師を超えている。「ジェイムズにセックスをプラスしたのがボウエンである」。ボウエンは爪の先まで女性であり、男が知らないことをたくさん知っている。だから男もボウエンを読むべきである。

このケアリの『パリの家』論は、読者にとってまたとない指針となろう。

＊

『パリの家』が新訳で晶文社から出ることになったのは、二〇一三年、エリザベス・ボウエン研究会の発足を私に強く促された旧友木村正俊さんのおかげです。木村さんの紹介で倉田晃宏さんにお目にかかり、『パリの家』の新訳出版が決まりました。装丁を担当された柳川貴代さん、カメラマンの岩永美紀さん、素晴らしい仕上がりです。表紙で買う人もきっといるでしょう。さらに帯には小説家の松浦理英子さんからコメントをいただきました。ありがとうございました。

そして『パリの家』を買って読んでくださった読者の方々、ありがとうございました。今後ともエリザベス・ボウエンをよろしくお願いいたします。英国旅行なさるときは、ロンドンからアイルランドそしてパリへ、ボウエン・トレイルもお試しください。

最後にみなさま、二〇一二年に天に召された夫太田文嘉に本書を捧げることを許されよ。黙祷。

二〇一四年七月吉日

太田良子

著者について

エリザベス・ボウエン

一八九九―一九七三。アイルランドのダブリンに生まれ、ロンドンに没する。生涯で十編の長編小説と、約九十の短編小説を執筆。代表作「パリの家」がイギリスで二十世紀の世界文藝ベスト50の一冊に選ばれるなど、作家として高い評価を得ている。晩年の作「エヴァ・トラウト」は一九七〇年のブッカー賞候補となる。

訳者について

太田良子（おおた・りょうこ）

東京生まれ。東洋英和女学院大学名誉教授。英米文学翻訳家。日本文藝家協会会員。二〇一三年、エリザベス・ボウエン研究会をたちあげ、その研究と紹介に力を注ぐ。訳書に、ボウエン「エヴァ・トラウト」「リトル・ガールズ」「愛の世界」（国書刊行会）、同「あの薔薇を見てよ」「幸せな秋の野原」（ミネルヴァ書房）、ベルニエール「コレリ大尉のマンドリン」（東京創元社）ほか多数。

パリの家《いえ》

二〇一四年八月三〇日初版

著者　エリザベス・ボウエン
訳者　太田良子
発行者　株式会社晶文社
東京都千代田区神田神保町一―一一
電話（〇三）三五一八―四九四〇（代表）・四九四二（編集）
URL http://www.shobunsha.co.jp
印刷・製本　中央精版印刷株式会社

ISBN978-4-7949-6853-1　Printed in Japan